Comme un espoir de bonheur

La leçon d'amour d'un Westmoreland

RACHEL LEE

Comme un espoir
de bonheur

éditions H **HARLEQUIN**

Collection : PASSIONS

Titre original : THANKSGIVING DADDY

Traduction française de FRANCINE SIRVEN

HARLEQUIN®
est une marque déposée par le Groupe Harlequin

PASSIONS®
est une marque déposée par Harlequin S.A.

ÉDITIONS HARLEQUIN
83-85, boulevard Vincent Auriol, 75646 PARIS CEDEX 13.
Service Lectrices — Tél. : 01 45 82 47 47
www.harlequin.fr
ISBN 978-2-2803-1335-3 — ISSN 1950-2761

Prologue

A force de voler sous la bannière de l'armée de l'air, section recherche et sauvetage, le lieutenant Edith Clapton avait fini par y gagner des nerfs d'acier. Surtout en zone de combat. Cette mission avait ressemblé à beaucoup d'autres, un vol en territoire ennemi pour récupérer une équipe des forces spéciales de nageurs de combat. Que faisaient-ils là-bas ? Ce n'était pas ses affaires. Son job consistait à piloter cet hélicoptère pour aller récupérer des types en difficulté, et tant pis si c'était dangereux.

Question danger, elle avait été servie cette fois-ci, accueillie par des tirs nourris à l'arme automatique et le feu de lance-roquettes, alors qu'elle s'approchait de la falaise. Un vrai timbre-poste pour se poser. Et pas question d'hélitreuiller l'équipe. Deux des gars étaient salement amochés. Il suffisait de bien viser, et d'agir le plus vite possible, histoire de ne pas s'exposer trop longtemps aux ennemis embusqués dans les montagnes environnantes.

Grâce au ciel, et à son expérience, la mission s'était déroulée sans encombres. Pourtant, de retour à la base, son légendaire sang-froid l'avait abandonnée. Mais il en était toujours ainsi, une fois le stress passé.

Après une douche tiède, elle se rendit au mess des officiers, en quête d'un repas à peu près convenable, et peut-être d'un verre ou deux, discrètement. L'alcool en effet était interdit en Afghanistan, pourtant le flot ne se tarissait jamais, à la base.

Elle ne s'autorisait à boire qu'après une mission, et pas plus de deux verres. Trop d'exemples autour d'elle lui rappelaient combien l'alcool devenait parfois un piège. Ce qui ne l'empêchait pas d'avoir besoin de décompresser. Chaque muscle, chaque nerf, elle avait mal partout, tant elle était tendue.

Tout en saluant d'un signe de tête les personnes qu'elle connaissait, soit à peu près tous les officiers de la base, elle se dirigea vers une table, dans un recoin de la salle. En principe, ils se trouvaient en dehors de la zone de combat, mais cela pouvait changer à tout moment. En attendant, dans ce petit bout d'Amérique fait de préfabriqués montés à la va-vite, tous s'efforçaient de vivre à peu près normalement, entre le fast-food, le distributeur de billets et les salles de jeu vidéo.

Oh ! personne n'était dupe, la zone était sensible ; quoi qu'il en soit, la base était plus agréable que celles qu'elle avait connues auparavant. Pour certains, passer du temps ici était presque comme des vacances.

Les types des forces spéciales des nageurs de combat venaient juste d'arriver au moment où on lui servit un steak. Un vrai steak. Pas très équitable, quand le gros des hommes devrait ce soir se contenter de rations lyophilisées. Etre stationné dans une base permanente était un avantage. Enfin, semi-permanente. Mais bon, tout cela, c'était de la politique…

Elle en était à son second verre et avait presque terminé son steak quand l'un des nageurs qu'elle avait sauvés quelques heures auparavant s'invita à sa table.

— Puis-je ? demanda-t-il.

— Nous ne sommes pas censés nous adresser la parole, lui rappela-t-elle.

Comme tous les types de son genre, il était tout en muscles. Cheveux ras châtain foncé, yeux marron pailletés de vert. Même assis là devant elle, il avait quelque chose d'inquiétant.

— Personne ne sait que vous êtes venue nous récupérer, aujourd'hui. Et puis, si on ne peut pas faire confiance aux personnes de cette salle, à qui se fier ? remarqua-t-il. Seth Hardin, enchanté.

Elle serra la main qu'il lui tendait, tout en notant, cousu au col de son uniforme, l'insigne de capitaine, équivalent dans l'armée de l'air du grade de colonel.

— Edith Clapton.

— C'est un sacré vol que vous avez effectué, là-bas, dit-il.

— Merci. Vos hommes vont bien ?

— Le premier est déjà en transfert. Nous attendons le diagnostic pour le second. Mais vos toubibs lui ont probablement sauvé la vie.

C'était l'autre aspect de son travail. Elle récupérait les hommes, mais aussi, en cas de besoin, transportait une équipe chirurgicale entraînée à opérer en urgence. Comme aujourd'hui.

— La routine, dit-elle.

— Je ne vous en suis pas moins reconnaissant, répliqua-t-il avec un sourire las.

Le serveur, un civil embauché par un sous-traitant de l'armée, s'avança pour prendre la commande du capitaine. Il demanda lui aussi un steak et deux bières.

— Il est temps de passer à autre chose…, dit-il.

Elle ne pouvait que lui donner raison. Le lendemain ou le jour suivant, une autre mission se présenterait, mais dans l'immédiat, ce qui importait, c'était de faire comme si tout allait bien. Et après tout, peut-être que ce moment de relative sérénité était une chance, dans ce pays plongé en plein chaos.

— Laissez-moi vous offrir un autre verre, proposa-t-il. C'est le moins que je puisse faire.

— Je m'en tiens généralement à deux.

Une lueur passa dans ses yeux marron-vert.

— Généralement. Mais peut-être que ce soir, c'est différent. Un de plus, c'est tout. Je n'ai pas l'intention de vous causer une gueule de bois.

— Merci, répondit-elle après une hésitation.

Après tout, un autre whisky… Pour une fois. Peut-être cet autre verre l'insensibiliserait-il au charme viril de Seth. Un autre whisky pour calmer ce désir incongru, sans doute causé par l'adrénaline, de faire l'amour avec lui et d'oublier tout le reste.

Dire que, pas une fois dans sa carrière, elle n'était tombée dans le piège. Elle n'était pas naïve, elle savait que certains hommes chuchotaient dans son dos, nourrissant des pensées plus ou moins avouables. Mais elle savait aussi que nouer une relation avec un autre officier pourrait être un frein à sa carrière. Or, sa carrière était tout pour elle. Un seul faux pas, et elle pourrait dire adieu à sa promotion. On l'accuserait aussi d'horreurs qu'elle refusait d'entendre. Alors qu'ils continuent à chuchoter, c'était mieux ainsi.

Une relation avec un civil ? Et quand trouverait-elle le temps ? Quand elle n'était pas en mission, elle était la plupart du temps en formation. Soit de son fait, soit du fait de sa hiérarchie. Rester au top, affûter ses compétences, sans parler du travail qu'elle avait dû fournir pour décrocher son grade de lieutenant de l'armée de l'air. Elle n'avait pas de temps pour autre chose. Et faire comme ses camarades, en s'autorisant ici et là une aventure d'un soir, non, ça ne l'intéressait pas.

Elle avait quelques bons amis, des gens avec lesquels elle préférait jouer aux cartes ou discuter, devant un verre. Mais pas de sexe. Cela lui permettait d'éviter les problèmes.

Mais alors, que faisait-elle là, assise, à se demander si elle n'avait pas fait le mauvais choix ? Simplement parce qu'un bel homme à galons était venu s'asseoir à sa table et lui offrir un verre ?

Preuve s'il en était qu'elle avait vraiment besoin de décompresser. Ses pensées étaient un peu confuses.

— C'est un sacré vol que vous avez effectué, répéta-t-il. Piloter un engin pareil comme ça et le maintenir stable, tout ça sous le feu de l'ennemi. Vous avez du cran.

— Je ne fais que mon travail, répondit-elle avec un haussement d'épaules. C'est après que les nerfs lâchent…

— Oui, c'est juste, marmonna-t-il et, en tant que membre des forces spéciales, il comprenait évidemment de quoi elle parlait.

Elle avait entendu dire qu'après une mission, ces gens-là avaient de drôles de façons de se détendre. Par exemple en se bagarrant. Mais pourquoi pas ? Contre le stress, se bagarrer devait être aussi efficace que le… sexe. Et zut !

A peu près à mi-repas, il eut une question qui la surprit.

— Vous ne trouvez pas que c'est compliqué, de parler avec des civils ?

— Oui. C'est parce qu'ils ne savent pas…

— Ils ne peuvent pas savoir, dit-il, le regard dans le vague. Et je ne veux pas qu'ils sachent. Mais même si on arrive à communiquer avec certains, ils ne peuvent pas comprendre, parce qu'ils n'ont jamais mis les pieds ici…

Il secoua la tête et reporta son attention sur elle.

— Mais à quoi bon chercher à leur faire comprendre ? C'est déjà bien assez difficile comme ça pour nous…

Il baissa les yeux sur ses mains, les serra, les desserra.

— Mais nous, nous savons, n'est-ce pas, lieutenant ? reprit-il enfin.

Lui sans doute plus qu'elle.

— Appelez-moi Edie…

— Seth, répondit-il avec un sourire époustouflant. Et si nous parlions d'autre chose ?

— Volontiers, car je n'ai pas le droit de connaître les détails de votre mission, le mit-elle en garde.

— C'est préférable. Mais ne craignez rien. Non, ce soir, je veux juste passer un bon moment. C'était limite, aujourd'hui. Nous avons eu de la chance, grâce à vous. Alors oui, je vous suis reconnaissant, reconnaissant d'être en vie, que mes hommes s'en soient sortis. Ce qui, en définitive, fait beaucoup de raisons d'être heureux…

Il leva son verre.

— Trinquons à la vie, d'accord ? Car après tout, sans elle, nous ne serions pas là.

Elle rit, ce fut plus fort qu'elle, et sentit en même temps toute tension l'abandonner. A son tour, elle leva son verre, puis avala une gorgée de whisky. Après, tout devint flou. Plus tard, elle se reprocherait d'avoir accepté ce troisième verre. Ou peut-être un quatrième ?

Elle se rappelait vaguement d'être encore assise avec Seth, tandis que le bar se vidait. Et puis, apparemment, il l'avait raccompagnée dans ses quartiers, une chambre minuscule de planches et de toile. Elle se souvenait d'avoir ri aussi, et de lui la tenant par la taille. Et de la façon dont il s'était excusé pour lui avoir offert tant de verres.

— J'aurais dû être capable de refuser…

C'était la vérité. Elle aurait dû refuser, mais elle n'était pas si soûle, en fait.

Puis elle s'était réveillée, à l'aube. Et l'avait trouvé allongé à côté d'elle. Un instant prise de panique, elle avait été rassurée en constatant qu'elle était restée habillée, tout comme lui. Ils n'avaient fait que dormir ensemble.

Mais une fois la panique passée, quelque chose d'autre surgit. Quelque chose de sauvage, de violent après des années de sacrifice. Comme un volcan en éruption. Le désir.

Dieu, comme il était beau. A la lueur de la petite lampe, elle promena son regard sur lui, encore revêtu de son uniforme, mais qu'importe. Il était attirant. Mystérieux. Oh ! elle avait envie de savoir, juste une fois, et Dieu sait pourquoi, elle le voulait avec cet homme précisément.

Idiote, tenta-t-elle de se raisonner. Mais le désir en elle continua de croître, et entre ses cuisses quelque chose d'enfoui vibra. Elle pouvait mourir demain, ou dans deux jours. Pourquoi attendre ? A cause de sa carrière ?

Soudain, les raisons qui pendant deux décennies l'avaient motivée perdirent tout leur sens. Ici, elle avait vu des hommes et des femmes périr. Elle savait que le pire pouvait survenir à tout instant, malgré toutes les précautions possibles. La vie était courte, surtout en zone de guerre. Combien de missions encore avant l'échéance ? Combien de temps réussirait-elle encore à tromper la mort ?

— Quelle vision de rêve, pour se réveiller ! s'exclama-t-il au même instant en ouvrant les yeux.

Boniment. On n'avait guère le choix en vivant ici : les derniers attributs de la féminité ne survivaient pas dans un tel environnement. Ses cheveux roux étaient coupés court, presque aussi courts que les hommes. Ni parfum ni maquillage. Alors, être une beauté au saut du lit, elle en doutait.

Mais il dut voir autre chose, car des flammes se mirent à danser dans ses yeux.

— Moi aussi…

Il n'ajouta rien. Ensuite, elle oublia tout le reste. Notamment l'absence de protection. Et à vrai dire, elle se fichait qu'il n'utilise pas de préservatif. Elle perdit d'un coup toute faculté de penser.

Il dut croire qu'elle l'avait déjà fait, ce dont elle se réjouit. Il n'hésita pas, ne posa aucune question. Il se contenta simplement de lui faire l'amour, de la prendre. Et à ce moment-là, c'était exactement ce qu'elle voulait.

Ils se débarrassèrent de leur uniforme, presque avec rage, tant ils étaient impatients, résolus. Habitée par le désir, pas une seconde elle ne songea à lutter contre ce feu qui menaçait de la consumer tout entière.

Il finit de lui arracher ses derniers vêtements, elle fit de même avec les siens, aussi vite qu'ils le purent. Une fois nus, ils se jetèrent de nouveau sur le lit.

Ce fut intense et sauvage. Il lécha et dévora ses seins, tandis qu'elle faisait courir ses mains sur ses épaules, sur son dos, simples caresses innocentes. Elle ne savait trop que faire, puis sa bouche rencontra la sienne, et cela parut être déterminant.

Jamais elle n'avait ressenti cela, auparavant. Tout un univers de sensations s'ouvrait à elle. Et comme elle aimait ça ! Elle n'imaginait pas que coucher avec un homme puisse être aussi bon.

Bientôt, elle eut l'impression que chaque cellule de son corps se mettait à vibrer, comme en proie à une insoutenable impatience. Elle laissa échapper des cris étouffés. Elle cherchait quelque chose, sans vraiment savoir ce que c'était.

Puis il plongea en elle. D'abord, elle suffoqua. Une douleur aiguë la transperça, menaçant presque la beauté du moment.

— Mon Dieu, soupira-t-il.

Non, faites que ça ne s'arrête pas, pas maintenant.

Elle voulait tant que ça continue. Ne sachant que faire d'autre, elle agrippa ses hanches et se colla à lui, se cambrant désespérément pour le retenir.

Après une brève hésitation, il se pencha de nouveau vers elle et commença à remuer, allant et venant en elle en un rythme régulier, profond. L'emportant de plus en plus haut, comme si elle chevauchait une fusée.

Le paroxysme vint presque trop vite, comme si son corps attendait depuis toujours cette libération. Puis elle atteignit l'extase, et un plaisir inouï la balaya avec la puissance d'un raz-de-marée. Quelques secondes plus tard, il plongea une dernière fois en elle, puis se figea et, à son tour, fut parcouru de soubresauts.

— Pourquoi ne m'as-tu rien dit ? demanda-t-il, un instant plus tard.

— Je ne voulais pas que tu saches.

— J'aurais fait plus attention.

— Je ne le voulais pas que tu fasses plus attention.

Il plongea ses yeux dans les siens.

— Je dois quitter la base aujourd'hui, murmura-t-il. J'aurais dû te le dire. Puis-je au moins t'offrir un petit déjeuner ?

Consciente de son regard sur elle, elle attrapa un uniforme propre, lavé tant bien que mal dans l'évier.

— Ne t'en fais pas, finit-elle par dire.

— Je ne m'en fais pas. Je regrette simplement de ne pas avoir pu mieux faire les choses.

— Mais tu as très bien fait les choses, répondit-elle avec un sourire. Et je ne regrette rien, Seth. Alors, je t'en prie, ne gâche pas tout.

Il l'observa quelques secondes encore, puis à son tour, sourit.

— Pas de problème.

Ils allèrent prendre leur petit déjeuner à la cantine. En dépit de l'heure, la salle était comble. Privés d'intimité, ils parlèrent de choses et d'autres. Il évoqua ses parents, sa maison dans le Wyoming et son impatience de rentrer au pays. Elle évoqua essentiellement sa carrière. De la place centrale qu'elle occupait dans sa vie.

— Je comprends, dit-il. Personnellement, je pense démissionner bientôt de l'armée.

— Tes supérieurs ne risquent-ils pas de s'y opposer ?

— Dans mon job, la date de péremption vient vite, répondit-il avec un sourire espiègle. C'est mon cas. Et je ne m'imagine pas passer le restant de ma vie derrière un bureau.

— Evidemment.

De l'une des innombrables poches de son uniforme, il sortit un petit carnet, puis griffonna quelques mots.

— En cas de besoin, tu pourras me joindre par le biais de ma famille.

— Pour quelle raison aurais-je besoin de te joindre ?

— On ne sait jamais, répondit-il avec un haussement d'épaules, avant de se lever. J'espère te revoir un jour…

Rien n'était moins sûr. Les nageurs de combat étaient appelés à intervenir aux quatre coins du monde. Un jour ici, l'autre ailleurs. Ils échangèrent une brève poignée de main, puis elle le suivit des yeux quand il sortit de la salle.

Elle regarda alors le bout de papier entre ses doigts, puis le roula en boule et le jeta dans son assiette, avec les restes de son petit déjeuner.

Sans imaginer un seul instant l'erreur qu'elle venait de commettre. Et encore moins qu'elle finirait par se rappeler ces gribouillis.

1

Conard City n'était plus très loin maintenant, pourtant Edie avait du mal à croire qu'il puisse exister une ville, dans le coin. Autour d'elle ne se trouvaient que des pâturages déserts, où paissaient parfois quelques troupeaux ici et là. Seule preuve de présence humaine, un ou deux restaurants, en bord de route.

Mains crispées sur le volant, elle regarda pour la énième fois son GPS. Et pour la énième fois aussi, se demanda si elle n'était pas sur le point de commettre une folie.

Elle était enceinte. De bientôt cinq mois. Et elle avait longtemps hésité à informer Seth Hardin qu'il était le père de son bébé. Elle avait bien tenté une fois de retrouver sa trace par l'armée... Infiniment soulagée, en définitive, qu'il reste introuvable. Elle n'avait aucune envie d'être là, aucune envie de devoir faire face à ce qui l'attendait. Pourtant, il lui semblait qu'elle lui devait au moins ça. Qu'il était de son devoir de lui apprendre qu'il allait être papa.

L'argent n'était pas le problème : elle n'avait nul besoin d'une pension alimentaire. Elle ne voulait pas non plus d'un inconnu dans sa vie. De sacrées bonnes raisons de garder le silence. A ceci près que ses valeurs lui dictaient qu'il était essentiel d'informer un homme qu'il allait devenir père. Qu'il souhaite ou non faire partie de la vie de l'enfant.

Voilà où elle en était. Mille fois pourtant, elle avait essayé de se convaincre que cette démarche était ridicule. Puis elle avait pris conscience qu'elle devrait alors un jour avouer à cet enfant que son père ignorait son existence. Non, ça, elle ne pouvait l'envisager.

Tout s'était alors décidé très vite. Elle apprendrait la nouvelle aux parents de Seth et repartirait aussitôt après. Faire ce qui devait être fait et passer à autre chose. Et si Seth, un jour, avait envie de connaître son enfant, il n'aurait qu'à venir frapper à sa porte. Après tout, elle n'était pas si difficile à trouver.

Quelle pagaille ! Interdite d'hélico dans son état et condamnée à un travail administratif, elle redoutait le pire ; à savoir, une carrière autre que celle dont elle rêvait. Ses supérieurs devaient bien sûr prendre en compte désormais le fait qu'elle serait bientôt mère. Pourtant, elle refusait de renoncer à voler. Elle adorait ça. Elle aimait sans doute aussi l'adrénaline indissociable du métier de pilote.

En apercevant enfin les premières maisons de la ville, elle tressaillit. L'heure de vérité approchait.

Comment serait-elle reçue ? Sans doute comme une messagère indésirable. Probablement avec colère et méfiance. Elle s'en fichait. Elle ferait ce qu'elle avait à faire et repartirait.

Elle s'appliquerait ensuite à recoller les morceaux de sa vie, quelque peu bousculée par la nouvelle. Sa promotion attendrait. Comment faire autrement ? A moins de renoncer au bébé. Non, c'était impossible. Certes, cette pensée lui avait traversé l'esprit à certains moments, mais elle ne supportait pas l'idée d'abandonner ce petit bout de vie en elle. Alors non, elle ne laisserait pas cet enfant pour pouvoir continuer à voler. Pas question. Et si elle était destinée à poursuivre sa carrière derrière un bureau, elle deviendrait alors la bureaucrate la mieux notée de toute l'histoire de l'armée de l'air ! Mais peut-être ses états de service joueraient-ils en sa faveur. Elle en doutait cependant. Dans son métier, les enfants n'étaient pas un avantage. A moins qu'il y ait un père, ou un proche en mesure de prendre le relais quand vous partez en mission.

Or, elle n'avait personne. Elevée par sa grand-mère après le décès de sa mère à la suite d'une overdose, elle était maintenant seule au monde. Personne vers qui se tourner, excepté elle-même. Oh ! c'était une habitude à prendre. Mais elle ne se faisait guère d'illusions : pour elle, l'armée, c'était terminé. A bientôt trente ans, elle ne retrouverait pas les mêmes chances de carrière.

Pourtant, une chose était sûre. Elle n'abandonnerait pas son enfant, comme sa propre mère l'avait fait avec elle. Et rien ne la ferait changer d'avis.

Voilà des mois qu'elle tournait et retournait ces idées dans sa tête. Mais en cet instant, elle cherchait simplement à penser à autre chose qu'à la conversation qu'elle s'apprêtait à avoir. Une conversation, qui, elle l'espérait, se tiendrait sur le pas de la porte. Et après quoi, salut la compagnie !

L'automne régnait sur la ville. Les feuilles avaient pris une couleur or. Certaines voltigeaient le long des rues, poussées par une légère brise. Ici et là, potirons, squelettes et fantômes annonçaient l'approche d'Halloween. Une jolie petite ville, se dit-elle, à condition d'aimer vivre dans le passé. Mais elle était mauvaise juge, à force d'évoluer dans un environnement militaire.

Elle sursauta lorsque la voix de son GPS, silencieuse depuis plusieurs kilomètres, se fit entendre et lui intima de tourner à gauche avant de poursuivre jusqu'au prochain carrefour. Elle s'exécuta et gagna un quartier résidentiel de petits pavillons datant des années 1960. Vieillot mais charmant, et propre. Et même coloré. Manifestement, ici, les règles d'urbanisme n'avaient pas cours. Certaines façades avaient été peintes en violet !

— Vous êtes arrivée…

— La ferme ! répliqua-t-elle au GPS tout en ralentissant.

Elle regarda le numéro de la maison. Pas d'erreur. Elle y était. La maison de style ranch était grande, avec une immense pelouse récemment tondue qui commençait à déteindre, avec l'arrivée de l'automne. Des parterres de fleurs donnaient de la couleur au jardin, et un magnifique rosier grimpant formait comme une arche au-dessus de la porte d'entrée. Porte devant laquelle se trouvait garée une petite voiture de sport.

Elle coupa le contact et resta assise immobile quelques secondes. Sans le vrombissement du moteur, elle prit conscience que son cœur faisait un bruit infernal. Jamais elle ne s'était sentie aussi nerveuse, même à l'approche d'une mission dangereuse. Elle regarda autour d'elle. Pas âme qui vive. Pas même une voiture dans la rue. Elle était seule, en territoire inconnu.

Bien. Les Tate ne vivaient peut-être même plus ici. Auquel cas, ce serait la fin de ses recherches.

Elle secoua la tête, prenant conscience de sa lâcheté. Allez, fais-le, se dit-elle. Que risquait-elle ? D'être traitée de menteuse. Qu'on lui claque la porte au nez… Ridicule, pour une femme habituée aux missiles et aux bombes.

Elle soupira longuement, puis descendit de voiture et réajusta la veste de son treillis. Elle refusait de porter la tenue réglementaire de grossesse de l'armée. Et puis, pour l'instant, une chemise et une veste taille XL suffisaient amplement à couvrir son petit ventre arrondi. Et après ? Elle préférait ne pas y penser.

Elle remonta lentement l'allée, avec l'impression que ses semelles étaient en plomb. Elle était peut-être sur le point de gâcher la vie de quelqu'un, ici. Elle ignorait même si Seth était marié. Mais elle devait faire son devoir. Il avait le droit de savoir, même s'il préférait oublier sa visite aussitôt après son départ.

Et puis, son bébé lui aussi avait le droit de savoir que son père avait été mis au courant de sa venue au monde. Si Seth refusait de le reconnaître, ce serait plus facile de l'expliquer un jour à son enfant, plutôt que de devoir lui avouer avoir caché son existence à son père.

Enfin, peut-être.

Inspirant profondément, elle releva fièrement la tête et appuya sur la sonnette. Au bout d'une minute, n'ayant aucune réponse, elle se mit à espérer. Avec un peu de chance, il n'y avait personne. Mais la porte finit par s'ouvrir.

Une dame d'un certain âge, un peu ronde, la regarda en souriant, cheveux gris méchés de roux, yeux d'un vert lumineux. Edie retint son souffle. La mère de Seth, cela ne faisait aucun doute.

— Oui ? s'enquit-elle.

— Mme Tate, je suis le lieutenant Edith Clapton. J'ai fait la connaissance de Seth Hardin, il y a quelque temps. Il s'agit bien de votre fils, n'est-ce pas ?

— Bien sûr. Voulez-vous entrer ?

— Oh ! euh, non, s'empressa-t-elle de répondre. En fait, je voulais juste lui dire… Eh bien, je suis enceinte.

La femme écarquilla les yeux. Puis, en une fraction de seconde, avant de pouvoir tourner les talons comme elle en avait l'intention, elle se sentit littéralement aspirée à l'intérieur par son interlocutrice, à la poigne décidément énergique.

— Entrez, insista Mme Tate. Café ? Thé ? Peut-être un peu de lait avec quelques biscuits ? Oh ! ma chérie, je suppose que ce doit être difficile, pour vous. Mais quel bonheur, pour moi. Enfin, ça y est !

Un bonheur pour elle ? Edie, stupéfaite, ne pensa même pas à résister quand la mère de Seth l'entraîna jusqu'à un charmant petit salon et la fit asseoir sur le canapé, juste avant de lui présenter un plateau de biscuits.

— Lait, thé, café ?

— Café, si ça ne vous ennuie pas, répondit Edie, encore sous le choc. Le médecin m'y autorise, et je n'en ai pas encore pris, aujourd'hui…, se sentit-elle obligée d'expliquer à son hôtesse.

— Nous avons toujours du café, à la maison, déclara cette dernière, radieuse. Mais appelez-moi Marge. Je reviens tout de suite…

A peine une minute s'écoula avant qu'elle réapparaisse, une tasse fumante dans la main. Edie regarda avec envie les biscuits sur la table basse. Remise de ses émotions, elle se décida à en prendre un, tandis que Marge venait s'asseoir sur le canapé, à côté d'elle.

— Alors, racontez-moi donc, dit-elle. Je veux tout savoir.

C'était bien sa chance ! Comment expliquer à cette femme qu'elle avait eu une aventure d'un soir avec son fils, dans une base d'Afghanistan ? En même temps, elle se voyait mal lui mentir. Un mensonge en entraînerait un autre, et ainsi de suite, et cela se terminerait par un sac de nœuds.

— Seth et moi nous sommes rencontrés là-bas, dit-elle. Une seule fois.

— Je vois, répondit Marge, qui parut tout comprendre à la situation. Et vous ne l'avez pas revu, depuis ?

— Non. J'ai d'abord pensé ne rien lui dire, mais cela m'a semblé injuste. Bref, si vous pouviez lui apprendre la nouvelle… De mon côté, je ne souhaite que reprendre le cours normal de mon existence. Je ne veux rien…

— Vous ne voulez rien, répéta Marge. Je veux bien vous croire. Vous devez gagner correctement votre vie, avec votre grade de lieutenant. Mais avez-vous pensé à ce que nous pourrions vouloir, nous, ma chère enfant ?

Nous ? C'était là une notion qu'elle n'avait pas considérée.

— Seth peut parfaitement jouer son rôle de père. Mais je ne suis pas venue pour exercer une quelconque pression sur lui. Il m'a semblé qu'il avait le droit de savoir, c'est tout.

— Bien sûr qu'il en a le droit. Mais là, il n'est question que de moi. Et j'aimerais beaucoup faire partie de la vie de ce petit enfant. Et Nate également, le père de Seth. J'en suis certaine.

La situation se compliquait considérablement. A aucun moment, elle n'avait imaginé devoir tenir compte de l'avis de la famille Tate. Cette décision était censée lui appartenir, et à la rigueur à Seth, mais à personne d'autre.

— Mme Tate… Marge… Ceci reste ma décision, et celle de Seth.

— Vous n'allez pas l'abandonner, n'est-ce pas ? demanda la femme, l'air contrarié.

— Non. Je veux le garder et l'élever. Mais… cela reste ma décision, vous comprenez ?

— Bien évidemment…

Marge hésita, puis elle secoua la tête.

— Je ne vais pas vous raconter d'histoire. C'est encore

douloureux, après toutes ces années. Vous connaissez bien mon Seth ?

— Pas vraiment, et c'est assez embarrassant…

— Ne vous en faites pas. Ce sont des choses qui arrivent. Je suis bien placée pour le savoir. Des années avant notre mariage, je suis tombée enceinte du père de Seth. Puis il est reparti pour le Viêt-nam, et c'est là que mon propre père a cru bon d'intervenir. Je n'en savais rien, mais il interceptait chacune de mes lettres à Nate, et celles que Nate m'envoyait. J'ai fini par croire que Nate ne voulait pas de moi. Résultat, j'ai été envoyée chez une cousine pour accoucher de Seth… Et mon bébé a été placé pour être adopté…

Edie ne s'attendait pas à cela, et encore moins à la réaction de Marge. Elle ressentit une profonde sympathie pour elle. Et pour Seth, aussi.

— Jamais je ne ferais une telle chose.

— Les temps ont changé. A cette époque, eh bien, une fille ne devait pas tomber enceinte. C'était la pire des hontes. J'étais jeune. Je pensais que Nate m'avait abandonnée. J'étais perdue, et j'ai fait ce que l'on m'a dit de faire, car je ne voyais pas d'autre solution.

— Je suis désolée.

— Je l'ai été, moi aussi, et longtemps. Et je n'ai pas tardé à l'être plus encore… Vingt-sept ans plus tard, Seth s'est présenté à ma porte. J'ai alors décidé de tout dire à Nate, il le fallait. Mais la vérité a bien failli détruire notre mariage. Mon mari a mis du temps à accepter. Alors, oui, vous devez absolument dire à Seth ce qu'il en est. Car voyez-vous, il a l'expérience de ce genre de mensonges…

Abasourdie, Edie hocha doucement la tête, avec l'impression que les choses allaient trop vite et menaçaient d'échapper à son contrôle.

— Excusez-moi, mais ce n'est pas mon rôle de rattraper vos erreurs passées…

— Non, bien sûr que non, répondit Marge avec gravité. Tout ce que je vous demande, c'est d'être plus intelligente que je l'ai été.

— Je suis venue, fit remarquer Edie, comme si cela suffisait. Et à présent, je dois m'en aller…

Pour qui, pour quoi, elle n'en savait rien. Elle avait devant elle un mois de congé et aucun projet, à part venir annoncer la bonne nouvelle à Seth, nouvelle que Marge se chargerait de lui transmettre.

— Vous lui direz… Dites-lui que je suis stationnée à Minot, actuellement. Il pourra me joindre là-bas… s'il le juge utile.

Elle posa sa tasse sur la table basse et fit mine de se lever, mais Marge prit sa main pour la retenir.

— Ne partez pas si vite. Nate devrait rentrer d'une minute à l'autre, et Seth sera là pour le dîner. Joignez-vous donc à nous…

En un éclair, tout se brouilla dans sa tête. Elle était venue ici dans le seul but d'accomplir sa mission. Faire le travail, et repartir. Elle était tiraillée par le doute, mais au moins, elle était allée jusqu'au bout. Et maintenant… Comment allait-elle s'y prendre pour décliner l'invitation sans froisser la vieille dame ? Un dîner. Faire la connaissance du père de Seth. Voir Seth lui-même. Bien sûr, elle avait été confrontée à des choses bien plus difficiles. A des situations autrement plus périlleuses.

Mais elle ne pouvait le nier. Sa bouche était de plus en plus sèche, ses mains de plus en plus moites sous l'effet de la peur. Une peur comme elle n'en avait pas ressentie depuis longtemps. Et comment pouvait-on avoir si peur de rencontrer des gens ? Certes, Seth restait

virtuellement un inconnu, mais elle le connaissait par
ailleurs. Et intimement.

Alors, que pouvait-il lui arriver ? Nate était probablement aussi gentil que son épouse. Seth ? Peut-être se
montrerait-il froid, ou au contraire tout à fait amical. Au
moins, après cela, les choses seraient-elles claires pour
tout le monde, et elle pourrait reprendre le cours de sa
vie. Avec le sentiment du devoir accompli.

— Très bien, s'entendit-elle dire. Merci.

Mais dans quelle galère…

L'heure suivante s'écoula de façon agréable. Marge
opta pour des sujets de conversation plus neutres,
évoquant ses six filles, leur mari et une ribambelle de
petits-enfants. Assaillie d'informations et de prénoms,
Edie ne fit pas l'effort de les retenir tous, après tout,
quel besoin ? Puis il fut question du père de Seth, shérif
de cette ville, aujourd'hui à la retraite, et du bonheur
de Marge de « l'avoir dans les pattes » toute la sainte
journée. De son bonheur de mère, aussi, d'avoir Seth
si souvent à la maison.

— Il ne m'a jamais reproché de l'avoir abandonné,
confia Marge. Nate, en revanche, m'en a beaucoup voulu.
Une période douloureuse…

Voilà comment elles en revinrent à la raison de la
visite d'Edie. Soulagée, celle-ci entendit la porte d'entrée
claquer. Plus vite elle en aurait terminé avec ce dîner,
cette rencontre avec Seth et son père, plus vite elle
pourrait repartir.

Six filles ? Vraiment ? De manière tout à fait inattendue, elle fut prise d'une irrésistible envie de rire en
pensant au nageur des forces spéciales apprenant qu'il

avait six sœurs. Même s'il était adulte, lorsqu'il avait fait leur connaissance, quel choc cela avait dû être, pour lui.

Soudain, elle retint son souffle. Un homme venait de faire son entrée dans le salon. Le portrait de Seth, en plus âgé, avec un peu d'embonpoint. La parenté ne faisait aucun doute.

— Bonjour ! dit-il, avec un sourire qu'elle reconnut instantanément.

Marge se leva d'un bond et se précipita vers son mari pour l'embrasser. Nerveuse, Edie croisa les mains, salua le nouveau venu d'un signe de tête et fit de son mieux pour répondre à son sourire.

— Edie, je vous présente le père de Seth, Nate. Nate, le lieutenant Edith Clapton. Elle a connu Seth en Afghanistan. C'est bien ça ?

— En Afghanistan, oui, répondit Edie, la gorge nouée.

— Oh ! vous êtes venue dire bonjour à Seth ? répondit Nate en s'avançant vers elle, main tendue, son sourire s'élargissant. Heureux de vous rencontrer.

Edie prit sa main, que Nate serra avec chaleur. Elle évita cependant de se lever, n'étant pas sûre de pouvoir tenir sur ses jambes. Puis une bouffée de panique la submergea. Comment avait-elle pu se laisser entraîner dans ce guêpier ?

— Tu as demandé aux filles de venir dîner aussi, j'espère, dit Nate à sa femme. Je suis sûre qu'elles se feront une joie de faire la connaissance de… l'amie de Seth.

Marge baissa la tête. Manifestement, Nate se doutait de quelque chose, plus perspicace en cela que bien des hommes. Il regarda Edie, puis de nouveau sa femme, et enfin :

— Bien. Que se passe-t-il, ici ?

Edie réfléchit à la façon de formuler sa réponse, mais Marge la devança.

— Eh bien, mon chéri, Seth ne le sait pas encore, mais nous allons être grands-parents une nouvelle fois.

Nate se figea. Osant à peine respirer, Edie attendit, hésitant entre fuir à toutes jambes et se rouler en boule sur ce canapé. Tout ce qu'elle voulait, c'était apprendre la nouvelle à quelqu'un de la famille de Seth, qui transmettrait à qui de droit. Et maintenant, elle semblait condamnée à assister aux réactions de toute la famille. Les choses devenaient de plus en plus difficiles à gérer. Elle aurait mieux fait d'envoyer une lettre…

Puis elle se reprit. Elle était venue à bout de situations bien plus critiques. Au moins, personne ici ne voulait attenter à ses jours. Donc, inutile de paniquer.

— Je pense que je ferais mieux d'y aller, dit-elle avec fermeté. Je ne suis pas venue ici avec l'intention de blesser qui que ce soit. Je pensais juste que Seth avait le droit de savoir. Vous n'avez tous les deux aucune raison de vous inquiéter.

— Aucune raison ? répéta Nate. Désolé, lieutenant, mais je ne suis pas d'accord. Un autre petit-enfant aura toujours sa place, parmi nous. Vous allez donc rester ici, le temps d'éclaircir la situation.

Elle releva le menton et faillit lui répondre qu'il n'avait pas le droit de la retenir contre sa volonté, puis elle comprit que ce n'était pas ce qu'il voulait dire.

— Ecoutez, dit-elle finalement, une fois qu'il saura, Seth pourra prendre sa décision. Je n'attends rien de lui ni de personne d'autre.

— Vous avez raison, dit Nate avec un demi-sourire, à moins que ce ne fût un rictus. C'est votre décision, bien sûr. Et la sienne.

Visiblement contrariée de voir son époux capituler aussi vite, Marge cependant s'abstint de tout commentaire.

— Exactement, renchérit Edie, avec un élan de sympathie pour cet homme si compréhensif.

— Alors, lieutenant, reprit Nate en prenant place dans un fauteuil. Que faites-vous dans l'armée de l'air ?

Elle lui expliqua, soulagée de la relative neutralité de ce sujet de conversation. Il lui posa de multiples questions, toutes pertinentes, montrant sa connaissance de l'armée. Plus que Marge, il parut également conscient des dangers qu'elle encourait avec son équipe, à chaque vol, mais il n'insista pas. Marge, en revanche, parut horrifiée à l'idée que Edie puisse piloter des hélicoptères.

— De mon temps, fit remarquer Marge, on ne permettait pas aux femmes de faire ce genre de choses.

— C'est différent aujourd'hui, répondit Edie.

— Oui, tout change, renchérit Nate. Néanmoins, je me souviens que, de mon temps, si les femmes n'allaient pas au combat, on trouvait au front de nombreuses infirmières.

— Quelle honte, soupira Marge effarée.

Nate échangea un sourire complice avec Edie. Peu à peu, au fil de la conversation, elle se détendit. D'ici peu, Seth franchirait cette porte, elle ignorait quelle serait sa réaction. Et alors ? Elle ne connaissait pas cet homme. Un ou deux verres, une nuit ensemble, au total ils s'étaient vus moins de douze heures, avant de reprendre chacun leur route.

Ce qui faisait de lui un parfait inconnu, en dépit de, bref… ! Elle se fichait bien de la façon dont il allait réagir. Il n'était qu'un numéro dans sa vie, un simple géniteur. Quand elle y repensait, tout était allé si vite… Aussi impersonnel qu'un don de sperme.

Mais au fond d'elle, elle savait bien que les choses

étaient plus complexes. Cette nuit avec lui, sauvage et passionnée, jamais elle ne l'oublierait. Et encore moins aujourd'hui, vu les circonstances. Cette nuit qui l'avait faite femme, avait aussi fait d'elle une future mère. Sans parler des conséquences sur sa carrière.

Alors non, il lui serait difficile de rester totalement indifférente à Seth. Il lui avait fait don de deux merveilleux cadeaux. Mais il avait aussi ruiné ses objectifs. Alors, autant le reconnaître, cette expérience avait complètement bouleversé son existence.

Sa première réaction avait été la colère. D'abord contre lui. Pourtant, elle se souvenait l'avoir vu mettre ce préservatif. « Dans deux à trois pour cent des cas, cela peut arriver… » lui avait expliqué sa gynécologue. Elle ne pouvait donc pas blâmer Seth. Elle ne pouvait s'en prendre qu'à elle-même d'avoir cédé à des impulsions qu'elle s'était sagement appliquée à mettre sous cloche pendant des années.

Elle avait donc retourné cette colère contre elle-même, envisagé d'interrompre cette grossesse. Mais en dépit des conseils de ses amies, elle n'avait pu s'y résoudre. Puis, un jour, le bébé avait bougé dans son ventre, et cette vie en elle avait chassé la colère, les doutes et les appréhensions. Elle aurait cet enfant, la discussion était close. Quant au reste, elle ferait de son mieux.

Tout allait donc à peu près pour le mieux dans le meilleur des mondes possibles. Le plus souvent. Avec des hauts et des bas, selon les jours.

Et elle avait connu des jours meilleurs que celui-ci. Seth se mettrait peut-être en colère. Pire, il l'accuserait de mensonge. D'avoir conçu ce bébé avec un autre. S'il avait le culot d'exiger un test de paternité, elle le… Chut, du calme, s'intima-t-elle. Elle ignorait totalement quelle serait sa réaction, alors inutile d'imaginer un scénario catastrophe.

Elle gérerait le moment venu, comme elle l'avait toujours fait.

Marge lui servit un deuxième café, la pressa de prendre un autre biscuit. De nouveau tendue, Edie refusa, car la seule idée de manger lui retournait l'estomac. Ce n'était pas une visite de courtoisie. Elle était sur le point de lâcher une bombe sur un homme qui avait sans doute oublié jusqu'à son existence.

Avait-elle pris la bonne décision ? se demanda-t-elle soudain. Peut-être ferait-elle mieux de lui cacher la nouvelle. Peut-être aurait-elle dû garder ça pour elle. Par quel raisonnement tordu en était-elle arrivée à la conclusion qu'il avait le droit de savoir ? Parce qu'elle n'envisageait pas un jour d'avouer à un petit garçon qu'elle n'avait pas jugé bon d'informer son père de sa naissance ?

Soudain, l'argument lui parut ridicule.

— Vous faites ce qu'il faut, croyez-moi, dit soudain Nate.

Surprise par sa voix, elle le regarda, s'apercevant qu'elle s'était laissé distraire par ses pensées.

— Pourquoi ?

— Je le sais, c'est tout. Je serais furieux si j'apprenais un jour que quelqu'un a décidé de me rayer de la vie de mon enfant sans rien me dire...

Il haussa les épaules, esquissa un sourire.

— Peut-être sera-t-il malgré tout un peu en colère, au début, ajouta-t-il.

— Je l'étais aussi...

— Je peux le comprendre, répondit Nate. Ah ! Mais c'est sa voiture que j'entends. Marge, il est temps d'aller faire une promenade.

— Mais…, protesta Marge avant de se reprendre. Tu as raison.

— Elle adore gouverner son monde ! s'exclama Nate en aparté avec un clin d'œil. A tout à l'heure…

Edie en était sûre, ça ne prendrait pas longtemps. Elle dirait ce qu'elle avait à dire et s'en irait. N'était-ce pas son plan depuis le début ? D'ailleurs, elle aurait déjà dû reprendre la route depuis une bonne heure.

Elle entendit des voix dehors et crut même reconnaître la voix de Seth. Elle retint son souffle, tendue à l'extrême, et sentir son bébé bouger en elle au même instant ne put rien contre son angoisse. Elle posa une main sur son ventre, geste inconscient et protecteur, et attendit.

Seth fut surpris de trouver ses parents sur le point de partir en promenade. En automne, les journées étaient fraîches. Et puis, ils sortaient rarement à cette heure de l'après-midi…

— Tu as une visite, annonça Nate. Nous vous laissons un petit moment, vous pourrez ainsi discuter tranquillement…

Et ils s'éloignèrent, sans autre explication. Seth les suivit des yeux, perplexe, avec un drôle de pressentiment. Pourquoi tant de mystère ? Et quel besoin de le laisser seul avec… Avec qui d'ailleurs ? Qui l'attendait, à l'intérieur ? D'autant que la majorité de ses amis étaient dans l'armée, loin de leur pays pour la plupart.

Intrigué, il se dirigea vers la porte d'entrée tout en s'essuyant machinalement les mains sur son jean maculé de plâtre, la faute à ces travaux de rénovation qu'il était en train de réaliser dans la maison qu'il venait d'acheter.

Lorsqu'il pénétra dans le salon, la première chose qu'il vit fut le treillis. Puis le visage au-dessus.

— Edie ! s'exclama-t-il, stupéfait.

Il se souvenait parfaitement d'elle. De ses cheveux roux très courts, de ses yeux bleus, comme de son corps voluptueux sous la tenue réglementaire. Mille fois, il s'était reproché d'avoir agi comme un salaud, car elle était vierge, bon sang ! Mais jamais il n'aurait cru la revoir un jour, même s'il l'avait espéré très fort. Elle avait été si claire, alors, en sous-entendant qu'elle préférait en rester là. C'était il y a… cinq mois, déjà ? Si elle avait eu envie de le revoir, elle aurait pu lui écrire. Après tout, il lui avait donné l'adresse de ses parents, non ?

Aujourd'hui, elle était là devant lui, et il comprit très vite que son sourire n'avait rien d'amical. Elle semblait nerveuse. A cran, même. Une tension semblable à celle que tous les soldats éprouvent, avant une mission.

— Edie ?

Quelque chose n'allait pas. Il s'approcha du canapé, hésitant. Que faire ? Lui serrer la main ? S'asseoir ? Attendre ?

— Bonjour, Seth, dit-elle enfin, avec un frêle sourire.

De plus en plus anxieux, mais n'ayant pas la moindre idée de ce qui se passait, il lui tendit la main.

— Comment vas-tu ?

Elle serra sa main, silencieuse, puis son sourire s'évanouit.

— Tu as la tête de quelqu'un qui préférerait se trouver à mille lieues de là, fit-il remarquer, dans un effort pour détendre l'atmosphère.

— C'est exact, répondit-elle sèchement.

Il en fut encore plus troublé, puis il se raisonna. Elle finirait bien par lui expliquer la raison de sa visite. Il réfléchit à toute vitesse. Non, il n'y avait aucune raison pour qu'elle fût porteuse d'une mauvaise nouvelle. Ils ne connaissaient pas les mêmes personnes. Mais alors quoi ?

— Café ? proposa-t-il pour rompre le silence.

— Non, merci.

Il sourit. Elle était aussi belle que dans ses souvenirs. Peut-être même plus. Mais bon, ce n'était peut-être pas le moment.

— Alors, quoi de neuf ?

— Je suis enceinte.

2

Edie vit la colère monter en lui. Assombrir son regard. Puis il laissa échapper un chapelet de jurons qui aurait pu heurter les oreilles les plus aguerries.

— Reste ici, ordonna-t-il. Ne bouge pas de là.

Puis il tourna les talons et disparut. Elle entendit la porte de derrière claquer.

Rester ici ? Et puis quoi encore ! Elle en avait terminé, et elle n'avait aucun ordre à recevoir de lui. Elle se leva.

Dieu, il était aussi beau que dans ses souvenirs. Ses cheveux avaient poussé. Ils étaient noirs et épais, un peu ébouriffés. Le jean lui allait bien, très bien… Bref, il était irrésistible. Et alors ?

Voilà, elle avait fait son job. Et si elle se fiait à sa réaction, elle n'avait aucune inquiétude à se faire pour l'avenir. Il les laisserait tranquille, l'enfant et elle.

Elle posa sa tasse sur la table basse, ajusta son treillis et releva la tête, se sentant subitement étonnamment légère. Elle avait accompli sa mission. Terminé. Et elle se fichait de ce qu'il pensait. Elle n'attendait rien de lui.

Rien. Elle était parfaitement capable d'élever un enfant toute seule. Elle avait fait des choses bien plus ardues.

Elle se dirigea vers la porte de devant, l'ouvrit et… tomba nez à nez avec Marge et Nate Tate, de retour de leur promenade.

— J'ai été ravie de vous rencontrer, dit Edie avec

chaleur. Vous avez été adorables. Et je vous ferai parvenir une photo du bébé quand…

— Une minute, l'interrompit Marge.

— Je n'ai plus rien à faire ici. Je voulais juste mettre Seth au courant. C'est chose faite.

— Comment a-t-il réagi ? demanda Marge.

— Il est furieux.

— Il est sous le choc, rectifia Nate. Sous le choc.

— Il est furieux, répéta Edie. Je m'y attendais. Je vais donc repartir et vous laisser avec lui. Désolée pour le dérangement.

— Croyez-moi, reprit Nate en posant une main sur son épaule. Mon garçon est simplement sous le choc.

— Sous le choc, c'est impossible, pas pour un nageur de combat de sa catégorie, insista-t-elle, à cran maintenant. Je vous en prie, laissez-moi passer.

Nate retira sa main et fit un pas de côté. Seule Marge demeurait en travers de son chemin, le regard suppliant.

— Je ne peux pas vous retenir de force, mais j'aimerais que vous restiez. Mais si vous refusez, promettez-moi au moins de nous donner des nouvelles…

— Je vais y réfléchir.

Puis elle se faufila entre Nate et Marge et se dirigea vers sa voiture. Elle se sentait soulagée. Libérée. Elle avait fait son devoir. A présent, elle pouvait tourner la page…

— Edie ! Attends !

Elle se figea, envisagea un quart de seconde de sauter dans sa voiture et de s'enfuir au plus vite. Puis la sensation de bien-être qui l'avait envahie une minute auparavant commença à s'estomper. Peut-être n'en avait-elle pas vraiment terminé, ici…

— Edie, je t'en prie…

Elle soupira et se tourna vers Seth.

— Tu n'es pas obligé de dire quoi que ce soit. Je peux me débrouiller seule. Je pensais juste qu'il était de mon devoir de t'informer. Mais je n'attends rien, absolument rien de toi. Et je m'en vais.

— Attends, répéta-t-il en s'approchant d'elle. Je ne suis pas en colère contre toi, dit-il sur un ton ferme, avec sang-froid, comme on pouvait l'attendre d'un membre des forces spéciales. Je suis furieux contre moi-même. Je t'en prie, écoute-moi…

— Il n'y a rien à dire.

— Au contraire, il y a beaucoup à dire. Je suis furieux contre moi, en aucun cas contre toi. Tout est ma faute. Je n'ai pas su faire attention à toi.

— Tu n'y es pour rien. Ce n'est la faute de personne.

— Mais…, ajouta-t-il, hésitant. Ne t'en va pas. Pas tout de suite. Je te promets de ne pas te retenir trop longtemps. Mais nous devons parler.

— Parler de quoi, Seth ? De l'erreur que nous avons commise ? C'est évident. Et d'une certaine façon, je suis heureuse de ce qui arrive, maintenant que je me suis faite à cette idée. Tout ira bien. Je n'ai rien à ajouter. Terminé.

— Non, ce n'est pas terminé. Pas du tout. C'est aussi mon enfant. J'ai bien le droit à un peu de considération…

Elle prit conscience à ce moment que pour quelqu'un fermement décidé à tourner la page, elle hésitait beaucoup. Elle devait prendre une décision, soit monter dans sa voiture et partir, soit rester encore un peu.

Ressentir de l'attirance pour Seth ne l'aidait guère. D'ailleurs, ce désir était à l'origine de tout ce chaos. Elle détourna les yeux et regarda au loin, derrière les maisons, les sommets pourpres des montagnes à l'horizon. Un paysage magnifique. Magique, songea-t-elle, presque malgré elle.

Oui, sans doute avait-il raison. Elle lui devait bien ça. Et l'idée peu à peu s'imposa à son esprit, presque naturellement. Et elle le devait aussi au bébé qui grandissait dans son ventre. Donner au moins une chance à son père de faire partie de sa vie. Mais à elle, que devait-elle ?

Accéder à la demande de Seth contrecarrait tous ses plans. Mais n'était-ce pas le lot de toute mère que de penser d'abord au bien de son enfant avant le sien propre ?

— Je vais demander à mon père et ma mère de nous laisser seuls, reprit-il. Et si ma mère s'obstine à vouloir mettre son grain de sel, nous pourrons aller chez moi. Mais reste, je t'en prie, au moins que nous puissions parler.

— Entendu, répondit-elle à contrecœur. Juste le temps d'une conversation.

— C'est tout ce que je te demande, dit-il. J'ai besoin de me remettre de mes émotions, ensuite nous discuterons de ce que je peux faire. De la place que je peux avoir, éventuellement en tant que père. Mais je refuse que tu partes comme ça, sans que rien ne soit résolu…

Résolu ? En dépit de ses paroles, il semblait donc penser qu'elle attendait quelque chose de lui ? Mais elle n'avait pas besoin de lui, et s'il espérait la convaincre du contraire, il se trompait.

Elle rangea ses clés dans son sac et regagna la maison avec lui. Le plus difficile était peut-être passé. Peut-être auraient-ils une conversation apaisée et civilisée ? Et peut-être, après tout, avaient-ils besoin de parler. Elle avait fait tout ce chemin dans le seul but de lui apprendre la nouvelle, pour le bien de son bébé. Mais peut-être devait-elle plus à son enfant…

Tant de *peut-être*. Elle réprima un soupir. Apparemment, elle s'était trompée en croyant que tout serait résolu, une fois son message délivré. Mais qui sait, l'espoir était permis. Même si elle ne voyait pas bien ce qui pouvait sortir de cette conversation.

Marge et Nate attendaient dans le hall d'entrée. La mère de Seth lui sourit, avant de s'excuser, expliquant que l'heure était venue pour elle de s'occuper du dîner et de préparer la chambre d'amis. Edie, qui n'avait pas prévu de rester, sentit son estomac se nouer.

— Ne lui en voulez pas, dit Nate avec un sourire penaud. Cuisiner la détend. Faites comme bon vous plaira, tous les deux.

— Nous aimerions pouvoir discuter en paix, sinon nous irons chez moi…

— Enfin, Seth ! Tu ne peux pas l'emmener chez toi. C'est un vrai chantier ! entendit-on Marge répliquer depuis la cuisine.

Seth leva les yeux au ciel avec un soupir las.

— Maman, Edie en a vu bien d'autres, je peux te l'assurer, dans le cadre de son travail. Et ce n'est pas une maison en travaux qui risque de l'effrayer. Inutile de chercher à la materner. Sache que cette femme a l'habitude de piloter son hélico au milieu des balles pour venir récupérer des types comme moi. Elle sait ce qu'elle fait, crois-moi.

— Tu as sans doute raison, répondit Marge, sur le seuil du salon. Mais que veux-tu, maman un jour, maman toujours. C'est plus fort que moi.

Et elle disparut de nouveau.

— Sois gentil avec ta mère, Seth, dit alors Nate. Il y a beaucoup de choses qu'elle n'imagine même pas. Et je ne veux pas que ça change.

— Compris, papa. Mais un jour Edie m'a sauvé la vie, la mienne et celle de mes hommes, alors que ça tirait de tous les côtés. Je ne veux pas qu'on lui manque de respect.

— Ce n'est pas un manque de respect, répondit Nate, qui s'adressa ensuite à Edie. Si vous décidez de rester, vous êtes la bienvenue…

Puis il alla retrouver sa femme dans la cuisine.

— Eh bien, chuchota Edie, se sentant mieux disposée à l'égard de Seth, après la façon dont il venait de parler d'elle.

— Mon père était dans les commandos, au Viêt-nam, expliqua Seth. Je pense qu'il y a une foule de choses qu'il n'a jamais racontées à ma mère.

— C'est plus sage, répondit-elle, convaincue elle aussi de la nécessité de préserver l'innocence de ceux qui n'avaient jamais été confrontés à l'horreur des combats.

— Nous pouvons nous installer dans le salon, suggéra Seth. Ou dans le séjour. Ou dans l'une des chambres.

— Où serons-nous le plus tranquilles ?

— Peu importe. Mon père veillera à ce que personne ne vienne nous déranger.

Elle opta pour le salon, pas trop loin de la sortie, préférant de ne pas s'avancer plus loin dans cette maison si — trop — chaleureuse. Elle reprit sa place sur le canapé, Seth s'installant de son côté dans le fauteuil en face. Tellement séduisant, tellement… Le moment était mal venu pour s'extasier. D'autant que la beauté de cet homme était la cause même de la situation dans laquelle elle se trouvait aujourd'hui. Un moment de faiblesse, un pur moment de désir, et c'était toute sa vie qui s'en était trouvée bouleversée. Et celle de Seth aussi, à présent.

— Tu es marié ? lui demanda-t-elle.

— Je l'ai été, répondit-il, avec une légère moue. Deux fois. Darlene m'a quitté, car elle ne supportait pas mon mode de vie et mes absences répétées. Elle a épousé un éleveur de chevaux. J'ai réitéré l'expérience quelques années plus tard. Mon Dieu, cette femme, j'en étais fou.

— Que s'est-il passé ?

— Un type ivre au volant l'a fauchée, alors qu'elle rentrait d'une réunion de parents d'élèves, à l'école.

Elle ressentit un chagrin sincère pour lui, ainsi qu'un certain soulagement. Emotions contradictoires. Voire incompatibles.

— Je ne risque donc pas de briser un ménage…

— Oh ! non. Je suis seul, sans enfants. Jusqu'à aujourd'hui, dit-il en croisant les jambes, tout en la regardant dans les yeux. J'ai complètement raté mon premier mariage, mais je n'ai jamais eu l'occasion de tester mes aptitudes de père. Je suis heureux que tu sois venu me le dire.

— Alors, tu ne doutes pas d'être le père de cet enfant ? dit-elle, surprise de mesurer combien cette inquiétude n'avait cessé en réalité de la hanter.

Ce qui était parfaitement ridicule.

— Pourquoi en douterais-je ? répondit-il. Je n'ai peut-être passé que quelques heures avec toi, mais je pense t'avoir bien cernée. Je sais ainsi que l'honneur, le devoir et la loyauté ne sont pas de vains mots, pour toi.

— C'est exact, dit-elle.

En fait, toute sa vie tournait autour de ces valeurs.

— Ecoute, continua-t-elle, je ne vois pas ce que nous pourrions nous dire de plus. Tu viens juste d'apprendre la nouvelle. Je ferais peut-être mieux d'y aller, de façon à te laisser le temps de réfléchir à tout ça. Ensuite, nous pourrons parler.

Elle ressentit brusquement le besoin de quitter cet endroit au plus vite. Essentiellement à cause de son attirance pour cet homme. Le fait de se retrouver en tête à tête avec lui avait déjà eu des conséquences… inattendues. Elle ne voulait pas répéter la même erreur.

— Bien sûr, acquiesça-t-il, conciliant. Mais j'aimerais

avant m'entendre avec toi sur certaines choses qui me paraissent essentielles. Et bien sûr, je dois savoir où te joindre…

Elle détourna les yeux. Elle avait l'impression de ne pas pouvoir réfléchir correctement si elle le regardait.

— Bien évidemment, je garde le bébé…

— Je suppose que tu as dû prendre le temps de peser le pour et le contre ?

— En effet. Je suis actuellement interdite de vol. Mes supérieurs m'ont affectée à un travail de bureau. Et je déteste ça. J'ai dû tirer temporairement un trait sur ma carrière de pilote. Mais je ne vais pas confier cet enfant à je ne sais qui, uniquement pour assouvir ma soif d'action.

Il la dévisagea, d'abord silencieux, avant de répondre.

— J'apprécie…

— Quoi donc ?

— Que tu n'envisages pas d'abandonner l'enfant. J'ai moi-même été adopté.

— Ta mère m'a raconté.

— Mes parents adoptifs étaient adorables. Je n'ai jamais manqué de rien, avec eux. Jusqu'à leur décès. A partir de ce moment-là, je n'ai eu qu'un objectif, retrouver mes parents biologiques. Cela n'a rien d'original, c'est le cas de bien des enfants abandonnés à leur naissance…

— L'idée d'abandonner mon enfant ne m'a jamais traversé l'esprit. Pas plus que l'avortement, avoua-t-elle.

Mais quel besoin avait-elle de lui raconter ça, après tout ? Cela ne le regardait en rien.

— Je m'en réjouis.

— Tu n'en aurais jamais rien su.

— C'est juste, dit-il, en la dévisageant, comme si elle était une énigme pour lui. Tu es arrêtée pour combien de temps ?

Elle fut tentée de mentir, mais ce n'était pas dans ses habitudes. Elle décida alors de lui dire la vérité.

— J'entame juste un mois de congé.

— Bien. Dans ce cas, si je parviens à te convaincre de rester, nous aurons tout le temps de parler et de régler certaines choses.

— Quelles choses ? Et pour quoi faire, Seth ? Je peux prendre soin de mon bébé toute seule.

— Je te crois sur parole. Mais pourquoi cet enfant ne pourrait-il pas avoir un père, au moins de temps en temps ? Qu'en penses-tu ? Si, bien sûr, tu m'en juges capable. Je n'ai pas la moindre expérience en la matière, et mon mode de vie, comme tu le sais, n'a jamais été propice à la paternité…

Quelque chose d'étrange se produisit alors. Ce fut comme si un personnage venait se substituer à un autre. Il y avait Seth le nageur de combat, implacable et autoritaire, et sous ses yeux, un autre homme, avec ses failles et ses doutes.

— Et zut ! marmonna-t-elle.

Elle aurait préféré ne pas voir cet aspect-là de sa personne, l'autre lui convenant mieux pour ce qu'elle avait à faire.

— Pardon ?

Elle préférait garder cette découverte pour elle. Sans compter qu'elle pouvait se tromper. Seul le temps le dirait.

— Rien, dit-elle. Ecoute, si tu peux me promettre que je ne ferai l'objet d'aucune pression, je suppose que je peux rester quelques jours…

Elle le devait bien à son bébé. Du moins, ce fut ce dont elle parvint à se convaincre.

— Je m'y engage, répondit-il. Pour ma mère, je ferai de mon mieux.

— Elle était prête à m'adopter, chuchota Edie avec un léger sourire.

— Cela lui ressemble bien. Mais mon père veillera à ce qu'elle ne t'importune pas. Ma mère a un cœur gros comme ça. Elle a parfois du mal à tempérer ses élans…

— Je m'en suis rendu compte, soupira Edie.

Même si elle avait de la sympathie pour Marge, elle ne voulait pas la laisser décider de sa vie.

— J'ai déjà subi assez de pressions comme ça, ajouta-t-elle. De la part de mes amies, mais aussi de mes supérieurs qui m'ont mise en garde, par rapport à ma carrière.

— Des officiers supérieurs ont osé te dire une chose pareille ? demanda-t-il, choqué.

— Pas directement, mais à mots couverts, oui. Réglez ce petit problème, enfin tu vois, ce genre d'allusions…

— C'est inadmissible. Mais je suppose que c'est inévitable.

— Je ne me fais pas d'illusions. Après mon congé maternité, j'imagine que l'on me nommera chef d'un bureau quelconque…

— Mais tu as déjà à ton actif pas mal de médailles. Tu pourrais faire intervenir quelqu'un. Tu dois bien avoir des appuis…

— Si peu. Et puis, je suis une femme, et cela pour l'armée, c'est rédhibitoire…

C'était la vérité, le machisme avait toujours cours parmi les hauts gradés. Elle avait contre elle tout un système, et pas de relations. Sa carrière, elle ne la devait qu'à elle.

— Je n'ai plus la taille aussi fine, dit-elle en posant une main sur son ventre. Mais ça ne se voit pas trop encore.

— Dans cette veste-là, on ne devine rien. Garçon ou fille ?

— Garçon.

— Bien, dit-il en souriant. Au moins, parler à un garçon, je sais faire.

— Comment est-ce possible ? Tu as bien six sœurs, non ?

— Oui, mais j'arrive rarement à placer un mot…

Ce fut plus fort qu'elle. Elle éclata de rire. En fin de compte, les choses se passaient plutôt bien. Il faisait de son mieux pour la mettre à l'aise. Et il y parvenait. Elle n'était plus sur la défensive. Le pire était passé, pour l'instant en tout cas. L'heure était à la détente.

— Alors, tu répares une maison ?

— Non, simple rénovation. Elle était à un couple qui vivait là depuis trente ans, sans jamais avoir entrepris les moindres travaux…

— Si je comprends bien, tu as pris ta retraite ?

— Exact. Pas de poste administratif pour moi.

— Et comment se passe l'apprentissage de la vie civile ?

— Oh ! du moment que je m'occupe, répondit-il en riant. Je n'arrête pas. Je travaille beaucoup. Je pensais peut-être me lancer en politique. Député, shérif, je ne sais pas. Je ne crois pas être prêt… Bref, rien n'est encore décidé…

Elle voyait parfaitement ce qu'il voulait dire. Aujourd'hui encore dans l'armée, elle s'interrogeait pourtant sur son avenir. Une nuit en Afghanistan avait tout remis en question. Et elle ne pouvait s'en prendre qu'à elle-même. L'alcool n'était pour rien dans tout ça. Elle n'était pas ivre, le soir où elle avait couché avec Seth. Elle avait joué, elle avait perdu. C'était la faute à pas de chance.

Il avait fallu des mois pour que cette « défaite » lui apparaisse comme une victoire. Elle ne pouvait donc pas exiger trop de lui. Mais, au moins, se comportait-il en homme d'honneur. En homme digne de ce nom.

Respectueux… Et sexy. Or, elle se serait bien passée de la dernière partie de l'équation. Mais malheureusement, les picotements sur sa peau et les frissons dans le creux de ses reins étaient on ne peut plus explicites. Non, hors de question qu'elle refasse la même erreur !

Elle laissa échapper un soupir.

— Oui ? demanda-t-il.

— Rien, je pensais.

— Tu dois être fatiguée.

— J'ai l'impression de me fatiguer plus vite, ces derniers temps.

— Tu veux que j'aille voir si ma mère a préparé la chambre ? Tu pourrais faire un somme, avant le dîner.

L'idée était tentante, mais elle ne se sentait pas encore suffisamment à l'aise dans cette maison.

— Plus tard, peut-être. Mais il faut que je surélève les jambes. J'ai passé trop de temps dans la voiture, et mes bottes me serrent.

En un éclair, il bondit de son fauteuil, attrapa un coussin et le déposa devant elle.

— Merci, dit-elle en posant les pieds dessus.

— Veux-tu que je détache tes lacets ? Pour faciliter la circulation…

Et en plus, il était prévenant et attentionné !

— Tu ne crains pas que mes chevilles explosent ? plaisanta-t-elle.

— J'en ai vu d'autres, répondit-il avec un sourire amusé. Puis-je te servir quelque chose à boire ?

— Un verre de lait, merci, répondit-elle, luttant contre le sommeil, comme si, après la tension accumulée, elle n'avait plus d'énergie.

Il gagna la cuisine, lui accordant quelques minutes d'intimité dont elle avait grand besoin. Pour faire le clair dans sa tête sur ce qui s'était passé.

De retour dans le salon, Seth la trouva endormie. Un grand verre de lait à la main, il s'immobilisa et l'observa.

Oui, elle était décidément aussi belle que dans ses souvenirs. Cette peau claire et fine, aussi douce que la soie… Il hocha la tête : ses mains n'avaient rien oublié. Et ce visage… La délicatesse de ses traits quand elle dormait était étonnante. Il repensa à cette soirée avec elle. Une jeune femme drôle. Et sexy. Terriblement sexy. Coucher pour coucher n'était pas non plus son style, en dépit de quelques exceptions.

Mais il ne s'attendait pas à ça ! Comment aurait-il pu ? Des sentiments contradictoires se bousculaient en lui. Un bébé ? Un fils ? Rien ne le préparait à une chose pareille. Et en cet instant, il se sentait complètement démuni. Un sentiment tout à fait inhabituel, chez lui.

La situation allait demander de nombreux ajustements. Il en était conscient. Une aide financière. Des visites. Hors de question d'ignorer l'existence d'un enfant dont il était le père. Mais jusqu'à quel point Edie le laisserait-elle s'impliquer ? Serait-il même à la hauteur ? Un homme devrait avoir plus de temps pour se retourner face à pareille nouvelle, et pas simplement quatre mois pour se faire à l'idée.

Bien. Il avait fait une bêtise, et aujourd'hui il devait l'assumer. Inutile de se torturer avec des « si » et des « comment », une petite vie aujourd'hui attendait de lui qu'il prenne des décisions. Et rapidement.

Il retourna calmement dans la cuisine et mit le verre de lait au réfrigérateur.

— Elle dort, déclara-t-il.

— Que vas-tu faire ? demanda Marge.

— Ce qu'il faut, maman.

— J'espère un peu plus que ça…

— Marge, s'interposa Nate. Parfois, c'est la première chose à faire…

— Je n'arrive pas à croire que tu aies pu mettre cette fille enceinte, soupira Marge.

— Je ne suis pas un saint, maman. Je n'en connais pas personnellement, parmi les forces spéciales.

— De toute façon, renchérit Nate, ce qui est fait est fait, ma chérie.

— Mais quand même, insista Marge. La vie amoureuse de Seth a toujours été source de problèmes. Il y a eu Darlene, puis Maria…

— Maria a sûrement fait exprès d'être tuée dans un accident de la route, rétorqua sèchement Seth. Et je te remercie de me rappeler un souvenir aussi douloureux… Dans l'immédiat, une seule chose m'inquiète…

Il s'assit sur un tabouret à côté de son père et regarda sa mère.

— Tu n'as pas idée de ce qui se passe là-bas, et c'est tant mieux. Mais parfois, des choses arrivent. La faute à l'adrénaline. A l'euphorie, parce que tu as sauvé ta peau. Edie m'a récupéré alors que mes hommes et moi étions piégés… Je tenais à la remercier et… Et nous voilà, aujourd'hui. C'est comme ça.

— C'est comme ça, oui. Eh bien, je te conseille de faire ce qu'il faut, parce que je n'ai pas l'intention de me voir privée de l'un de mes petits-enfants, répliqua Marge.

— Je n'ai pas plus envie de me voir privé d'un fils. Peut-être le seul que j'aurais jamais. Quant à la place que j'aurais dans sa vie, cela dépend d'Edie. Tu dois le comprendre. Il s'agit avant tout d'Edie et du bébé. J'ai assez créé de problèmes comme ça.

— Un bébé n'est jamais un problème.

— Oh là là ! soupira Nate.

— Vraiment ? reprit Seth. J'ai bousillé sa vie. Sa carrière dans l'armée. Elle avait des objectifs, aujourd'hui réduits à néant parce qu'elle est enceinte. Elle risque de ne plus jamais piloter d'hélicoptère dans l'armée, de retrouver tout au plus un poste administratif. Mais elle peut d'ores et déjà tirer un trait sur ses rêves de promotion. Car elle a refusé d'avorter et n'envisage pas d'abandonner le bébé non plus…

— Oh ! mon Dieu, quelle horreur, abandonner son bé…

La voix de Marge se brisa.

Seth baissa les yeux. Sa mère venait de se rappeler. Comment elle l'avait confié, lui, aux services de l'adoption après sa naissance. Tout ça était loin, bien sûr, mais le vécu de sa mère allait forcément compliquer les choses. Car il n'était pas simplement question d'une future maman et de son bébé, mais de l'occasion pour Marge de réparer son erreur passée.

— Peut-être devrais-je emmener Edie chez moi, dit-il à son père.

— Peut-être bien, mon fils, répondit Nate.

— Elle est la bienvenue, ici, insista Marge.

— Elle ne veut pas créer d'histoires et espère bien ne pas subir de pressions. Te sens-tu capable de lui faire cette promesse, maman ?

Marge le fixa, puis soupira et ferma les yeux. Des odeurs alléchantes de poulet rôti flottaient dans la cuisine. Après un petit moment de silence, sa mère secoua la tête.

— Je suis désolée, je ne vous suis pas d'une grande aide…

— Ce n'est pas grave, mon trésor, la consola Nate en se levant pour prendre sa femme dans ses bras.

— Ne t'en fais pas, maman, dit Seth. Les temps ont changé. Edie a des possibilités que tu n'avais pas. Et moi aussi, de ce fait. Laisse-nous régler les choses comme nous l'entendons, et tout ira bien.

Dans les bras de son mari, Marge hocha doucement la tête, tout en regardant son fils.

— Je n'oublierai jamais quand tu es venu frapper à notre porte. Après tout ce temps. Oh ! comme j'étais heureuse…

— Et pour la deuxième fois, j'ai complètement bouleversé ton existence, lui rappela Seth. Alors, oui, maman, parfois un bébé peut être source de problèmes… Le temps de trouver les solutions.

— Tu as sans doute raison, chuchota Marge, avec un sourire triste.

Il se leva et retourna s'asseoir dans le salon, en face d'Edie qui dormait toujours, paisible. Un enfant. Il devait s'habituer à cette idée et vite. Car le temps pressait.

3

Edie s'éveilla d'un mauvais rêve dans lequel elle se crashait aux commandes de son hélico, au milieu d'une vaste étendue d'eau. Puis quelqu'un cria son nom… Elle s'éveilla en sursaut et rouvrit les yeux. Seth.

— Le dîner sera bientôt près, murmura-t-il, penché sur elle.

Elle comprit instantanément la symbolique de son rêve. Toute cette eau…

— J'ai besoin d'une salle de bains. Vite…

— Je vais te montrer…

Il s'agissait d'une extrême urgence, un besoin de plus en plus fréquent, à mesure que sa grossesse avançait. Elle le savait pourtant, elle devait passer par la case toilettes avant de se coucher. Mais cette fois, elle avait oublié. Certes, elle ne s'attendait pas à s'endormir sur ce canapé.

Elle se leva rapidement, et Seth parut comprendre, car il la guida sans tarder jusqu'à une petite salle de bains, au bout d'un couloir.

— Prends ton temps, dit-il en l'invitant à entrer.

Le temps ? Une éternité, oui ! Au diable ce treillis trois fois trop grand ! Un vrai cauchemar. Elle se battit un moment avant de trouver enfin le bouton de son pantalon.

La chose faite, elle souffla, soulagée, puis rajusta ses vêtements le mieux possible avant de se regarder de profil dans le miroir, en faisant glisser ses mains sur son ventre rebondi. Encore raisonnable, pas trop gros, mais elle était prévenue, ça pouvait très vite changer. « Porté haut » avait déclaré une de ses amies, pour dire, supposait-elle, qu'elle n'était pas au bout de ses rondeurs. Mais déjà, sa taille avait disparu. Et elle ne finissait pas de s'étonner des métamorphoses de son corps.

Elle soupira, reboutonna à la hâte son pantalon et rentra tant bien que mal sa chemise. Cette fois, le miroir lui renvoya l'image d'une femme rousse aux yeux bleus, l'air fatigué et chiffonné. Elle n'avait même pas de peigne. Tout était resté dans la voiture.

Elle tenta de se recoiffer en quelques gestes, plaquant les mèches récalcitrantes avec de l'eau. Cependant, le résultat ne se révéla guère concluant. En fait, à peu de choses près, elle était aussi présentable que quand elle rentrait de mission. Oh ! ciel.

Seth attendait dans le couloir, appuyé contre le mur, bras croisés.

— Prête ? dit-il avec un léger sourire quand elle réapparut.

— On va dire ça…

— Ils ne vont pas te manger. Et puis, j'ai fait la leçon à ma mère pour qu'elle te laisse tranquille. J'espère que tu aimes le poulet rôti, la purée de pomme de terre et les légumes sautés.

— Je ne suis pas difficile.

— Moi non plus… Depuis que je suis dans l'armée.

Elle rit avec lui. Chose qu'elle n'était pas sûre de vouloir faire, mais bon… Une trêve en quelque sorte. Non qu'il y eût la guerre entre eux. Pas encore en tout cas.

Le dîner fut étonnamment détendu, au vu de ce qui l'avait précédé. Nate leur raconta des anecdotes de son travail de shérif. Puis, Edie s'extasiant devant les dessins au mur, Marge expliqua qu'ils s'agissaient des œuvres de ses filles, enfants.

— En fait, je fais des expositions saisonnières, déclara Marge, avec un sourire radieux. Là, vous voyez leurs dessins d'automne, mais d'ici peu, j'afficherai leurs dessins de Thanksgiving, et après, ceux de Noël.

— Croyez-moi, six filles à la maison, ça en fait des dessins, déclara Nate avec un clin d'œil à sa femme.

— J'en ai des cartons entiers, poursuivit celle-ci en riant. Heureusement, le grenier est grand.

— Et il y a suffisamment de murs pour les accrocher, renchérit son époux.

— De quoi faire de sacrées économies de papier peint, remarqua Seth.

Ils éclatèrent de rire. Edie se promit de garder précieusement dans une malle les souvenirs de son enfant. Tiens, c'était la première fois qu'elle avait ce genre de pensées. Qu'elle voyait aussi loin.

Après le repas, elle proposa son aide, mais Marge ne voulut rien entendre. Une fois de plus, l'invitation à profiter de la chambre d'ami fut lancée. Encore réticente, Edie se contenta de répondre :

— Je vais y réfléchir.

— Je dois te prévenir, dit Seth, une fois dans le salon, ses parents étant restés dans la cuisine. Le seul motel de cette ville est, comment dire… ? A côté, la base aérienne de Bagram, c'est le Ritz. Et tu ne vas pas reprendre la route ce soir, j'espère.

Elle n'en avait aucune envie. Mais elle hésitait encore, même pour une nuit. En tout cas, Seth n'insista pas, s'abstenant d'exercer toute pression sur elle. Ce dont elle lui fut reconnaissante. Entre autres choses.

Elle reprit sa place sur le canapé, suréleva ses jambes.

— Tu ne préfères pas enlever ces bottes ? s'enquit-il.

Une chose était sûre : si elle s'avisait de les retirer, elle ne les remettrait pas. Or, elle ne pouvait envisager de marcher pieds nus dehors. Elle refusa. L'expérience lui avait appris à ne jamais se déchausser avant d'être bien en sécurité.

Il s'assit face à elle, détendu. Un instant, elle pensa fermer les yeux et faire semblant de dormir. Le dîner lui avait apporté un sentiment de bien-être dont il ne restait plus grand-chose. Une tension presque palpable flottait maintenant entre eux.

— Et si tu me parlais de toi, commença-t-il. De ta réaction, lorsque tu as su…

— Il y aurait tant à dire…

— Prends ton temps. J'aimerais savoir.

— En fait, je crois que je le savais, répondit-elle après une brève hésitation.

— Vraiment ?

— Eh bien, j'ai toujours eu pour habitude de clôturer une mission avec un bon repas et deux verres. Or, depuis cette fameuse nuit, j'ai rayé l'alcool de ma vie…

— C'est possible, dit-il, en la regardant au fond des yeux. J'ai entendu mes sœurs raconter ce même genre de choses, dire qu'elles avaient su qu'elles étaient enceintes avant même d'en avoir la confirmation…

— En tout cas, j'ai perdu toute envie de boire, soupira-t-elle. Et puis, je n'ai pas eu mes règles. J'ai attribué cela au stress. Mais au fond de moi, je savais, Seth. Oui, d'une certaine façon, je le savais. J'étais simplement dans le déni.

— J'imagine…

Sans doute le pouvait-il. Sauf qu'elle ne lui avait pas donné l'occasion de le faire. Comme il attendait, elle se décida à lui en dire plus :

— Quand, pour la deuxième fois, je n'ai pas eu mes

règles, le déni n'a plus été possible. J'ai bien tenté de faire comme si, mais… Malgré ma colère et une furieuse envie de fuir la réalité, il a bien fallu que je me raisonne. Je devais faire ce qu'il fallait pour le bébé. A commencer par voir un médecin.

Elle s'interrompit, ferma brièvement les yeux.

— C'est difficile à expliquer, poursuivit-elle. J'ai été perturbée un long moment, passant de la colère au désespoir. A me dire que ce n'était pas vrai. A me détester…

— Pourquoi ?

— Parce que cela ne me ressemble pas de fuir devant les événements. En règle générale, je les affronte.

— Tu étais sous le choc…

— Oui, dit-elle, avec un petit rire plein d'amertume. Et sous le choc aussi quand ils m'ont interdite d'hélico. J'étais encore capable de piloter, tu sais…

— J'en suis sûr.

— Mais c'est mieux pour le bébé, convint-elle, une main sur son ventre. Le stress est à éviter.

— Quel séisme, pas vrai ? demanda-t-il avec douceur.

— C'est toute ma vie qui a été ébranlée. Tout a changé, et si vite. Ma routine, maintenant, ce sont les nausées matinales, les émotions en dents de scie… Il a fallu du temps pour que ça passe.

— Un moment difficile, j'imagine.

— Non, je doute que tu puisses l'imaginer.

— Tant que ça ?

— Pire encore, dit-elle en riant, la tension peu à peu s'estompant. J'ai eu du mal à me faire à cette idée. J'étais sûre de pouvoir trouver un moyen de concilier carrière et enfant. La vérité, c'est que les deux ne sont pas compatibles. Je me sentais trahie. Pas par toi, mais par mon corps. Merde, combien de femmes tombent enceintes, malgré l'utilisation d'un préservatif ? « Ce sont des choses qui arrivent », voilà tout ce qu'a su me dire le médecin. Oh ! et aussi, « la prochaine fois, prenez la pilule ». La prochaine fois ? Alors qu'il n'aurait même pas dû y avoir de première fois !

— Je suis désolé.

— Non, ne t'accable pas. Je suis une grande fille. Et j'ai fait quelque chose que je n'aurais pas dû faire. Que je n'avais jamais faite avant, de crainte de saborder ma carrière. Je le sais, ça faisait beaucoup jaser autour de moi, le fait que je n'aie jamais couché avec un homme, mais je m'en moquais. Et quoi ? Il aurait fallu que je couche avec le premier venu ? Non, certainement pas…

— Malheureusement, tu as croisé mon chemin, dit-il en secouant la tête.

— Je ne me souviens pas d'avoir protesté, ce soir-là…

Sa remarque le fit sourire.

— C'est juste. C'est nous deux qu'il faut blâmer.

Elle ne répondit rien et regarda ses mains croisées sur son ventre. Partir loin d'ici, loin de lui, tout de suite, serait certainement la chose la plus intelligente à faire. Mais le bébé… Elle soupira.

— Mais revenons à mes aventures. J'ai prétendu un certain temps être parfaitement en mesure d'effectuer mon travail. J'en étais convaincue. Mais ils ont pris leur décision. Les risques que je pourrais faire encourir à nos soldats. A mon bébé. Mon instabilité émotionnelle. Chaque matin, je me réveillais en espérant avoir fait un cauchemar. J'étais en permanence au bord des larmes. Toujours en colère. Bref, le genre d'hystérique dont l'armée n'a que faire…

A cet instant, Seth la regardait avec une telle sympathie qu'elle détourna les yeux.

— Bref. Peu après, j'ai commencé à envisager un

avenir différent. Puis, j'ai compris que je devais te mettre au courant...

— Encore une bonne raison de stresser, j'imagine.

— Pas vraiment. Aujourd'hui, une seule chose m'importe : le bébé. Faire ce qui est le mieux, pour lui. Je n'attends pas que tu prennes des dispositions tout de suite. D'ailleurs, tu n'es même pas obligé d'en prendre. Mais ce que je veux, c'est que les choses soient claires entre toi et moi, à propos de cet enfant...

— Evidemment.

— J'ai eu pas mal de temps pour y réfléchir. Il est normal que tu en prennes à ton tour. Je ferais donc mieux de partir et de te laisser recouvrer tes esprits de façon à réfléchir posément...

— Je t'en prie, Edie. Si tu y tiens, tu peux jouer ça en solo, mais je pense que les meilleures décisions, c'est à deux que nous les prendrons. Que veux-tu que je décide, sans toi ? Je ne vais pas te mentir, oui, c'est un choc. Mais, maintenant, je n'ai pas le choix, je dois faire face.

Comme elle demeurait silencieuse, il poursuivit :

— Nous n'avons pas vraiment brillé jusqu'ici par notre sens des responsabilités, mais le passé est le passé. Ce qui importe, c'est ce que nous allons faire maintenant. Et c'est ensemble que nous devons en discuter. A partir d'aujourd'hui, nous sommes liés par la vie que nous avons conçue. Comment allons-nous gérer ce lien, telle est la question.

— J'ai déjà pensé à ça, répondit-elle avec calme.

— J'en suis certain. Oui, je suis sûr que tu as dû réfléchir à ta nouvelle vie, et je suis également certain que tu ne m'avais pas inclus dans le tableau. Mais je suis là maintenant, et je ne compte pas m'effacer.

La situation se compliquait de minute en minute. Avait-elle réellement cru pouvoir partir d'ici sans que rien ne se passe ? Croyait-elle réellement qu'il se contenterait de lui offrir une pension, et qu'il la laisserait s'en aller en lui disant surtout de ne pas revenir ? De l'oublier ?

Elle ne connaissait pas Seth Hardin, et c'était bien là le problème. En fait, elle ne savait rien de l'homme, sous l'uniforme. Et elle devait absolument savoir ce qu'il en était, avant de prendre toute décision sur la place éventuelle qu'il aurait dans la vie de son enfant. De leur enfant.

Comment avait-elle pu se montrer aussi stupide ? Elle avait cru qu'il suffirait d'annoncer la nouvelle et de repartir. Quelle idiote ! A moins qu'autre chose l'ait poussée jusqu'ici ? Mais elle ne voyait pas quoi…

— En fait, je ne te connais pas, déclara-t-elle.

— Je te retourne le compliment. Première difficulté. Nous ne pouvons décemment décider quoi que ce soit, tant que nous ne nous connaîtrons pas mieux. Bien sûr, tu pourrais repartir comme tu es venue, et je pourrais t'envoyer un chèque tous les mois… Mais cette option ne me satisfait pas. Du moins, tant que je n'aurai pas la certitude qu'il n'en existe aucune autre…

Elle se renfrogna, comprenant qu'en réalité, c'était exactement cela qu'elle attendait de lui. Qu'il refuse de s'impliquer dans la vie de son enfant, qu'il se contente d'envoyer de l'argent, dont elle n'aurait d'ailleurs pas voulu. Alors elle serait repartie, la conscience tranquille, avec la certitude d'avoir fait son devoir.

Apparemment, ce n'était pas aussi simple. Elle s'était trompée quelque part, au sujet de cet homme. Elle soupira et se massa doucement la nuque.

— Mieux vaut ne pas brûler les étapes, reprit-il. Prenons les choses avec calme. Tu es fatiguée, c'est évident. Je pourrais te conduire à la chambre d'ami. Tu te reposerais devant la télévision ou avec un bouquin.

Et tu retirerais enfin ces satanées bottes. Prenons le temps, Edie…

L'idée était tentante. Du temps, du repos. Mais la perspective de rester dans cette maison, avec Marge, beaucoup moins. Toute adorable qu'elle fût, la mère de Seth n'avait pas dit son dernier mot. Or, Edie ne voulait plus se battre. Elle avait besoin d'une pause.

— Je vais aller au motel.

— Mais…

Il hésita.

— Ecoute, si tu crois ne pas pouvoir supporter ma famille, installe-toi au moins chez moi. C'est le chantier, mais on peut parfaitement y vivre. J'y dors tous les soirs. Tu te reposeras bien mieux qu'en bord d'autoroute.

N'avait-elle pas déjà suffisamment bouleversé son existence comme ça aujourd'hui ? Elle n'allait pas en plus s'imposer chez lui. Sans parler du confort sommaire, puisque apparemment sa maison était en travaux. Et puis, surtout, se trouver comme ça chez lui, dormir sous le même toit que lui…

— Finalement, non, je vais rester ici, dit-elle. Mais je suis éreintée.

— Je le vois. Viens.

Il la conduisit jusqu'à une chambre, celle manifestement de l'une de ses sœurs. Le dessus-de-lit avait déjà été tiré, les oreillers relevés.

— Un verre d'eau ?

— S'il te plaît.

— Es-tu prise de fringales, la nuit ?

— Parfois, répondit-elle, en rougissant.

— De grosses fringales ? insista-t-il, avec un sourire.

— Abominables.

— Des aliments que tu ne peux pas manger ? poursuivit-il.

— Les coquillages, mais rien d'autre.

— Bien, dit-il avant de s'éclipser.

Elle s'assit sur le bord du lit et entreprit de retirer ses bottes. Il réapparut peu après, avec un grand verre d'eau et une assiette de biscuits.

— Ça ira ?

— Merveilleux.

Il posa le tout sur la table de chevet, puis s'accroupit devant elle.

— Laisse-moi t'aider. Tu as des affaires, avec toi ?

— J'avais oublié. Dans la voiture.

— Je vais les chercher.

Il finit de défaire les lacets et lui enleva avec précaution ses bottes.

— Voilà. Je reviens.

Elle tapota les oreillers et s'allongea en s'étirant, gagnée par un sentiment de bien-être instantané. Quelques minutes plus tard, Seth réapparut avec son sac qu'il déposa dans un fauteuil.

— Personne ne viendra t'ennuyer. Tu peux disposer de la salle de bains. Mes parents ont la leur. Mets-toi à l'aise.

— C'est déjà fait.

Il s'approcha du lit et effleura sa joue.

— Tu es aussi belle que courageuse, Edie. Merci d'être venue. A demain.

Puis il sortit de la chambre.

Elle pensa d'abord faire un brin de toilette, se brosser les dents et enfiler quelque chose de confortable. Mais très vite, ce fut comme si son corps se changeait en mélasse. Elle déboutonna son pantalon, puis éteignit la lampe.

Trois secondes plus tard, elle sombrait dans un profond sommeil.

*
* *

Seth descendit retrouver ses parents pour leur souhaiter bonne nuit.

— Elle dort, dit-il. Laissez-la tranquille. Elle est épuisée.

— Bien sûr que nous allons la laisser tranquille, répondit Marge. Qu'est-ce qui te fait croire qu'il pourrait en être autrement ?

— Et demain matin aussi, insista Seth. S'il vous plaît.

— Je pensais préparer quelques pancakes, suggéra Marge.

— Bonne idée.

— Ne t'inquiète pas, dit Nate en riant. Mais tu sais, ta mère ne veut que son bien…

— Je sais. Simplement, j'ai le sentiment qu'Edie a subi beaucoup trop de pression. Figurez-vous que ses supérieurs, à demi-mot, lui ont conseillé de se débarrasser du bébé.

Marge retint un cri de stupeur.

— C'est inadmissible, soupira Nate.

— Totalement, répondit Seth. Mais cela vous donne une petite idée de tout ce qu'elle a dû traverser, entre le stress et la déception concernant sa carrière dans l'armée, bref, elle a besoin de calme. Et j'y veillerai.

— Mais…, commença Marge. Vous avez des choses à régler, tous les deux.

— Nous en avons bien l'intention. Mais pas dans la précipitation. Dans l'immédiat, même si cela peut paraître incongru pour une femme comme elle, je tiens à la protéger, comme dans du coton.

— C'est une sage décision, mon fils, acquiesça Marge.

— Merci, maman.

— Reste encore un peu, proposa Nate. Nous allions prendre un café. Tu ne veux pas en profiter ?

Le café du soir était un rite immuable, chez les Tate, une habitude que Seth avait faite sienne.

— Il reste une question en suspens, reprit son père quand Seth s'assit avec ses parents, une tasse entre les mains. Comment te sens-tu, toi ?

— Sous le choc, répondit-il avec franchise. Mais ça va mieux maintenant. J'essaie surtout de réfléchir aux options dont je dispose. Je ne veux pas nuire à Edie, mais je ne vais pas non plus faire comme si je n'avais pas de fils.

— Tu as beaucoup d'admiration pour cette femme, n'est-ce pas ? demanda Nate.

— Si tu l'avais vue venir nous récupérer en haut de cette falaise… Les risques qu'elle a pris pour nous sauver. Les rotors de son hélico touchaient presque les rochers. Elle est courageuse, et déterminée. Et excellente pilote.

— Tout de même, conduire des hélicoptères, soupira Marge en regardant sa tasse. Je suppose qu'elle déteste être maternée…

— Même les pilotes d'hélico sont des êtres sensibles, plaisanta Seth.

— Aussi sensibles que les nageurs de combat ? répondit sa mère avec un regard débordant d'amour.

— Possible, maman…

— J'aimerais comprendre une chose, mon fils, poursuivit Marge. Pourquoi n'as-tu pas eu d'enfants, avec Darlene ? Je sais que cela n'a pas été possible avec Maria, la pauvre est partie trop vite, mais Darlene…

Il se figea, quand un flot de souvenirs lui revint à la mémoire.

— Parce que je ne savais pas si je serai là pour voir

grandir un enfant. Toujours absent, et jamais sûr de revenir...

— Personne ne sait jamais.

— Mais tout le monde n'est pas confronté au danger... Bref, c'est en tout cas l'une des raisons.

— Et l'autre ?

— Nous n'étions pas mariés depuis assez longtemps pour nous engager. Les hommes comme moi, si souvent loin de chez eux... Mais pourquoi parler de tout ça ? C'est différent, aujourd'hui.

Oui, tout était différent, aujourd'hui, se répéta-t-il en montant dans sa voiture pour rentrer chez lui. Très différent. Il avait démissionné de l'armée et s'adaptait peu à peu, tant bien que mal, à la routine tranquille de la vie civile. Des projets, il avait tout le temps d'en faire. Rien ne pressait. Pas question dans l'immédiat de partir d'ici.

La question était de savoir combien de temps Edie, elle, resterait.

Pour la première fois, il cessa de se préoccuper d'Edie pour s'interroger sur ce qu'il ressentait, comme l'avait suggéré son père.

Sans toutefois parvenir à une réponse.

4

Le lendemain matin, Edie s'éveilla pleinement reposée et d'humeur positive. Si elle avait commis la plus grosse erreur de sa vie, au moins n'était-ce pas avec un salaud.

En tout cas, jusqu'ici, il était irréprochable. Un peu exigeant peut-être, voulant à l'évidence faire partie de la vie de son enfant, ce qui, somme toute, était assez compréhensible. Pour le reste, il se comportait au-delà de toutes ses espérances.

Elle s'étira, sortit de son sac des affaires propres et sa trousse de toilette et gagna la salle de bains. Après la journée d'hier sur la route, une douche bien chaude s'imposait.

A peine dans le couloir, reconnaissant les arômes du bacon grillé, son estomac se mit à protester. Elle ne s'était pas encore habituée à avoir faim aussi souvent, ni à devoir aller aux toilettes toutes les dix minutes. Sans parler de ces changements physiques. Et de son émotivité à fleur de peau. Dire qu'elle se faisait un point d'honneur d'avancer sans même ciller au milieu des esquifs… Le bébé avait tout changé. Jusqu'à ces derniers mois, jamais elle n'aurait éclaté en sanglots à cause d'une réflexion d'un de ses supérieurs.

Tant de changements, et d'autres encore à venir. Les vêtements de grossesse, par exemple. Jusqu'à présent, elle n'avait pas jugé bon d'en acheter. Une manière de fuir la réalité, soupira-t-elle, lucide. Mais les tenues de l'armée ne feraient pas l'affaire encore longtemps.

Douchée, de retour dans la chambre, elle rangea un peu, puis descendit, un peu anxieuse, dans la cuisine avec le verre et l'assiette. Appréhendant un tête-à-tête avec Marge. Seth avait bien tenté de la rassurer : il avait fait la leçon à sa mère. Marge ne lui ferait subir aucune pression. Rien n'était moins sûr. Or, Edie n'en pouvait plus des pressions de toutes sortes.

A son grand soulagement cependant, Marge l'accueillit avec un chaleureux sourire et l'invita à s'asseoir.

— Donnez-moi cette vaisselle, je m'en occupe. J'ai de la confiture de myrtilles faite d'hier. A peine sucrée. Je vous la conseille. Nate et moi faisons très attention à notre ligne.

— J'adore les myrtilles.

— Tant mieux. Pancakes et bacon au menu.

Edie prit place sur l'un des tabourets et entendit les voix de Nate et de Seth qui lui provenaient du salon. Parfois, la vie était pleine de surprises. La veille, elle prévoyait de ne faire ici qu'une halte de deux minutes au plus. Et ce matin, elle s'apprêtait à prendre son petit déjeuner dans la cuisine.

Tout en regardant Marge s'affairer, elle se mit à penser à Seth. Dès le début, elle avait eu de la sympathie pour lui. Mais elle l'appréciait plus encore, aujourd'hui. Un homme honnête, à n'en pas douter.

Et séduisant.

Elle aurait préféré ne plus éprouver cette attirance, car le désir ne ferait que compliquer un peu plus les choses. Comme si elles n'étaient pas assez difficiles comme ça ! D'autant que lui ne semblait plus du tout ressentir quoi que ce soit pour elle. Elle gardait à la mémoire ses regards, ce soir-là, avant de faire l'amour, et cette expression avait totalement disparu.

Il était en retrait, sur ses gardes avec elle. Comment l'en blâmer ? Elle avait débarqué ici avec une bombe. Il aurait très bien pu lui dire d'aller au diable. Au lieu de cela, il avait émis le souhait de faire partie de la vie de cet enfant.

Elle tenta d'imaginer la manière dont ils pourraient gérer la situation. Et soudain, elle se sentit gagnée par un profond désespoir. Ça ne marcherait jamais. Ils avaient tous deux leur vie. Elle laissa échapper un soupir. Elle pensait avoir été confrontée à toutes les complications possibles. En fait, ce n'était que le début.

Et tout cela à cause d'une erreur stupide commise en pleine zone de guerre. A cause d'une vie conçue par accident. Oh ! elle se réjouissait de la venue de ce bébé, malgré tous les bouleversements. Mais aujourd'hui, elle devait inclure Seth dans l'équation. Seth qui, légitimement, aurait ses exigences.

Soudain, elle prit conscience qu'elle n'était pas adaptée à la vie civile. A la vie normale des gens normaux. Comme celle des parents de Seth. Elle était depuis si longtemps dans l'armée… Depuis le décès de sa grand-mère, elle n'avait plus jamais eu de contact avec une vraie famille. Elle en ignorait les rites, les règles. Elle ignorait comment faire.

Il aurait mieux valu qu'elle reparte la veille au soir.

Pourtant, à cause du bébé, elle n'en avait rien fait. Et si elle ne comprenait rien à cet environnement familial, ces gens, eux, semblaient manifestement à même de prendre les bonnes décisions. Peut-être, à leur contact, apprendrait-elle quelque chose. Une façon différente de vivre et de penser. Pour le bien de son enfant, elle pouvait au moins essayer.

Ils prirent le petit déjeuner dans la cuisine. Seth les fit rire avec ses plaisanteries. Marge évoqua quelques souvenirs de ses filles adolescentes, apparemment turbulentes. Nate, enfin, raconta certaines de ses affaires les plus inattendues, quand il officiait comme shérif. Le tout dans une ambiance décontractée, apaisante. Edie elle-même les fit rire avec quelques souvenirs de l'armée. L'occasion pour elle de remarquer qu'elle avait été peut-être un peu trop sérieuse, pendant trop longtemps. Trop sérieuse, et souvent seule.

A plusieurs reprises, elle observa discrètement Marge, si entourée, si chérie. Protégée. Même si, à la lumière des confidences qu'elle lui avait faites, la veille, la mère de Seth aussi avait eu son lot de chagrins et d'inquiétudes.

Mais n'était-ce pas là le destin de tout être humain ?

Après le petit déjeuner, Seth proposa d'aller faire un tour chez lui.

— Je te montrerai où j'en suis de mes travaux.

Totalement ignorante en ce domaine, elle se réjouit pourtant de l'occasion de s'échapper un moment avec lui. D'échapper surtout à cette atmosphère, qui la faisait se sentir dépourvue d'aptitudes à la vie familiale.

La maison de Seth n'était pas loin, mais dans un quartier différent, le plus ancien de la ville. Et si la demeure à deux étages avait grand besoin d'une bonne couche de peinture, elle ne manquait pas de charme.

— Pourquoi avoir acheté une maison ? demanda-t-elle.

— Je vais sans doute rester dans la région… Et je suis un peu vieux pour emménager chez mes parents, non ?

— Vous semblez tellement proches, tous, dit-elle.

— Aujourd'hui, oui, répondit-il en s'engageant dans une allée. Tu sais, je crois savoir ce que tu as pu ressentir, en venant ici, hier, ajouta-t-il en entrant le pick-up dans un garage.

— Vraiment ?

— Un jour, moi aussi, je me suis présenté sans prévenir, pour dire à Marge que j'étais son fils. Crois-moi, je n'en menais pas large.

— Je vois ce que tu veux dire.

— Le plus drôle, c'est que je n'ai même pas eu à parler. Elle m'a regardé, et elle a compris. Ses premiers mots ont été : « Comme tu ressembles à ton père ! »

— C'est vrai, tu lui ressembles. Mais je trouve que tu tiens beaucoup de ta mère, aussi.

— Avant ton départ, elle voudra certainement te montrer des photos de lui et de moi, au même âge. Elle adore ça.

— J'imagine le choc que ça a dû être, murmura-t-elle.

— Un grand moment, en effet, dit Seth en pianotant sur son volant. Mon père était furieux qu'elle ne lui ait jamais rien dit. Qu'elle lui ait caché mon existence pendant toutes ces années. Il est même parti de la maison un moment. Je m'en voulais d'avoir provoqué ça.

— Visiblement, ils se sont réconciliés.

— Tout à fait. Et ils n'ont jamais été aussi amoureux. Quant à moi, j'ai hérité d'une grande famille, avec mes sœurs, leurs maris et toute une garnison de neveux et de nièces. Deux de mes sœurs vivent encore ici en ville. Peut-être feras-tu leur connaissance…

— Peut-être, répondit-elle, du bout des lèvres.

— Et toi, tu as de la famille ?

— Non, dit-elle, sur un ton abrupt. Ma mère est morte d'une overdose quand j'étais enfant. C'est ma grand-mère qui m'a élevée. Il n'y a personne d'autre.

— Alors, tu n'as jamais connu ton père ?

— Non, répondit-elle.

Et voilà, songea-t-elle. Il devait penser qu'elle était venue le trouver parce qu'elle n'avait pas eu la chance d'avoir un père, et peut-être était-ce vrai, en partie en tout cas.

— Contrairement à toi, ajouta-t-elle, personne ne sait qui est mon père.

— Je vois, dit-il, en reprenant ses gammes sur le volant. Et si on entrait ? Je compte sur toi pour me dire ce que tu penses de mon choix de couleurs.

— Pour ce que je m'y connais, en déco…

Elle lui sut gré de ne pas insister. Certes, ils avaient un certain nombre de décisions à prendre pour l'avenir de l'enfant qu'ils avaient conçu ensemble. Mais cela ne l'obligeait en rien à lui raconter toute sa vie.

Il ne vint pas lui ouvrir la portière et ne l'aida pas plus à descendre de voiture. Ces politesses appartenaient au passé, à supposer qu'elles aient même un jour existé, dans sa vie. Elle était officier, son égale, et attendait d'être traitée comme telle. Homme ou femme, cela n'entrait pas en ligne de compte.

La véranda grinça un peu sous leurs pieds, et la porte aussi, quand il l'ouvrit.

— Il faut absolument que je pense à graisser ce verrou…

— Oh ! au moins, si un agresseur cherche à s'infiltrer, tu l'entendras.

— C'est un endroit plutôt paisible, par rapport à certains pays où nous sommes allés toi et moi, répondit-il en riant.

Elle regarda autour d'elle, surprise par l'ordre qui régnait à l'intérieur. Elle s'attendait à tout autre chose, au chaos, à la poussière. C'était tout le contraire. Les pièces étaient spacieuses et lumineuses, avec de magnifiques parquets et des murs fraîchement repeints.

— J'ai trouvé l'ensemble en assez bon état, mais j'étais un peu inquiet quand j'ai enlevé la vieille moquette et le lino. Et puis, j'ai découvert ce parquet en chêne dessous. J'ai travaillé pièce après pièce, le salon d'abord, puis ma chambre et la salle de bains attenante…

— C'est impressionnant, en si peu de temps.

— J'ai commencé l'année dernière, à l'occasion d'une permission. Mais depuis que j'ai quitté l'armée, je peux y consacrer plus de temps. La majorité des pièces a uniquement besoin d'un rafraîchissement, sauf les salles de bains qui sont à refaire entièrement. Ensuite, je m'attaquerai à la cuisine…

Il l'entraîna à l'étage.

— Je veux te montrer la salle de bains, tu vas en tomber à la renverse…

— Vraiment ?

— J'ai trop souvent été frustré de douches, dans l'armée, comme toi j'imagine. Alors j'ai mis le paquet.

Effectivement, elle en resta bouche bée. La cabine de douche était digne d'un centre thalasso, avec des jets multiples, un banc pour s'asseoir, tout de verre et chrome.

— Eh bien ! Je pourrais passer ma vie dans cette douche ! s'exclama-t-elle.

— Et moi donc ! dit-il en riant. Parfois, je reste là sous le jet d'eau chaude, juste pour le plaisir. C'est mon luxe.

— Je comprends. On dirait une douche de magazine déco.

— C'est là que j'ai trouvé l'inspiration.

— Tu as très bon goût.

— En revanche, les chambres ressemblent à des chambres. J'ai seulement installé des placards intégrés. Et des fenêtres à double vitrage. Un sacré boulot. Auquel je ne connaissais rien.

Ils redescendirent, et il lui fit les honneurs de la cuisine. Une pièce immense, mais mal conçue.

— Si tu as des idées d'aménagement, dit-il, elles sont les bienvenues.

— Moi ? Je n'ai plus fait la cuisine depuis le jour où je suis entrée dans l'armée.

— Des années que je mange au mess, moi aussi. Mais j'ai envie d'une vraie cuisine. Et puis, il n'y a guère de restaurants, dans cette ville. Je ne vais pas aller tous les jours manger chez mes parents ou chez Maud, la cantine des habitants du coin. Je finirais par prendre du poids.

— Il va te falloir apprendre à cuisiner…

— J'ai l'intention de suivre des cours. En attendant, je dois réfléchir à l'agencement de cette pièce.

— Continue sur ta lancée, chipe des idées dans des magazines.

— Sur papier glacé, c'est très esthétique, répondit-il en riant. Mais je me demande si ces cuisines-là sont réellement fonctionnelles.

Elle sourit devant son désarroi.

— Bref, tu es paumé.

— Je sèche un peu, en effet. Mais je finirai par trouver.

— Et aujourd'hui ? Quel est ton programme ?

— Je vais improviser. Je voulais m'occuper des murs de la chambre du fond, mais ils sont tout humides. Il doit y avoir une fuite, sur le toit. De toute façon, je ne veux pas faire de poussière, je crains que ce ne soit pas très sain, pour toi…

Il s'interrompit et avança deux chaises dans ce qui devait être son coin-repas de fortune.

— Une limonade ?

Elle s'assit, non sans quelque appréhension concernant la chaise. Seth lui apporta un verre de limonade et s'adossa au comptoir ébréché avec le sien.

— Parlons un peu de toi, dit-il d'emblée.

— Quoi, moi ?

— Il n'y a rien que tu aimerais faire, aujourd'hui ? Admirer le panorama ? Visiter la ville ? Ce genre de choses…

— Pourquoi voudrais-je visiter la ville ? s'enquit-elle, après une hésitation.

— Pour faire un peu de tourisme. Et ça nous donnerait le temps d'apprendre à mieux nous connaître. Sans pression, je te le promets.

Après tout, pourquoi pas… Mais dans cette tenue ?

— J'aimerais d'abord m'acheter autre chose à mettre que ce treillis. J'en ai assez de me balader en tenue de camouflage. Je rêve d'un jean…

— C'est une petite ville, mais nous avons tout de même un centre commercial. Pas génial, mais on y trouve un peu de tout. A moins de vouloir des vêtements à la dernière mode, tu devrais trouver quelque chose à ton goût.

Leur limonade terminée, il l'emmena au centre commercial, semblable à celui qu'elle fréquentait, lorsqu'elle était petite fille et vivait chez sa grand-mère. Elle trouva néanmoins un large choix de jeans, ainsi que des hauts sympas, tout à fait adaptés à une femme enceinte.

Après avoir fait sa sélection, elle s'enferma dans l'une des cabines d'essayage. Elle se décida finalement pour un jean avec bandeau extensible sur le devant et une tunique longue avec boutons. Une tenue qu'elle mit tout de suite, rangeant avec une immense satisfaction son treillis dans un sac.

Voulant lui laisser le temps de faire son shopping, Seth avait décidé de l'attendre dehors, ce qu'elle avait apprécié. Cela faisait une éternité qu'elle ne s'était pas acheté de vêtements.

— C'est mieux, dit-il tout sourire quand elle le

rejoignit. Je veux dire, le treillis, c'est bien, mais pas franchement élégant ni très féminin, non ? Tu as pensé à acheter une veste ? Il commence à faire frais, ici.

Elle retourna à la boutique et s'acheta quelque chose de chaud. De retour à la base Minot, elle pourrait ranger cette veste au placard. L'hiver était plus rude là-bas qu'ici et...

Et elle y penserait une autre fois !

— Bien, dit-il, les sacs sur le siège arrière du pick-up. Qu'aimerais-tu voir ? Je peux te faire visiter la vieille ville minière, un peu plus haut, dans les montagnes. Un endroit pittoresque, mais dangereux. Les galeries s'effondrent... A moins que la montagne n'éveille de mauvais souvenirs, chez toi ?

Elle sourit, touchée par autant de prévenance.

— Je ne les ai jamais vues que du cockpit de mon hélico.

— Alors, c'est O.K. pour la mine ? Je passerai au snack acheter un pique-nique. Au cas où...

Quelque chose en elle se rebiffa à la perspective de devoir le suivre. Généralement, c'était elle qui dirigeait les opérations. Quoi qu'il en soit, il ne lui imposait rien. Au contraire, il se montrait attentionné et conciliant. Peut-être même trop, se dit-elle, en l'attendant dans le pick-up quand il s'arrêta au snack. Allons... Peut-être cherchait-elle simplement des raisons de râler. Rien ne se passait comme elle l'avait prévu. A son âge, et compte tenu de son métier, elle aurait pourtant dû le savoir. La vie suivait rarement la route qu'on lui avait tracée.

Cette pensée ne fit qu'attiser l'irritation qui couvait en elle sans vraiment de raison. Depuis qu'elle était enceinte, elle ne cessait d'être surprise par ses changements d'humeur, qu'elle s'efforçait de gérer au mieux. Sans grand succès. Se retrouver ainsi hors de son élément, avec Seth, semblait aggraver son instabilité. Et raviver des choses en elle que, jusqu'ici, elle s'était appliquée à ignorer.

— Si, une fois en route, tu as besoin de faire un arrêt, n'hésite pas, dit Seth. Je ne suis pas expert en grossesse, mais d'après mes sœurs, les trajets en voiture prolongés sont déconseillés. Entre autres choses...

— Tu n'imagines pas combien c'est difficile, pour une femme, remarqua-t-elle.

— Oh ! dans ce cas, nous ne devrions peut-être pas aller si loin, dit-il en ralentissant.

— Ça risque d'être difficile. J'ai l'impression que tout est loin de tout, ici, dit-elle, sur un ton plein d'ironie.

— Ce n'est pas faux, répondit-il en riant.

— Mais ne t'inquiète pas. Je trouverai toujours un arbre, en cas de besoin urgent, dit-elle.

Après tout, n'avait-elle pas suivi des stages de survie ?

Comme ils se dirigeaient vers les montagnes, elle se laissa bercer par le ronronnement du moteur et le paysage somptueux des sommets, sous le soleil matinal. Un moment, l'idée fantasque la traversa que ces massifs étaient des personnages, avec leur caractère et leurs états d'âme, comme elle... Dire qu'elle se vantait avant de son esprit cartésien et pragmatique !

— Et si tu me parlais un peu de toi, dit-elle à Seth, pour chasser ses pensées.

Néanmoins, la suggestion n'était pas sans danger, car elle ne savait pas encore très bien jusqu'où elle avait envie de le connaître. D'autant que l'attirance physique était déjà là, bien présente, et tout aussi dangereuse.

— Par où veux-tu que je commence ? Tu le sais, j'ai été adopté, et n'ai découvert mes vrais parents que très tard. J'ai une grande famille, mais cela aussi, tu le sais. Tu veux des détails sur ma carrière ?

— Je ne sais pas, avoua-t-elle. Il y a les grandes lignes… et tout le reste.

— Oui, tout le reste. Le reste dont il est si difficile de parler, dit-il avec un haussement d'épaules.

A cet instant, la voiture heurta une ornière. Instinctivement, elle porta une main à son ventre.

— Ça va ? demanda-t-il.

— Oui, pas de souci. Tenir mon ventre, c'est devenu un tic, dernièrement.

— C'était la même chose, pour mes sœurs. J'ai donc une certaine habitude. Bien, pour en revenir à ma petite personne… Je n'ai rien d'extraordinaire. Mon job dans l'armée, tu t'en doutes, je n'ai pas trop le droit d'en parler. Plus de vingt ans dans les nageurs de combat, et rien à dire, c'est comme ça.

— Je suis dans le même cas de figure, dit-elle. Comment as-tu vécu ton retour à la vie civile ?

— Je m'attendais à pire. Le plus difficile…

Il hésita, secoua la tête.

— Avant, j'avais l'impression d'être utile, de servir à quelque chose. C'est terminé, aujourd'hui. Mais ça va peut-être changer…

Elle se raidit instantanément sur son siège.

— Ni moi ni ce bébé ne sommes ta mission, Seth.

— Tu ne peux pas m'empêcher de considérer mon fils comme ma mission, répliqua-t-il avec fermeté. Que les choses soient bien claires. Tu as ton mot à dire sur cet enfant, mais je suis aussi son père.

— Est-ce une menace ? demanda-t-elle, furieuse. Ramène-moi, tout de suite !

— Pour que tu t'enfuies ?

— Va au diable, Seth Hardin !

A cet instant, il quitta la route et emprunta la piste menant au site, sous les pins. Peu après, il se gara sur le bas-côté et se tourna vers elle. Ce fut alors le soldat qu'elle vit face à elle, l'homme rompu aux situations les plus extrêmes, confronté aux dangers les plus horribles, l'homme qui ne renonçait jamais.

— Ton enfant est aussi le mien, déclara-t-il, l'air sombre. Plus vite tu accepteras cette réalité, plus vite nous parviendrons à nous entendre. Mais je te le répète, je ne te laisserai pas te comporter comme si je n'étais pas le père de cet enfant…

— Je n'ai pas besoin de toi !

— Mais mon fils, oui. Ce garçon a le droit de recevoir tout ce que je suis en mesure de lui donner. Bon sang, j'ai participé à sa conception, Edie. Que tu le veuilles ou non, je suis son père !

— Tu ne voulais pas de ce bébé !

— Toi non plus. Et je te sais gré d'être venue, parce que tu as senti que c'était ton devoir. Mais mon devoir à moi, c'est d'être là pour mon enfant. Pas question de me défiler. Oh ! j'en suis certain, tu pourrais te débrouiller seule, mais jusqu'à mon dernier souffle, crois-moi, tu n'auras pas à le faire. Et ce garçon ne sera pas sans père. C'est comme ça.

Elle le fusilla du regard. Comment osait-il ? C'était son corps, son enfant, sa vie. Il n'avait pas le droit. Il n'avait aucun droit d'exiger. Ni de la menacer.

Il fixa la piste devant lui un long moment et soupira.

— Excuse-moi, je n'aurais pas dû m'énerver ainsi. Mais il faut que tu comprennes quelque chose sur moi. Quand je suis menacé, j'attaque. J'ai été formé à ça.

— Menacé ? Quand t'ai-je menacé ?

— Tu ne penses qu'à repartir d'ici. Tu ne cesses de répéter que tu es parfaitement capable d'assumer ce bébé toute seule. Et que tu n'attends rien de moi. Alors, oui, en faisant ça, tu menaces la possibilité pour moi de faire partie de la vie de mon enfant.

Elle inspira profondément, au bord de la crise de nerfs. Puis soudain, tout s'éclaircit dans sa tête. Sa première femme l'avait quitté parce qu'elle ne supportait pas d'être l'épouse d'un nageur de combat. Quelles cicatrices gardait-il de cette rupture ?

En fait, chaque fois qu'elle parlait de partir, c'était Darlene qu'il entendait. Chaque fois qu'elle affirmait pouvoir se débrouiller seule, ne rien attendre de lui. Pour lui, c'était comme si tout recommençait, lorsque son mariage s'était soldé par un échec. Là où elle où elle voulait juste se montrer raisonnable, prendre ses responsabilités, lui n'entendait que du rejet : *Je ne veux pas de toi. Je n'ai pas besoin de toi.*

Elle baissa les yeux sur ses mains croisées sur son ventre. Ses efforts pour être responsable et indépendante étaient parfaitement justifiés. Du moins le semblaient-ils, jusqu'à ce qu'elle arrive ici. Elle s'efforça d'appréhender la situation de son point de vue. Combien de fois pouvait-on dire au père de son enfant que l'on avait aucun besoin de lui ?

Elle tourna la tête et regarda par la vitre l'ombre sous les pins. Puis, au bout d'un instant, presque malgré elle, elle prit la parole.

— J'ai perdu un temps précieux à regarder ma vie dans un miroir brisé.

— Comment ça, un miroir brisé ?

— Tu vois ce que je veux dire. L'image est fragmentée, décalée, méconnaissable. J'ai bataillé pour associer ces fragments de manière à obtenir une image cohérente. Cela n'a pas été très concluant. En fait, tout ce que j'ai réussi à obtenir, c'est une image différente…

— Je vois…

— Bref, dans le cas qui nous occupe, et comme je l'ai toujours fait à propos de tout, j'ai décidé de me débrouiller seule. J'y arriverai, et à ma façon.

Elle soupira et le regarda.

— En réalité, je crois que je n'ai pas vraiment réfléchi. Et je n'ai pas vraiment pensé à toi.

Quelque chose s'adoucit dans ses yeux.

— Pourquoi aurais-tu pensé à moi ? Tu ne me connais pas. Tu ignorais comment je réagirais. Peut-être n'aurais-je pas voulu entendre parler de ce bébé. Tu ne pouvais pas savoir. Mais je veux faire partie de la vie de cet enfant, et c'est donc par là que nous devons commencer. Mais si tu arrêtes de me faire sentir que ce que tu veux le plus, c'est que je renonce à ce bébé, je garderai mon sang-froid et je ne me mettrai plus en colère…

Il roula sur une cinquantaine de mètres et s'arrêta.

— Nos forêts commencent à souffrir du changement climatique, reprit il. Chaque année, nous perdons un certain nombre de trembles. Mais je connais un endroit où ils sont magnifiques. Si on allait voir ça, avant de rejoindre la mine ?

— Bonne idée…

Elle avait besoin de calme, et rien de tel pour cela que la nature. Elle devait réfléchir à un certain nombre d'éléments qui n'entraient pas dans l'équation. Principalement, elle devait désormais prendre en considération ce qu'elle avait appris sur Seth. Car elle avait cédé à la facilité en s'en tenant à des stéréotypes le concernant.

Le scénario dans sa tête était tout fait. Naturellement, il ne voudrait pas de cet enfant, conçu avec une femme à laquelle il n'était pas marié. Quel cliché ! Elle était venue ici par sens du devoir, et presque certaine qu'il ne voudrait pas entendre parler de sa grossesse, peut-être même qu'il demanderait des preuves que cet enfant était le sien, ou encore que, pour se débarrasser d'elle, il promettrait de lui expédier un chèque tous les mois.

Manifestement, elle avait eu la main lourde avec Seth, en matière de stéréotypes. Il faut dire que les hommes n'étaient pas sa spécialité. Elle ne les connaissait qu'à travers son métier. Certains soldats avaient des enfants qu'ils adoraient, mais tous étaient mariés. En revanche, elle n'en avait jamais rencontré aucun ayant conçu un bébé à l'occasion d'une aventure d'un soir. Aucun qui l'admette, en tout cas.

Mais en cela comme en tout, semble-t-il, Seth n'était pas comme les autres. Confié à l'adoption à sa naissance. Aujourd'hui avec sa vraie famille. Sans doute avait-il plus de raisons que les autres de vouloir faire partie de la vie de cet enfant.

Bien évidemment, avant de venir le trouver, elle ne savait rien de tout cela. Mais aujourd'hui, elle savait. Et ces données, elle ne pouvait les ignorer, tout comme ces cicatrices infligées par sa première femme.

— Parfois, je me demande si cette détermination à vouloir toujours tout faire par moi-même ne tient pas à mes parents, dit-elle.

— Je crois surtout que tu es avant tout une femme d'action. Tu n'as pas choisi de t'engager comme pilote d'hélico par hasard. Mais que veux-tu dire, à propos de tes parents ?

— Comme tu le sais, je n'ai jamais connu mon père. Et ma mère est morte d'une overdose. Peut-être suis-je uniquement déterminée à ce que cela n'arrive pas à ce bébé.

— C'est probable, acquiesça-t-il. Chacun de nous est la somme de ses expériences. Je me réjouis de ton choix. Même si je n'en ai pas vraiment eu l'air, hier. Sérieusement, Edie, j'étais furieux contre moi-même, pas contre toi. Je m'en suis voulu de ma stupidité, de bouleverser ainsi ta vie. A mon âge, quand même, c'est impardonnable…

— Nous sommes à blâmer tous les deux, soupira-t-elle, avant d'esquisser un sourire. Pourtant, je ne regrette pas…

Il rit, et l'air se fit plus léger.

— Moi non plus, dit-il. Moi non plus.

Se sentant immensément mieux, et refusant d'analyser les raisons profondes de cet état, elle se détendit sur son siège et regarda le paysage défiler derrière la vitre. La piste prenait de l'altitude, et même dans la voiture, on ressentait le changement de température. Une odeur de pins flottait, enivrante et pure.

Seth roula doucement, entre creux et bosses, négociant parfois des virages improbables. Parée des ors de l'automne, la forêt dégageait une impression de mystère. Au bout d'un moment, au sortir d'une interminable montée, elle retint un cri en découvrant le spectacle qui s'offrait à elle. Une vallée s'étalait devant eux, un coin de paradis pour des dizaines de trembles dont les feuilles scintillaient au soleil.

— Oh! dit-elle, ne trouvant pas les mots pour exprimer son émotion devant tant de beauté.

— J'avais l'habitude de prendre mes congés en automne, uniquement pour venir ici. Et si on faisait quelques pas?

— Volontiers…

Ils roulèrent encore un peu à l'ombre des arbres, dressés tels de fiers dragons protecteurs au-dessus de la piste. Drôles de pensées, dont elle n'était pas coutumière, pensa-t-elle tandis que Seth se garait.

Ils descendirent de voiture et commencèrent à marcher. Les feuilles bruissaient sous le vent léger, comme s'ils chuchotaient entre eux. Elle respira l'air frais et pur à pleins poumons et sourit.

— C'est incroyable, dit-elle.

— Puis-je prendre ton bras ? demanda-t-il. Le sentier n'est pas très sûr, avec ces rochers.

— Je n'ose pas imaginer, si je tombais, dit-elle, après réflexion. Ça pourrait être catastrophique.

Il glissa son bras autour du sien et l'attira contre lui. Si chaud, si puissant. En réalité, elle doutait qu'il y eût sur cette planète homme plus robuste qu'un nageur de combat. Tout en puissance, tout en muscles.

— Tu fais du sport ? demanda-t-elle.

— Je n'ai pas le choix. Après toutes ces années, je me sens mal dans ma peau, si je ne fais pas d'exercice. Et toi ?

— J'essaie de m'entretenir. Mais j'ai arrêté de courir.

— Pourquoi ?

— Il semblerait que je n'ai plus la même capacité pulmonaire…

Elle rit avant de poursuivre.

— Mes amies affirment que je porte le bébé haut. Ce qui signifie, je suppose, que Junior prend un peu de l'espace dédié à mes poumons. Mais je fais de la marche sportive. Toutes les futures mamans cependant ne sont pas obligées d'arrêter le jogging.

— Oui, comme certaines de mes sœurs. Deux d'entre elles seulement ont cessé de courir. Peut-être pour la même raison que toi…

Il se tut, puis demanda.

— Tu l'appelles Junior ?

— C'est bien la première fois. Pourquoi ?

— Je ne sais pas. Jusqu'ici, tu disais « le bébé », ou « l'enfant ».

— Je suppose que je commence à devenir maman…

— Il faut laisser le temps au temps, dit-il, avant de retourner à la voiture pour en revenir avec deux grandes bouteilles d'eau. Je n'ai évidemment pas besoin de te le rappeler. Attention à bien t'hydrater, en altitude. Nous sommes à 2 500 m, ici.

Elle but la moitié d'une bouteille d'une traite, surprise en réalité d'être aussi assoiffée.

— Je suis content d'avoir pensé à emporter de l'eau, dit-il en la regardant s'essuyer la bouche d'un revers de manche.

— Et moi donc. C'était délicieux…

— J'en ai encore, dans le coffre.

Ils poursuivirent leur promenade, en se tenant le bras, arrivant bientôt dans une petite clairière traversée par un ruisseau. Seth suggéra de faire une halte. Elle s'assit avec précaution sur un rocher, heureuse de cette pause. Elle ressentait les effets de l'altitude.

— Crois-tu que je pourrais être prise de vertiges et de nausées, à cette hauteur ? demanda-t-elle, non sans inquiétude.

— Je ne pense pas, mais n'en fais pas trop quand même, et surtout bois, conseilla-t-il en lui tendant une autre bouteille.

— Et toi, tu n'as pas soif ?

— Je suis acclimaté. Je fais beaucoup de randonnées, dans le coin… Viens, la ville minière se trouve un peu plus bas, allons plutôt pique-niquer là-bas.

Elle acquiesça d'un signe de tête et regarda autour d'elle, admirant ce petit coin de paradis.

— Les trembles sont vraiment magnifiques…

— Mais chaque année, il en meurt par dizaines. Il paraît que c'est la même chose dans le Colorado.

— Pareil pour les érables, en Nouvelle-Angleterre, ajouta-t-elle. J'ai lu ça quelque part.

— J'espère seulement que nous parviendrons à sauver certaines espèces, commenta-t-il, fataliste. Retournons près de la voiture, maintenant. Je me sentirai plus rassuré pour toi, à moindre altitude…

Elle aussi, à vrai dire. Seth prenait d'infinies précautions avec elle, mais elle avait l'impression d'avoir parcouru des kilomètres. Et elle avait sommeil, terriblement sommeil. Comme souvent, ces derniers temps. Sans doute souffrirait-elle de cette baisse de tonus jusqu'à la naissance du bébé. Habituée à être toujours à cent pour cent, sur le plan physique, elle supportait difficilement d'être ainsi diminuée.

Ils redescendirent le long de la piste, puis Seth emprunta un chemin étroit, avant de s'arrêter.

— Impossible de s'approcher plus. La zone a été délimitée à cause de l'effondrement des galeries. Malheureusement, on ignore le parcours précis de ces galeries sous nos pieds…

— Pourquoi ne pas avoir sondé le sous-sol à l'aide de radars ?

— C'est un investissement que la commune ne peut se permettre, répondit Seth avec un regard amusé. Nous avons déposé une demande au service des eaux et forêts, mais à ce jour, nous n'avons encore obtenu aucune réponse. La seule chose à faire, c'est de bien regarder où nous mettons les pieds et de pas trop nous approcher.

Le site minier en ruines l'intéressa pour sa valeur historique. Elle regretta de ne pouvoir visiter ce qui restait des habitations, mais des barrières avaient été dressées tout autour, avec des panneaux « Interdit au public », placés ici et là. Même chose pour les puits de mine. Pas question de prendre le risque que la terre cède sous leurs pieds.

— Les ados de la ville venaient souvent se cacher

dans les galeries, expliqua Seth. Loin des parents. Ils jouaient à se faire peur. Inventaient des histoires de fantômes…

— Tu aurais aimé grandir ici, n'est-ce pas ? demanda-t-elle.

— J'ai grandi dans un endroit que j'adorais, répondit-il. Il ne sert à rien de se lamenter sur ce qu'on n'a pas…

Il avait raison, bien sûr, pourtant elle en était certaine, il devait parfois avoir la nostalgie de cette enfance « normale » dont il avait été privé.

Ils s'installèrent pour pique-niquer sous les pins, à distance respectable des infrastructures minières. Seth étala la couverture et sortit sandwichs et bouteilles du sac. Toujours aussi assoiffée, elle vida en quelques minutes seulement une nouvelle bouteille d'eau, tout en dévorant un sandwich.

Après des mois à tenter de se convaincre qu'elle n'avait rien à faire de Seth, qu'elle dirigerait sa vie et celle de son enfant comme elle l'entendait, elle prit conscience d'avoir une foule de questions en réserve. Questions qu'elle n'était pas sûre de pouvoir poser. Mais apprendre à le connaître semblait essentiel, surtout maintenant qu'il lui avait exprimé son intention de faire partie de la vie de leur enfant.

— J'aimerais mieux te connaître, dit-elle en guise de préambule.

Il s'assit en tailleur, posa son sandwich et s'essuya la bouche.

— C'est tout à fait compréhensible, vu les circonstances. Que veux-tu savoir ?

— Tout ce qui n'est pas secret défense…

Il lui sourit, avec ce sourire charmeur qui, invariablement, la faisait tressaillir. Comment s'y prenait-il ? Voilà une question qui resterait sans doute sans réponse.

— Bien, dit-il avec calme. J'ai été élevé par un couple adorable. Des gens qui me semblaient plus âgés que les parents de mes camarades. Mais ils étaient super. Ils ne m'ont jamais caché que j'avais été adopté. Ils disaient être les parents les plus chanceux du monde de m'avoir choisi.

— C'est gentil.

— J'ai eu beaucoup de chagrin, à leur décès. C'est à ce moment que j'ai décidé de retrouver la trace de mes vrais parents…

Il haussa les épaules.

— C'était risqué, ajouta-t-il. J'en suis conscient, j'ai eu beaucoup de chance.

— Tes parents sont formidables.

— En dépit du chaos qu'a provoqué mon apparition dans leur couple, ils m'ont accueilli avec amour et bienveillance. Etrangement, c'est en apprenant à les connaître que j'ai pris conscience de tout ce qui m'avait manqué. Comment t'expliquer cela ? C'est comme si soudain, j'avais compris pourquoi j'étais comme j'étais. Je ne dis pas que la génétique est tout, mais elle apporte certaines réponses…

— Je crois que je comprends, dit-elle après un moment. Parfois, je me demande si je ressemble à ma mère, ou à ce père que je n'ai jamais connu. Ma grand-mère me parlait souvent de ma mère, mais forcément, la pauvre devait ignorer certaines choses de sa fille. Quant à mon père, ce pouvait être n'importe qui.

— Les circonstances ont fait de toi une femme farouchement indépendante.

— Exact. Je ne sais pas dans quelle mesure l'absence de mes parents a pesé sur mes choix. Je ne sais pas la part de génétique qui explique tel ou tel trait de mon caractère. Comment le saurais-je ?

— Une chose est évidente, chez toi. Tu sembles déterminée à ne dépendre de personne.

— C'est vrai, admit-elle. Je déteste ne pas avoir le contrôle.

— Je comprends totalement.

— Et depuis peu, il semblerait que je n'ai pas entièrement le contrôle, ajouta-t-elle avec un faible sourire.

— Tu as pris certaines décisions. Toi seule, et personne d'autre. Mais aujourd'hui, je suis là pour en prendre d'autres, avec toi bien sûr.

— En fait, je suppose que de n'avoir jamais connu mon père a joué un grand rôle dans ma décision de reprendre contact avec toi. Je ne pouvais imaginer que mon enfant vive la même chose. Je voulais être en mesure de lui parler de toi, de lui dire quel genre d'homme tu es. Et certainement pas d'avoir un jour à lui avouer que je ne t'avais pas prévenu de sa venue au monde.

Il la surprit en prenant sa main et en la serrant doucement. Sa peau était chaude, sèche. Elle aurait aimé qu'il la tienne ainsi un peu encore, mais il la lâcha presque aussitôt.

— Je suis heureux que tu aies fait ce choix.

— Moi aussi, avoua-t-elle. J'ignore comment tout ça va évoluer, mais pour mon enfant, je ne regrette rien. Je n'imaginais pas un jour affronter sa colère parce que je ne t'aurais rien dit. Je n'avais pas le droit de le priver de cette partie de lui.

— Donc, c'est à moi de décider jusqu'à quel point je vais le priver de moi…

— Ce n'est pas ce que j'ai voulu dire, répondit-elle, en se sentant rougir.

— Mais c'est pourtant le cœur du problème, répondit-il. Ne le prends pas mal. Tu as eu raison de venir me prévenir. Maintenant, c'est à moi de prendre certaines décisions.

C'est comme ça. Je te l'ai dit, je veux faire partie de la vie de cet enfant. Nous devons donc travailler dans ce sens, en pensant à lui.

Elle regarda au loin les vestiges de la cité minière. Il avait raison. En venant, elle l'avait mis devant ses responsabilités. Aurait-ce été plus facile de dire à son enfant que son père ne voulait pas entendre parler de lui ? Cela aurait-il entraîné plus de problèmes ? Pas forcément.

Elle soupira et posa son sandwich.

— Quelle que soit la raison pour laquelle j'ai pris cette décision, je l'ai fait.

Son dos la faisant un peu souffrir, comme souvent maintenant, elle s'allongea sur la couverture, genoux relevés, et regarda les branches de pins au-dessus d'elle, et les pans de ciel bleu azur. Il régnait ici une sérénité telle qu'elle aurait aimé la mettre en bouteille pour l'emporter.

— Pour en finir avec moi, reprit-il, j'ai été marié deux fois, comme tu le sais. Pour être tout à fait honnête, la première, j'aurais dû tenir compte de mes réserves.

— Des réserves ?

— Darlene avait grandi ici. Elle n'avait jamais quitté la région. J'ai bien tenté de lui faire comprendre combien la vie d'une épouse de soldat était difficile. Je l'ai mise en garde, en lui disant qu'elle vivrait au cœur d'une garnison. Que je serais souvent absent, et pendant de longues périodes. Sans pouvoir lui dire où j'étais, ni quand je reviendrais… Nous avons parlé et reparlé de tout ça cent fois.

— Que s'est-il passé ?

— Elle disait qu'elle se sentait parfaitement capable de gérer. Que je n'avais pas le droit de décider pour elle.

— Jusque-là…

— Oui. Sauf que très vite… Bref, notre mariage n'a pas résisté deux ans. C'était inévitable. Un coup de fil, et me voilà parti. Impossible de vivre normalement, de faire des projets. C'est trop demander…

— Elle n'a pas pu le supporter, dit-elle, en sentant ses paupières de plus en plus lourdes.

— Elle n'était pas faite pour ça. Je ne sais pas ce qu'il en est dans l'armée de l'air, mais dans la marine, les mariages se terminent souvent par des divorces. Mais avec moi, c'était pire. Déjà pas facile quand votre époux marin embarque pour six mois, mais en ce qui me concernait, mon absence pouvait durer une semaine ou des mois. Et ça, sans jamais pouvoir lui dire quoi que ce soit. Sauf lorsque j'étais en formation. Les rares fois où je rentrais dîner… Voilà, j'aurais dû écouter mon bon sens. Mais j'ai écouté mon cœur. Je l'aimais.

Il avait dit cela avec une tendresse qui la toucha.

— Puis tu as rencontré quelqu'un d'autre…

— C'est juste. Maria était bien plus mature, et je pensais déjà à quitter les forces spéciales, à cette époque. Malheureusement…

— Je suis désolée.

— Je regrette de l'avoir perdue, mais je ne regrette rien des moments passés ensemble. Je n'échangerais ces souvenirs pour rien au monde.

Elle ferma les yeux, au bord des larmes soudain.

— C'est beau.

— C'est comme ça. C'est la vérité.

Edie n'avait jamais vraiment pensé à l'amour. Encore récemment, sa carrière prenait toute la place dans sa vie. Mais à cet instant, elle regretta de n'avoir personne qui pourrait dire sur elle ce genre de choses.

Elle s'aperçut soudain qu'elle était sur le point de

s'assoupir. Elle voulut rouvrir les yeux, mais ses paupières résistaient, lourdes, si lourdes…

— Dors un peu, dit Seth d'une voix douce. C'est le moment idéal, l'endroit rêvé…

Comme si elle avait le choix…

5

Seth lui aussi s'étira, mais n'ayant pas sommeil, il décida de veiller sur Edie. Non qu'il n'y ait rien ici dont il dût la protéger, mais il aimait cette idée.

Ne serait-il pas sur le point de commettre une nouvelle erreur ? Il ressentait cette même attirance qui, quelques mois plus tôt, l'avait poussé à venir à sa table, au mess, en Afghanistan. Pour la remercier, s'était-il dit alors, et pour la féliciter de son sauvetage. Mais encore aujourd'hui, il se souvenait que d'autres choses en réalité l'avaient poussé vers elle.

Elle était assise seule, comme si elle refusait de prendre part à ces excès qui parfois survenaient entre des personnes dont le quotidien était fait d'adrénaline et de danger. Comme si elle s'était tissé un cocon de sang-froid. Ce même sang-froid dont elle avait fait preuve, dans son cockpit. Elle voulait que rien ne la touche, que rien ne vienne altérer son calme.

Il comprenait cette attitude, et ce n'était pas ça qui l'avait attiré chez elle. Non, l'attirance qu'il avait éprouvée était purement physique. Une sorte d'élan viril, auquel il ne songeait même pas à céder ce soir-là. C'est ainsi qu'il était allé vers elle avec les intentions les plus honnêtes. Passer un moment agréable, en compagnie d'une jolie femme.

Car elle était belle, en dépit de ses efforts pour le

cacher, avec cette ridicule coupe de cheveux, par exemple, ou encore son treillis.

Et manifestement, aujourd'hui encore, il la désirait. Il avait envie d'elle. Il se rappelait son humour, quand il l'avait accostée... Mais aujourd'hui, elle n'avait plus très envie de rire, ce qui était compréhensible. Et à vrai dire, cela n'avait aucune importance. Elle lui plaisait comme ça.

Cinq mois étaient passés, depuis qu'ils avaient fait l'amour, pourtant il gardait un souvenir vif de son corps nu, de la chaleur de sa peau sous ses mains, de sa sensualité. A cet instant, la culpabilité l'étreignit, comme alors. Bien évidemment, une femme méritait mieux pour sa première étreinte. Mais elle avait dit ne rien regretter.

En dirait-elle autant, aujourd'hui? se demanda-t-il, sceptique.

Une chose était sûre : contrairement à elle, il avait de l'expérience et il aurait dû savoir résister. Il avait su que cela ne serait qu'une aventure d'un soir. Bien sûr, il avait espéré qu'elle chercherait à le joindre, mais sans vraiment y croire. Ce genre de rencontres convenait à nombre de ses camarades, mais pas à lui. Il n'aurait jamais dû céder à son désir.

Il ressentit une certaine honte en repensant à son absence de contrôle, lui qui se faisait une fierté d'avoir un sang-froid à toute épreuve. Eh bien, cette fois-là, une sorcière aux cheveux flamboyants et aux yeux bleus avait eu raison de son flegme légendaire.

Mains croisées sous la tête, les yeux dans les nuages et le feuillage, il rit en silence. Sans doute lui en voudrait-elle de la comparer à une sorcière. Pourtant, dans son esprit, ce n'était nullement une insulte. Car elle l'avait en quelque sorte ensorcelé.

Et aujourd'hui, il devait assumer les conséquences de ses égarements. Comment il allait s'y prendre, il n'en savait trop rien encore. Elle n'envisageait certainement pas de s'installer ici. A l'avenir, il devrait donc effectuer de nombreux déplacements pour voir son fils. Car cet enfant ne grandirait pas sans lui. Pas question.

S'il n'avait aucune expérience de la paternité, en revanche, il avait eu la chance de grandir avec deux pères. Et puis, Marge lui donnerait des conseils. Nate aussi.

Il y arriverait. Les gens ne devenaient pas parents en un claquement de doigts. Donc il apprendrait. Avoir des enfants, il y avait déjà pensé. Avec Maria, ils en voulaient deux. Malheureusement, le destin ne leur en avait pas laissé le temps, mais ce projet, ils en discutaient souvent.

Aujourd'hui, cet enfant était une réalité. Il n'y avait pas de temps à perdre. Il devait se dépêcher d'apprendre certaines choses, comment changer une couche, ce genre de choses. Dire qu'à son âge, il ne l'avait encore jamais fait. Lorsque ses sœurs venaient à la maison, il aimait s'occuper des bébés, mais à la seconde où l'un d'eux réclamait une couche propre ou un biberon, la mère accourait pour prendre la direction des opérations. Il en avait déduit qu'on le jugeait inapte, lui-même n'ayant pas d'enfant. Mais c'était en passe de changer.

Bien sûr, il en était conscient, en matière de bébés, les femmes avaient tous les pouvoirs. Il devrait donc faire la preuve de sa bonne volonté, montrer qu'il était capable. A supposer évidemment qu'Edie veuille bien le laisser prendre soin de leur enfant…

Au fil de ses réflexions, il ressentit une joie profonde à imaginer ce fils. Un cadeau du ciel, pour lui qui avait fini par abandonner cette idée. Pour lui qui se voyait finir sa vie comme un vieux loup solitaire.

En fait, il n'était pas encore un vrai civil. Pas complètement. Et il ferait mieux d'y travailler. Mais les longues années de terrain en milieu hostile ne l'avaient pas particulièrement adapté à ce que la plupart des gens considérait comme une vie normale.

Sans doute pouvait-il en dire autant de la femme qui dormait à côté de lui. Tous deux étaient sur le point de s'embarquer pour l'inconnu, sans la moindre expérience pour les guider dans cette nouvelle aventure.

Et il se pourrait bien que cette aventure soit la mission de leur vie…

Au même instant, Edie remua et gémit, puis roula sur le côté et glissa son bras autour de sa taille. L'instant d'après, elle se blottit contre lui, la tête dans le creux de son épaule. Il cessa aussitôt de respirer, de peur de la réveiller. Cela faisait une éternité qu'une femme n'était venue se serrer contre lui, dans son sommeil. Et il ne voulait pas briser la magie de cet instant. Ils se disputeraient plus tard.

Dans l'immédiat, il voulait juste jouir de l'illusion créée par le bras de cette femme autour de sa taille, de son corps contre le sien. L'illusion qu'il n'était pas seul.

Le froid arracha peu à peu Edie au sommeil. Ce fut comme si elle émergeait d'un puits noir sans fond, sans parvenir vraiment à en sortir. Puis, elle comprit peu à peu que cette sensation de froid ne concernait que son dos, et sa nuque, le devant de son corps lui semblait bien au chaud. Par quel miracle… ?

Elle s'éveilla en sursaut. Seth. Elle le tenait enlacé.

— Oh ! je suis désolée ! s'écria-t-elle, les joues en feu.

— Il n'y a pas de mal, répondit-il avec calme.

Quand elle leva la tête, elle ne nota aucun sourire, aucune ironie sur son visage, juste une sorte de quiétude.

— Il fait frais, dit-elle, résistant à l'envie tout à fait inopportune de revenir se blottir contre lui.

— Dans ce cas, rentrons à la maison.

A la maison ? Elle se leva, perdue dans ses pensées. Elle n'avait pas de maison, pas de chez-elle. Bien sûr, il faisait allusion à sa maison à lui, ou à celle de ses parents. En tout cas, certainement pas à la sienne. Depuis des années maintenant, son chez-elle se limitait à ces chambres minuscules qu'elle occupait au gré de ses mutations, d'une base à l'autre. Voilà bien longtemps qu'elle n'avait plus de maison au sens premier, essentiel du terme.

Elle baissa les yeux sur son ventre. Comment n'y avait-elle pas pensé plus tôt ? Cet enfant devrait-il grandir sans racines ? Dans un logement de fonction, sur une base militaire ? Etait-ce cela qu'elle voulait pour son bébé ? Au moins avait-elle connu la stabilité de la maison de sa grand-mère, de l'âge de trois ans jusqu'à son engagement dans l'armée.

— Un problème ? s'enquit Seth.

Il avait glissé les restes de leur pique-nique dans un sac et repliait maintenant la couverture. Le soleil avait disparu derrière les massifs et l'air s'était rafraîchi.

— Non, répondit-elle. Je réfléchissais, c'est tout.

Il l'interrogea du regard, mais elle n'en dit pas plus. Elle avait omis de prendre en considération une énorme pièce du puzzle, qu'elle ne pouvait ignorer plus longtemps.

Ciel, devrait-elle se résoudre à quitter l'armée ? Définitivement ?

Elle se renfrogna à cette idée, avant de se moquer d'elle-même. Les bases ne grouillaient-elles pas d'enfants de militaires, qui ne semblaient guère traumatisés par leur sort ? Pourtant…

Elle tourna et retourna cette pensée dans sa tête tout

le long du trajet de retour. Elle devrait y réfléchir et prendre une décision. Une décision décente. La meilleure qui fût, pour le bébé. Un bébé qui serait bientôt là, avec des besoins auxquels elle devrait être prête à répondre.

Nez contre la vitre, elle regarda le paysage défiler. Le crépuscule déployait ses ailes et…

Serait-elle une bonne mère ? Au cours des derniers mois, elle était passée par toutes les émotions possibles et imaginables. Des émotions qui aujourd'hui prenaient une direction différente. Après les certitudes, après s'être convaincue de pouvoir y arriver toute seule, les doutes l'assaillaient maintenant.

Depuis son entrée à l'école d'officiers, elle vivait telle une nomade. Avec pour seul bagage, son sac kaki. Que connaissait-elle à l'éducation d'un enfant ? Certes, elle avait bien changé quelques couches dans sa vie, quand elle faisait la baby-sitter, au lycée, mais…

— Qu'est-ce que je suis en mesure d'offrir à cet enfant ? s'entendit-elle penser tout haut.

— Une mère dévouée et aimante, répondit simplement Seth, après un moment d'hésitation.

Elle se tourna vers lui, soudain au bord des larmes, maudites larmes toujours prêtes à couler depuis quelque temps.

— Cela ne suffit pas. Tu connais mon mode de vie ! Crois-tu que ce soit l'idéal pour un enfant ? Honnêtement ?

Il ne répondit pas tout de suite, et à chaque seconde, ce fut comme si une autre pierre venait se loger dans son cœur.

— Je connais beaucoup de couples de militaires avec des enfants. L'amour les suit à chaque mutation. Et puis, tu le sais, au fond, l'armée est une grande famille. Tu trouves toujours quelqu'un que tu connais.

— Peut-être. Qu'est-ce que j'en sais, moi ? Je n'ai

jamais eu de vie de famille. Je ne sais même pas si je suis capable d'en avoir une.

Nouveau silence, puis il répondit :

— Comme je l'ai dit, au début, tout le monde manque d'expérience. Être parent ne s'étudie pas à l'école. Tu le sais. Tous les conseils du monde ne valent rien, à côté de la pratique. Qu'est-ce qui t'inquiète réellement ?

— D'être sans racines. Quand tout à l'heure tu as dit « rentrons à la maison », j'ai songé que je n'avais pas eu de maison depuis très longtemps. Pas une vraie maison. Et maintenant, je dois penser à en avoir une, et je ne sais même pas comment m'y prendre.

— Je te comprends parfaitement. Par deux fois, j'ai essayé d'avoir une *vraie maison*, comme tu le dis, mais j'en étais absent la plupart du temps. Et après Maria, je me suis dit que c'était une bonne chose, en fin de compte, que nous n'ayons pas eu d'enfant…

— Et regarde aujourd'hui, remarqua-t-elle, avec un petit rire désabusé. Que tu le veuilles ou non, tu vas devenir père. Et moi qui croyais avoir pensé à tout ! Oh ! Seth il y a des millions de choses auxquelles je n'ai pas pensé. Les déménagements perpétuels, par exemple. Tu sais comment ça se passe.

— Je sais, répondit-il. Mais je serai là.

— Bien sûr. Et tu vois ça comment ? Je doute qu'il soit bon pour un enfant d'être trimballé d'un endroit à un autre comme un vulgaire bagage. Nous devons réfléchir à ce point…

— Chez moi ou chez mes parents ? demanda-t-il, comme ils arrivaient en ville.

— Chez toi, répondit-elle avec calme. Je ne me sens pas en état d'affronter ta mère.

— Je sais, dit-il en riant. Elle peut parfois se montrer envahissante.

— Je l'aime bien, mais je ne suis pas d'humeur à subir la moindre pression. En plus, elle a vraiment le chic pour mettre le doigt sur les sujets qui font mal.

— Elle est très douée pour cela, répondit-il en s'engageant dans sa rue. Tu n'as qu'à prendre ma chambre. J'irai nous chercher de quoi dîner, ainsi nous pourrons nous détendre et discuter tranquillement. Ou si tu préfères, tu pourras bouquiner, j'ai pas mal de livres à la maison. Veux-tu que nous passions chez mes parents récupérer tes affaires ?

— Si ça ne te dérange pas. Je ne veux pas leur manquer de respect, mais…

— Je leur expliquerai que nous avons besoin de parler en privé.

Comme il rangeait la voiture au garage, elle demanda, après une hésitation :

— Où vas-tu coucher ?

— Par terre. J'ai dormi dans des conditions bien pires, crois-moi.

Elle sourit. Un nageur des forces spéciales ne dormait que rarement dans son lit. Elle culpabilisa un peu, puis se ravisa. Après tout, s'il n'avait pas envie de dormir sur le canapé, il pouvait toujours coucher chez ses parents.

En tout cas, une chose était sûre : elle ne retournerait pas là-bas. Le peu de temps qu'elle avait passé en compagnie de Marge et Nate avait suffi à lui rappeler une vie qu'elle n'avait jamais vraiment connue.

Aussi aimante que sa grand-mère ait été, elle restait une personne âgée, et par ailleurs, sans cousins ni autres parents, son enfance avait eu quelque chose de monacal.

Et alors ? Oui, elle ferait une mère du tonnerre.

Elle s'installa dans le salon, dans un fauteuil qui n'était pas de la première jeunesse, mais confortable. En fait, il y en avait deux, genre relax, ce qui laissait penser qu'il devait arriver à Seth de recevoir un ami ou un membre de la famille.

Elle laissa échapper un soupir, lasse de toutes ces questions, de tous ces doutes qui se bousculaient dans sa tête. Elle qui croyait avoir tout résolu, voilà qu'un nouveau problème se présentait devant elle.

Avoir un bébé n'était pas une mince affaire. En avoir un quand vous n'aviez pas de foyer était pire encore. Qu'elle-même considère son appartement à la base comme son chez-soi, l'armée de l'air comme sa famille, était une chose. Mais si ces conditions de vie convenaient à un adulte, elle ne les trouvait pas adaptées à un enfant.

Bien sûr, Seth avait raison. Du moment que l'amour suivait, peu importaient les déménagements. Mais serait-ce suffisant ? Juste son bébé et elle, ballotés de base en base ? Comment n'y avait-elle pas pensé plus tôt ?

La réponse était simple. En fait, elle n'avait pas véritablement pris la mesure de tous les bouleversements qui allaient intervenir dans son existence. Elle avait pensé avec des ornières. A la façon d'adapter le bébé à son mode de vie. Mais en aucun cas à adapter son mode de vie au bébé. Preuve de sa stupidité.

Le moment semblait donc venu de voir les choses sous cet angle. Et d'accepter que sa carrière de pilote ne soit plus une priorité.

A cette idée, ce fut comme si une enclume s'abattait sur ses épaules. Et qu'allait-elle devenir sans ce métier qu'elle aimait par-dessus tout ? Même si, elle devait le reconnaître, l'armée avait un peu perdu de son attrait depuis que ses chefs l'avaient cantonnée à un poste administratif.

Quel avenir pour elle ? Former de jeunes pilotes, tandis qu'elle resterait sur le tarmac, à ronger son frein ? Et quoi d'autre ? Le problème, c'était qu'elle n'avait jamais envisagé de faire autre chose, depuis le jour où elle avait entendu parler de la section recherche et sauvetage en zone de combat.

Evidemment, elle n'était pas idiote, même sans bébé, elle savait bien qu'elle ne pourrait faire ce travail éternellement. Nombre de pilotes se voyaient interdits de vol en zone de guerre pour quantité de raisons. Tôt ou tard, elle devrait lâcher le manche comme les autres.

Cela arrivait plus tôt que prévu, voilà tout. Elle s'en remettrait, elle n'avait pas le choix. Elle avait commis une erreur en refusant de penser à cette échéance. L'idée lui déplaisait, alors elle avait fait l'autruche.

Elle songea à certains pilotes qui avaient évoqué devant elle la découverte, à l'occasion d'un électrocardiogramme, d'une petite fatigue cardiaque. Rien d'alarmant, mais suffisant pour ne plus les considérer comme aptes au combat. Résultat, ces hommes se retrouvaient du jour au lendemain cloués au sol comme instructeurs. Avec un sacré coup au moral. Elle comprenait aujourd'hui.

En un éclair, son avenir qui jusqu'alors suivait une courbe constante et ascendante se profila devant elle en chute libre, dans une sorte de vide sidéral.

Seth passa récupérer les affaires d'Edie et ne fut pas surpris de constater que tout était déjà bien rangé, parfaitement plié, dans son sac. Rien sur la tablette du lavabo dans la salle de bains, rien sur la table de chevet. En quelque sorte, prête à lever le camp à tout instant. Il ne put retenir un sourire. Lui aussi avait eu cet état d'esprit. Même marié, son sac était toujours prêt.

Mais l'heure des grands changements avait sonné. Et il commençait à ressentir ce qui troublait tant Edie. Certes, ce n'était pas pour demain, mais ces changements seraient vite là. Dans une certaine mesure, il comprenait son désarroi.

Après tout, lui avait préféré quitter l'armée, plutôt que de se voir nommé instructeur ou gratte-papier. Vu son grade, il aurait certainement eu une promotion, au sein d'un bureau quelconque. Toujours est-il qu'il avait eu le temps de se préparer mentalement. Edie, elle, ne disposait que de quelques mois.

— Pourquoi ne reste-t-elle pas ici ?

Seth se retourna et aperçut Marge, à la porte.

— Nous avons besoin de temps, maman. Et d'intimité pour parler en tête à tête, c'est tout. Il y a tant de choses que nous devons décider.

— Ne comprend-elle donc pas qu'elle est la bienvenue, ici ? reprit Marge, contrariée.

— Bien sûr que si. Et votre gentillesse l'a sans doute prise de court. Elle s'attendait plus, je pense, à être jetée dehors qu'à voir la famille lui ouvrir les bras.

— Nous sommes un peu envahissants, n'est-ce pas ? dit Marge avec un sourire timide.

— A vrai dire, je ne m'y suis pas encore fait moi-même. Mais ne t'inquiète pas. Beaucoup de choses vont changer. Edie et moi devons prendre certaines décisions, mais pas dans le stress ni la précipitation.

— Je comprends. Mais, Seth, comment peut-on être une mère célibataire tout en étant en service actif ?

— Il y a des solutions à tout, maman. Ecoute, laisse-nous régler ça à notre manière. Et s'il te plaît, évite de dire des choses à Edie qui pourraient la blesser.

— Je ne ferais jamais une chose pareille, enfin !

— Pas volontairement, je le sais. Edie est une femme brillante. Elle saura prendre les bonnes décisions.

— J'espère seulement qu'elle t'inclura dans ces décisions.

— C'est déjà le cas, répondit-il et, attrapant le sac, il embrassa sa mère et s'échappa de la maison. Il comprenait pourquoi Edie refusait d'y revenir. Marge était effectivement envahissante, avec ses questions et ses solutions. Edie et lui avaient à réfléchir aux réponses qu'ils voulaient donner à leurs propres questions. Et cela, personne ne pouvait le faire à leur place.

Il s'arrêta au snack et prit suffisamment de nourriture pour tenir jusqu'au lendemain. Sa cuisine n'était pas encore fonctionnelle, sans compter qu'il lui manquait la plupart des ustensiles. Il prit également une salade, pour faire bonne mesure, et parce qu'une femme enceinte devait avoir une alimentation saine. Puis il passa à l'épicerie et acheta du lait, du pain de mie, du fromage, des fruits et même quelques beignets. Il ignorait complètement les goûts d'Edie en matière de nourriture…

En fait, il ne savait pas grand-chose d'elle. Aujourd'hui, il devait apprendre à la connaître. Un apprentissage qui promettait d'être ardu, au moins autant que le parcours du combattant. Il sourit à cette idée. Mais après tout, il avait l'entraînement et la pratique, non ? Et puis, il adorait les défis.

Il retrouva Edie dans le salon, confortablement installée dans l'un des fauteuils, pieds surélevés. Et bottes encore aux pieds ! Il sourit discrètement. Toujours sur le qui-vive, tel un brave petit soldat. Sans doute remporterait-il une victoire majeure le jour où il arriverait la convaincre de se déchausser.

— Tout va bien ? demanda-t-elle en se tournant vers lui.

— Maman a fini par comprendre… Il faut lui pardonner, elle ne veut que notre bien.

— Elle semble adorer résoudre les problèmes des autres.

— C'est de famille. Bref, désolé d'être parti si longtemps. J'ai rapporté de quoi manger, sans vraiment savoir ce qui te ferait plaisir…

— Je ne suis pas difficile. Comme tout militaire qui se respecte.

— Tu as raison. Mais peut-être dois-tu respecter quelques consignes diététiques ? Si tu le souhaites, je peux retourner à l'épicerie, dit-il en posant son sac. Heureusement, le réfrigérateur fonctionne.

Il retourna à la voiture chercher les provisions et retrouva Edie dans la cuisine, prête à l'aider. Elle éclata de rire en ouvrant le réfrigérateur.

— C'est extrêmement embarrassant, dit-il.

— Un pack de bière, c'est tout ? Tu ne dois pas souvent manger ici…

— Non, en effet. Il faut dire que j'ai une invitation permanente, chez mes parents, et parfois chez mes sœurs.

— Elles vivent toutes en ville ?

— Non, deux d'entre elles seulement, Mary et Wendy. Le reste de la troupe est éparpillé dans tout le pays. Mais tout le monde se retrouve chaque année pour Thanksgiving et à l'occasion de Noël.

— Que font-elles dans la vie ? demanda Edie tout en rangeant les courses.

— Mary est devenue infirmière à l'hôpital, après plusieurs années dans la marine. Wendy, elle, est infirmière libérale. Son mari et elle dirigent le service des urgences du comté… Je crois que tu apprécierais Yuma, son époux. Il était pilote au Viêt-nam, aujourd'hui, il l'est dans la sécurité civile.

— Oh ! vraiment ?

— Tout à fait. En fait, une partie de mes sœurs travaille pour le corps médical, l'autre dans l'enseignement. Quant aux maris, nous avons, pêle-mêle, des flics, des médecins et des journalistes.

— Impressionnant.

— Peut-être auras-tu l'occasion de faire la connaissance de Mary. C'est quelqu'un d'adorable.

— Et Wendy ?

— Elle est différente. Mary était présente avec les équipes de secours en Asie, après le terrible tsunami. Je crois qu'elle continue de faire des cauchemars. Mais Wendy… Elle s'est en quelque sorte endurcie, par amour pour Yuma.

— Comment ça ? s'exclama Edie, perplexe.

— Déjà enfant, elle l'aimait, mais lui ne voulait pas d'elle. Il souffrait à l'époque de stress post-traumatique et avait quelques problèmes d'alcool. Pendant un certain temps, il a vécu dans la montagne, en communauté, avec d'autres vétérans atteints plus gravement. Wendy n'a pas renoncé. Elle est allée travailler aux urgences d'une grande ville, afin de comprendre ce dont souffrait Yuma. A son retour, elle l'a rejoint dans la montagne…

— Une femme de caractère…

— Quand elle a pris une décision, rien ne l'en détourne. Oh ! j'ai une idée. Je suis sûr que Yuma te laisserait prendre le manche de son hélico, si ça te chante.

— Rien ne me ferait plus plaisir.

— Je m'en doutais, dit-il en souriant. Je vais voir ce que je peux faire.

La voir dévorer sa salade lui réchauffa le cœur. Comme il le soupçonnait, elle avait besoin d'autre chose que de sandwichs. Elle vida également deux grands verres de lait. Finalement, le régime alimentaire était grosso modo le même pour une grossesse que pour une mission commando, pensa-t-il.

A la fin du repas, il insista pour tout nettoyer seul et l'envoya dans le salon se reposer.

— Par pitié, enlève-moi ces bottes.

Elle rit à sa remarque, un son mélodieux qu'il n'avait pas entendu depuis cette fameuse nuit, en Afghanistan. Ce soir, elle avait souri plusieurs fois, mais rien de comparable avec ce rire si frais, si spontané.

Cependant, il était conscient que quelque chose, cet après-midi-là, sur la route du retour, avait commencé à la tourmenter, mais il n'en savait pas plus. Elle parlait peu d'elle, et il ne pouvait le lui reprocher. Ils avaient partagé quelque chose d'extrêmement intime, avaient même conçu un enfant ensemble, mais au fond, ils ne se connaissaient pas.

Cela n'incitait guère aux confidences.

D'un autre côté, il n'était pas certain de savoir communiquer avec une femme. Aucun de ses mariages n'avait duré suffisamment pour qu'il puisse vraiment tester sa capacité à parler avec une femme de certaines choses... Il avait passé l'essentiel de sa vie d'adulte en compagnie d'autres hommes. Ses camarades, ses frères d'armes. Ses sœurs ? Malheureusement, il n'avait fait leur connaissance que sur le tard.

Mais après tout, pourquoi parler à une femme serait si différent ?

Il suffisait d'être honnête. De savoir s'y prendre. Or, justement, il n'avait pas la moindre idée de par où commencer.

Lorsqu'il rejoignit Edie dans le salon, il sourit en constatant qu'elle était pieds nus.

— Comment vont tes chevilles ?

— Elles sont enflées...

— C'est douloureux ?

— Pas tant que ça. En revanche, je ne pourrais pas passer toute une journée debout ou assise. Mais ce n'est rien, ça va passer.

— Je peux t'être utile à quelque chose ?

— Surélever mes pieds.

Il prit place dans le fauteuil face à elle et attendit, impatient de la toucher, même s'il ne s'agissait que de masser ses chevilles. De telles pensées n'étaient-elles pas un peu prématurées, à supposer qu'un « rapprochement » soit possible un jour ?

Soudain, une idée germa dans sa tête.

— As-tu le sentiment que je t'ai trahie ?

Elle écarquilla les yeux, surprise par sa question, avant de répondre :

— Je te l'ai dit, je ne te fais aucun reproche. Toi et moi sommes des adultes, Seth. Tu as même utilisé un préservatif.

— Mais le lendemain matin, je suis parti. Je n'ai jamais écrit ou cherché à te joindre.

— Tu m'as donné l'adresse de tes parents. Tu noteras que moi non plus, je n'ai pas cherché à te joindre. Du moins jusqu'à, bref…

— Oui, mais n'empêche, je culpabilise quand même. Pour moi, c'est la routine, de devoir disparaître comme ça, du jour au lendemain. Dans notre groupe, nous ne restons jamais bien longtemps au même endroit. Mais, quand on n'en a pas l'habitude, eh bien… cela peut sembler indélicat.

— Je sais ce que c'est. Moi aussi, je suis dans l'armée, Seth, dit-elle avec calme, avant d'ajouter : J'ai bien réfléchi à tout ça.

— A tout quoi ?

— Je vais peut-être devoir démissionner.

— Oh non, Edie…, protesta-t-il, la gorge serrée.

Il le savait, elle avait travaillé dur pour devenir pilote dans l'armée de l'air. Et aujourd'hui, elle devrait tout abandonner ?

— Je n'ai pas encore pris de décision, mais j'ai

longuement réfléchi pendant que tu étais chez tes parents. Ce n'est pas au bébé de s'adapter. C'est à moi d'adapter mon mode de vie à cet enfant. A faire ce qui est le mieux pour lui.

Il ne sut que répondre à cela. A quoi cela servirait-il de lui rappeler qu'il était là et qu'il pourrait, le cas échéant, prendre le relais, si nécessaire ? Ce n'était pas de ça qu'elle parlait. Il s'agissait de quelque chose de plus profond. A cet instant, une pensée lui traversa l'esprit, et il prit le risque de la fâcher :

— Attention à ne pas prendre de décisions égoïstes.

— Comment ça, égoïste ? Je viens juste de t'expliquer…

— Selon moi, une mère rongée par l'amertume ne fait pas une bonne mère. Il ne faudrait pas que tu en veuilles à cet enfant d'avoir dû te sacrifier.

L'espace d'une seconde, il crut qu'elle allait exploser. Il crut même voir des étincelles dans ses yeux. Après tout, qui était-il, pour se permettre de la juger ? Mais après quelques instants, elle soupira et ferma les yeux.

— Tu as raison. Et c'est bien là le problème…

— Autre chose ?

— C'est-à-dire ?

— N'y aurait-il pas autre chose qui te pousse à prendre de telles décisions ? Même si je pense que certaines d'entre elles peuvent attendre. Après la naissance du bébé, par exemple, quand tu y verras un peu plus clair. Rien ne presse, non plus.

— C'est vrai, répondit-elle, les yeux toujours clos. Si j'ai de telles idées, c'est probablement à cause de ma mère. Elle n'a jamais su être mère… Elle n'a même pas jugé bon d'arrêter la drogue, pour moi.

— Tu en as eu des séquelles ? demanda-t-il, après une hésitation.

— Non, apparemment non. D'après ma grand-mère,

je ne suis pas née toxicomane. Peut-être n'était-elle pas encore accro, pendant sa grossesse…

— Ou peut-être s'est-elle abstenue, pour toi, durant tout ce temps ? Par amour.

Edie rouvrit brusquement les yeux.

— C'est possible, convint-elle après un moment. Je n'en sais rien. Pourquoi pas ?

— Accroche-toi à cette idée. C'est toujours mieux que le reste.

— Tu es donc toujours optimiste, comme ça ?

— Bien obligé. C'est ce qui fait de moi un héros, un vrai…

Elle le dévisagea, puis soudain éclata de rire, un rire suave et délicieux.

— Tu devrais rire plus souvent, dit-il.

L'écho de ses paroles persista un moment dans le silence. Puis, elle changea d'expression. Impossible de savoir cependant ce qu'elle avait en tête, et il pria pour ne pas avoir commis une erreur, en l'effarouchant par exemple.

— Merci, répondit-elle finalement.

Et maintenant ? Elle ne voulait faire l'objet d'aucune pression. Rien de plus normal. Mais dans cette histoire, il était concerné, et à la vérité, d'heure en heure, de plus en plus concerné.

— Cet enfant…, dit-il finalement.

— Oui ?

— Je commence à aimer vraiment cette idée. Demain, j'irai acheter un gant et une batte de base-ball.

De nouveau, elle rit, mais son rire n'était pas aussi léger.

— C'est peut-être un peu tôt, non ?

— Tu as raison. Avant l'arrivée du bébé, inutile de prendre des décisions à la hâte. On peut évidemment discuter des grandes lignes, mais je suppose qu'il faudra nous ajuster après la naissance.

Elle laissa échapper un soupir et ferma de nouveau les yeux. Au moins ne semblait-elle pas fâchée.

— En fait, j'essaie de gérer les choses comme s'il s'agissait d'une mission, en pensant aux moindres détails. Et sans savoir d'ailleurs en quoi consistent ces détails…

Elle s'interrompit, puis entrouvrit un œil.

— Tu es sérieux ? demanda-t-elle soudain. Tu aimes l'idée d'avoir un enfant ?

— Tout à fait sérieux. Et j'y pense de plus en plus. J'espère vraiment que toi et moi nous entendrons pour lui donner le meilleur. Car je veux vraiment faire partie de sa vie. Autant que tu me le permettras.

Elle le surprit en répliquant, sur un ton entre amertume et colère :

— Dans ce cas, marions-nous pour fonder une jolie petite famille…

Il la dévisagea. Elle éclata alors de rire, un rire forcé, cette fois.

— Je plaisante bien sûr, dit-elle avec un haussement d'épaules.

— Entendu, dit-il, sûr de lui.

Elle fronça les sourcils.

— Entendu quoi ?

— Entendu, marions-nous. Demain. Donnons à cet enfant un nom. Un père.

— Oh ! pour l'amour de Dieu, Seth ! Ne sois pas ridicule. Tu ne me connais pas, et réciproquement. Et puis, ça ne ferait que compliquer les choses. Tu devrais le savoir !

— Compliquer quoi ? Ce ne serait pas le premier mariage de raison. Avoir un père pour veiller sur ton enfant pourrait sauver ta carrière. Moi, je donnerais un foyer stable à notre fils. Et si les choses se passaient vraiment trop mal entre nous, nous divorcerions, voilà tout. Mais au moins aurions-nous essayé, pour le bébé.

— Tu as perdu la tête ! s'exclama-t-elle.

— Pas du tout. Bon sang, Edie, deux fois je me suis marié par amour. La première fois a été un échec retentissant. La seconde… Franchement, je ne souhaite pas revivre ça. Alors pourquoi pas se marier pour le bonheur d'un enfant ? Nous nous entendrions sur un certain nombre de règles, l'essentiel étant de prendre soin du bébé. Et peut-être deviendrions-nous les meilleurs amis du monde. Toi, tu poursuivrais ta carrière. L'enfant aurait un foyer. Tu ne penses pas pouvoir endurer cela, disons une vingtaine d'années ?

— Endurer ? Ce mot-là n'entre pas dans ma définition du mariage.

— D'accord, mais honnêtement, quels sont les risques ? Minimes, si tu veux mon avis, pour toi comme pour moi. Et tout bénéfice pour l'enfant.

— A condition que nous ne nous disputions pas sans cesse.

— Ce n'est pas mon genre. Ni le tien, je crois. Ecoute, réfléchis à ma proposition. Sauve ta carrière, donne à cet enfant la maison dont tu rêves pour lui, quant au reste, eh bien, nous formerons une équipe. Une équipe soudée avec un objectif commun, comme dans une mission.

— Voilà bien le discours d'un nageur de combat…

Ils échangèrent un long regard.

— C'est la meilleure solution, crois-moi, dit-il.

Elle se leva d'un bond en secouant la tête.

— Je vais me coucher. Et tu es complètement fou.

Il la suivit des yeux quand elle s'éloigna pour rejoindre sa chambre. Puis il s'enfonça dans son fauteuil, sourire aux lèvres.

Fou, lui ? Certainement pas.

6

Cette nuit-là, Edie dormit peu. D'ailleurs, à mesure que sa grossesse progressait, elle dormait moins. Elle ne cessa de se retourner dans son lit, tout en maudissant Seth de créer encore des complications. Comme s'il n'y en avait pas assez comme cela !

Sa nuit fut d'autant plus agitée qu'une petite voix pernicieuse ne cessait de la tenter par ses promesses. Des promesses d'un retour à une carrière semi-normale, des promesses de promotion, de récupération de son statut de pilote dans les forces spéciales, et la chance de pouvoir de nouveau se porter au secours de ses camarades en zone de combat.

Des pensées bien tentantes… Irait-elle jusqu'à vendre son âme pour sa carrière ?

Mais serait-ce vraiment vendre son âme ?

Son désarroi et sa détresse atteignirent des sommets. Elle tenta de se reprendre, car le stress n'était sûrement pas bon pour le bébé. A vrai dire, elle était stressée depuis des mois maintenant, alors un peu plus, un peu moins…

Seth était un abruti. Un mariage de raison ? Non, mais ! Néanmoins, l'idée la tentait, elle ne pouvait le nier. Tant de choses qu'elle n'aurait plus à assumer seule, sans compter une véritable stabilité pour son enfant. Comme sa proposition était tentante !

Mais c'était aussi de la folie pure.

Elle était persuadée qu'il s'imaginait déjà avec une famille comme les Tate. De ce côté-là, il avait été gâté. Bien plus qu'elle. Pour elle, la famille n'était qu'une vague notion, une simple institution.

Entre frustration, agacement et morosité, elle finit par quitter la chambre, sans sac à la main, direction la sortie. Et retour à la base. Elle réglerait ça toute seule, c'était mieux que de laisser quelqu'un d'autre s'en mêler. Sans doute son incorrigible besoin de toujours tout contrôler, admit-elle. Mais n'était-ce pas ce trait de caractère qui faisait aussi d'elle un pilote hors pair ?

A peine arrivée dans le couloir, Seth surgit et s'interposa entre la porte et elle.

— Où vas-tu comme ça ? demanda-t-il d'un ton nonchalant. Aurais-tu par hasard l'idée de t'enfuir ?

— Il le faut, car tu es fou. Et j'ai besoin d'air.

— Je veux bien te laisser respirer. Mais je ne te laisserai pas partir.

— Tu ne peux pas me retenir contre mon gré.

Il posa les mains sur son bassin étroit et la défia du regard.

— Ecoute, Edie, tu sais bien que fuir n'a jamais rien résolu. Et tu serais bien la dernière personne que je crois capable d'une chose pareille. Avec toutes les épreuves que tu as traversées. La perspective d'un mariage comme solution à nos problèmes ne devrait pas te mettre dans un tel état.

— Les mariages précipités conduisent toujours à l'échec.

— Dans ce cas, refuse, et n'en parlons plus.

Ciel ! Elle ouvrit la bouche, mais aucun son n'en sortit. Tout se passait comme si dame Tentation lui avait jetée un sort. Et ce n'était pas juste en raison de son travail

qu'elle était tentée d'accepter, comprit-elle avec effroi.
C'était Seth, beau comme un dieu et sexy en diable, qui
l'attirait comme un aimant. Lui qui avait fait voler en
éclats des années de célibat et l'avait prise comme elle
ne l'avait même jamais imaginé, sur un lit médiocre,
dans la chambre de fortune d'une base militaire à l'autre
bout du monde.

Elle laissa tomber son sac. Furieuse contre elle-
même. Elle ne se reconnaissait plus. Elle avait toujours
été déterminée, une femme de caractère, qui savait ce
qu'elle faisait et le faisait seule. Et voilà que d'un seul
coup, elle n'avait plus envie de rien faire du tout.

— Oh ! dit Seth, semblant soudain tout désemparé.

C'est à ce moment qu'elle s'en aperçut. Elle pleurait.
Elle voulut s'enfuir pour se cacher, mais n'en eut pas le
temps. Il l'emporta dans ses bras et alla s'asseoir dans
le fauteuil relax, dans le salon, elle sur ses genoux. Puis
il commença à se balancer doucement, en la serrant
tendrement dans ses bras puissants.

— Chhuut, murmura-t-il et, à sa grande surprise,
elle le sentit caresser ses cheveux. Tu as vécu l'enfer,
mais tu n'es plus seule à présent.

Et ces quelques mots finirent de briser ses dernières
résistances. Elle pleura de plus belle. Pour la première
fois depuis longtemps, elle fut secouée de sanglots. Pour
la première fois depuis longtemps, elle eut le sentiment
qu'elle n'était peut-être pas seule.

Elle voulut s'insurger devant tant de faiblesse. En
vain. C'était si bon de se laisser aller ainsi, dans les
bras d'un homme, si bon d'être avec quelqu'un qui vous
comprenait. L'armure indestructible dont elle s'était vêtue
dans ce monde d'hommes vola en miettes. Elle en fut
terrifiée, mais aussi totalement soulagée.

— Je ne pleure jamais, dit-elle, entre deux sanglots.
C'est depuis que je suis enceinte…

— Moi, ça m'arrive de pleurer, dit-il avec calme.
Tout le monde en a besoin, de temps en temps.

Elle cessa de sangloter, mais les larmes continuèrent
à rouler sur ses joues encore un moment. Des mois de
stress, d'angoisse… Tout semblait s'évacuer par ses yeux.
Seth la garda dans ses bras, comme s'il cherchait à lui
faire savoir qu'il était là, pour elle, avec elle.

Mais comment était-ce possible ? Il ne la connaissait
même pas. Une chose était sûre : il ne semblait pas
l'avoir en horreur. Elle s'essuya les joues d'un revers de
manche, mais quand elle fit mine de se lever, il la retint.

— Détends-toi. Tu sais comment faire. On a dû te
former à trouver une certaine sérénité dans les situations
les plus extrêmes.

Il avait raison. Elle inspira profondément et chercha
cette forme de paix qui l'accompagnait toujours, quand
elle grimpait dans son cockpit. Ce n'était pas si compliqué.
Et puis, c'était si doux de rester blottie ainsi contre lui, la
tête contre son torse, à écouter les battements réguliers
de son cœur. Jamais elle n'avait fait cela. Jamais.

— Alors, ce bébé, il bouge ? demanda-t-il.

— Sans arrêt. C'est un petit bonhomme très actif.

— Est-ce que je peux le sentir, moi ?

Justement, à cet instant, comme le bébé remuait, elle
prit la main de Seth et la posa à l'endroit précis de son
ventre où elle sentait une légère pression.

— Ça alors ! s'exclama-t-il après quelques secondes.

— Oui, acquiesça-t-elle, la gorge nouée par l'émotion.
C'est extraordinaire.

S'il y avait une chose qu'elle aimait par-dessus tout,
c'était de sentir cette vie, en elle. Chaque mouvement
était comme un appel, une promesse. Une joie. Joie

qu'elle avait tendance à oublier, dans les moments de déprime, lorsqu'elle se laissait déborder.

— Tu sais, dit-il, sa main encore sur son ventre. Ce n'est pas tous les jours qu'un type comme moi fait sa demande à une pilote de chasse.

— Je plaisantais…

— Je sais. Mais pas moi.

Elle retint son souffle, de nouveau submergée par cette irrésistible attirance. Elle tenta de refouler cette sensation, mais c'était difficile, sur ses genoux, dans ses bras. Comme il sentait bon, un cocktail d'après-rasage et de grand air. L'odeur d'un homme. C'était la première fois qu'elle se laissait aller à apprécier une telle odeur. Le désir qu'elle avait maintenu sous clé en chambre froide, sauf le temps d'une nuit, vint de nouveau la tourmenter. Non, cela ne ferait que tout compliquer. Elle s'empressa de chasser cette idée.

— Crois-tu en l'amour ? demanda-t-elle finalement.

— Complètement. Quelle chose merveilleuse ! J'ai été amoureux deux fois. Et j'en ai retenu une leçon : il faut plus que de l'amour pour faire une relation. L'amour peut être là ou pas, au début, mais sur la durée, il faut de l'amitié, de la confiance, de la compréhension et de la patience. Oh ! Edie, par expérience, je sais que le mariage demande beaucoup d'efforts, pour la plupart inattendus. J'ai pu voir mes parents à l'œuvre. Et c'est dans ce sens que je veux travailler moi aussi…

— Mais à quoi bon ce travail, sans amour ?

— Parce que tu portes mon enfant. Ecoute, je ne veux pas faire pression sur toi. Mais je suis sérieux. Je veux t'épouser, demain ou dans six mois, peu importe. L'essentiel, pour moi, c'est d'être à tes côtés. Tu n'es plus seule. Je ferai tout ce qui est en mon pouvoir pour t'aider.

— Merci, finit-elle par répondre, la voix mal assurée.

Comme elle détestait se sentir aussi faible, aussi seule, aussi bouleversée. Mais où était donc passée la femme venue dans cette ville pour accomplir son devoir ? Là, dans les bras de Seth, elle ne sentait qu'une chose, l'envie d'accepter ce qu'il lui offrait. Et de ne plus tout affronter seule.

Faiblesse, vraiment ? Ou bon sens ?

— Sur combien de personnes peux-tu compter, quand tu montes dans ton hélico ? demanda-t-il, comme s'il lisait dans ses pensées. Le personnel au sol, la maintenance, le copilote...

Il se tut, lui laissant le temps de la réflexion, avant d'ajouter :

— Oui, tu es responsable, comme pilote, mais tu dois pouvoir compter sur les autres. Et c'est pour tout le monde pareil. Je commandais un groupe. On était très soudés, et c'était notre force. Si tu es honnête envers toi-même, tu reconnaîtras que personne, au fond, ne traverse seul l'existence. Sauf les ermites, et encore, quelqu'un doit bien leur apporter leur nourriture...

Elle rit, puis réfléchit à ce qu'il venait de dire. Aucun de nous ne vivait vraiment seul. Il n'avait pas tort. Il y avait une différence entre assumer ses responsabilités et ne dépendre de personne. Une énorme différence.

— Nous réussirons, lieutenant, dit-il en retirant sa main de sur son ventre. Après tout, c'est pour ça que nous avons été entraînés.

Seth finit par la persuader de se changer et d'abandonner son treillis pour des vêtements civils.

— Promets-moi seulement de ne pas essayer de t'enfuir pendant une semaine ou deux, dit-il en posant son sac kaki dans sa chambre. Laisse passer un peu de temps.

Mais pourquoi avait-elle voulu s'enfuir ? se demanda-t-elle. Craignait-elle de lui donner d'elle-même plus qu'il n'en voulait en réalité ? Avait-elle peur de souffrir ? Quelle lâche ! Ce n'était pas dans ses habitudes de fuir. Du moins jusqu'à aujourd'hui. Deviendrait-elle une poule mouillée ? Cette idée la fit serrer les dents.

— Je vais avoir besoin de vêtements. Ou de faire une lessive chaque soir.

— Inutile de te fatiguer. Nous irons au centre commercial pour trouver ce qu'il te faut…

L'occasion de se changer les idées, même si… Des vêtements de grossesse ? Elle avait encore beaucoup de mal avec cette idée.

— Ce n'est pas loin. On pourrait y aller à pied. J'ai vraiment besoin d'exercice.

— Bien sûr, répondit-il en souriant. Je porterai les sacs.

La promenade l'enchanta. Les rues étaient paisibles, bordées de vieux chênes aux couleurs de l'automne. Les maisons, pour la plupart petites et anciennes, semblaient bien entretenues, même si, sur une base militaire, les pelouses de certaines auraient valu à leur propriétaire un blâme. Un détail qui ne l'empêcha pas d'apprécier l'atmosphère de la petite ville.

— Il ne doit pas se passer grand-chose, par ici, dit-elle.

— Détrompe-toi. Mon père disait d'ailleurs que cette ville finirait mal…

— Quand il était shérif ?

— Oui. Des choses arrivent ici, comme partout ailleurs. Dans l'ensemble, les gens sont honnêtes et chaleureux. Mais peut-être était-ce mieux avant, je l'ignore. Je crois que mon père exagère. Mais évidemment, il m'est difficile d'avoir la même vision du monde que lui…

— C'est certain, dit-elle en le regardant du coin de l'œil.

Comme il était beau ! Un hymne à la vie. Chaque fois qu'elle s'inquiétait pour le bébé, l'attirance revenait, toujours plus forte. Si elle n'y prenait garde, l'histoire d'une nuit serait suivie d'autres nuits. Car elle n'était pas sûre de pouvoir résister.

Une nouvelle fois, sa proposition de mariage resurgit dans son esprit. Elle tenta aussitôt de la chasser, de crainte de s'en saisir comme de la solution idéale. Car cette solution serait tout sauf idéale. Mais l'idée l'attirait presque autant que lui. Pourtant, quelque chose en elle refusait de concevoir l'éducation de leur enfant comme une mission. Une mission ? Non, c'était autre chose.

Mais dans le fond, en quoi consistait une mission ? Un devoir, un acte nécessaire et comportant certains risques pour atteindre un objectif. La vie était-elle si différente ? Elle retint un soupir.

— Alors, tu songes à entrer en politique ?

— Shérif, ou maire, je n'en sais trop rien encore, répondit-il avec franchise. Je dois d'abord me réadapter à la vie civile. J'ai gardé mes réflexes de combattant en zone hostile. Je ne suis pas certain que ce soit la meilleure attitude à avoir dans l'exercice du maintien de l'ordre.

— Le temps viendra.

— Sans doute. Toi et moi, nous sommes confrontés à des changements majeurs. Je suis sûr que tu comprends.

En effet.

A mesure qu'ils approchaient du centre-ville, elle constata que les maisons se faisaient plus cossues, bâtisses élégantes datant d'avant la Seconde Guerre mondiale. Rien de commun avec ce qu'elle avait pu voir dans sa vie. Les rues elles aussi étaient plus larges, les pelouses mieux entretenues. Mais pas âme qui vive, à peine une ou deux voitures de temps en temps. Les gens d'ici devaient travailler ou être très occupés. Elle fut séduite par le calme et la sérénité de l'endroit.

Ils étaient presque au supermarché quand une femme, la quarantaine environ, cheveux courts blonds et hirsutes, en combinaison de vol bleu marine, les aborda.

— Hello, petit frère, où cours-tu comme ça ?

Wendy Yuma, l'une des sœurs de Seth, infirmière de vol, comprit Edie.

— Vous devez être Edie Clapton, dit Wendy avec chaleur.

Apparemment, sa présence ici n'était plus un secret. Marge s'était empressée de faire circuler la nouvelle dans la famille Tate.

Edie sentit une boule dans son ventre, à moins que ce ne fût le bébé.

— Ravie de vous rencontrer.

— Moi également, dit Wendy tout sourire en lui serrant la main. Je suis un peu pressée, je dois retourner à l'héliport. Et si vous veniez dîner à la maison ? Dès que j'y verrai un peu plus clair, bien sûr. C'est comme ça avec les urgences. Vous alliez au restaurant ?

— J'ai besoin de quelques vêtements, répondit Edie en rougissant un peu.

— Ah ! Ils ont un rayon maternité au centre commercial. Mais pas très fourni. Ici, les mères font beaucoup de troc. J'espère que vous n'êtes pas trop froufrou, parce que vous ne trouverez rien de tel, ici.

— Je m'en suis rendu compte hier. Cela tombe bien, je déteste les froufrous.

— Super, dit Wendy, radieuse.

— Dis-moi, crois-tu que Yuma permettrait à Edie de piloter l'un des hélicos ? demanda Seth. Elle a l'habitude de voler sur le Pave Hawk.

— Oh ! recherche et sauvetage en zone de combat,

c'est ça ? répondit Wendy. Je suis certaine que Yuma n'y verra aucune objection. Vous aurez sûrement plein de choses à vous raconter. Mon mari effectuait des évacuations sanitaires au Viêt-nam. Je vous passerai un coup de fil. Heureuse d'avoir fait votre connaissance, Edie.

La jeune femme s'éloigna au pas de course.

— Sympathique, dit Edie en la suivant des yeux. Mais pourquoi appelle-t-elle son mari par son nom de famille ?

— Il préfère. Son prénom est Billy Joe. Wendy l'appelle comme ça de temps en temps, mais c'est bien la seule.

— Intéressant. Elle ressemble un peu à ta mère, non ?

— En moins directive, dit Seth avec ironie.

— Ta mère n'est pas directive. Elle est juste…

Elle chercha un mot mieux adapté.

— Directive, répéta Seth. Elle est mère depuis si longtemps…

— J'ignorais qu'être mère faisait cet effet-là, répondit Edie en riant.

— Avec six filles à la maison ? La mère doit avoir au moins l'envergure d'un pilote d'hélico ou d'un nageur de combat…

Elle rit de plus belle.

— J'imagine que nous le saurons bientôt.

A peine les mots sortis de sa bouche, elle eut conscience de comment ils pouvaient être compris. Elle regarda Seth à la dérobée, mais il sembla ne rien avoir remarqué. Au bout d'un instant, elle se détendit de nouveau. Si Seth avait mal interprété sa réflexion, il aurait dit quelque chose…

Cette fois, il ne l'attendit pas devant le magasin, mais la suivit dans les rayons maternité.

— Je vais te servir de caddy, dit-il, espiègle.

— Mais, Seth… Les gens risquent de parler…

— Qu'ils parlent. J'en connais même trois ou quatre qui vont se régaler, crois-moi.

Elle n'avait pas réfléchi à cette possibilité, mais à se retrouver là, dans ce supermarché, et au rayon grossesse, elle découvrit que c'était inévitable. La veille, elle y avait déjà acheté des vêtements. Elle était installée chez Seth. Les gens auraient vite fait d'en tirer des conclusions.

— Et ce… ça ne t'embête pas ? demanda-t-elle, sur ses gardes.

— Bien sûr que non. Je dois passer pour le salaud sans scrupules qui a abusé sans vergogne de la pure et innocente jeune femme… Ça les occupera quelques jours.

Il haussa les épaules et lui sourit.

— Comme dans une série télé…

— Pire encore.

— Je préférerais passer pour la méchante séductrice du brave fils du shérif…

— Tu serais parfaite pour le rôle, dit-il, les yeux brillants. Oh ! Edie, un seul regard de toi, et je me suis retrouvé pris dans tes filets. Sous le charme. Ah, les femmes en treillis…

Elle rit si fort qu'elle en pleura. Deux vendeuses les regardèrent avec curiosité.

— Ne me dis pas que la dentelle et le satin te laissent froid…

— Que veux-tu, j'ai été élevé par oncle Sam. Je perds la tête quand je vois une femme en treillis, dit-il avec un clin d'œil. Bien sûr, si tu as envie de dentelle et de satin, je me ferai une joie de te conseiller…

Il s'exprima à voix basse, de façon à ne pas être entendu, et elle lui en fut reconnaissante, même si à cette sugges-tion, son cœur se mit à battre un peu plus vite. Dentelle et satin ? Pourquoi pas ? Elle s'étonna d'une telle idée, elle qui n'avait jamais eu ce genre de désir, avant. Puis elle s'imagina en dessous sexy, avec son ventre rebondi. Ce fut plus fort qu'elle, elle rit de nouveau, mais refusa de lui expliquer quand il l'interrogea.

Elle reporta son attention sur les vêtements. Curieusement, c'était plus facile aujourd'hui. Seth ne lui donna ni conseil ni opinion, mais lui parla du froid qui ne tarderait pas à arriver et l'incita à choisir des modèles un peu chauds.

Elle se décida pour un jean, des chemisiers en flanelle, et craqua également pour un top plus coquet, bleu roi avec des sequins ridicules à l'encolure. Elle surprit des étincelles dans les yeux de Seth quand elle le choisit. Au rayon dessous chic, elle refusa qu'il l'accompagne. Ridicule, étant donné l'intimité qu'ils avaient partagée. Peut-être. Toujours est-il qu'elle le congédia et qu'il s'éloigna avec ses achats.

— Je te retrouverai à la caisse, allez ouste !

Il rit et obtempéra. Ce fut là qu'elle perdit vraiment la tête. Si les femmes d'ici n'aimaient pas les froufrous, le rayon sous-vêtements avait, en revanche, de quoi faire rougir les plus audacieuses. Se sentant presque coupable, elle choisit quelques petites culottes en satin et deux soutiens-gorge ornés de dentelle. Un shopping coquin, comme si une autre femme avait pris possession d'elle.

A la caisse, elle envoya Seth dehors, au moment de régler ses achats. Elle ne voulait pas qu'il voie sa sélection. Pas encore. Pas tout de suite.

Pas tout de suite ? Mais qu'avait-elle en tête ? L'espace d'un instant, elle faillit aller remettre les articles en rayon, puis elle se ravisa. Si elle changeait d'avis, elle trouverait toujours une poubelle quelque part.

— Faim ? demanda Seth en prenant les sacs, lorsqu'elle sortit. Au choix, Chez Maud, Chez Maud, ou bien Chez Maud...

— Je rêve d'une salade et d'un petit sandwich.

— Une salade oui, mais un petit sandwich, certainement pas. Quand tu verras la carte de Maud, même le bébé en gigotera d'envie. La nourriture y est excellente.

Le déjeuner chez Maud fut une expérience inoubliable. Edie n'aurait jamais pensé qu'une femme aussi bourrue puisse avoir une affaire aussi florissante. Mais à leur arrivée, le restaurant était bondé, et ils prirent le dernier box disponible.

Elle sentit des dizaines d'yeux se tourner vers eux et aperçut des gens qui chuchotaient sur leur passage. Qu'ils aillent au diable ! Elle reporta son attention sur Seth, étonnamment détendu, et sur la salade monumentale qu'on lui servit, accompagnée de brochettes de poulet, avec en prime le commentaire de Maud.

— Une femme enceinte a besoin de protéines…

Edie manqua s'étouffer.

— J'espère qu'elle ne va pas faire brûler mon steak, en guise de représailles, dit Seth avec un sourire. On ne sait jamais, avec Maud et ses filles.

— Elle a une drôle de façon d'accueillir ses clients…

— Une mégère. Mais personne n'ose protester.

Trente secondes plus tard, Maud réapparut avec un grand verre de lait qu'elle déposa devant Edie, qui avait commandé un grand café. Manifestement, la maîtresse des lieux estimait que la caféine ne convenait pas à son état.

Elle fut prise de fou rire, d'autant que Seth en rajouta avec une mimique horrifiée quand Maud s'éloigna, après lui avoir jeté un regard assassin.

Jamais elle n'avait autant ri de sa vie. Mais pourquoi se sentait-elle aussi légère aujourd'hui, surtout après une soirée de discussions et d'interrogations à n'en plus finir ? Mais à quoi bon se torturer ? Les problèmes ne tarderaient pas à refaire leur apparition.

Seth parla de tout et de rien, un peu comme lors de cette soirée qu'ils avaient partagée, en Afghanistan, tous deux ayant besoin d'une pause d'avec la réalité. Ils rentrèrent sur le même mode, en bavardant et plaisantant tout le long du chemin.

— Il est temps de vous reposer, madame, dit-il une fois rentré, en emportant les sacs dans sa chambre. Quant à moi, je vais aller acheter un lit. Alors, détends-toi. Je n'en ai pas pour longtemps.

L'idée la traversa soudain qu'il avait peut-être envie de prendre l'air sans elle. Son émotion dut se voir, car il prit sa main avec tendresse.

— Tu peux m'accompagner, si tu veux. Je pensais juste que tu pourrais avoir besoin d'un petit somme.

— Tu as raison, avoua-t-elle, la fatigue d'une nuit presque blanche se faisant sentir.

— Je ne serai pas long, promit-il. Juste un lit, qu'ils feront sûrement livrer demain. Tu m'aideras à choisir les draps, si tu veux.

Elle sourit, rassurée.

— Et je m'occupe du repas, ajouta-t-il. Ce soir, c'est moi qui cuisine.

— Oh oh !

— J'en suis parfaitement capable.

— As-tu remarqué combien nous pouvons être capables, toi et moi, en certains domaines, et totalement incapables dans d'autres ? dit-elle avec un sourire.

— C'est exact, répondit-il. Mais je ne demande qu'à apprendre…

Seth parti, elle hésita pour sa sieste entre le lit et le fauteuil relax. Elle opta finalement pour le fauteuil. Si quelqu'un entrait dans la maison, elle l'entendrait.

Difficile de se défaire des vieilles habitudes. Voilà ce qu'il advenait des gens vivant dangereusement, songea-t-elle, alors que le sommeil pesait déjà sur ses paupières. Quand s'était-elle détendue pour la dernière fois, vraiment détendue ?

C'était avec Seth, cette nuit-là, en Afghanistan. Et aujourd'hui, de nouveau. Elle s'endormit avec cette pensée à l'esprit.

7

Le temps des travaux, pour plus de commodité, Seth avait utilisé un lit de camp. Sans trop s'expliquer pourquoi, il ressentait néanmoins maintenant le besoin d'acquérir un vrai lit, King size si possible, et de toute urgence. Ainsi pourrait-il reposer sa longue carcasse. Et puis, mieux valait investir dans le durable, un lit de dépannage, il n'en aurait pas longtemps l'utilité, non ?

Telles étaient ses pensées, dont il ne manquerait pas de s'ouvrir à Edie, une fois rentré, se promit-il tout en signant le chèque pour le lit et le matelas, après être convenu d'une livraison pour le lendemain. Peu après, il téléphona à sa mère et passa acheter une batterie de casseroles et autres ustensiles indispensables, recommandés par la grande prêtresse de la cuisine. De quoi préparer quelques bons petits plats. Après tout, n'avait-il pas été marié deux fois ? A ces occasions, il avait appris un certain nombre de choses qu'il n'avait pas oubliées.

Pour finir, sur le trajet de l'épicerie, il aperçut dans la vitrine du marchand de jouets de superbes animaux en peluche. Il entra et acheta un ours pour Edie. Il pourrait toujours dire que c'était pour le bébé, si elle faisait la grimace.

Il repensa à leur conversation de la veille, quand, sarcastique, elle avait suggéré l'idée d'un mariage. Il n'avait pas changé d'avis. Le mariage lui paraissait le meilleur moyen de gérer au mieux « toutes » les choses auxquelles ils ne manqueraient pas d'être confrontés. Pragmatique. Un plan d'action net et précis. Pour une mission sans mauvaises surprises.

Néanmoins, il pressentait que les choses, dans les faits, ne seraient pas aussi faciles. Simplement parce qu'il était encore terriblement attiré par cette femme. Et plus le temps passait, plus il se trouvait bien en sa compagnie. Et plus il la désirait.

Si, de son côté, elle n'éprouvait rien de tel, ce mariage pourrait bien se révéler catastrophique, pour lui en tout cas. Mais il ne reculerait pas, et si elle décidait de faire un essai, il ferait de son mieux.

Il n'aurait jamais cru en arriver là. Encore aujourd'hui, il n'était pas certain à cent pour cent de vouloir prendre le risque d'un troisième mariage. Les deux précédents s'étaient achevés dans la douleur, chacun à leur façon, et il s'était bien juré de ne plus réitérer l'expérience.

Mais l'équation était différente, avec Edie. A cause du bébé. Et tout son être se rebiffait à l'idée de laisser grandir son enfant sans son père. Aucun enfant ne devrait avoir à subir pareille chose, et encore moins le sien. Et tant que resterait un souffle de vie en lui, il serait auprès de son fils.

Edie était là depuis peu, mais il voyait déjà quelques changements en elle. Elle commençait à lui faire confiance. La pilote courageuse et déterminée se montrait moins réticente à la perspective de le voir prendre part à la vie de son enfant. Il lui arrivait même de se laisser aller à un peu de tendresse.

Tant mieux. Cela signifiait qu'ils pouvaient s'entendre. Et d'une façon ou d'une autre, ils devraient s'entendre dans les prochaines décennies. L'ayant vu dans sa famille, il le savait, un enfant ne s'élevait pas jusqu'à l'âge de dix-huit ans, et terminé. Non, un parent restait toujours un parent. Les siens avaient été présents, après l'échec de son premier mariage et la tragédie du second. En fait, ils étaient là chaque fois qu'il avait besoin de quelque chose. Etre parent était un engagement à vie.

Mais Edie, elle, ne voyait pas si loin. Il imaginait ce qu'elle avait dû traverser, seule, en tant que future mère célibataire, au sein d'une armée qui avait encore les idées courtes. Oh ! si elle n'avait pas été pilote, peut-être aurait-ce été plus simple, mais étant donné ses responsabilités et ses ambitions, ses supérieurs n'avaient pas été tendres avec elle, en lui proposant comme seule option de démissionner pour s'occuper de son enfant.

Il n'avait rien contre cette option. Les enfants étaient importants. Mais pour quelqu'un comme Edie… Oui, il imaginait la pression.

Le bébé ou sa carrière.

Mais elle avait su résister à cette pression avec bravoure, montrant un courage digne d'un officier supérieur, sans céder à ce qui, somme toute, restait un odieux chantage de la part de sa hiérarchie. Elle avait accepté sans broncher d'être mise sur la touche, le temps de sa grossesse. Mais elle n'avait pas renoncé à son bébé. Et elle était déterminée à se battre pour réintégrer son poste, tout en étant mère.

Oui, une femme admirable. Qui imposait le respect.

Cependant, il devait bien admettre qu'il aimait aussi sa vulnérabilité. Sa tendresse. Il avait toujours chéri le souvenir de cette nuit en Afghanistan, avec elle, et s'il admirait Edie en tant que pilote, s'il la trouvait si sexy, il l'admirait aussi pour sa manière d'être. Le devoir et l'honneur d'abord. Faire face, toujours.

Même si, il en était conscient, les événements n'étaient pas sans conséquences pour elle, sur le plan psychologique.

Il se réjouissait qu'elle l'ait laissé la prendre dans ses bras, ce matin. Elle avait besoin de savoir qu'il était là pour elle. Tant mieux si ça se passait de cette façon, tant mieux pour lui, qui se sentirait un peu moins minable, tant mieux pour le bébé qui aurait un père auprès de lui, et tant mieux pour elle, cela la soulagerait du fardeau qu'elle portait sur ses épaules.

Oui, tout ce qui lui importait dans l'immédiat, c'était de la décharger de ce poids.

Mais de son côté, il devait également être sûr de lui, ce qui, sur certaines choses, n'était pas tout à fait le cas. Il ne plaisantait pas lorsqu'il lui avait parlé de ses vieux réflexes de membre des forces spéciales. Vingt ans de missions secrètes en milieu hostile n'avaient pas fait de lui un homme modèle. Autant de traits de caractère qui, dans l'armée, constituaient des qualités, mais qui risquaient de devenir des défauts dans l'éducation d'un enfant. Autoritaire, il entendait d'être obéi, sans doute un peu trop. D'autre part, il était plus habitué à gérer des situations extraordinaires que la routine du quotidien.

D'un autre côté, son métier lui avait conféré un extraordinaire sang-froid. Il était capable de maîtriser ses émotions. Pourtant, en l'occurrence, il n'était pas certain que ce soit l'idéal.

En fait, il s'attachait à montrer à Edie un côté de lui qui ne lui convenait pas tout à fait, comme un costume trop serré à l'encolure. Il se faisait passer pour un homme conciliant et raisonnable. Il marchait sur des œufs, et cela n'avait rien de confortable ni de naturel.

A la différence de ses deux femmes, Edie avait sans doute croisé de nombreux nageurs de combat au cours de ses missions, et elle devait savoir ce qui se cachait sous le vernis. Car c'était bien ce dont il s'agissait : toutes les manières des gens civilisés n'étaient que du vernis.

Au fond de lui, il demeurait un soldat, un barbare prêt à mordre au moindre couac.

Le contrôle, tout le secret était là. Dans une mission, le sang-froid était tout. Les émotions ? Il suffisait de savoir les gérer.

Quel genre de père ferait-il ?

Il se gara sur le parking de l'épicerie, attrapa son téléphone et appela son père sur son portable, le seul moyen de l'avoir sans passer par sa mère. Il n'avait pas envie de parler à Marge.

— Quoi de neuf, fiston ? demanda Nate.

— Je suis un peu perdu…

— Normal.

— Mais comment t'y es-tu pris, toi ? Comment as-tu fait pour devenir un bon père ?

Nate ne répondit pas tout de suite, et Seth commençait à s'impatienter quand enfin…

— Je ne crois pas qu'il existe de recette miracle. Nous avons tous nos démons, vois-tu… Quand ta sœur aînée est venue au monde, lorsque je l'ai prise dans mes bras, à ce moment-là, j'ai eu une certitude.

— Laquelle ?

— J'avais une nouvelle mission, et j'allais tout donner pour la mener à bien. Ce n'était pas si différent des autres missions, où tes camarades sont plus importants que toi. Où ton principal souci est de les protéger. Tu as toutes les qualités requises, mon fils. Elles doivent juste être affinées. Et puis, tu as deux pères en exemple. Fais de ton mieux, et tout ira bien.

Fais de ton mieux, et tout ira bien, se répéta Seth en entrant dans l'épicerie. Quel conseil judicieux. Qu'il mettrait en œuvre, car il refusait de perdre son fils. Étonnant comme, en si peu de temps, ce bébé avait pris une place centrale dans sa vie.

Mais faire de son mieux serait-il suffisant ? Peut-être pour l'enfant au début, mais pour Edie ?

Troublé, il se concentra sur les courses, puis une fois rentré, il se dépêcha de ranger l'ours en peluche au fond d'un placard.

Le lendemain matin, avec Edie, ils sortirent pour acheter la literie, draps bleu marine bien sûr, et quelques oreillers pour le lit. Edie resta un peu en retrait, comme perdue dans ses pensées, sans doute encore réticente à s'imaginer mariée avec lui, vivant avec lui.

Le seul moment où elle sortit de sa réserve fut quand il choisit des draps King size. Il crut même voir une certaine appréhension dans son regard.

— Pourquoi des draps King size ? demanda-t-elle, une fois dans la rue.

— En fait, le lit de camp ne me convient pas vraiment. Je serai plus à mon aise dans un lit King size, expliqua-t-il, avant d'ajouter : C'est un achat prévu de longue date, tu sais…

— Ah !

Fut-elle soulagée, difficile à dire. A bien y repenser, cet achat de lit King size… Eh bien quoi ? Qu'avait-il en tête ? De lui sauter dessus ? En fait, pas une seconde il n'y avait pensé. Pas consciemment, en tout cas. Et il ne s'amuserait certainement pas à tenter quoi que ce soit.

A moins qu'elle ne l'y invite.

A quoi bon se mentir ? Ce soir-là, en Afghanistan, il l'avait désirée, et aujourd'hui, il la désirait plus encore. Et sa compagnie ne le guérissait pas du virus. Loin de là. Chaque jour qui passait, il la trouvait plus belle, plus sexy.

Stop ! s'intima-t-il. Il avait commis une erreur là-bas, il n'en commettrait pas une deuxième.

— Tu es bien silencieux, dit-elle. A quoi penses-tu ?

Il en avait assez de marcher sur des œufs. Aussi répondit-il un peu brutalement.

— Je me disais que tu étais sexy, et que j'aurais aimé que nous nous rencontrions en d'autres circonstances.

Il l'entendit hoqueter sous le coup de la surprise, mais évita de la regarder.

— En d'autres circonstances, répondit-elle, tu ne m'aurais même pas remarquée.

— J'ignore d'où te vient cette idée. Je t'aurais remarquée à coup sûr. Et si des tonnes de mecs ne te tournent pas autour, c'est parce que tu as su définir un périmètre de sécurité, voilà tout. Souviens-toi, ce soir-là, tu as essayé de me dissuader de m'asseoir à ta table. Malheureusement pour toi, les périmètres de sécurité, j'ai été formé à les franchir sans autorisation. En fait, c'est même un défi, pour moi.

Ils continuèrent de marcher en silence pendant une quinzaine de mètres.

— Tu me voyais comme un défi ?

Le ton de sa voix l'intrigua, mais il ne s'y arrêta pas.

— D'un certain point de vue, oui. Mais je peux te l'affirmer, les choses ne seraient jamais allées aussi loin, sur mon honneur, si je n'avais pas eu cette nuit-là le sentiment que tu me tendais une carte d'accès. Sinon, jamais je n'aurais tenté quoi que ce soit.

Elle rougit légèrement, sans qu'il pût dire si c'était sous l'effet de la colère ou de l'embarras.

— Et suis-je encore un défi pour toi ?

— Tu portes mon fils. Comment pourrait-il en être autrement ? Mais ça n'empêche pas, tu es toujours aussi sexy.

Elle le traita d'un nom d'oiseau, à voix basse, pour ne pas être entendue par les passants.

— Désolé, dit-il en riant. Mais c'est toi qui as voulu savoir ce qui me passait par la tête.

Elle lui fit face.

— Vous savez quoi, Seth Hardin, vous m'exaspérez. Avoir une telle conversation, en pleine rue…

— Sur le trottoir, rectifia-t-il, espiègle.

Elle haussa les épaules et accéléra le pas, droite comme un « i », comme à la parade. Il la suivit sans la moindre difficulté.

— Tu vas t'essouffler…

— Oh ! la ferme !

Il sourit. Fini de marcher sur des œufs, dans l'immédiat en tout cas.

A peine si elle ne piaffa pas, quand il ouvrit la porte, et celle-ci refermée, elle l'interpella aussitôt, poings serrés :

— Comment oses-tu ramener tout cela à notre relation ? Il ne s'agit que du bébé, je te le rappelle.

— Oh ! mais non, madame. Il s'agit aussi de nous, dit-il en désignant son ventre, légèrement rebondi encore. Précisément à cause de cet enfant que nous avons conçu.

— Tu m'agaces ! Mais si tu insistes…

— Eh bien, j'insiste.

— Vous, les nageurs de combat, vous avez un ego démesuré. Tout doit toujours tourner autour de vous, répliqua-t-elle en le fusillant du regard.

— Je n'ai pas dit qu'il s'agissait de moi. J'ai dit de nous.

— Il s'agit bien de toi quand tu dis que tu me trouves sexy, dit-elle, serrant un peu plus les poings. Et ça, c'est hors de question, vois-tu !

— Evidemment, si c'est ce que tu veux.

— Tu parles d'un mariage de raison. Des amis,

ricana-t-elle. Oh ! En fait, ce que tu veux, c'est coucher avec moi.

— Exact, répondit-il avec franchise. J'ai envie de coucher avec toi. Mais je ne m'y risquerai pas tant que les signaux sont au rouge. Crois-moi si tu veux, j'ai toujours su ce que voulait dire non. Mais tu vas devoir t'habituer au fait que j'ai envie de toi. Une fois ne m'a pas suffi, et ne me suffira jamais. Je vais mettre mon désir en sourdine, puisque c'est ce que tu veux, mais autant que tu sois prévenue. Je vais avoir les pensées les plus torrides, les fantasmes les plus sensuels à ton sujet, tout le temps.

— Oh ! zut, enfin ! s'écria-t-elle, en faisant mine de le frapper. Et moi qui croyais que nous allions finir par trouver une forme d'arrangement. Voilà que tu compliques tout.

— Pardon de te le dire, mais les complications sont déjà là. Et tu vas devoir être claire, parce qu'il y a un bébé en otage, ici.

— En otage ? explosa-t-elle. Tu crois que c'est ce que je fais ?

— D'une certaine manière, oui. D'abord tu débarques en affirmant ne rien attendre de moi. Puis tu me menaces de repartir dès que quelque chose te déplaît. Pas aujourd'hui, c'est vrai, mais à mon avis, ça ne devrait pas tarder… Je t'ai dit que tu étais sexy. La plupart des femmes l'auraient pris comme un compliment. Elles ne me seraient pas tombées dessus en hurlant, à propos de règles que je n'ai pas encore brisées.

— Jusqu'ici, nous n'avons instauré aucune règle. De quoi parles-tu ?

— Peut-être n'en avons-nous pas instauré, mais en tout cas, je bute dedans chaque fois que j'ai le malheur de te parler franchement. La vérité, c'est que tu as toutes sortes de règles inscrites dans ta tête… Tu attends de moi une foule de choses dont je n'ai même pas idée. Et l'enjeu de tout ça, c'est un bébé dont j'ai l'intention d'être le père, envers et contre tout. Maintenant, nous pouvons nous déclarer la guerre ou entamer les pourparlers. Et pour commencer, il serait judicieux de discuter de la façon dont toi et moi allons construire notre vie *ensemble*, afin de faire au mieux pour cet enfant.

— Le sexe n'entre pas dans le débat !

— Vraiment ? demanda-t-il doucement en faisant un pas vers elle. Tu en es sûre ? Parce que j'ai surpris ton regard sur moi, parfois. Ne mens pas, Edie, tu le sens toi aussi…

— On ne construit pas une relation sur ça.

— Mais on peut la commencer par ça.

Il ne se faisait pas d'illusions, elle allait tourner les talons, monter faire son sac, puis elle partirait en claquant la porte. C'était inévitable. Et lui se mettrait en travers de son chemin, et une dispute s'ensuivrait. Car cela avait assez duré. Il devait savoir s'il serait un père le week-end, ou n'aurait droit qu'à une visite mensuelle. Quelque chose de concret. Un point de départ, au lieu de toutes ces circonvolutions.

Pourtant, elle ne s'enfuit pas. Fronçant les sourcils, elle posa une main sur son ventre.

— Seth ? hoqueta-t-elle, blême soudain.

Il ne posa aucune question. Il glissa la main dans sa poche pour vérifier que ses clés s'y trouvaient, la prit dans ses bras pour l'installer le plus confortablement possible dans la voiture, et prit tout de suite la direction de l'hôpital. Il ne referma même pas la porte derrière eux.

**

Les deux heures qui suivirent furent les plus longues de son existence. Edie ayant ses papiers sur elle, il put remplir le dossier d'admission, mais on ne le laissa pas se rendre à son chevet, car il n'était pas de la famille.

En revanche, le tout petit patient dans le ventre d'Edie était de sa famille. Mais son argument ne porta pas. Il eut beau ne téléphoner à personne, la nouvelle se répandit en ville comme une traînée de poudre.

En moins d'une heure, la salle d'attente fut envahie par le clan Tate au grand complet, du moins ceux qui étaient en ville, excepté Mary, de service quelque part dans ce même hôpital. Ce qui n'empêcha pas son mari, médecin, de venir les retrouver, et ce fut finalement de lui que Seth obtint quelques bribes d'informations.

— Rien de grave, le rassura David. Ils lui font toute une batterie d'examens, par précaution, mais le bébé va bien, la grossesse se déroule sans problèmes. Mais tu vas devoir attendre le résultat des analyses.

— Je veux la voir.

— Pas tout de suite, répondit David. Un peu de patience. Je ferai en sorte que tu puisses aller la voir dans sa chambre.

Ignorant ses parents et Wendy, il se mit à arpenter la salle d'attente tout en se sermonnant. Il n'aurait jamais dû avoir cette discussion avec elle. Cette dispute avait tout déclenché. Quel idiot il faisait !

— Seth, assieds-toi, l'implora Marge au bout d'un moment. J'en ai le vertige, rien qu'à te regarder.

— Nous nous sommes disputés, soupira-t-il en se laissant tomber sur le siège voisin de celui de sa mère. Nous n'étions pas d'accord… sur quelque chose. Et soudain, elle a touché son ventre. Une simple dispute peut-elle provoquer ce genre de problèmes ?

— Non, répondit Marge en lui prenant la main.

Quand j'étais enceinte, j'étais parfois irritable. Ton père et moi nous disputions souvent. Une femme enceinte n'est pas fragile, à moins d'une complication, mais nous le saurions, si c'était le cas.

Il tenta de se laisser réconforter par cette idée. Et puis, David s'était montré rassurant, la grossesse se déroulait normalement. Pourtant, à l'évidence, quelque chose n'allait pas, et cette incertitude le rongeait.

Il n'aurait jamais dû se disputer avec elle. Son besoin de mettre les choses au clair entre eux n'aurait pas dû prendre le dessus. Pourtant, en parlant d'otage, il avait été persuadé d'être dans le vrai. Qui sait ? Peut-être ne se servait-elle pas du bébé de cette façon… Peut-être que cet otage, c'était lui.

Quoi qu'il en soit, il aurait mieux fait de se taire. Il lui avait promis de ne lui faire subir aucune pression, de lui laisser le temps, et voilà qu'il lui était tombé dessus avec ses discours sur le sexe et ses théories sur le désir. Oui, un idiot de première.

La situation était inhabituelle, et manifestement, ses techniques de gestion de crise laissaient à désirer. Certes, avec les hommes de son équipe, une dispute permettait de dire ce que l'on avait sur le cœur. Mais cela ne fonctionnait pas avec Edie. Oui, elle était une pilote chevronnée, une femme ambitieuse, déterminée, mais elle n'avait peut-être pas envie d'éclaircir les choses, après tout. Et peut-être en effet était-ce un peu prématuré.

— Seth ?

Il leva les yeux et aperçut David devant lui.

— Edie te demande.

Enfin une bonne nouvelle. Peut-être ne le haïssait-elle pas complètement ? A moins qu'elle souhaite simplement lui expliquer que c'était terminé, qu'elle ne voulait plus le revoir. Jamais.

La gorge serrée, il pénétra dans sa chambre, mais n'osa pas s'approcher. Elle ouvrit les yeux.

— Alors, dit-il, est-ce que je suis banni à jamais ?

— Pardon ? demanda-t-elle, les yeux ronds.

— J'ai agi comme un idiot. Un abruti. Un crétin.

A son grand étonnement, elle soupira, puis esquissa un sourire.

— Tout va bien. Probablement une bulle d'air, ou bien le bébé qui s'est retrouvé dans le mauvais sens. Je vais bien.

— Tu ne m'as toujours pas répondu.

— Eh bien, dit-elle en le regardant, si tu n'y vois pas d'inconvénient, j'aimerais bien rentrer à la maison.

Il sentit son cœur tressauter, des gouttes de sueur se formèrent sur son front.

— La maison ? répéta-t-il, une boule dans la gorge. Quelle maison ?

— La tienne.

Le soulagement fut tel qu'il faillit s'étouffer.

— Oh ! mais absolument. Je peux t'aider à t'habiller, si tu veux ?

— Ça te plairait, n'est-ce pas ? dit-elle, le regard malicieux.

— Probablement, reconnut-il. Mais en l'occurrence, j'aimerais surtout être utile à quelque chose.

— Alors ramène-moi à la maison. Je m'habillerai toute seule, dès qu'ils m'auront retiré la perfusion sur ma main.

Il se rapprocha du lit et prit son autre main.

— Je te demande pardon, murmura-t-il.

— Non. Alors que j'étais allongée là, transie de peur, j'ai repensé à certaines choses que tu as dites. J'ai donc décidé d'une nouvelle règle.

— Laquelle ?

— Pas de prise d'otage.

— Je n'aurais pas dû...

— J'ai eu tout le temps de réfléchir, l'interrompit-elle. Je n'ai pas été franche ni juste. Nous reparlerons de tout ça dès que je serai sortie d'ici.

Il ne put rien répondre, car une infirmière le chassa de la chambre, et il se retrouva dans le couloir à patienter. Heureux comme un fou, pour la première fois depuis bien des années.

La vie lui donnerait-elle une nouvelle chance ?

Edie fut surprise de trouver Marge, Nate et Wendy dans la salle d'attente. Comme ils les accompagnaient, Seth et elle, jusqu'à la voiture, elle ne put s'empêcher de penser combien ce devait être fabuleux d'avoir une vraie famille, prête à voler à votre secours au moindre souci. Elle n'avait jamais eu cette chance. Mais ce serait bien, pour son fils, d'être entouré. Mille fois mieux que si elle avait été seule à veiller sur lui.

Marge annonça qu'elle passerait leur apporter le repas, un ragoût, un peu plus tard. De son côté, Wendy fit promettre à Seth de donner son numéro de portable à Edie, juste au cas où.

Elle ne sentit à son égard que de l'affection et de la sollicitude. Elle n'était qu'une inconnue, pour ces gens, pourtant ils l'avaient accueillie dans le cercle familial avec une rapidité surprenante.

En voiture, une pensée germa soudain dans son esprit.

— Ne devait-on pas te livrer le lit, aujourd'hui ?

— C'est l'avantage, quand on a une famille comme la mienne. Yuma s'est occupé de le réceptionner. J'espère qu'il n'est pas reparti. Je suis sûr que tu vas l'apprécier.

— J'en suis sûre. Je n'arrive toujours pas à croire que

ton beau-frère David a quitté les urgences pour venir s'occuper de moi.

— C'est comme ça, dans la famille. Et dans la région, d'après ce que j'ai pu voir. Je ne suis pas encore totalement intégré, je ne suis là que depuis peu, mais les gens d'ici sont sympathiques et serviables. A mon avis, le ragoût de ma mère sera suivi d'autres petits plats du même genre.

— Mais je ne suis pas malade…

— Peu importe. Tu as eu peur. Et moi aussi.

— Pardon…

— Pourquoi pardon ? Tu n'y es pour rien. Si quelqu'un est responsable, c'est moi. J'ai cru devenir fou, à ne pas pouvoir me rendre à ton chevet. Heureusement, David est intervenu pour me rassurer.

— Oh…

Elle se tut, perdue dans ses pensées. Encore une chose à laquelle elle n'avait pas réfléchi.

L'idée qu'il serait tenu à l'écart si quelque chose arrivait à leur bébé la troubla profondément.

Quand ils arrivèrent chez Seth, Yuma était encore là. Un homme plutôt pas mal, nota Edie, bien qu'il paraisse avoir près de vingt ans de plus que Wendy.

— Le lit est installé, comme tu le voulais, dit-il à Seth, les présentations terminées, avant de se tourner vers Edie. Wendy m'a raconté que vous aimeriez prendre le manche d'un de nos hélicos ?

— J'en serais enchantée.

— Pas de problème. Je serai auprès de vous, mais vous avez déjà volé sur un Huey, non ?

— A l'entraînement.

— Super. Vous risquez de le trouver un peu turbulent près des montagnes, mais vous devez savoir tout ça.

Bien, je m'en vais, dit-il en tapotant le bip à sa ceinture. Croyez-le ou pas, je suis en service.

— Toi et Wendy, vous êtes en service vingt-quatre heures sur vingt-quatre et sept jours sur sept, remarqua Seth, narquois.

— Nous sommes trop peu nombreux pour ce travail. Ravi de vous avoir rencontrée, Edie. Je suis impatient de voler avec vous.

Il prit congé. Aussitôt, Seth la conduisit dans le salon et l'invita à s'asseoir dans le fauteuil relax.

— Pas d'histoire, la gronda-t-il, quand elle protesta. Le médecin a dû te donner une ordonnance ?

— Pas grand-chose, dit-elle en sortant un bout de papier de sa poche.

— Beaucoup de repos au cours des prochaines vingt-quatre heures, lut Seth. Bon, rien de contraignant.

— Sauf que je ne supporte pas de rester sans rien faire…

— Ce sont les ordres, insista-t-il. Une journée au repos.

Il était charmant, attentionné, apparemment détendu, excepté qu'il y avait comme une tension dans son regard. Qu'avait-il en tête ? Se sentait-elle prête à prendre le risque de l'interroger, après ce qui s'était passé un peu plus tôt ? Mais peut-être se trompait-elle. Dans ses yeux, cette ombre n'était peut-être que passagère.

En soupirant, elle s'installa confortablement dans le fauteuil, pieds surélevés. Seth s'agenouilla devant elle et entreprit de délacer ses bottes.

— On va s'occuper de te trouver quelque chose de plus confortable à mettre aux pieds, à la maison. Des bottes commando, ce n'est peut-être pas nécessaire, qu'en penses-tu ?

— Je n'ai jamais trouvé chaussures plus confortables, remarqua-t-elle.

— Alors, disons plus légères.

Après l'avoir déchaussée, il se mit à la masser, pieds et chevilles, sans lui demander au préalable si elle était d'accord. Mais elle l'était. Après quelques minutes de ce traitement, elle commença à se détendre.

— Oh ! que c'est bon, soupira-t-elle en le regardant.

— J'espère bien. Le massage de pieds, rien de tel pour la relaxation. Marcher nu pieds fait aussi beaucoup de bien.

— Il doit y avoir une éternité que je n'ai pas marché pieds nus.

— Je m'en doute, dit-il. Avec notre métier...

Elle attendit, espérant qu'il lui parlerait un peu de son expérience de nageur de combat, mais comprenant aussi qu'il n'en puisse rien. Top secret, c'était la règle. Alors, elle ferma les yeux, s'abandonnant aux mouvements experts de ses doigts sur la plante de ses pieds. Le paradis !

Soudain, une pensée ridicule lui vint à l'esprit.

— Tu n'as pas subi de lavage de cerveau, au moins ?

— Pas que je me souvienne, répondit-il en riant. Mais bouche cousue sur certaines choses, c'est comme ça...

— Je comprends. Parfois, je me réveille en sursaut, la nuit, à cause d'un cauchemar, mais grâce au ciel, ce n'est pas fréquent. Parfois, un bruit va me rappeler le fracas des rotors. Je crois entendre mon hélico, je sens même le kérosène... Mais c'est très fugace.

— Ça ne m'arrive presque pas, expliqua Seth. C'est une chance, j'en suis conscient. Pourquoi, je n'en sais rien. Peut-être parce que, après toutes ces années, la guerre était devenue la routine. A moins que cette partie-là de moi se soit effacée. Tant de vétérans souffrent de séquelles psychologiques et physiques, à leur retour à la vie civile...

— C'est juste, chuchota-t-elle. On peut donc dire que nous avons de la chance.

— C'est certain, dit-il avec un sourire qui la fit vibrer et déclencha une chaleur incongrue entre ses cuisses.

Elle s'empressa de réprimer ces sensations, avant de se demander pourquoi.

N'avait-il pas affirmé la trouver sexy ? Et, en dépit de ses protestations, l'idée n'était pas faite pour lui déplaire. Mais le médecin avait été formel : il lui fallait du repos. Donc pas question d'ébats passionnés, comme ceux qu'ils avaient partagés cette nuit-là, en Afghanistan.

— Il bouge ? demanda Seth.

Elle avait posé une main sur son ventre.

— Oui. Parfois, j'ai l'impression qu'il ne dort jamais.

— Que sens-tu exactement ?

— Des petits coups. Mais j'ai le sentiment qu'ils sont de plus en plus forts.

— Ce n'est pas douloureux ?

— Pas du tout. En tout cas, pas jusqu'à aujourd'hui. Il aurait pu s'agir d'un problème digestif. C'est courant apparemment, lors de la grossesse.

— J'ai tellement de choses à apprendre… As-tu pensé à un prénom ?

Sa question lui fit l'effet d'un coup de poing, et elle en eut le souffle coupé.

— Non.

Ce fut comme si un volcan entrait en éruption, en elle. Tout ce temps, elle avait eu le sentiment de faire face. Tout ce temps, elle avait accepté la réalité de ce bébé. Après tout, ne le sentait-elle pas bouger en elle ?

Pourtant, en un éclair, elle comprit qu'elle n'avait cessé de se jouer la comédie. Jusqu'à ces derniers jours, elle s'était appliquée à dépersonnaliser ce bébé, l'appelant tour à tour « l'enfant », « le bébé », et même « Junior ».

Pour Seth en revanche, c'était déjà « mon fils », et « mon bébé ».

Il s'était déjà approprié ce petit bout de vie. Pas elle. D'une certaine façon, tout en planifiant le reste, elle avait gardé ses distances avec son propre enfant.

— Edie ? Ai-je dit quelque chose de mal ?

Elle dut se forcer à le regarder, alors qu'un raz-de-marée de culpabilité la submergeait. Bientôt, elle serait mère. Maman. Apparemment, elle en était encore loin, sur le plan affectif.

— Je vais être la pire des mères…

— Qu'est-ce qui te fait penser ça ? demanda-t-il, les yeux ronds de surprise.

— L'honnêteté. Je ne suis pas fière de moi…

Elle hésita, se demandant si elle devait essayer de lui expliquer. Détournant les yeux, elle tenta de calmer la tempête en elle. Elle n'aimait pas ce qu'elle voyait. Dépersonnaliser son enfant. Franchement, quel genre de mère était-elle ?

— Edie ? insista-t-il avec douceur.

Juste une mission parmi d'autres. Juste un autre problème à résoudre. Pas un être humain qui, bientôt, aurait besoin de tout son amour. Elle n'avait rien donné à ce bébé de cet amour, elle avait même tout fait pour l'éviter. Fallait-il qu'elle soit stupide d'imaginer que les choses continueraient ainsi, une fois le bébé venu au monde…

Seth cessa de lui masser les pieds et se rapprocha d'elle. Puis, du bout des doigts, il tourna son visage vers lui.

— Parle-moi, murmura-t-il. Nous avons tant de choses à penser, toi et moi. C'est étonnant comme parler peut être d'un grand secours, parfois.

— Tu n'es pas très bavard toi-même.

— Plus que toi, il me semble. C'est certain, j'ai cette carapace qui me protège, une obligation dans mon métier.

Et tu en as une, toi aussi. La guerre nous a endurcis, toi et moi, c'est inévitable. Mais le temps est peut-être venu de s'en libérer. Pour notre enfant.

— Sans doute, concéda-t-elle, avant de fermer les yeux, ne voulant pas voir sa réaction. Je viens juste de comprendre que je dépersonnalisais complètement ce bébé. Que j'en faisais autre chose que mon enfant. Oh ! je veille à son bien-être, oui, mais penser à lui comme *mon* enfant, *mon* fils… J'en étais incapable. Jusqu'à ce que j'arrive ici, je ne pensais même pas à lui comme *lui*. Simplement comme *l'enfant*. Il aurait aussi bien pu être l'enfant de quelqu'un d'autre.

— Et c'est un crime ? demanda-t-il, avec calme, comme s'il comprenait.

— Mais enfin ! s'exclama-t-elle en rouvrant subitement les yeux. Ce ne sont pas les comportements d'une mère !

— D'après moi, une fois ton bébé dans les bras, tu deviendras instantanément la meilleure des mères. Je ne suis pas d'accord avec toi. Si nécessaire, tu sais faire preuve de sang-froid. Mais ne nous voilons pas la face. Pour entrer dans les forces spéciales, il faut un caractère passionné. Entier. Généreux. Toutes ces qualités, elles reviendront en temps voulu quand il s'agira d'aimer cet enfant.

— Tu crois ?

— J'en suis certain, répondit-il avec un sourire. Une fois réglé un certain nombre de détails, tu pourras te concentrer exclusivement sur le reste. Tu as assumé seule beaucoup de choses, Edie. Tu as dû te motiver comme pour une mission. Mais ne t'en fais pas, tu vas pouvoir très vite laisser parler tes émotions et devenir une vraie mère.

— Mais comment dois-je m'y prendre ?

— J'ai interrogé mon père sur la question.

— Vraiment ? s'exclama-t-elle, surprise.

— Oui. J'ai voulu savoir comment il avait fait la transition, lui, un homme de combat, confronté à des événements que la majorité des gens ne peuvent même pas imaginer. Je voulais savoir comment il s'y était pris pour revenir de là-bas, pour devenir père après avoir été soldat.

— Et qu'a-t-il répondu ?

— Quand tu tiendras ce bébé dans tes bras pour la première fois, il deviendra le centre de ta vie. Voilà ses mots, à peu de choses près. Et quoi que tu en penses, je crois qu'il en sera exactement ainsi pour toi. Tu viens de passer plusieurs mois difficiles, entre ton désir de carrière et ta décision de garder cet enfant, malgré les pressions. Et maintenant, tu peux commencer à te détendre. C'est à moi de prendre le relais, de m'occuper d'un maximum de choses, si tu le veux bien…

Tout semblait si évident, si facile pour lui. Elle secoua la tête, avant de se demander : et s'il avait raison, si tout était facile, tout simplement ?

— J'ai l'impression de faire tout à l'envers, avoua-t-elle. De penser à tout sauf au présent. A ce stade, les parents n'achètent-ils pas de la layette ? Je ne voulais même pas entendre parler de vêtements de grossesse, dit-elle avec un soupir. Et puis…

Elle hésita.

— Oui ?

— A propos de ce qui s'est passé aujourd'hui, le fait que tu n'aies pu venir à mon chevet parce que tu n'étais pas de ma famille… J'ai compris quel drame ce serait, si le bébé avait un problème et que l'on t'interdise de l'approcher, comme ça…

— Ou si *toi*, tu avais un problème, dit-il.

— Oh ! je sais, beaucoup de gens connaissent ce genre

de situations. Mais il doit bien exister des moyens d'y échapper. Ce serait tellement injuste pour toi. Tu t'es déjà engagé à élever cet enfant. Cela signifie que tu es prêt à l'aimer.

— Je l'aime déjà, dit-il. Et c'est notre enfant. Notre fils.

— Notre fils, répéta-t-elle, les mots lui semblant plus faciles à prononcer désormais. Que se passera-t-il s'il tombe malade ? Si quelque chose nous arrivait, à lui et à moi, et que tu sois obligé de rester dans la salle d'attente, comme aujourd'hui ? C'est horrible. Je refuse qu'une telle chose se reproduise. Et mon Dieu, oui, si quelque chose m'arrivait ? Non, il faut absolument que tu aies des droits sur cet… sur notre fils. Je ne peux imaginer qu'il en soit autrement.

— Merci, murmura-t-il alors.

— De quoi ? demanda-t-elle, surprise par sa réaction.

— De me dire que tu es prête à me laisser prendre part à la vie de notre enfant. J'avais tant besoin de l'entendre…

Et il lui sourit, un vrai sourire. Aussitôt, elle éprouva le besoin de le toucher, d'enfouir ses mains dans ses cheveux, de caresser son visage. Elle le désirait avec la même force que cette fameuse nuit, des mois plus tôt. Peut-être même plus encore, aujourd'hui.

Elle retint son souffle. Tant de choses restaient encore dans le flou. Faire l'amour avec lui ne ferait que tout compliquer.

— Tu as accepté la situation bien plus vite que moi, remarqua-t-elle.

— Il faut dire que j'ai été confronté à moins de problèmes. Je vais être père. C'est fabuleux. Pas de carrière stoppée net, pas d'officiers supérieurs me suggérant de « régler le problème », rien de tout ça. C'est facile, par rapport à ce que tu vis.

— Cela reste à prouver, dit-elle, avec une forte envie de le taquiner soudain. Je pourrai te confier la charge du biberon de nuit…

Il éclata de rire. Et ce rire fit fondre quelque chose en elle. Il s'abstint de tout commentaire, semblant prendre les choses comme une boutade. Ce qu'elles étaient. Du moins, dans l'immédiat. Elle ne savait pas encore si elle voudrait de lui tout le temps, dans sa vie et dans celle de l'enfant. Mais elle comprit aussi qu'elle n'imaginait pas non plus la vie sans lui.

— Bien, dit-il. Rien ne presse, mais nous pourrions résoudre certains problèmes devant notaire. Au moins disposerons-nous de documents officiels reconnaissant ma paternité, me donnant certains droits sur le plan médical… Oui, je pense qu'un homme de loi pourrait mettre tout au clair, ainsi tu n'auras plus à te soucier de tout ça.

— Tu as sûrement raison.

— J'ai toujours raison, plaisanta-t-il.

— Et pour le reste ? demanda-t-elle, sachant déjà ce qu'il allait répondre, mais éprouvant le besoin de l'entendre de nouveau.

— Le mariage ? Il n'y a pas mieux sur le plan légal. Il nous suffira d'en préciser les détails, pour que cela fonctionne entre nous. Mais l'option est toujours valide.

Elle hocha la tête, mais garda le silence.

L'option tenait donc toujours. Et à vrai dire, elle y pensait de plus en plus, l'envisageait de plus en plus, depuis qu'il en avait été question pour la première fois.

— Seth… Que se passera-t-il, si cela ne fonctionne pas ?

— J'ai survécu à un divorce abject, je survivrai bien à un autre. Mais promets-moi que rien ne sera jamais abject entre nous. Notre fils en souffrirait. Si tu ne me supportes plus, je ferai mes valises, tout simplement. Mais surtout, ni cris ni disputes.

— Je déteste les cris et les disputes.

— Bien...

Il n'y avait plus trace de sourire dans ses yeux. Plutôt de la froideur. Peut-être les souvenirs, ou la détermination.

— Après ce que tu as traversé, je m'étonne que tu puisses vouloir te remarier, remarqua-t-elle.

— Oh ! le mariage en lui-même ne fut pas si horrible, uniquement la séparation. Et puis, mon fils me semble la meilleure des raisons pour retenter l'expérience. La question est de savoir si cette raison est suffisante pour toi...

8

Quelques jours plus tard, Seth quitta la maison avant l'aube pour faire son jogging. Edie avait fini par accepter de dormir dans le lit King size, dans sa chambre. Il était venu à bout de ses réticences en lui expliquant que toutes les autres pièces devaient être restaurées à cause des moisissures.

Ce qui n'était pas tout à fait vrai, mais suffisamment pour qu'il n'ait pas le sentiment de mentir. Il tenait à ce qu'elle ait le lit le plus confortable.

Et il voulait ce qu'il y avait de mieux pour son fils. Son fils. L'idée s'était enracinée dans son cœur avec une facilité déconcertante. C'était une sensation douce et chaude, faite d'impatience et de curiosité. Et la perspective le faisait vibrer en des endroits de lui qu'il avait crus morts.

Ils n'avaient plus reparlé des modalités pratiques de leur avenir, mais il avait l'impression qu'elle le testait discrètement. Elle lui avait donné un coup de main dans ses travaux, des choses qui ne risquaient pas de la mettre en danger, comme décaper du bois avec un produit chimique. Il avait scié tout ce qu'il y avait à scier à l'extérieur et, quand elle avait insisté pour le suivre, elle avait accepté de porter un masque.

Elle ne rechignait pas quand il s'agissait de transporter

des planches, elle adorait se servir du pistolet à clou et avait certaines notions en électricité.

Et que dire de leurs tentatives en cuisine ! Des fous rires à n'en plus finir. Une chose était sûre : ils étaient de bien piètres cuisiniers. Elle-même avait reconnu ne pas savoir faire cuire un œuf. N'empêche, ensemble, ils avaient réussi à préparer quelques repas décents, et ce, malgré les plats de gratins et cocottes de ragoûts déposés par les uns et les autres et qui remplissaient le réfrigérateur. Bien sûr, il avait appelé Marge une fois ou deux, et celle-ci s'était fait une joie de le conseiller. Il fallait alors simplement l'empêcher de venir à la maison pour leur préparer le dîner.

Il sourit en pensant à sa mère. Ce devait être une torture, pour elle, de rester à l'écart, mais il avait le sentiment qu'Edie et lui se trouvaient à un point délicat. Et il tenait à ce que rien ne vienne entraver le processus de compréhension entre eux.

Edie avait insisté pour assurer la corvée lessive, lui s'était porté volontaire pour le ménage. Qu'il aurait d'ailleurs fait, si elle n'avait pas été là.

Evidemment, tout cela serait à revoir, lorsqu'elle reprendrait son travail. Il deviendrait alors homme au foyer. A condition qu'elle veuille de lui dans sa vie… Mais il était peut-être en train d'imaginer un avenir qui ne se concrétiserait jamais. Il se renfrogna, puis sourit, se voyant accueillir Edie rentrant de mission, lui portant un tablier autour de la taille, le bébé dans les bras. La tête que feraient ses camarades !

Cette façon de penser était inédite pour lui. Les forces spéciales étaient un summum en matière de machisme. Un monde d'hommes. Même si Seth avait vu certains de ses hommes transformés lorsqu'ils étaient devenus pères.

L'armée, la virilité, tout cela, c'était terminé, et au fil

des jours, Seth se sentait mieux dans sa peau, découvrant des aspects de sa personnalité dont il n'avait même pas idée, jusqu'alors.

Finalement, il vivait bien mieux le fait de devenir père qu'Edie sa maternité. Il faisait ce qu'il pouvait pour la soulager de son fardeau, encore fallait-il qu'elle le lui permette. Parfois, elle donnait l'impression de ne pas supporter son aide. Elle était si farouchement indépendante.

Certes, ces derniers mois, elle avait eu plus que son lot de difficultés. Elle semblait d'ailleurs être encore dans l'état d'esprit de vouloir tout assumer seule.

Il avait beaucoup d'admiration pour elle, plus qu'il n'oserait jamais le lui avouer. D'une certaine manière, ils se ressemblaient. Ce qui, en principe, aurait dû leur faciliter les choses. Sauf que tous les deux étaient de fortes têtes. Forcés de s'associer pour le bien d'un enfant. Que ressortirait-il de tout ça ?

Il ne pouvait lui reprocher ses doutes. Mais peut-être en avait-il lui-même deux fois plus. La seule certitude dans tout cela, c'était son fils. Cet enfant, il le voulait.

Comme il approchait de la maison, il aperçut de la lumière dans la cuisine. Edie était levée. Inquiet soudain, il accéléra le pas, puis se mit à courir. Son corps réagit aussitôt, se réjouissant apparemment de l'exercice.

Il lui arrivait de sortir en pleine nuit, poussé par le besoin de se défouler, mais avec Edie dormant à l'étage, il avait mis un terme à ses randonnées nocturnes. Il sortit ses clés de sa poche et, dans la pénombre, dut s'y reprendre à trois fois pour trouver la serrure.

— Edie ? appela-t-il en se précipitant.

— Dans la cuisine.

Ouf, apparemment tout allait bien. Il inspira profondément et la rejoignit. Adossée au comptoir, enveloppée d'un peignoir couleur terre cuite, elle tenait un bol de café entre ses mains.

— Un problème ? s'enquit-il.

— Absolument pas. Je t'ai entendu sortir et je n'ai pas pu me rendormir. Ça t'arrive souvent d'aller courir en pleine nuit ?

— De temps en temps.

— Tu as dû faire des tas de choses horribles, de nuit…

— Le coin est paisible, dit-il, esquivant sa question, si c'en était une. On n'entend rien que le vent dans les arbres, et on compte les étoiles par centaines…

Ni ennemis tapis dans l'ombre, ni balle ni roquettes pour déchirer la nuit.

— Un café ? proposa-t-elle. A moins que tu veuilles te recoucher ?

Après le stress qu'il avait éprouvé en voyant de la lumière dans la maison, il aurait le plus grand mal à trouver le sommeil.

— Allons plutôt nous installer dans le salon, suggéra-t-il. Et que dirais-tu de quelques petits pains ? Tu en raffoles.

— En fait, j'ai toujours faim, soupira-t-elle en remplissant sa tasse, avant de se diriger vers le salon.

Prenant cela pour un oui, il découpa quelques lamelles de fromage, disposa quatre petits pains dans une soucoupe, prit deux assiettes et se prépara un café, emportant le tout tant bien que mal dans le salon. Elle le remercia quand il disposa leur en-cas devant elle sur la table basse. Puis il prit place dans son fauteuil, face à elle.

— Pourquoi ne retournes-tu pas dormir ? demanda-t-il, notant sa main sur son ventre.

Peut-être un réflexe de femme enceinte, à moins que cela n'indique la direction de ses pensées.

De retour de l'hôpital, ils avaient laissé en suspens

certaines choses, et il ignorait ce qu'elle pensait des questions fondamentales auxquelles il leur faudrait bien répondre. Mais il n'avait pas envie de la presser. Elle parlerait quand elle serait prête. La patience était parfois essentielle, son métier le lui avait appris.

Elle mangea avec appétit, puis s'étira, langoureuse, sur son fauteuil.

— C'est ici que se trouvent ta vie, ta famille…, commença-t-elle.

Instantanément, son regard se concentra sur elle, avec la précision d'un téléobjectif. Il attendit.

— Tu ne dois pas avoir envie de partir, finit-elle.

— C'est la première fois que je reste quelque part aussi longtemps. Je n'ai pas vraiment de racines ici. D'ailleurs, je me demande parfois si je pourrais m'établir un jour quelque part.

— Vraiment ? dit-elle, sans le quitter des yeux. Avec une aussi grande famille, j'aurais cru que ça allait de soi.

— Dans le fond, je suis un nomade, reconnut-il. Toutes ces années sans jamais savoir où je serais le lendemain. Toujours en mouvement. Mais cela doit être pareil pour toi…

— J'avais la base comme point d'ancrage…

— Oui, moi aussi. Mais ce n'est pas la même chose.

— Sans doute…

Elle ferma les yeux brièvement, puis le fixa de nouveau.

— Je ne peux pas démissionner. L'armée de l'air est tout ce que je connais. Piloter des hélicos, tout ce que je sais faire. Et en plus, j'adore ça. Je ne vois pas ce que je pourrais faire d'autre qui me plairait autant. Donc, en l'état actuel des choses, je semble bien partie pour élever un enfant sans racines… Et je ne suis pas sûre que ce soit une bonne chose.

— Qui sait ? Tu sais ce qu'on en a dit, du moment que l'amour est là…

— Oh ! ça, c'est la théorie… Sur le plan pratique, c'est sans doute une autre paire de manches. Et voilà que ça recommence, je n'en finis pas de ressasser encore et toujours. Je m'inquiète sans doute trop…

— Peut-être. Quoi qu'il en soit, ma position est plus enviable que la tienne. J'ai pris ma retraite. Je peux faire ce qu'il me plaît maintenant. Ta situation est tout autre.

— Mais…, commença-t-elle, hésitante. Tu ne t'ennuies pas ? L'armée ne te manque-t-elle pas ? Toute cette action, cette adrénaline ?

— Parfois, concéda-t-il. C'est avant tout le sentiment de ne plus être utile qui me pèse. Mais à la vérité, mon corps commençait à fatiguer. Et je n'avais pas envie de me retrouver derrière un bureau. Je serais devenu dingue.

— Alors, la décision n'a pas été si évidente à prendre ?

— Certainement pas. Et il me faudra bien deux ou trois ans pour m'acclimater à la vie civile. J'avais promis à Maria de laisser tomber les forces spéciales, mais quand elle est morte… Bref, la décision n'était pas simple, mais le moment était venu.

— Je vis seule depuis si longtemps. L'idée de cohabiter…

Il retint son souffle, anxieux quand elle se tut.

— … Mais somme toute, ça se passe plutôt bien, reprit-elle avec un haussement d'épaules. Tu n'es pas si difficile à vivre.

— L'entraînement. En mission, mon équipe et moi vivions dans la promiscuité. On apprend très vite à ne pas empiéter sur l'intimité d'autrui.

— J'imagine.

— Et tu fais ça très bien, toi aussi.

— Je n'en suis pas si sûre. En tout cas, j'espère ne pas te taper sur les nerfs.

— Pas le moins du monde. Mais où veux-tu en venir ?

— Au mariage, répondit-elle dans un soupir. Que tu as présenté comme la solution idéale. C'est possible, mais il n'empêche, je ne sais pas si je suis capable de vivre avec quelqu'un. Et si on se dispute sans arrêt ? Si on ne se supporte pas, à la longue ?

— Dans ce cas, nous nous comporterons en adultes. En collègues. Ecoute, j'ai été marié. J'étais fou amoureux de Maria, et quand elle est partie, j'ai cru mourir de chagrin. Ils m'ont même écarté des opérations spéciales un certain temps, jusqu'à ce qu'ils soient sûrs que je n'aurais pas l'idée de commettre un acte stupide.

— Je suis tellement désolée, Seth, murmura-t-elle, les yeux brillants.

— Merci, répondit-il en refoulant la mélancolie qui le submergeait régulièrement. Bref, j'étais amoureux de cette femme, ce qui ne veut pas dire que tout était facile. Aucune relation ne l'est. Il n'y a pas trente-six solutions, soit tu résous les problèmes, sois tu renonces, ou tu fais quelque chose que tu regretteras. La question est donc plutôt de savoir si nous serons capables de nous comporter en adultes.

— Personne n'est raisonnable à temps plein, remarqua-t-elle avec un petit sourire. Adulte ou pas.

— Exact. Sans doute aurons-nous des crises. Les disputes sont dans la nature humaine. Ce qui compte, c'est plutôt les leçons que nous saurons tirer de nos disputes, les endroits où nous choisirons de ne pas aller quand nous en aurons une.

Elle grignota un autre petit pain, but une nouvelle gorgée de café, puis se lova dans son fauteuil, la tasse dans les mains, à fixer le plafond. Perdue dans ses pensées. Il se garda bien de dire quoi que ce soit.

La chose n'était pas facile, avec tout qui se bousculait dans sa tête. Plus il était avec elle, plus il lui était difficile de croire en ce mariage de raison. Parce que tout en lui voulait cette femme. Et s'il était capable de beaux discours sur l'art et la manière de construire une vraie relation adulte, il savait aussi quelle torture ce serait, pour lui, d'être constamment en compagnie d'Edie, sans espoir de pouvoir jamais faire l'amour avec elle.

Il commençait à s'habituer. Le désir ne le laissait pas en paix. Son parfum, le son de sa voix, l'éclat de son sourire, tout ça le ramenait à cette nuit, au souvenir de la déflagration qui l'avait secoué alors. Et le secouait encore, tous ces mois après.

Vivre avec elle des années durant, avec cette frustration ? C'était pour un séjour dans le feu de l'enfer qu'il était prêt à signer ! Du moins sur ce plan-là. Mais l'enfer, il connaissait après tout, cent fois il l'avait visité au cours des vingt dernières années. Il pouvait bien rempiler pour vingt de plus. Pour Edie. Pour son fils.

Cet enfant était son objectif essentiel. Aucun sacrifice ne serait trop grand. Un fils.

— Je peux parfaitement y arriver seule…, dit-elle.

Il sentit son estomac se nouer, mais ne protesta pas. Elle était farouchement indépendante, et il n'avait pas le droit de le lui reprocher.

— En effet, tu le peux, acquiesça-t-il, en dépit de ce que cela lui coûtait.

— Mais étant donné mon mode de vie…

Elle soupira.

— Si j'avais un travail normal, reprit-elle, ce serait différent. Oui, si je n'envisageais de rester dans l'armée huit ou dix ans encore, je pourrais le faire…

Il resta silencieux, la laissa réfléchir tout haut, heureux qu'elle s'exprime sur ce sujet. Au moins savait-il où elle en était.

— Et zut, dit-elle. Oui, je le pourrais, je le sais. Mais je ne suis pas certaine que ce serait bon pour mon… notre fils. Pas avec un seul parent.

— S'il n'y avait pas le choix, tu ferais un excellent travail, je n'en doute pas une seconde. Mais aujourd'hui, le choix existe. Il en existe plusieurs, en fait. Tu peux aussi bien me confier notre fils quand tu pars en mission ou décider de vivre avec moi en permanence.

— Avoir le choix ne facilite pas forcément les choses, riposta-t-elle, mais sans aucun cynisme ni irritation dans la voix.

Elle ferma les yeux. Quand il fut sûr qu'elle dormait, il se leva et prit sa tasse, encore entre ses doigts.

Décidément, pensa-t-il en se rendant dans la cuisine, cette femme l'entraînait en territoire inconnu. Ses deux épouses avaient été des femmes exceptionnelles, mais Edie plaçait la barre beaucoup plus haut en matière de complexité. Et elle exigeait un plan de mission parfaitement détaillé, ce qui, comme tout plan de mission, était impossible. Il fallait toujours compter avec une part d'imprévu.

Il retourna dans le salon et s'assit face à elle. Elle était belle. Il aimait la regarder, il tenait à elle, et elle portait son enfant.

Il sourit. La vie avait de ces surprises…

— Es-tu sûr de ne pas juste chercher un nouveau sens à ta vie ? le défia Edie, dès le petit déjeuner.

— Si c'est le cas, j'ai trouvé. Trop tard.

— Oh ! Et s'il n'y avait pas de bébé ? S'il n'y avait que moi ?

Il posa sa tasse et la dévisagea.

— S'il n'y avait que toi ? Je t'aurais déjà emmenée dans ma chambre pour faire avec toi toutes les choses que je n'ai pas pu faire, ce matin-là, en Afghanistan. S'il n'y avait que toi ? Je te ferais l'amour, là, maintenant. Car je te désire autant que je te désirais alors, peut-être même plus, maintenant que je commence à te connaître.

Sur ces mots, il se leva et s'éloigna.

Eh bien, se dit-elle, la gorge serrée.

— Ce n'est pas comme ça que fonctionne un mariage de raison ! s'écria-t-elle.

— Tout dépend des règles, répondit-il.

Puis elle entendit la porte d'entrée claquer.

Elle tapa alors du poing sur la table, furieuse contre elle-même. Serait-elle en train de perdre la tête ? Pourquoi avoir accepté de se lancer là-dedans ? C'était ridicule. A quoi cela la mènerait-elle, sinon à la catastrophe ?

La vérité ? En fait, elle se voyait très bien vivre avec lui, tout le temps, et pas uniquement pour le bien du bébé. Leur fils.

En fait, elle voulait plus que ça.

Et apparemment, il était prêt à le lui donner. Du moins en ce qui concernait la part sexuelle d'une éventuelle vie de couple.

Mais le reste ? Mon Dieu, tout était si compliqué…

Une pensée lui traversa alors l'esprit, la laissant presque K.-O. Il ne viendrait à l'idée de personne de se lancer dans un tel imbroglio. Personne. Elle devait en être consciente. On avait beau planifier une mission dans ses moindres détails, l'imprévu était toujours au rendez-vous.

Quand il s'agissait de mettre un enfant au monde,

quand il s'agissait de mariage, mieux valait être optimiste et avoir l'espoir chevillé au corps. Car il était
impossible de prévoir l'avenir, impossible d'être sûr que
rien n'arriverait qui viendrait tout bouleverser.

Chaque fois qu'elle grimpait dans son cockpit, elle
était optimiste, à cent pour cent. Absolument certaine
qu'aucun problème mécanique ne surviendrait, ou en
tout cas aucun qu'elle ne saurait résoudre. Absolument
certaine qu'elle ne se crasherait pas. Qu'elle saurait
échapper au feu de l'ennemi. Que ses rotors ne se brise-
raient pas contre la falaise et qu'elle ne basculerait pas
dans le vide…

Oui, mais justement, rien n'était jamais certain, et à
plusieurs reprises au cours de ses missions, elle l'avait
échappé belle en frôlant le pire.

N'empêche, elle restait optimiste. Prenant des risques
inouïs, mais toujours calculés. Et toujours avec cette
confiance en elle, en son appareil, en la vie, en ses
hommes. En beaucoup de choses, en fait.

Pourquoi les choses seraient-elles différentes ?

Toutes ses angoisses n'exprimaient-elles pas simplement un refus d'affronter l'avenir ? C'était comme jouer
avec les pièces d'un puzzle, tout en évitant de les réunir,
car alors, que l'image lui plaise ou pas, elle se trouverait
au pied du mur.

Tous ces discours sur la préparation… L'armée de
l'air formait ses troupes à affronter tous les problèmes
possibles et imaginables. Ce qui n'empêchait pas l'impossible et l'imprévu de se produire. Ce qui lui avait valu
de perdre quelques amis. Une manœuvre un peu trop
aléatoire. La balle d'un sniper. Une trahison. Bref, des
tas de choses pouvaient échapper à votre contrôle, et il
ne servait à rien d'y penser.

En fait, la situation n'était pas si différente. Le moment

était venu de prendre des risques. D'aller de l'avant, au lieu de freiner des quatre fers en voulant planifier chaque détail. La vie ne le permettait pas. Dans le civil comme à la guerre, le quotidien était fait d'événements inattendus. A commencer par le bébé qu'elle portait.

Quelle était la probabilité qu'elle coucherait une seule fois dans sa vie avec un homme qui utiliserait un préservatif, que celui-ci se déchirerait et qu'elle tomberait enceinte ? Pas élevée, deux à trois pour cent tout au plus, telles étaient les statistiques.

Bien sûr, cela n'empêchait pas les certitudes. Comme celle que jamais elle n'abandonnerait son bébé. Elle devait également adapter son mode de vie et revoir ses ambitions professionnelles. Mais, quoi qu'on fasse, l'avenir continuait de réserver des surprises, des bonnes et des mauvaises.

C'était comme partir en mission en territoire ennemi.

Excepté que, dans ce cas, personne ne risquait sa peau. Ce serait peut-être douloureux, mais pas mortel.

— Zut, marmonna-t-elle dans la cuisine déserte, agacée contre elle-même, par cette faiblesse qu'elle montrait à refuser de nommer un chat un chat, même en pensées.

Car en un mot comme en cent, la vérité était celle-là : dans quatre mois, elle serait mère… Et cette falaise-là, elle avait intérêt à ne pas la rater et à bien négocier la manœuvre si elle voulait se poser en toute sécurité.

Au moins pouvait-elle compter sur le père. Une chance qu'il veuille être de l'aventure. Elle ne lui en aurait pas voulu, s'il avait pris la fuite.

Mais cela ne ressemblait pas à Seth. Il y avait chez lui une constance, une détermination qui forçaient son admiration. Cette attitude serait précieuse dans la vie de son enfant.

Peut-être même dans la sienne…

L'amour ? Autant tirer un trait dessus. Des années plus tôt, elle en avait rêvé, mais avec le temps, elle avait fini par le considérer comme un problème. Combien de mariages avait-elle vu capoter ? Beaucoup trop. Combien d'amies avait-elle consolées, après une rupture ? Beaucoup trop.

Alors oui, après tout, l'amour n'était peut-être pas la meilleure des raisons pour se lancer. Peut-être y en avait-il d'autres, des meilleures, à condition d'avoir des attentes réalistes.

Le mariage. L'idée la mettait encore mal à l'aise. Mais elle se rappelait l'attitude de l'hôpital vis-à-vis de Seth. Elle imaginait parfaitement ce qu'elle aurait ressenti, à sa place : de l'impuissance et de la colère. C'était intolérable. Ils devaient trouver une solution.

Bref, ce problème devait être réglé une fois pour toutes. Elle devait effectuer certaines démarches, de manière à ce que, s'il lui arrivait quelque chose, l'enfant soit confié à la garde de Seth.

Quant à sa carrière, le sujet n'était pas clos, loin de là. Elle n'était pas prête à renoncer.

Pourtant, étrangement, alors qu'elle était assise là, sous le doux soleil du matin, elle s'interrogea. Etait-ce vraiment sa priorité aujourd'hui ?

Trois jours plus tard, tenant parole, Seth la mena à un petit aéroport pour voler avec Yuma. Dans un état de fébrilité extrême, elle eut le plus grand mal à garder son calme tant elle était impatiente de reprendre le manche. Des mois qu'elle était clouée au sol maintenant, et elle détestait ça. Voler lui manquait. Car plus qu'un métier, pour elle, c'était une passion.

Ils retrouvèrent Yuma et Wendy dans le local réservé

à la petite unité des urgences. Ils étaient présents tous les deux, ce matin-là, en compagnie d'un homme jeune, manifestement le régulateur.

— Le reste de l'équipe est en récupération, expliqua Yuma en leur serrant la main. Nous avons eu un carambolage monstre, sur l'autoroute, la nuit dernière, et j'ai dû transporter d'urgence trois patients au centre de traumatologie. J'espère que la matinée sera plus calme…

Il se tourna vers Edie.

— Wendy va nous accompagner, au cas où on reçoive un appel.

Puis il s'adressa à Seth.

— Quant à toi, tu restes ici. Si nous avons une intervention, tu risquerais d'être en surpoids.

— Pas de problème. Je ne m'attendais pas à voler. J'ai apporté de quoi m'occuper, répondit Seth en sortant un livre de sa poche.

— Ah, les hommes, dit Wendy en riant. Toujours prévoyants.

Yuma installa Edie sur le siège de gauche, celui du pilote, et tous les deux discutèrent manettes et manœuvres.

— On ne pourra pas voler très longtemps, désolé. Nous avons un budget kérosène très serré.

— Oh ! mais peut-être ne devrais-je pas voler du tout, dans ce cas, hésita Edie.

— Mais non, nous avons un peu de marge, pour l'entraînement, la rassura Yuma. Ce n'est pas à vous que je vais apprendre qu'il vaut mieux ne pas rester trop longtemps sans voler. On n'est jamais trop prudents.

— Ça fait deux mois, pour moi. Et même plus, depuis que je n'ai pas piloté un Huey.

— Je serai là à côté de vous, Edie, répondit Yuma en souriant. Ça va bien se passer…

Elle mit les gaz et écouta les rotors au-dessus de leur

tête, ce *whop-whop* inimitable tout à fait particulier des Huey. L'excitation monta en elle, et elle sentit un sourire se dessiner sur son visage. Enfin ! Voler !

Le décollage se passa en douceur, il y eut bien quelques secondes de tangage, le temps pour elle de s'habituer aux réactions du monstre d'acier, mais elle s'en sortit finalement avec les honneurs.

— Vous vous débrouillez bien, dit Yuma dans le casque.

— Comme un bébé qui apprend à marcher, répondit-elle.

Elle l'entendit éclater de rire.

— Vous voulez me faire peur ? C'est raté, plaisanta Wendy à l'arrière.

En moins de trois minutes, Edie retrouva toutes les sensations et maîtrisa parfaitement l'engin.

— Un bel oiseau, dit-elle à Yuma.

— L'un des meilleurs hélicos qui ait jamais été construit. Vous pourriez le piloter plus souvent...

— J'en doute. Dans l'armée de l'air, je formerai les autres à piloter le Pave Hawk.

— Non, je parlais d'ici.

Sa main dévia légèrement sur le manche, et l'hélico chassa imperceptiblement.

— Que voulez-vous dire ?

— J'aimerais réduire mes horaires. Nous cherchons quelqu'un pour me remplacer de temps en temps. Je me doute bien que vous devez avoir d'autres projets, mais voilà, l'idée est lancée. C'est grosso modo le même job que celui que vous faites dans l'armée, sans les tirs de roquette...

Il n'insista pas et parla d'autre chose, comme elle.

Quel bonheur de voler de nouveau ! se dit-elle. Elle mit le cap sur les montagnes, rit comme une enfant quand ils traversèrent une zone de turbulences, et rasa la cime des arbres avant de se résoudre à reprendre le chemin du retour, le cœur gros. Il n'aurait tenu qu'à elle, elle aurait volé des heures.

Elle rentra à la base et se posa, avec quelques à-coups, n'ayant pas parfaitement le Huey en main.

La mort dans l'âme, elle retira son casque et écouta les rotors s'immobiliser. Elle descendit alors de l'hélico pour retrouver la terre ferme, et la vie qui allait avec.

Mais à peine eût-elle posé le pied sur le tarmac qu'elle fut prise d'euphorie. Levant les mains, elle laissa exploser sa joie.

— C'était génial !

Wendy et Yuma éclatèrent de rire.

— Alors ? cria Seth en sortant du bureau pour venir à leur rencontre.

— Extraordinaire, voler m'a tellement manqué, répondit-elle et, sous le coup de l'émotion, elle embrassa Wendy sur les deux joues et serra Yuma entre ses bras. Merci de tout cœur.

— Avec plaisir, répondit celui-ci.

Ils décidèrent d'arrêter une date pour ce dîner sans cesse remis, quand un appel arriva. Un patient de l'hôpital devait être transporté d'urgence dans l'établissement médical du comté voisin, mieux équipé. Seth et Edie regardèrent Yuma et Wendy s'envoler pour aller récupérer le malade au plus vite.

Edie ne jugea pas nécessaire de parler de la suggestion de Yuma à Seth, ne sachant même pas si l'offre l'intéressait.

— Les urgences effectuent également des sauvetages en montagne, remarqua Seth, comme ils se dirigeaient vers la voiture. Pas simplement en hélico. Le comté a une sacrée équipe au sol également.

— Tu aimerais en faire partie ?

— Autant qu'être député, ou shérif. Disons que j'y ai pensé. Après tout, j'ai les compétences physiques pour…

— Absolument. En fait, tu pourrais même les entraîner.

Sur la route de la maison, il demeura songeur, et elle se demanda ce qu'il avait en tête. Il avait deux emplois potentiels ici, pourtant il était prêt à renoncer à tout ça pour la suivre autour du monde, au gré de ses affectations. Elle soupira, mal à l'aise.

D'accord, mais le bébé ? Ne devait-il pas rester la priorité ?

Presque sans s'en rendre compte, elle jura. Arriverait-il enfin, ce jour, où un nouvel obstacle ne viendrait pas se dresser devant elle ? Elle serra les dents, priant pour que Seth n'ait rien entendu.

— Je pensais que tu avais passé un bon moment. Pourquoi ce juron ?

Des excuses, elle aurait pu lui en servir une bonne dizaine, toutes aussi fausses les unes que les autres. Mais le déni était dangereux, et taire les choses tout aussi vain. En l'occurrence, la meilleure stratégie n'était pas la dérobade, mais la franchise.

— J'étais simplement en train de penser que tu avais ici deux emplois possibles, que tu perdras si tu me suis au gré de mes différentes affectations…

— Et alors ?

— Alors ? répéta-t-elle. Mais enfin, c'est important !

— Ce qui m'importe aujourd'hui et m'importera jusqu'à mon dernier souffle, c'est notre fils. Et cela n'ira pas sans sacrifices, pour toi comme pour moi. Je t'en prie, Edie, ne te reproche rien sous prétexte que je dois consentir à quelques-uns. C'est toi qui as dû en faire le plus.

— Je n'en suis pas si sûre.

— Bien sûr que si, voyons ! répliqua-t-il. C'est toi

qui te retrouves clouée au sol contre ta volonté ! C'est toi qui vois ton plan de carrière anéanti ! Quant à moi, excepté d'être le meilleur père possible pour cet enfant, je ne me suis encore impliqué dans rien de concret, pour l'avenir. Oui, c'est facile, pour moi…

Elle médita ses paroles le restant du trajet et commença à s'interroger. Et s'il avait raison ? Si elle oubliait tout le reste pour ne se concentrer que sur son enfant et être la meilleure mère possible, cela faciliterait-il certaines décisions ?

Sans doute, comprit-elle. L'exercice d'équilibriste auquel elle s'adonnait depuis des mois ne prendrait pas fin avec la naissance du bébé. Dès lors qu'elle ressentirait la nécessité d'un équilibre des forces en présence, au lieu d'un choix clair et précis, elle serait toujours tiraillée entre deux.

— Aurais-tu un ordinateur, chez toi ? demanda-t-elle comme ils approchaient de la maison.

— Pas encore. Quand j'en aurai terminé avec les travaux…

— On pourrait passer dans une librairie ?

— Chez Bea. Que cherches-tu ?

— Le moment est venu de choisir un prénom à notre fils, répondit-elle.

9

La recherche de prénoms donna lieu à un véritable chahut. D'humeur joyeuse, Seth ne cessa de faire l'idiot. Ils rirent en lisant des prénoms totalement loufoques, imaginant le cauchemar des petits garçons qui en étaient affublés et délirant sur des surnoms tout aussi ridicules les uns que les autres.

Résultat, à la fin de l'après-midi, Edie finit par se plaindre qu'elle avait mal aux côtes. Une éternité qu'elle ne s'était laissée aller ainsi. Cependant, elle commença à se demander si l'humour de Seth ne cachait pas autre chose. Par exemple, la volonté d'échapper à la réalité. Donner un prénom à son enfant marquait en effet une étape décisive dans la vie de parents. Puis elle regarda le carnet devant lui et vit qu'il y avait inscrit un certain nombre de prénoms.

Quand elle se pencha pour voir, elle cessa aussitôt de rire en découvrant qu'il avait procédé à une sélection.

— Eh bien ! s'écria-t-elle. Nous y sommes presque !

— Et nous n'avons lu que la moitié du bouquin, lui fit-il remarquer, les yeux rieurs.

— Pourquoi ne l'appellerions-nous pas Seth ?

— Vraiment ?

— Pourquoi pas ? Quantité de parents font comme ça.

— J'ignore ce que font les autres, mais si tu te

retrouves avec deux Seth sur les bras, tu finiras par l'appeler Junior.

— Dans ce cas, répondit-elle, appelons-le Seth numéro deux…

— Impossible, répondit-il dans un éclat de rire. Il aurait l'impression de passer après moi. Et ça, pas question. Un prénom, c'est sérieux, absolument capital. Continuons à chercher…

Il se leva, sortit un plat du réfrigérateur et en décolla le post-it collé dessus, avant de le glisser dans le four.

— De la part de Doris Whelan. La voisine, deux maisons plus bas. Ses fameux macaronis au fromage. Tu vas adorer.

— C'est sûrement autre chose que nos rations…

Il rit et régla la température du four.

— Une petite heure, a-t-elle conseillé, dit-il en collant le post-it sur la porte du placard, de manière à ne pas oublier de rendre le plat.

— Je n'en reviens pas, dit Edie, tous ces gens qui apportent de la nourriture. Pour toi, bien évidemment. Car moi, ils ne me connaissent même pas.

— Ils ne me connaissent pas plus. Mais apparemment, c'est une tradition, dans le coin. Et j'aime assez ça…

Elle s'avisa qu'elle commençait elle aussi à aimer un certain nombre de choses, dans cette petite ville. Même son besoin constant d'action semblait s'apaiser, à mesure qu'elle passait du temps dans cet endroit tranquille.

— Alors, ce vol en hélico?

Elle leva les yeux, sourire aux lèvres, mais à l'instant où son regard croisa le sien, ce fut comme si la pièce se vidait de son oxygène. Une profonde certitude l'envahit, pas si différente de celle ressentie ce matin-là, en Afghanistan. Et elle sut alors ce qui allait suivre.

Il se tenait là devant elle, le regard brûlant, brillant

de promesses et de désir. Il attendait. Sans rien dire. Sans rien faire. Pour la laisser décider. Comme si elle ne ressentait pas ce que lui éprouvait.

Or, elle le sentait. En fait, elle n'avait cessé de le sentir depuis qu'elle avait fait sa connaissance. Cette espèce de vertige. Cette envie de rire et de pleurer. Ce désir qui palpitait et qui jamais ne la laissait en paix.

Ce désir récurrent qui flottait entre conscience et inconscience, l'accompagnant jour après jour. Qui parfois la prenait par surprise, avec une évidence lumineuse, mais qu'elle s'empressait de refouler, en se disant qu'elle n'avait pas besoin de complication supplémentaire.

Peut-être n'en avait-elle pas besoin, en effet, mais elle le voulait. Ce n'était-ce sûrement pas judicieux, mais elle s'en fichait. De toute façon, toutes les choses qu'elle s'était appliquée à éviter en s'interdisant le sexe étaient arrivées. Une carrière en miettes, un avenir en suspens et un bébé en route.

Que restait-il à éviter ?

Soudain, elle eut l'impression que ses jambes pesaient des tonnes. Une douce chaleur s'insinua entre ses cuisses. Doucement elle se leva, lui fit face, et, au dernier moment, hésita. Cela avait été si facile, cette nuit-là, en Afghanistan. Alors, qu'y avait-il de changé ? Etait-ce plus facile avec un inconnu qu'avec quelqu'un que l'on connaissait ? Cela n'avait pas de sens.

— Tu es si belle, dit Seth, la voix rauque. Dois-je éteindre le four ?

Elle décoda sans peine ses paroles, mais, gentleman, il lui donna la possibilité de faire comme si elle ne comprenait pas.

— Oui, éteins-le, s'entendit-elle répondre.

Alors il sourit, un sourire presque nonchalant, serein. D'une certaine manière, son attitude ne fit qu'attiser le brasier en elle. Des souvenirs de leur brève rencontre se bousculèrent dans sa tête. Exquis, excitants. Elle savait vouloir plus cette fois, même si elle ignorait quoi exactement. Plus rapide. Plus lent ? Dans l'immédiat, si ce n'était pas tout de suite et avec passion, elle pourrait bien en mourir. Après… A supposer qu'il y eût un après, mais à vrai dire à ce moment, elle s'en fichait.

Ici et maintenant. Seth. Voilà tout ce qu'elle voulait.

Le four s'éteignit dans un clic étonnamment fort. Puis Seth glissa un bras autour de sa taille et posa sa main sur son ventre.

— Je ferai attention.

— Je ne suis pas fragile.

— Je ferai attention quand même, dit-il, des flammes dansant dans ses yeux.

Jamais elle n'aurait imaginé que le désir d'un homme puisse être aussi grisant. Et pas de n'importe quel homme. Seth.

Car c'était lui qu'elle voulait. Elle n'avait pas le moindre doute.

Il l'entraîna vers l'escalier et posa les mains sur ses hanches quand elle monta, devant lui. Un contact qui la brûla tels deux fers rouges à travers ses vêtements. Un véritable incendie la consumait de l'intérieur, presque à faire mal. Sensation qui dépassait largement ce qu'elle avait ressenti la dernière fois, avant l'orgasme.

Aujourd'hui, elle était aussi prête dans son corps que dans sa tête.

Une fois à l'étage, toujours derrière elle, il murmura :

— Doucement, cette fois. Je veux prendre le temps de te goûter tout entière…

La caresse de son souffle chaud contre son oreille la fit tressaillir de la tête aux pieds. Tant de promesses, dans ses paroles…

Une ultime pensée sensée tenta de germer dans la brume torride du désir. Qu'était-elle en train de faire ?

Dernier vestige de raison, qui s'évanouit à l'instant où ses lèvres effleurèrent son cou, comme une caresse. Soudain, elle sentit ses jambes se dérober sous elle. Comme s'il la sentait près de défaillir, il la souleva dans ses bras et se dirigea vers sa chambre, sans hâte mais avec détermination. Puis, une fois dans la pièce, après l'avoir déposée près du lit, face à lui, il prit son visage dans ses mains et plongea ses yeux dans les siens.

— Moi aussi, dit-il, comme s'il se rappelait ses paroles, ce soir-là, des mois plus tôt. Moi aussi…

Un frisson de désir la transperça, et elle laissa basculer sa tête en arrière. Jamais de toute son existence, elle n'avait ressenti une telle impatience à s'abandonner à quelqu'un.

Quand il approcha ses mains et souleva son chemisier, elle gémit :

— J'ai pris un peu de poids depuis…

— Tu n'en es que plus belle, l'interrompit-il. T'ai-je dit que tu étais rayonnante ? Il y a un éclat en toi qui n'était pas là, avant. Je ne sais pas l'expliquer.

— J'étais fatiguée, à ce moment-là.

Il rit, puis murmura :

— Ce n'est pas ce que je voulais dire… Ce moment, Edie, il est pour nous. Rien que pour nous.

Elle sourit. Chaleur et ivresse l'envahirent, et soudain, elle fut comme électrisée. Elle entreprit de déboutonner sa chemise.

— Doucement, dit-il.

— Au diable la lenteur. Nous verrons plus tard pour ça…

Il rit une nouvelle fois, puis accéda à sa requête. Et comme quelques mois auparavant, ils se déshabillèrent avec frénésie, leurs vêtements volant en tous sens avant de retomber sur le parquet.

Il maudit ses bottes, lorsqu'elle s'assit sur le bord du lit, tandis qu'un air frais caressait ses seins maintenant nus.

— Il faut vraiment que l'on te trouve quelque chose de plus confortable, dit-il.

Elle caressa ses cheveux, appréciant leur contact soyeux mille fois plus que cette coupe en brosse réglementaire qui était la sienne, dans l'armée, mais qui avait aussi son charme.

— Peut-être ne devrais-je jamais plus m'habiller…

Toujours à batailler avec ses bottes, il leva les yeux sur elle. L'éclat dans ses yeux était tel qu'elle se sentit rougir.

Enfin, il finit de la déchausser et put lui enlever son pantalon. Il prit alors ses seins dans le creux de ses mains.

— Ils sont plus lourds, dit-il.

— Tu t'en souviens ?

— Je n'ai pas oublié un seul instant de notre rencontre.

Elle était déjà affreusement excitée, et voilà qu'il en rajoutait. Chaque cellule de son corps parut imploser, un vrai feu d'artifice.

— Oh ! Seth, dépêche-toi, gémit-elle. Je t'en prie.

Il caressa le bout de ses seins, plus sensibles maintenant, et elle frémit.

— Seth…

— Oh ! et zut…, marmonna-t-il.

L'instant d'après, elle se retrouva allongée sur le lit, puis elle le sentit plonger en elle. Un cri s'échappa de sa bouche quand il la pénétra, au plus profond de son être, sensation si sublime qu'elle crut voler en éclats.

Ses mains allaient et venaient sur ses seins, sur son ventre, l'excitant encore et encore. Elle se cambra, venant à sa rencontre, et il plongea plus loin en elle.

Il couvrit son ventre de baisers, là où dormait son bébé, puis ses lèvres humides et brûlantes se frayèrent un chemin jusqu'à ses seins. Elle laissa échapper des gémissements à mesure que le désir prenait possession d'elle.

Elle n'était plus elle-même, mais désir, envie, faim, chaleur. L'écho des battements de son cœur résonna en elle, absorbant tout autour d'elle. Comme si elle n'était plus que cette sensation. Elle noua ses bras autour du cou de Seth et s'ouvrit plus encore à ses assauts, l'implorant en silence.

Il lui donna ce qu'elle réclamait. Penché sur elle, il embrassa ses seins avec passion, sa bouche adoptant le même rythme que ses reins, attisant son désir jusqu'à ce qu'elle croie perdre la tête. Et chaque fois qu'il plongeait en elle, elle pensait toucher le ciel, une sensation si profonde, si intense qu'elle en perdit presque conscience.

Le plaisir était là, si près. Il y eut un moment insoutenable, où tout en elle parut se figer, puis elle jouit dans un cri. Un instant plus tard, elle le sentit tressaillir, et une nouvelle vague de chaleur la submergea.

De mieux en mieux, songea-t-elle vaguement.

Eblouie, comblée, elle se sentit flotter, aussi légère qu'une plume chahutée par le vent.

Un peu plus tard, elle se blottit contre lui. Seth ramena le drap sur elle et plaça un oreiller sous sa tête, avant de se rallonger, un bras autour de sa taille.

— Eh bien, dit-il, sur un ton amusé. Vous êtes tous aussi rapides, les pilotes d'hélico ?

— J'ai entendu dire que les nageurs de combat étaient des hommes toujours pressés...

— Tout dépend, répondit-il en riant. Pour ma part,

j'ai tout mon temps, et si tu veux recommencer, c'est quand tu veux. Et même au ralenti, si tu y tiens…

— Au ralenti ? rit-elle à son tour. Je doute que cela soit mieux.

— Nous verrons bien, répondit-il en se tournant vers elle. J'adore ton petit ventre. Tous ces changements, dans ton corps. Au cas où tu t'interrogerais, sache que je suis tombé littéralement fou de toi la première fois, c'est évident, et je le suis plus encore aujourd'hui… Comment te sens-tu ?

— Jamais je ne me suis sentie aussi bien.

— Moi non plus. Jamais.

Il insista particulièrement sur le mot « jamais », comme s'il ne voulait pas qu'elle ait le moindre doute, vis-à-vis de ses épouses ou d'autres femmes. Sa sollicitude la fit sourire, et elle déposa un baiser dans le creux de son cou.

— Tant de choses que je n'aurais même jamais imaginées, soupira-t-elle.

— Comme quoi ? Les sensations ?

— Oui, bien sûr, mais aussi… Je ne devrais pas te l'avouer, mais j'ai tellement aimé perdre le contrôle.

— Oh ! mon trésor, c'est le moment où jamais de lâcher prise. Tu es en sécurité avec moi, alors laisse-toi aller.

— Il me semble que c'est ce que nous venons de faire, non ?

Elle entendit l'écho de son rire résonner dans son torse, couvrant un instant les battements de son cœur.

— En effet, dit-il, avant de demander : Est-ce que tu as faim ? Soif ? Je peux descendre chercher quelque chose…

— Ces pauvres macaronis…

— Les macaronis attendront. Alors, qu'est-ce qui te ferait plaisir ?

— Une douche, répondit-elle. Après le sexe, cela s'impose, non ?

— Mais volontiers, trésor, répondit-il en riant. Et par chance, j'ai une douche juste à côté suffisamment grande pour deux. Puis-je me joindre à toi ?

Elle leva la tête et le dévisagea.

— Pourquoi cet air espiègle ?

— Oh ! je suis un sale gosse, avec des idées pas très honnêtes, répondit-il, en prenant un air penaud.

— Espèce d'obsédé !

Il rit et se leva, l'entraînant avec lui dans la salle de bains.

— Assieds-toi, le temps que je règle l'eau chaude, dit-il en pénétrant dans la cabine.

Elle prit place sur le siège des toilettes pendant qu'il ouvrait les deux jets.

— Je me suis équipé d'un cumulus double capacité. On peut donc prendre tout notre temps, dit-il, une main sous l'eau pour en tester la température. Viens, c'est assez chaud comme ça.

Il l'attira avec lui sous la douche.

— Tu peux t'asseoir sur le banc, si tu veux.

Elle n'en avait pas envie, pas tout de suite. Elle se blottit dans ses bras, pressant son corps nu contre son corps nu, sous une pluie diluvienne, quasi tropicale, délicieusement chaude. Le rêve.

Mais il y eut mieux encore. Seth s'empara d'un flacon de shampoing et commença à lui laver les cheveux, tout en lui massant le crâne. Très vite, elle se sentit dériver, jusqu'à un état proche de l'apesanteur, parfaitement détendue.

Après lui avoir rincé les cheveux, il prit une savonnette et entreprit de la savonner tout entière, à commencer par le cou. Une succession de caresses à en tomber à la renverse, et une fois de plus, une chaleur intense vint se loger entre ses cuisses.

— Oh ! Ciel, Seth…, gémit-elle.

— Laisse-toi faire, répondit-il. S'il te plaît, laisse-toi faire.

Et elle se prêta avec extase à son adoration, un peu comme une déesse. Ses mains glissaient sur son corps, avec lenteur et paresse, et un désir merveilleux naquit en elle. Elle dut se faire violence pour rester calme sous ses doigts experts, redoutant qu'une chose, qu'un seul geste d'elle les arrêtent.

Il savonna ses seins jusqu'à ce qu'ils deviennent durs, les soulevant doucement, puis les abandonnant pour aller dans son dos. Toujours plus de mousse, plus de caresses, et cette eau qui la martelait. Oui, le paradis sur terre.

Mais quand ses mains descendirent sur son corps, elle retint son souffle, aux aguets. Il enduit ses hanches de savon, encore et encore. Toujours plus près.

Elle faillit protester quand il délaissa ses reins pour s'agenouiller devant elle et entreprit de laver ses jambes, à partir des chevilles. Mais les sensations alors furent telles qu'elle dut s'agripper à la barre de sécurité pour ne pas tomber.

— Tu veux t'asseoir ? demanda-t-il aussitôt.

— Pas tout de suite. Je t'en prie.

Elle crut l'entendre rire, mais il continua de déplacer ses mains sur ses jambes, remontant inexorablement, centimètre après centimètre, entre ses cuisses, toujours plus près.

Oh ! Jusqu'où pourrait-elle supporter ce supplice ?

— Tu vois, dit-il en se relevant. La lenteur a son charme, aussi…

— La lenteur me rend folle.

— C'est tout à fait ça.

Ses mains glissèrent sur sa taille, s'arrêtèrent sur ses fesses, la faisant presque crier quand il glissa ses doigts entre elles. Qui aurait cru… ?

Et soudain, elle cessa de penser. Les sensations prirent le dessus. Comme c'était bon ! Une série de frissons la parcourut. Elle avait l'impression d'être une torche qui s'embrase. Eperdue de désir.

Puis il ramena une main sur son ventre et descendit entre ses cuisses.

— Ahhh…

Un cri de volupté s'échappa de ses lèvres tandis qu'il la caressait, ses doigts glissant d'abord avec douceur sur elle, puis l'ouvrant et la touchant là, au point le plus sensible de son corps. Et peu à peu, il l'emmena, de plus en plus haut, et encore plus haut…

— Doucement, dit-il soudain.

— Doucement ? répéta-t-elle, l'esprit confus, se demandant ce qu'il voulait dire.

Soudain, il cessa ses caresses, et elle soupira. De protestation. De frustration. Mais il fut sans pitié. Il la prit par les épaules et la tourna face au jet pour la rincer entièrement.

— Assieds-toi maintenant, dit-il quand il eut fini.

Elle obtempéra et s'assit sur le banc. Sans doute allait-il se laver maintenant, songea-t-elle. Alors, rouvrant les yeux, elle le regarda, subjuguée par sa beauté, incapable de faire un geste en dépit de son instinct qui lui ordonnait de le ramener dans la chambre, sur le lit, de gré ou de force.

Il la surprit à ce moment en s'agenouillant devant elle. Doucement, il écarta ses jambes.

— Avance-toi, juste un peu, dit-il.

Ce fut tout un monde qui s'ouvrit alors devant elle quand il se pencha et commença à la lécher, encore et encore. Torture et ravissement tout à la fois qui eurent pour effet de bander son corps tel un arc.

Prise d'une sensation de vertige, en chute libre, elle s'agrippa à ses épaules et demanda grâce. Mais il poursuivit son œuvre et le monde alors s'évanouit dans un raz-de-marée de passion qu'elle n'aurait jamais pu imaginer.

Elle s'envola, flotta en apesanteur dans l'espace intersidéral, emportée par des forces la dépassant. Elle s'abandonna, ivre de sensation et de bonheur.

Soudain, il cessa de l'embrasser, lui arrachant un autre cri, avant de plonger ses doigts en elle, et d'aller et venir jusqu'à l'amener au point ultime.

Vinrent ensuite les spasmes du plaisir, la cavalcade de l'orgasme. Au-delà de tout ce qu'elle connaissait. Vague après vague, le plaisir déferla sur elle, presque insoutenable par son intensité, sa profondeur.

Elle s'entendit crier, des étoiles explosèrent devant ses yeux et elle vola en éclats, en des millions d'étincelles.

Difficile de savoir combien de temps s'écoula, avant qu'elle ne recouvre ses esprits et revienne sur terre. Elle rouvrit lentement les yeux, sentant la tête de Seth sur ses seins, reprenant conscience de l'eau martelant ses épaules.

Quand il s'écarta, elle entrouvrit les yeux. Il dirigea l'un des jets sur elle et la rinça, avant de se savonner lui-même.

— Si je pouvais tenir sur mes jambes, chuchota-t-elle. Je le ferais bien à ta place…

— La prochaine fois, répondit-il avec un clin d'œil espiègle.

Elle ne se priva pas toutefois d'apprécier le spectacle.

Il était parfait, un corps d'homme, dénué du superflu, tout en puissance. Après s'être lavé, il insista pour la sécher lui-même. Elle s'abandonna à ses caresses, à la douceur de la serviette sur sa peau, en état second.

— Il faut que tu manges un peu. Descendons dans la cuisine.

Elle se glissa dans son peignoir et mit ses pantoufles, lui jetant un regard noir, quand il les compara à ses bottes. Il éclata de rire, plein d'énergie, et elle fourbue, heureuse, mais vidée de ses forces.

Une fois en bas, plutôt que de rallumer le four pour réchauffer le gratin de macaronis de Doris Whelan, il estima qu'elle avait besoin de manger quelque chose tout de suite. Il décida donc de préparer du café, découpa quelques tranches de fromage et lui éplucha une pomme, déposant le tout dans une assiette. Mon Dieu, il la traitait comme une princesse...

— Un peu de lait ?

— Merci...

Envie ou pas, elle veillait à boire chaque jour le nombre de verres de lait recommandé, même si par ailleurs, elle prenait ce complexe vitaminé dans lequel il devait probablement y avoir un apport en calcium.

Elle se sentait si bien à présent que c'en était presque effrayant. Pourquoi en était-elle effrayée, elle n'aurait su le dire. Peut-être parce qu'elles étaient rares, les fois où elle s'était sentie ainsi dans sa vie.

Seth vint s'asseoir à table avec elle avec du café frais. Et le livre des prénoms. Cette fois, leurs recherches ne donnèrent lieu à aucun fou rire. Au contraire, ils envisagèrent avec le plus grand sérieux différentes options, puis Seth ralluma le four, et bientôt un parfum alléchant de gratin emplit la pièce.

Peu à peu, elle ressentit une sorte de tiraillement en

elle, comme si ses émotions allaient en des directions opposées. Mais elle refusait d'y penser pour l'instant. Jamais la vie ne lui avait fait le don de moments aussi précieux, et elle avait bien l'intention de n'en rien perdre. Elle voulait profiter de sa chance. Les interrogations, les doutes, ce serait pour plus tard. Oui, pour le débrief, on verrait demain.

Ils finissaient juste de dîner quand le téléphone sonna. Seth répondit, marmonna deux trois mots, puis il raccrocha et se tourna vers elle, le regard triste.

— La famille catastrophe est en route…

— La quoi ?

— Mes parents. Je m'en doutais. J'aurais du mal à tenir ma mère à l'écart plus de quelques jours. Désolé.

Elle hocha la tête, s'étonnant de son calme, en réalité n'éprouvant aucune irritation à la perspective de cette visite inopinée. Après tout, la famille Tate était à l'hôpital quand elle avait été conduite aux urgences.

— Je ferais mieux d'aller m'habiller…

— Besoin d'aide ? s'enquit-il, le regard coquin.

— Certainement pas, répondit-elle. Espèce d'obsédé !

L'écho de son rire retentit derrière elle quand elle monta dans sa chambre. Elle choisit de mettre l'un de ses nouveaux hauts qu'elle avait achetés, ainsi que le jean de grossesse, et fit l'impasse sur les bottes, préférant garder ses pantoufles. Des pantoufles, elle ! Qui l'aurait dit ?

Tant de changements. Où tout cela allait-il la mener ? Car il y aurait forcément des conséquences, elle n'était pas naïve à ce point.

En se brossant les cheveux, elle observa son reflet dans le miroir. Que savait-elle en fin de compte de la vraie Edie ? Elle connaissait l'Edie carriériste, l'officier sans peur et sans reproche, la pilote hors pair, mais le reste ? Le reste avait été nié, ou réduit au silence. Et aujourd'hui, elle avait l'impression de s'ouvrir, comme s'il lui poussait des ailes. Comme un hélico qui cherche à déployer ses palmes.

Bonne ou mauvaise nouvelle ? Seul le temps le dirait.

Elle descendait l'escalier quand Nate et Marge Tate arrivèrent. Marge, un gâteau au chocolat dans les mains, vint l'embrasser sur la joue.

— Enceinte, j'avais toujours envie de chocolat, lui dit la mère de Seth sur le ton de la confidence.

— J'ai entendu dire que vous aviez piloté un Huey, un peu plus tôt, fit remarquer Nate.

— Oh ! oui, répondit Edie, radieuse. Et c'était fabuleux. Voler me manque tellement !

— Oh ! ici, il y a de quoi faire, déclara Nate.

Elle se demanda s'il faisait allusion à la suggestion de Yuma, à propos d'une place de pilote dans l'équipe des urgences. Une conspiration familiale ne serait-elle pas en train de se jouer ?

Seth ne parut rien remarquer. Il apporta du café pour tout le monde, et Marge découpa des parts de gâteau.

Edie prit place dans le fauteuil relax et regarda son assiette avec perplexité. Elle avait littéralement dévoré le gratin de macaronis et ne pensait pas pouvoir avaler quoi que ce soit d'autre. Marge s'installa dans l'autre fauteuil, les hommes quant à eux se contentant des chaises en plastique, apportées de la cuisine. Enfin, en l'absence de table basse, chacun posa sa tasse de café à ses pieds.

— Il te faudrait des meubles, Seth, nota Marge.

— Quand j'en aurai terminé avec le gros des travaux, répondit celui-ci.

— Mais cette pièce est terminée, non ? insista Marge. Et si tu fais de la poussière, tu n'auras qu'à protéger tes meubles d'un drap.

— Oui, maman. Entendu maman.

Edie vit l'étincelle de malice dans son regard. Marge éclata de rire.

— Bien, je n'insiste pas. Alors, mes enfants, vous avez décidé quelque chose ?

Le visage de Seth se crispa. Edie nota une lueur d'irritation dans ses yeux verts.

— Je te l'ai expliqué, maman, dit-il après un court silence. Tout ceci est notre affaire. Et nous avons besoin de temps. D'accord ?

Marge baissa les yeux, puis elle sourit à son fils, l'air penaud.

— Pardon. C'est juste que je m'inquiète, voilà tout.

— Il ne faut pas, maman. Notre objectif, crois-moi, c'est de faire au mieux pour nous trois…

Nate toussota.

— Je prendrais bien un peu de gâteau…

La remarque de Nate dissipa instantanément la tension, et la conversation prit un tour plus léger, Marge leur donnant des nouvelles de ses filles et Nate commentant les derniers résultats de son équipe de foot préférée.

Seth parut enfin se détendre. C'était sans compter sur la ténacité de sa mère qui, un instant plus tard, ramena la conversation sur l'avenir.

— Vous dînerez avec nous, pour Thanksgiving, j'espère ? demanda-t-elle à Edie. Toute la famille sera présente.

— J'essaierai de me libérer, répondit Edie, évasive, la perspective d'un dîner de fête avec toute la famille Tate l'attirant autant qu'elle l'effrayait.

Seth vint à sa rescousse avec une excuse toute trouvée.

— C'est difficile pour les célibataires, dans l'armée, de se libérer à cette période de l'année. Traditionnellement, ces vacances sont réservées aux militaires ayant une famille.

— Bien sûr, répondit Marge, radieuse. Je comprends. Mais maintenant, Edie a une famille, elle aussi.

Un ange passa, puis deux. Edie fit de son mieux pour sourire.

Peu après, à sa grande honte rétrospectivement, elle s'assoupit sur son fauteuil.

10

Elle s'éveilla avec la sensation de décoller. Rouvrant brusquement les yeux, elle trouva Seth en train de surélever le repose-pieds du relax.

— Zut! s'exclama-t-il. Je ne voulais pas te réveiller.

— Oh! je me suis endormie? Mon Dieu, que va penser ta famille? Ils sont encore là?

— Partis. Et ils pensent que tu es une future maman qui a besoin de repos. Ma mère m'a passé un savon pour ne pas veiller suffisamment à ton sommeil.

— Je suis désolée, dit-elle en se frottant les yeux. Tu n'y es pour rien…

— Un peu quand même, répondit-il, une lueur espiègle dans les yeux.

— Oui, bon, enfin, dit-elle en lui souriant. Je ne me souviens pas d'avoir protesté…

— Veux-tu monter faire un somme? Ou préfères-tu goûter au gâteau de ma mère, avec un verre de lait?

A sa grande surprise, elle s'aperçut que l'appétit semblait lui être revenu.

— Du gâteau avec un peu de lait, oui, avec plaisir. J'ai dormi longtemps?

— Trois heures environ…

Ciel! Elle ferma les yeux et se redressa un peu sur son fauteuil. Au même instant, le bébé bougea, quelques petits coups, comme s'il effectuait sa gymnastique quotidienne. Elle sourit ct posa les mains sur son ventre.

— Il bouge ? demanda Seth en revenant de la cuisine avec une assiette et un verre.

— Un peu, oui. Mais il est assez sage, depuis quelque temps…

— Et il le restera, parce qu'il sera bien élevé, dit Seth sur le ton de la plaisanterie.

Une plaisanterie qui la laissa sceptique. Car ce genre de phrases résonnait comme une sorte d'engagement à vie. Soudain, elle sentit quelque chose en elle se glacer. Un enfant, oui, c'était évidemment pour la vie. Mais le reste ? Comme il serait facile de prendre une décision radicale, qu'elle aurait regrettée éternellement. Comment faisaient donc les gens ? Comment pouvaient-ils décider pour la vie ?

Seth se pencha sur elle et appuya sa main sur son ventre.

— Voilà un petit bonhomme dynamique, dit-il en souriant quand il sentit les coups du bébé. Il lui arrive de te réveiller ?

— Pas encore. Enfin, sauf pour aller aux toilettes. Et en parlant de ça…

Seth l'aida à se lever, puis elle se précipita dans le couloir, jusqu'à la salle de bains à moitié refaite. Le carrelage était tout neuf, la baignoire et le lavabo également, les murs en revanche avaient besoin d'un bon coup de peinture. Une pensée lui vint alors à l'esprit. Comme la pièce serait jolie, repeinte couleur lavande. Mais sans doute Seth détesterait-il ça.

Puis elle retourna dans le salon, s'assit dans le fauteuil relax, pieds surélevés, car ses chevilles étaient de nouveau gonflées.

— Regarde-moi ça, soupira-t-elle. Ces pieds, de vrais pamplemousses.

— Tu exagères. Mais c'est pourquoi tu dois rester les pieds en l'air, si j'ose dire, fit remarquer Seth en souriant. Ce n'est pas grave, j'espère ?

— J'ai posé la question, il semblerait que non. Pas en fin de journée. Mais si, un matin, je me réveillais avec des chevilles dans cet état, je devrais en informer le médecin.

Il hocha la tête et prit place sur l'autre fauteuil, face à elle.

— A propos, que disait mon père, au sujet de ton tour en hélico, avec Yuma ?

— Yuma a laissé entendre qu'il aimerait lever un peu le pied, répondit-elle après une hésitation. J'ai eu le sentiment qu'il me proposait en quelque sorte de le remplacer.

— Je comprends maintenant. Mon père doit être de mèche, dit Seth avec un demi-sourire. Dans cette ville, si tu n'y prends garde, ils te dévorent toute crue. Ils ont essayé avec moi. Ils voulaient me convaincre de postuler au poste de shérif. Et maintenant, ils cherchent à t'enrôler aux urgences. En plus, avec notre curriculum vitæ, nous sommes les candidats rêvés. Il suffit de voir le bureau du shérif, par exemple…

— Oui ? dit-elle en portant un morceau de gâteau à ses lèvres.

— Mon père a jeté son dévolu sur Micah Parish, un camarade issu des forces spéciales, comme lui, et Gage Dalton, un ancien du département anti-drogues. C'est aussi lui qui a placé Yuma à la tête du service des urgences. Et il en a toujours été ainsi. Des exemples, j'en ai des tonnes… Oui, ils ont le chic pour retenir les gens qui les intéressent.

— Au moins, ils savent à qui ils ont affaire, suggéra-t-elle.

— Sans doute. En tout cas, tu peux prendre comme un compliment la suggestion de Yuma. Il a dû vraiment apprécier ta manière de piloter.

— J'ai adoré ce vol avec lui.

— Il n'aurait rien dit s'il n'avait pas été impressionné par ta maîtrise du Huey. Ces hélicos sont à la fois ses bébés et son cauchemar.

— Un cauchemar ?

— Wendy t'a expliqué, il faisait les évacuations sanitaires. En fait, il faut le savoir, Yuma a reçu une éducation religieuse stricte. Mais comme beaucoup d'hommes de sa catégorie, il enrageait d'être pris pour cible, avec son hélico, chaque fois qu'il allait récupérer des blessés. Il volait avec le logo de la Croix-Rouge sur son fuselage. Mais apparemment, au sol, les autres s'en fichaient. Alors, comme beaucoup d'autres, il a commencé à embarquer des types armés, lors de ses missions de sauvetage. Une décision qu'il s'est ensuite reprochée, jusqu'à la crise de conscience, et la dépression. Il s'est mis à boire…

— Comme c'est triste…

— Oui. Yuma était un pacifiste. Il considérait ses missions comme des opérations humanitaires. Il a longtemps culpabilisé à propos de cette période.

— Mais c'est différent, aujourd'hui, remarqua-t-elle. Les hélicos sanitaires embarquent tous des hommes armés.

— Oui, la guerre elle-même a changé. Pour le pire, si tu veux mon avis, dit-il, morose.

Elle le laissa avec ses pensées, certaine qu'il avait dû en faire et en voir assez pour lui donner des idées noires jusqu'à la fin de ses jours.

Un moment plus tard, il reporta son regard sur elle et esquissa un sourire.

— Mais assez parlé de tout ça, dit-il. Yuma adore ces hélicos, et j'imagine que la prise en main du Huey a dû être compliquée. Te proposer une place de pilote, de sa part, c'est un sacré compliment.

— Sans doute…

Elle jugea le moment propice pour changer de conversation. Elle n'avait pas besoin de plus de pression. Les grands changements en avaient amené d'autres, plus importants, cet après-midi, et ils n'avaient toujours décidé de rien.

— Si j'ai bien compris, reprit-elle, te prendre toi, c'est prendre toute la famille Tate ?

— Apparemment, oui, répondit-il, les yeux rieurs. Ainsi qu'une bonne partie de cette ville. Tout le monde ici connaît mon père et ma mère, ainsi que Wendy et Yuma. Tu penses pouvoir t'y faire ?

— Jusqu'ici, ça n'a pas été si terrible.

— Tu viens juste d'arriver. Pourtant…

Il haussa les épaules.

— J'aime cette ville. J'ai l'impression, ici, comment dire, de me retrouver. Cet endroit me régénère. Physiquement, et mentalement aussi.

C'était là un aveu important. Elle l'observa. Il avait trouvé la paix, ici. Comment oserait-elle lui demander d'en partir pour la suivre au gré de ses déplacements, elle et leur fils ?

Mais c'était lui qui l'avait proposé. Avec sincérité et détermination. Ce bébé ne resterait pas sans père, avait-il décrété.

En réalité, la question était de savoir jusqu'où elle était prête à l'accueillir, dans sa vie. Mais peut-être y avait-elle déjà répondu en partie. Peut-être l'avait-elle déjà accueilli un peu trop…

Elle soupira, avec une irrépressible envie de dormir, trop lasse pour les analyses psychologiques.

— Je vais me coucher, décréta-t-elle. Je suis fatiguée.

Il ne la suivit pas dans sa chambre, mais bien plus tard, quand elle se retourna dans son lit, elle le sentit endormi à côté d'elle.

Etrangement, sa présence la réconforta.

Le lendemain à son réveil, elle constata, déçue, qu'il avait disparu. Elle avait vaguement espéré qu'ils referaient l'amour. Puis elle entendit du bruit au rez-de-chaussée. Sans doute était-il déjà en pleins travaux.

Morose, elle se leva et se rendit aux toilettes. Quand elle en ressortit, Seth l'attendait dans le couloir.

— Debout tout le monde ! dit-il sur un ton joyeux.

— Déjà ? Pourquoi tant de hâte ?

— Eh bien, pour commencer, une petite promenade te fera le plus grand bien. Ensuite, j'aimerais te montrer certaines choses…

Il l'entraîna dans la cuisine et lui servit un petit déjeuner pour quatre, avec œufs au bacon, toast à la confiture, un verre de jus de fruit et un grand verre de lait. Puis il la harcela jusqu'à ce qu'elle accepte de l'accompagner.

— Vous êtes tous pareils, dans les forces spéciales, soupira-t-elle. Incapable de tenir en place.

— Et j'ai levé le pied. Je ne fais plus mon jogging à 4 heures du matin !

— Un peu de muscu ?

— J'ai installé tout un équipement, au sous-sol. Si ça te chante…

— Peut-être. La marche est particulièrement recommandée, mais je dois entretenir le haut de mon corps.

— Je l'inscrirai dans la rubrique des choses à faire, sur ma liste.

— Tu as une liste ?

— Bien sûr. A chaque jour son plan d'attaque, répondit-il avec un clin d'œil.

Elle rit, puis tourna la tête et regarda les montagnes à l'ouest. L'air était si clair ce matin qu'on avait l'impression de pouvoir les toucher.

— Tu te souviens de toute cette neige, en Afghanistan ? demanda-t-elle soudain. Comme le jour où je suis allée te récupérer ?

— Les hivers étaient rigoureux.

— Autant qu'ici ?

— Il fait froid dans la région, mais nous n'avons pas tellement de neige. Le climat est sec, ici. Même si on note certains changements… Pourquoi ?

— Oh ! comme ça. Ces montagnes me rappelaient celles de là-bas.

— Celles d'ici sont beaucoup moins hostiles. Nous emmènerons notre fils faire de la randonnée, là-haut. C'est magnifique.

Demain, demain, toujours demain. Elle se sentit gagnée par un malaise qu'elle s'empressa d'étouffer. Les choses allaient-elles trop vite ? Il restait encore tant de décisions à prendre.

— Il faut qu'on discute, dit-elle finalement.

— Une fois dehors, si tu veux. En territoire neutre. Sans distractions, comme la vue de ton corps sublime…

Le compliment la fit tressaillir de plaisir, mais elle n'en laissa rien voir.

— Tu ne penses qu'à ça, le sermonna-t-elle gentiment.

— C'est faux, répondit-il avec un air outragé. Mais

on ne sait jamais… Allons marcher. Et si tu me regardes comme ça encore une fois, tu pourrais bien ne pas avoir le temps de terminer la balade.

— Non, tu oserais me renverser dans le fossé ? Devant tout le monde ?

— Ne me tente pas… car j'en suis parfaitement capable.

Elle le dévisagea. Il ne plaisantait pas. Elle oubliait parfois que cet homme avait appartenu aux nageurs de combat, une troupe d'élite, composée d'individus exceptionnels. Au courage et à la détermination exemplaires.

Que lui avait-il pris, se demanda-t-elle, de jeter son dévolu sur l'un des hommes les plus dangereux de la planète ? Il avait beau être adorable, prévenant et gentil, il resterait toujours un nageur de combat dans l'âme. Un homme prêt à tout, en dépit des risques.

— Est-ce le membre des forces spéciales qui parle, ou le vrai Seth Hardin ?

A cet instant, il prit son bras.

— Allons faire un tour en voiture, déclara-t-il soudain.

— Mais… ne devait-on pas aller marcher un peu ?

— Plus tard…

— Pourquoi ce changement de programme subit, Seth ?

— J'ai le sentiment que tu cherches des raisons de te débarrasser de moi, répondit-il, le regard noir. Alors, il est temps que tu apprennes à me connaître. A me connaître vraiment.

— Nous pouvons parfaitement parler en marchant.

— Non, pas si nous devons nous disputer. Excuse-moi, mais je refuse que la moitié de la ville soit au courant de nos histoires.

Elle ne trouva pas d'argument à lui opposer. Il avait un air sinistre à présent, et elle ne voulait pas se disputer avec lui.

Aurait-il vu juste ? Serait-elle en train de chercher une raison de se débarrasser de lui ? Parce qu'il était un nageur de combat et que ces hommes étaient dangereux ? Parce qu'elle ne croyait pas au fond qu'il puisse être cet homme tendre et prévenant avec lequel elle venait de passer près de deux semaines ? Cet amant d'une étonnante douceur ?

Elle demeura silencieuse quand il l'aida à prendre place dans la voiture, et ne dit pas un mot lorsqu'il s'arrêta chez Maud pour prendre de quoi manger. Ils roulèrent ensuite un long moment à travers la campagne déserte, mais qui devait autrefois abriter de nombreux ranchs et fermes. Lui aussi garda le silence, le regard rivé sur la route, la mâchoire serrée, perdu dans ses pensées.

Après plusieurs kilomètres, il quitta la route nationale et s'engagea sur une piste cahoteuse, jusqu'à un bosquet de peupliers sur les berges d'un torrent.

— On peut s'arrêter ici, je connais le type qui possède ce terrain, dit-il entre ses dents. Peut-être verrons-nous quelques moutons…

Elle ne répondit pas, pour la simple et bonne raison qu'elle ne sut que répondre. Comment une seule petite réflexion de sa part avait-elle pu déclencher une telle crise ? Et maintenant, qu'allait-il se passer ? Pourquoi l'avoir emmenée ici ?

Il sortit une couverture du coffre et l'étala par terre pour qu'elle puisse s'asseoir, à l'ombre du feuillage automnal, tout près du torrent. Un paysage délicieux qui, en d'autres circonstances, aurait pu être idyllique.

Elle le suivit des yeux quand il s'éloigna de quelques pas, face aux montagnes, dos tourné.

— Tu veux connaître le vrai Seth Hardin ? demanda-t-il enfin.

— Ecoute, dit-elle. Je ne sais pas pourquoi j'ai dit ça… C'était une façon de parler…

— Je sais parfaitement ce que tu penses, l'interrompit-il en se tournant vers elle. Alors, écoute, oui, j'étais un tueur, un type qui supprimait des gens, uniquement parce qu'il en avait reçu l'ordre. J'ai combattu des monstres sanguinaires, dans des endroits du monde dont tu n'as jamais entendu parler. J'ai éliminé toute une bande de pirates qui avait pris en otage l'équipage d'un navire. J'ai même intercepté en plein océan des embarcations transportant des armes chimiques. J'ai aussi accompli des tas de missions sous couverture. Oui, il m'est arrivé de tuer des hommes à mains nues. Je suis un nageur de combat, Edie. C'est comme ça, et il en sera toujours ainsi. Je ne peux occulter cette période de ma vie. Est-ce cela qui te fait peur ?

— Je n'ai jamais dit que j'avais peur, répliqua-t-elle en relevant fièrement le menton.

Il vint vers elle, tout près d'elle.

— Je sais également deviner ce que pensent les gens, car ma vie en certaines occasions en dépendait. Tu n'as donc pas besoin de le dire…

— Seth…

— Laisse-moi finir. Je suis le genre de gars qui passe pour un héros, au cinéma. Mais les héros ont souvent une part d'ombre. Toutes ces choses que j'ai faites, en tant que nageur de combat, je n'ai pas d'autre choix que de vivre avec. Même si j'ai fait la paix avec mon passé. Le Seth Hardin que tu as rencontré là-bas, en Afghanistan, et celui que tu as découvert ici, ne sont qu'un seul et même homme, Edie. J'aspire à être pleinement cet homme, maintenant que je n'ai plus à faire la guerre. Mais je ne renie pas pour autant le nageur de combat… En réalité, ce n'est pas de moi que tu as peur…

— Pardon ? s'exclama-t-elle, surprise.

— Souviens-toi, reprit-il en la regardant, mains sur les hanches. Je t'avais laissé l'adresse de mes parents, ce matin-là. Je voulais que tu puisses retrouver ma trace, si tu le souhaitais, un jour. Tu ne t'es jamais manifestée, pas une seule fois…

Tétanisée, elle retint son souffle en attendant la suite.

— Tu vois, j'ai longtemps espéré, vraiment espéré que tu tenterais de me joindre. J'avais envie de te revoir. Mais cela ne t'a pas traversé la tête une seule fois, j'imagine ? Non, bien sûr que non. Tu as repris ta route, avec tes certitudes, sans regarder en arrière, bien décidée à effacer tout ça de ta vie.

— Mais…

— Oui, mais voilà, la vie en a décidé autrement. La vie ne t'a pas permis de faire comme si rien n'était arrivé. Tu es venue jusqu'ici, poussée par le sens du devoir, en espérant que je t'enverrais au diable. Eh bien, désolé madame, je n'ai pas envie de t'envoyer au diable et je n'ai pas envie non plus de renoncer à mon fils. Alors, peut-être serait-il temps pour toi de faire le ménage dans ta tête et d'essayer de comprendre ce qui te fait peur, vraiment peur, au fond. Parce qu'une chose est sûre, ce n'est pas moi, désolé. Il va falloir que tu trouves autre chose comme excuse…

Il se tut un moment, tandis qu'elle baissait la tête sous le déluge des bombes qui cherchait à la déloger d'un endroit où elle avait trouvé refuge depuis tant d'années.

— Par ailleurs, reprit-il, il m'arrive encore de faire des cauchemars. D'avoir des flashs dont je me passerais volontiers, crois-moi. Mais fondamentalement, je m'estime sacrément chanceux d'être sorti de tout ça à peu près intact. Alors, tu peux chercher toutes les excuses que tu veux, crois-moi, je ne suis une menace ni pour toi ni pour ce bébé. A moins que tu ne le décides, et si tu as peur, c'est de toi, Edie…

Alors il lui tourna le dos et s'éloigna au bord du torrent, la laissant seule avec le bruissement du vent dans les peupliers. Une feuille voleta devant elle, qu'elle regarda tomber à ses pieds.

Elle inspira profondément, avec l'envie furieuse de crier, de lui dire de revenir auprès d'elle. De lui expliquer combien il se trompait à son sujet. Mais quelque part, en un lieu profondément enfoui de son cœur, la vérité avait commencé à poindre.

Elle avait peur, oui, mais de quoi, de qui ?

A cet instant, une immense lassitude s'empara d'elle. Peut-être la tension. Elle refusa néanmoins de s'y abandonner. Elle devait réfléchir. C'était trop important. Il avait raison, l'enjeu de tout ça était leur fils. Si pour une raison ou une autre, elle ne pouvait s'empêcher d'éprouver l'envie de fuir, loin, très loin, elle ressentait également le besoin très fort de rester.

En venant le trouver, elle croyait avoir pensé à tout. Manifestement, il y avait une foule de choses qu'elle n'avait pas prises en considération.

Par exemple, le fait que Seth, là-bas, ce matin-là, lui ait laissé l'adresse et le numéro de téléphone de sa famille. Ce bout de papier, elle l'avait jeté à la poubelle, sans jamais s'interroger sur les raisons qui avaient pu le pousser à le lui donner. Sans penser une seule fois qu'il puisse avoir envie, vraiment envie, de la revoir. Refusant même d'envisager cette éventualité.

Toutes ces histoires à propos de sa carrière menacée par sa future maternité commençaient à lui paraître exagérées, voire futiles. Oh ! bien sûr, c'était frustrant, mais elle était jeune encore et avait toute la vie devant elle. D'autres officiers, d'autres pilotes s'étaient mariés

et avaient fondé une famille. Evidemment, elle aurait
pu faire la même chose sans passer par la case « folie
d'un soir ».

Au lieu de cela, elle avait choisi de vivre comme une
nonne, fuyant même les réceptions et les invitations de
ses pairs, de crainte justement d'y faire une rencontre
qui bouleverserait sa vie. Sa carrière. Oh ! elle avait
fait ce qu'on attendait d'elle, mais en se tenant rigou-
reusement à l'écart de toute liaison. S'en tenant à des
relations strictement amicales au travail, et dans sa vie
à… A rien du tout. Le désert affectif le plus complet.
Il s'agissait pour elle de se consacrer à son travail. Et
aujourd'hui, elle ne pouvait s'empêcher de s'interroger.

Tout ça pour quoi ?

Elle finit par s'allonger sur la couverture et regarda les
feuilles frémissant sous le vent. Entre les branches, on
percevait des bouts de ciel bleu… Un ciel qui était son
élément encore récemment, et où elle aimait tant voler.

L'idée de ne plus pouvoir piloter l'avait terrorisée,
elle le savait. Depuis que sa hiérarchie l'avait interdite
de vol, elle n'était plus que l'ombre d'elle-même. Mais
c'était plus que ça. Beaucoup plus.

Lentement, avec mille précautions, elle souleva le
couvercle qui pesait sur sa mémoire et se plongea dans
ses souvenirs, jusqu'à l'enfance. Tout au fond, il devait
se trouver quelque chose pour expliquer la femme déterminée et rigide qu'elle était devenue. Quelque chose
qui lui faisait peur. Ou peut-être quelque chose qu'elle
redoutait de devenir.

Une demi-heure plus tard, Seth rebroussa chemin. Il
n'était pas fier de lui. Sans doute aurait-il dû exprimer
différemment ses inquiétudes, avoir un autre compor-

tement. Mais face à Edie, il avait parfois l'impression de buter contre un mur. Quand ils parvenaient à faire un pas en avant, la seconde d'après, elle se recroquevillait dans sa coquille.

Oui, tout était si nouveau. Oui, tout était arrivé si vite. Mais en réalité, qu'est-ce qui avait changé ? Rien du tout, fondamentalement. Rien ne l'empêcherait d'être un père pour son fils. Rien. Ils devaient absolument en finir avec ces remparts dont elle s'était entourée et parvenir à un accord.

La trouvant endormie, il s'empressa de rabattre la couverture sur elle et s'assit dans l'herbe, le regard perdu sur les montagnes, au loin. Il faisait frais, aujourd'hui, et il craignait que d'ici un moment, si elle dormait trop longtemps, elle ne finisse par prendre froid.

Mais il ne la réveilla pas. Il n'y était pas allé de main morte. Certes, il n'avait pas l'habitude de tourner autour du pot. Il savait très bien ce qu'il valait. En fait, sans doute se connaissait-il mieux qu'Edie ne se connaissait elle-même.

Quelque chose la hantait, quelque chose d'irrationnel, du moins pour lui. Dont elle-même n'avait probablement même pas conscience.

Dans quatre mois, ils seraient parents. Ils ne pouvaient plus attendre. Ils devaient trouver à s'entendre. Lui était prêt à l'épouser dès demain, selon les termes de son choix. Il était prêt à la suivre dans ses affectations, mariés ou pas. Il était prêt à rendre visite à son fils le week-end seulement, si c'était cela qu'elle voulait.

Mais jamais, il ne renoncerait à son fils.

Elle ferait donc mieux de se faire une raison. Et d'essayer de comprendre ce qui la rongeait à l'intérieur et la faisait fuir ainsi, chaque fois qu'il l'approchait d'un peu trop près. Après ce qu'ils avaient partagé, la veille, jamais il ne se serait attendu à la voir se rétracter ainsi, à sentir cette peur en elle. C'était comme s'il se trouvait sur un ring, face à un adversaire invisible non seulement pour lui, mais probablement aussi pour elle.

Ils avaient besoin de trouver un terrain d'entente autrement plus stable, pour leur bien, mais aussi pour celui du bébé. Les enfants étaient si sensibles aux tensions. Il l'avait constaté à plusieurs reprises chez ses neveux et nièces. Oui, les enfants avaient comme un radar infaillible, quand il s'agissait de détecter le désarroi de l'un de leurs parents.

Tout en observant Edie, plongée dans un profond sommeil, il se sentit submergé par une vague de tendresse aussi inattendue que malvenue. Un sentiment qu'il n'avait pas souvent éprouvé dans sa vie, excepté avec ses épouses. Et encore, jamais avec une telle intensité. Peut-être parce qu'il n'y avait jamais eu de bébé, avant.

Il avait été dur avec elle, songea-t-il. Sans doute allait-il devoir s'excuser. Après tout, elle avait bien le droit de douter. Lui-même n'avait-il pas appelé son père pour lui demander de le conseiller sur sa future paternité ?

Rien dans la vie qu'il avait menée jusqu'ici ne le préparait au rôle de père. Pour faire un bon père, certaines choses lui faisaient défaut. Un état d'esprit, une sensibilité. Toutes ces années dans les forces spéciales avaient un peu émoussé ses capacités à être humain. Un nageur de combat s'émouvait rarement.

Et alors ? Etait-ce une raison pour capituler ? Il devait rendre les armes, comme il l'avait fait au sens propre. Rendre les armes au sens figuré, dans sa tête et dans son cœur.

Oui, mais… Facile à dire. Les inquiétudes d'Edie à son sujet n'étaient peut-être pas infondées. Tous deux partageaient l'expérience du terrain, mais en dépit des risques qu'elle avait pris aux commandes de son hélico, à l'inverse de lui, elle n'avait jamais été confrontée aux pires noirceurs de l'âme humaine.

De nouveau, il regarda les montagnes à l'horizon, s'interrogeant, cherchant au plus profond de lui, se mesurant au père qui l'avait élevé et au père qu'il avait retrouvé, plus tard. Parviendrait-il à les égaler ? Il y était en tout cas déterminé.

Mais sa bonne volonté suffirait-elle ? Une chose était sûre, il ne pouvait se permettre d'échouer dans ce qui serait certainement la mission de sa vie. Edie et le bébé étaient trop importants. Des vies étaient en jeu, c'était aussi simple que cela.

— Seth ?

La voix endormie d'Edie résonna dans son dos. Elle était encore toute recroquevillée dans la couverture. Il s'allongea sur l'herbe à côté d'elle et plongea ses yeux dans les siens.

— Je suis là. Tu n'as pas froid ?

— Un peu, mais ça va, répondit-elle avec douceur. Pardon de t'avoir mis en colère.

— Tu ne m'as pas vraiment mis en colère. Je pense que tu m'as fait peur.

Un petit sourire se dessina au coin de ses lèvres.

— Toi ? Peur ?

— J'ai une connaissance profonde de la peur. Une compagne fidèle, dans mon métier, crois-moi.

— Pardon, vraiment…

— Pardon aussi de m'être énervé. Tu as besoin de temps, et tu as tout à fait le droit de t'interroger.

— Je commence à me demander si, jusqu'ici, je me suis posé les bonnes questions, soupira-t-elle. Oh ! Seth, j'aimerais tellement faire au mieux. J'ai si peur de me tromper, de ne pas faire les bons choix. Oui, peur, tu as raison.

— Je n'ai aucune leçon à te donner.

— Mais tu peux, tu dois m'aider à y voir plus clair. Je suis la mère de ton fils.

A sa grande surprise, il sentit son cœur se serrer.

— Oui. Tu es la mère de mon enfant, et j'en suis heureux.

Ils se regardèrent un long moment, les yeux dans les yeux, avec le vent pour seul témoin, cherchant des réponses à leurs questions, à leurs angoisses.

— Et zut, soupira-t-elle bientôt avec un air penaud. J'ai encore faim. C'est incroyable. Et je dois trouver des toilettes. Encore une fois.

Il sourit, le cœur un peu plus léger.

— Il y a un grand peuplier, tout près. Et le repas est dans la voiture. A moins que tu ne préfères rentrer à la maison pour te mettre au chaud.

A cet instant, elle prit pour la première fois sa main et la pressa sur son ventre, sous la couverture. Jamais elle n'avait eu un tel geste. Elle sourit.

— Il est heureux.

Seth à son tour sourit en sentant le bébé bouger.

— Tu n'es pas trop impatiente ?

— Pas encore. Il reste encore un long chemin. Mais d'après certaines mères, le dernier mois paraît interminable.

— Cela n'a rien d'étonnant.

Elle choisit finalement d'aller faire pipi derrière le grand peuplier et se décida également pour le pique-nique.

— C'est si beau, ici, si paisible. J'espère que nous y reviendrons souvent…

Il marqua un temps d'arrêt. Cette remarque innocente était un tel changement, se dit-il avec une bouffée d'espoir. C'était la première fois qu'elle exprimait l'envie de partager quelque chose avec lui dans l'avenir. Devait-il y voir un bon signe ? Seraient-ils sur le point de franchir le premier obstacle ?

Inutile de sabler le champagne pour autant, se raisonnat-il. Il restait encore devant eux d'autres difficultés à résoudre, d'autres forteresses à conquérir. Ils n'étaient pas au bout de leurs peines.

Un froid sec s'abattit sur la vallée, aussi, peu après avoir terminé leurs sandwichs, ils se mirent en route. En arrivant en ville, il lui demanda si elle souhaitait aller quelque part, mais elle secoua la tête.

— J'ai besoin de calme. Je dois réfléchir à certaines choses.

Une fois qu'ils furent rentrés, elle ne lui dit plus un mot et s'isola dans sa tête, assise dans le salon, dans le fauteuil relax. Elle sortit même faire une promenade, seule. Le laissant s'interroger sur ce qu'il allait sortir de ses réflexions. Mais au moins ne fit-elle pas son sac.

Pas encore en tout cas.

Elle n'avait aucunement l'intention de faire son sac, même si elle n'avait pas encore la moindre idée des décisions qu'elle allait prendre. Remontant au plus loin de sa mémoire, elle tenta de comprendre comment elle avait pu en arriver là. Elle le devait à son fils. Comment pourrait-elle être une bonne mère, si elle ignorait tout des peurs qui la retenaient ?

Parce que Seth avait raison. Ce n'était pas de lui qu'elle avait peur. Il ne représentait pas une menace pour leur bébé. Non, cela n'avait rien à voir avec lui, en fait, ni avec sa mentalité d'ex-nageur de combat.

Non, le problème venait d'elle.

Elle n'était pourtant pas une poule mouillée. Dans son métier, il n'y avait pas de place pour la peur. Sang-froid et contrôle, elle pouvait se vanter d'avoir excellé aux commandes de son hélico.

En revanche, elle ne se berçait pas d'illusions, elle n'aurait jamais le contrôle sur Seth. Et d'ici quelques mois, elle ne serait pas plus capable de contrôler le bébé. Mais pourquoi ce besoin en elle de toujours tout vouloir gérer ? De faire des plans pour tout ?

Non qu'elle soit incapable d'encaisser les coups. Ne l'avait-elle pas démontré à plusieurs occasions ? Mais il y avait toujours en elle ce besoin de contrôle, de gérer les imprévus propres à toute mission.

C'était très différent, aujourd'hui. Un autre monde. La vie l'avait prise au dépourvu. Et pas uniquement elle. Il était possible de gérer un problème mécanique ou un caprice de la météo, mais on ne contrôlait pas un être humain. Jamais.

Sur ce plan-là, c'était l'inconnu.

Pour la première fois de sa vie, elle avait peur. D'elle-même. De l'avenir. De ne pouvoir se fier à un plan irréprochable. Et d'avoir seulement pensé qu'il était possible d'en avoir un.

Seth lui avait reproché de le menacer sans cesse de fuir. Elle ne pouvait le nier. Elle continuait d'avoir la nostalgie de son univers familier, un peu sens dessus dessous en ce moment.

Le lendemain, au cours de l'une de ses promenades, elle s'assit sur un banc, dans le parc de la ville, pour tenter d'y voir clair dans ses sentiments. Pour tenter d'en comprendre l'origine. Seth respectait son besoin de solitude, au point de ne pas dormir avec elle, mais jusqu'ici, elle n'était arrivée à rien.

Mais de quoi avait-elle peur, vraiment peur ?

De perdre le contrôle, ce genre de choses ?

Ou de l'abandon.

Le mot émergea soudain de son inconscient, et elle retint son souffle, pétrifiée.

L'abandon.

Elle se leva d'un bond et se mit à marcher, de plus en plus vite, presque à courir. Le bébé évidemment manifesta son mécontentement en lui donnant deux petits coups. Aussitôt, elle ralentit le pas.

— Non, ce n'est pas possible, se dit-elle à voix haute. Pas ça.

L'abandon.

La nuit commençait à tomber, mais elle n'y accorda aucune attention, déterminée à affronter ce démon, imaginaire ou réel.

Elle avait longtemps vécu avec l'idée que sa mère l'avait laissée pour sombrer dans la drogue et les addictions de toutes sortes, avant d'en mourir. Elle en avait pris son parti. Et elle savait la chance qu'elle avait eue d'avoir une grand-mère aimante qui avait su prendre soin d'elle.

Puis sa grand-mère était décédée. N'était-ce pas ainsi que les choses se passaient ? Les vieilles personnes partaient, le plus souvent avant vous. Et cette disparition avait probablement ajouté à son sentiment d'abandon.

Son cœur se serra quand elle comprit que la vérité sur elle-même était sans doute là. Peu à peu, insidieusement, elle avait fini par se convaincre que tous les êtres qui lui étaient chers finissaient un jour ou l'autre par l'abandonner et qu'il était plus sage de ne pas s'attacher.

Et Seth ? Il avait perdu deux femmes, ce qui ne l'empêchait pas de sauter de joie à la perspective d'accueillir ce bébé. Evidemment, il avait comme elle perdu des compagnons, des frères d'armes. Il ne semblait pas pour autant en avoir gardé un quelconque traumatisme psychologique. Il entretenait des liens étroits avec sa nouvelle famille. Passée la première surprise, il se réjouissait somme toute de la venue de cet enfant. Jusqu'à vouloir contracter un mariage blanc, pour le bien de leur fils.

Dire qu'il n'avait pas hésité une seule seconde. C'était elle, et elle seule, qui tergiversait. Mais c'était également elle qui donnerait le jour à un bébé, d'ici quatre mois, et deviendrait mère pour le restant de ses jours, à moins de se dérober. Comme sa mère.

Une fois de plus, elle se figea. Comme sa mère ?

Elle regarda le parc devant elle, l'esprit confus. Comme sa mère ? Pas question d'agir comme sa mère. Déjà, elle avait décidé de garder cet enfant et de l'élever de son mieux. Non, elle n'abandonnerait pas son bébé.

Pourtant, elle gardait quelques rancœurs en elle, à cause des sacrifices liés à cette maternité. Etait-ce pour cela qu'elle avait si peur d'échouer, de ne pas être une bonne mère ? Où avait-elle peur d'autre chose ?

Elle se rendit compte alors qu'elle se trouvait tout près de la maison des Tate, et l'espace d'un instant, un instant seulement, elle envisagea de s'y arrêter pour parler à Marge. Mais Marge avait sûrement autre chose à faire, et puis, elle aussi avait eu sa part de tourments, en des circonstances différentes. Discuter avec la vieille dame pourrait bien la perturber plus que l'aider. Et de toute façon, elle devait trouver ses propres réponses, arriver à ses propres conclusions.

Elle décida donc de rentrer chez Seth. Si l'abandon était réellement son problème, elle n'avait pas la moindre idée de comment le gérer. Ni le poids qu'aurait ce sentiment dans sa relation avec lui. Les gens pouvaient faire certaines promesses avec les meilleures intentions, mais sans garantie aucune qu'ils soient capables de les tenir.

C'était bien là le nœud de toute l'affaire. Et alors ? Pour une pilote d'hélico rompue aux missions les plus dangereuses, elle faisait preuve d'une singulière lâcheté.

Comme elle approchait de la maison, elle aperçut de la lumière aux fenêtres. Elle ouvrit la porte, accueillie par des odeurs alléchantes dont elle remonta la trace, jusque dans la cuisine.

— Hmm, dit-elle, ça sent bon.

— Lasagnes à la Tate, répondit-il en souriant. Si ça te chante, je peux même préparer des toasts. Assieds-toi. Café ? Lait ?

— Café, dit-elle en retirant sa veste.

Il ne lui posa aucune question, n'exerça aucune pression. Il lui apporta une tasse de café et s'inquiéta pour elle quand elle frissonna.

— Tu veux un pull, quelque chose ?

— Non, je vais me réchauffer. Il ne fait pas si froid.

— C'est vrai que nous savons ce que c'est, toi et moi, le froid.

Elle comprit qu'il faisait allusion à l'Afghanistan. Quelles températures glaciales, dans ces montagnes. Seth avait dû en passer des nuits, tapi dans la neige, frigorifié. Mais elle se garda bien de l'interroger. Secret défense.

Elle aimait la façon dont il avait dit *nous*. Venant de lui, c'était plutôt bon signe.

— Tu veux grignoter quelque chose ? Le dîner ne sera pas prêt avant une petite heure.

— Une pomme, oui.

— Tout de suite.

Échanges amicaux, courtois. Tout semblait si parfaitement normal. Pourtant, la tempête dessous menaçait, presque palpable. Bonne ou mauvaise tempête, difficile à dire. Mais tant que des décisions ne seraient pas prises, tant que des conclusions n'auraient pas été tirées, ce nuage noir continuerait de planer au-dessus de leur tête.

Elle croqua sa pomme en silence, tandis que Seth s'affairait aux derniers préparatifs du dîner.

— J'ai réfléchi, dit-elle soudain.

— Je m'en doute, répondit-il sur un ton léger, même si elle crut voir ses épaules se crisper.

— Je te l'ai dit, je suis une malade du contrôle à tout prix.

— Ce n'est pas très surprenant, avec ton métier. Je le suis moi aussi, je pense.

— Peut-être. Mais je crois que dans mon cas, cela n'a rien à voir avec l'armée.

Il lui fit face, une salade entre les mains.

— Vraiment ?

— Vraiment, répondit-elle en baissant les yeux sur sa pomme. En fait, un mot ressort de mes réflexions, auquel je n'avais jamais prêté attention.

— Lequel ?

— Abandon.

— Ce n'est pas rien…

Elle osa le regarder. Il se tenait devant elle, bienveillant, attentif. Mais il y avait autre chose, en lui. Comme de la… tristesse ?

— Oui, dit-elle. L'abandon de ma mère, puis le décès de ma grand-mère, tout ça, apparemment, a laissé en moi des traces plus profondes que je n'étais prête à l'admettre. Nous perdons tous des camarades, au combat. Alors, pourquoi ce sentiment d'abandon ?

Il secoua doucement la tête et attendit.

— Si quelqu'un devrait avoir ce genre de problème, c'est bien toi, reprit-elle. Toute ta vie, tu as su que tu avais été adopté.

— Exact. Si cela m'a posé problème, je ne m'en souviens pas. Mais je ne saurais te dire pourquoi.

— Moi, je sais, je sens que c'est là, quelque part dans mon inconscient. Comme une mine dans un champ, à attendre que l'on marche dessus. Oh ! je ne sais plus. Toujours est-il que dans toute ma vie d'adulte, je me suis donnée tout entière à l'armée.

— Et cela te pose un problème ?

— Je crois que tout vient de là. Je me sens en sécurité dans l'armée de l'air, bien dans ma peau, bien dans mon job. Les règles y sont claires et nettes, l'avenir tout tracé. C'est si rassurant, comme une grande famille, tu vois ? Qui n'abandonne pas les siens… Du moins, jusqu'à ce que je tombe enceinte.

— Ils ne t'ont pas abandonnée, remarqua-t-il avec calme.

— Pas vraiment, non. Mais cet avenir qui m'attend…

Elle haussa les épaules et posa sa pomme.

— Je ne sais rien de ce qui m'attend, en fait. Je n'ai aucune garantie. Je ne peux me fier à rien. La seule chose dont je suis sûre, c'est que je vais avoir un enfant. Mais je ne sais même pas si je ferai une bonne mère. En fait, je ne sais rien sur rien…

Il s'approcha d'elle, s'agenouilla sur le carrelage et l'entoura de ses bras.

— Au départ, personne ne sait comment être parent. Pour la majorité des gens, l'apprentissage se fait au jour le jour. Mais tu as toutes les qualités requises et tu apprendras vite, j'en suis certain.

— Je l'espère, soupira-t-elle en posant sa tête sur son épaule. Pardon. Je ne t'ai guère adressé la parole, depuis hier.

— Je savais que tu avais besoin de réfléchir. Tu sais, je ne suis pas qu'une grosse brute.

Elle rit doucement, se blottit un peu plus dans ses bras.

— Tu n'as rien d'une brute. Mais tout cela nous ramène à ce que nous devons faire, pour le bien du bébé.

— Et pour nous, lui rappela-t-il. Notre bien à nous, c'est tout aussi important. Tu le sais, j'aspire à être un bon père, pour cet enfant, mais il faut que cette perspective te réjouisse, toi aussi. Hier, je pensais que trop de tension entre nous serait mauvais pour notre fils. Mais nous arrivons à nous parler et à nous comprendre. Moi, je suis prêt à tout, pour notre bonheur, celui de ce bébé et le nôtre. Du moment que tu ne me chasses pas de ta vie ou ne m'imposes pas une visite à mon enfant deux malheureuses fois par an…

— Ce serait trop cruel, répondit-elle. Non, je refuse d'envisager une chose pareille. Nous avons besoin de stabilité.

— Exactement. Mais, tu trembles ? Tu as encore froid. Je vais te préparer un autre café. Ensuite, nous dînerons. Pour tenir une discussion, il ne faut être ni gelé, ni fatigué, ni affamé… Je te proposerais bien une douche brûlante, mais le dîner risquerait d'en souffrir. Et puis, ce sont mes premières lasagnes. J'espère des félicitations…

La tristesse qui emplissait son cœur s'évanouit, et elle rit de bon cœur.

— J'ai quelque chose de rigolo à te raconter, dit-il en retournant devant les fourneaux. Figure-toi que ma mère a appelé pour savoir « où nous en étions ». Je lui ai répondu que je t'avais demandé de m'épouser, le mariage me paraissant la solution la plus évidente, et que j'attendais ta réponse.

Edie écarquilla les yeux, entre horreur et envie de rire.

— Seth ! Tu n'as pas osé ?

— Si, si, répondit-il avec un regard espiègle. Et je

l'avoue, laisser ma mère sans voix m'a apporté une réelle satisfaction.

— Oh ! Seth… Tu es fou, dit-elle en se tenant les côtes, secouée par un fou rire libérateur.

— Elle s'en remettra…

— Et dire que j'ai failli m'arrêter chez tes parents tout à l'heure. Heureusement que je n'en ai rien fait. Tu imagines ?

— Tu l'as échappé belle…

Une autre pensée lui traversa l'esprit concernant l'environnement dans lequel elle voulait élever cet enfant. Mais elle décida de remettre la conversation à plus tard.

Les lasagnes étaient succulentes, comme les toasts et la salade, et elle se répandit en compliments.

— Continue comme ça, et je cuisinerai pour toi tous les jours, dit-il finalement.

— Il est vrai que tu sembles te débrouiller comme un chef. Personnellement, que veux-tu, la cuisine, ce n'est pas mon truc.

— En fait, j'aime ça, préparer des petits plats.

Après avoir nettoyé et rangé, ils se retirèrent dans le salon, lui avec un café, elle avec un chocolat chaud. Une fois assise, elle entreprit de délacer ses bottes, mais Seth se précipita à ses genoux en protestant :

— Dès demain, je le jure, je te conduis chez le marchand de chaussures. Et pas de discussions, lieutenant !

Elle s'en garda bien, touchée par tant d'attentions.

— Tu veux que j'aille chercher tes pantoufles ? proposa-t-il.

— Mes chaussettes feront l'affaire, pour l'instant, répondit-elle en s'enfonçant dans son fauteuil, pieds surélevés. Hmm, comme c'est bon…

— Sûr que c'est bon, acquiesça-t-il.

Elle ne put déchiffrer son expression, elle sentit néanmoins qu'il faisait allusion à autre chose qu'à ses pieds.

— Bien, décréta-t-elle après un moment.

— Oui, madame ?

— J'ai réfléchi à cette angoisse en moi, à propos de l'abandon. Et à certaines autres choses, aussi.

— Je t'écoute.

— As-tu visité les maisons destinées aux familles de militaires, sur les bases, depuis que des entrepreneurs privés s'en occupent ?

— Je n'en ai pas eu l'occasion.

— Dommage. J'ai entendu dire à plusieurs reprises qu'elles étaient mal construites, et mal conçues. Humides et à la limite de l'insalubrité. Une de mes amies a été contrainte de déménager, sur ordre de son médecin.

— En effet. Mais on peut trouver à se loger en dehors des bases.

— Bien sûr. Et c'est précisément là où je voulais en venir.

— Je suis tout ouïe.

— Mon séjour ici a été une bonne chose. Cela m'a permis de faire la comparaison, dit-elle, tout en se mordillant la lèvre. Est-ce que mon but est d'élever un gosse de militaire qui déménagera tous les deux ans, ou est-ce que je veux pour mon enfant un vrai foyer, dans un environnement familial stable, où il pourra se faire des amis qu'il gardera sa vie entière ?

— Question intéressante.

Elle nota qu'il ne fit aucun commentaire, la laissant aller jusqu'au bout de sa pensée toute seule. Et peut-être était-ce une bonne chose.

— Bref, reprit-elle. Je crois que ce serait mieux pour lui de grandir ici.

L'espace d'un instant, elle le vit écarquiller les yeux sous l'effet de la surprise. Puis il demanda :

— Es-tu en train de me dire que tu prévois de me le laisser, ici ?

— Pas exactement, non.

Un silence s'ensuivit.

— Tu… envisagerais de vivre avec moi, euh… avec nous ?

— En effet.

Il bondit de son siège et se mit à faire les cent pas.

— Mais enfin, Edie ! Et ta carrière ? Ce job représente tout, pour toi !

— Non, il ne représente pas tout, et c'était une erreur de ma part d'en faire une priorité. Aujourd'hui, j'ai un bébé en route, et ça, oui, c'est beaucoup plus important pour moi, j'ai fini par en prendre conscience. Oh ! bien sûr, on peut élever un enfant sur une base militaire, comme le font beaucoup, et ils s'en sortent parfaitement, en dépit des absences à répétition, de l'inquiétude quand le conjoint est à l'autre bout du monde dans une zone de conflit. Bref, en ce qui me concerne, j'ai le choix, et que peut-il y avoir de mieux, pour notre fils, que de vivre dans une vraie maison et d'être entouré par une grande famille, même une famille catastrophe, comme tu l'appelles ?

— Oh ! ce n'est quand même pas la famille Adams, répliqua-t-il en lui faisant face, un sourire aux lèvres.

— J'en suis certaine. Ce dont je suis sûre également, c'est que les gens d'ici sont comme partout ailleurs. Quoi qu'il en soit, je n'ai pas envie que notre fils vive sans racines.

Après quelques secondes, il hocha la tête.

— Je ne peux qu'approuver.

— Seth, je refuse que mon enfant, notre enfant,

grandisse avec un sentiment d'abandon. Qu'il ne juge pas utile de se faire des amis, sachant qu'il devra suivre sa mère je ne sais où. Et si je reste en service actif, c'est bien ce qui se produira.

— Mais tu vas dépérir, enfin !

— Non, je ne dépérirai pas. Et encore moins si Yuma réitère sa proposition de m'enrôler comme pilote des urgences. Mais ce n'est pas de moi qu'il s'agit, je ne veux penser qu'à ce bébé. Je te l'ai déjà expliqué. En arrivant ici, je n'avais qu'un but, adapter cet enfant à mon mode de vie, jusqu'à ce que je comprenne que c'était à mon mode de vie de s'adapter à ce bébé. N'est-ce pas ce que tu veux, toi aussi ?

— Pas tout à fait.

— Vraiment ? Tu étais prêt à me suivre de base en base, non ? Et je ne crois pas que cela entrait dans tes projets, avant que je n'arrive dans cette ville.

Il demeura silencieux. Comme elle aurait aimé lire dans ses pensées ! Et dans son cœur.

— Et pour le reste, Edie ? Pour toi et moi ?

— Je ne veux pas d'un mariage de complaisance.

— Oh ! Tu comptes t'installer dans la maison voisine ? demanda-t-il.

— Oh ! Seth…, répondit-elle en soupirant. Si nécessaire, oui.

— Si nécessaire ? Mais qu'est-ce que cela signifie ?

Elle ne trouva pas la force de lui répondre. Elle se sentait à bout de nerfs. Si vulnérable. Et maintenant, il allait se mettre en colère ?

— Tu ne fais qu'hésiter, Edie, dit-il en secouant la tête. J'aimerais un peu plus de certitude, venant de toi, sur ce que tu veux faire, par rapport à moi. Où dois-je me situer ? Je veux savoir, j'en ai besoin. Je t'en prie.

Elle sentit sa gorge se serrer, et quelque chose en

elle commença à se fissurer. Mais qui était donc cette mauviette ? Car c'était bien d'une autre femme qu'il s'agissait, pas de celle qui avait débarqué dans cette ville, déterminée. Avec des idées bien arrêtées sur son avenir, son bébé. Sur tout, en vérité.

— Je veux…

Elle reprit son souffle, hésita.

— Je t'ai parlé de ma peur… de l'abandon.

Il marmonna un juron. Elle aurait pu lui échapper, mais elle n'en eut pas le temps. Il la souleva dans ses bras et se dirigea vers l'escalier.

— Nous allons régler ça tout de suite, dit-il.

Elle retint son souffle, au bord des larmes, terrorisée par sa propre vulnérabilité. Par cette peur qu'elle traînait sans doute avec elle depuis l'enfance.

Peur de cette certitude en elle. Si elle laissait les autres venir à elle, elle ne ferait qu'en souffrir.

Il l'allongea sur le lit, puis la déshabilla avec des gestes tendres, comme si elle était une enfant. A peine si elle voyait quelque chose, à travers ses larmes. Même si ces larmes refusaient de couler. Et soudain, il se glissa nu sous le drap à côté d'elle, noua ses jambes aux siennes, l'entourant de ses bras, et la serrant contre lui de toutes ses forces. Aussi fort que possible. Elle se sentit tout enveloppée par sa douceur. En sécurité.

— Jamais je ne t'abandonnerai. Jamais, dit-il en détachant chaque mot, en insistant sur chacun d'entre eux. Est-ce que tu m'entends ?

— Oui, chuchota-t-elle, entre deux sanglots.

— Je suis sérieux, Edie. Je le jure, jamais je ne t'abandonnerai. Si tu veux te débarrasser de moi un jour, tu devras me jeter dehors, car sinon, jamais, jamais je ne te laisserai.

— Mais ce n'est pas juste, pour toi, protesta-t-elle, alors que la peur dans son cœur déjà se dissipait.

— Bien sûr que si. Parce que je n'ai envie d'être nulle part ailleurs qu'avec toi. C'est comme ça, et il en sera ainsi jusqu'à mon dernier souffle.

— Mais comment peux-tu en être aussi sûr ?

— Je suis un homme de parole. Mais il y a autre chose…

— Oui ?

— J'appelle ça une foi inébranlable en la vie. A chaque départ pour une nouvelle mission, c'est ce que je ressentais, comme toi, je suppose. C'est évident, on ne peut jamais tout prévoir. C'est là qu'il faut avoir la foi. Que tu dois croire en toi. La vie n'est pas sans risques, mais si tu n'as pas foi en elle, tu ne vivras pas…

Il se tut, puis soupira.

— C'est dans cet état d'esprit que je me suis marié deux fois, ajouta-t-il.

— On ne peut pas dire que tu aies été bien inspiré.

— Certes. Mais ce que j'en ai retenu, c'est que rien de bon ne peut jamais arriver sans risques. Oui, Darlene et moi avons divorcé. Oui, un chauffard ivre a fauché Maria en pleine vie, mais entre-temps, nous avons vécu heureux. Non, je ne regrette rien.

— Vraiment ? demanda-t-elle en cherchant ses yeux, y trouvant l'ombre du chagrin.

— Sans prise de risques, tu ne vas nulle part. Tu le sais parfaitement, Edie.

Elle ferma les yeux, essayant de ne pas se laisser distraire par sa proximité. Elle aurait aimé pouvoir jeter toutes ses questions, toutes ses angoisses au vent et les oublier à la faveur d'une étreinte passionnée. Mais cela ne ferait que retarder le moment des grandes décisions. Et le temps pressait. D'ici peu, son congé se terminerait.

D'ici peu, le bébé viendrait au monde. Certaines choses ne pouvaient attendre plus longtemps.

— Je… Seth, au fond, tu ne veux pas d'un mariage de complaisance. Par deux fois, tu t'es marié par amour. Pourquoi vouloir moins ?

— Ah !

Quelque chose l'intrigua dans sa voix, et elle rouvrit les yeux, découvrant son visage rieur.

— Un mariage sans amour, répéta-t-il.

— Oui, un mariage de complaisance. Ce sont tes propres termes.

— Je m'en contenterais, si c'était le cas. Mais rien n'est moins sûr…

— Vraiment ? Et de quoi s'agit-il alors ?

— Edie… Est-ce que tu m'aimes ?

L'espace d'un instant, elle se figea, prise de panique, cherchant une issue. Puis elle explosa :

— Comment le saurais-je ? Je n'ai jamais été amoureuse !

Il la fit rouler doucement sur le dos, se redressa lui-même sur un coude, une jambe en travers de son corps.

— L'amour, tu le sens, tu le fais, sans pouvoir le définir. En réalité, ce qui t'inquiète, c'est que je puisse ne pas t'aimer, n'est-ce pas ?

Elle fut à ce moment confrontée à une terreur sans nom, sa question la touchant au plus profond de son âme.

— J'ai tant besoin d'avoir confiance, dit-elle, désemparée.

— Tu me fais déjà confiance, nous n'en serions pas là, sinon. La confiance n'est pas le problème, Edie. En fait, tu as peur de ce que tu ressens pour moi. Peur que je puisse te faire souffrir, à cause de ces sentiments.

Et c'était bien là, inscrit en lettres de feu, au frontispice de sa conscience. Il avait le pouvoir de la faire souffrir. Il pouvait lui faire du mal, plus que quiconque au cours de son existence, y compris les snipers dans les montagnes d'Afghanistan. Pire encore que l'abandon de sa mère, pire que la mort de sa grand-mère.

Elle sentit une larme rebondir sur sa joue et se força à le regarder.

— Je suis… terrifiée, chuchota-t-elle.

— Je sais, dit-il en prenant son visage dans ses mains. Moi aussi, j'ai été terrifié à l'idée que tu puisses t'en aller sans prévenir. Je te l'ai promis, je ne t'abandonnerai pas. Et maintenant, je vais te dire autre chose. Jamais je ne te ferai de mal, pas volontairement en tout cas.

— Comment peux-tu en être aussi sûr ?

— Parce que je t'aime.

L'écho de ses paroles se répéta en elle, apaisant ses tensions, ses peurs.

— Comment le sais-tu ? Je ne comprends pas comment tu peux le savoir !

— Parce que je sais combien je souffrirais si je venais à te perdre. Combien j'ai besoin de voir ton visage, jour après jour. De te tenir dans mes bras, nuit après nuit. Je sais aussi combien il te serait facile de me faire souffrir. Fais-moi confiance, je sais.

Et sans doute savait-il mieux que quiconque, comprit-elle. Il vint alors sur elle et la prit, plongea jusqu'au plus profond d'elle, ne faisant qu'un avec elle. Mais il ne bougea pas, même quand elle laissa échapper un soupir de plaisir.

— Je sais que je t'aime. Et je me fiche s'il te faut vingt ans pour que tu sois sûre de ressentir la même chose pour moi. J'attendrai.

Elle tenta d'imaginer l'avenir sans Seth. En vain. Cette seule idée lui était une torture. La vie sans Seth serait tel un paysage lunaire, nu et irrespirable. Terne.

— Je ne peux plus vivre sans toi, confessa-t-elle en nouant ses bras autour de ses épaules. Et je détestais cette idée…

— Et maintenant ?

— Maintenant, je ne peux pas imaginer la vie autrement qu'avec toi.

Il sourit et commença à bouger doucement, en elle.

— Nous nous rendrons à la base Minot ensemble. Tu pourras démissionner après la naissance du bébé. Yuma sera ravi. Il ne cesse de me harceler pour que tu acceptes de prendre ce job.

— Est-ce pour cette raison que nous allons nous marier ? Pour Yuma ?

— Oh non, dit-il avant de l'embrasser. Nous allons nous marier parce que ma vie ne mériterait pas d'être vécue sans toi, soupira-t-il, avant d'ajouter soudain : Mais n'en disons rien encore à ma mère.

— Pourquoi ?

— Parce que je voudrais l'annoncer à toute la famille, le soir de Thanksgiving.

Elle n'eut pas le temps de répondre, de nouveau il l'embrassa, et plongea un peu plus en elle.

Une éternité plus tard, elle lui chuchota les mots qu'il voulait entendre, parfaitement sûre maintenant de ses sentiments.

— Je t'aime, Seth.

Puis elle cria, le ciel s'ouvrant sur des millions d'étoiles, et s'envola, s'envola avec Seth, tous deux sur les ailes de l'amour.

Epilogue

Edie se tenait devant la baie vitrée, dans le salon des Tate. Derrière elle s'affairait toute la famille, les six filles et leur époux, huit petits-enfants, Marge et Nate, et Seth bien sûr. Elle n'avait pas boudé le délicieux dîner de Thanksgiving. Au point de devoir décaler d'un cran la ceinture de son jean sur son ventre. Un ventre dont la rondeur s'était accentuée, ces dernières semaines.

Dehors, il faisait nuit noire et de la neige tapissait le jardin. Mais à l'intérieur, une chaleur douillette régnait alors que tous discutaient de l'installation du sapin de Noël, pour le lendemain.

Une si grande famille. Elle avait passé la journée à essayer de mémoriser chaque nom, chaque visage, mais personne ne s'était offusqué de ses erreurs. En fait, tous l'avaient accueillie à bras ouverts, comme si elle avait toujours été des leurs.

Elle avait pris la bonne décision. Elle voulait que son fils grandisse au sein de cette famille et soit présent à cette table, pour tous les repas de Thanksgiving à venir.

Un bras vint se glisser autour de sa taille. Elle sourit.

— Fatiguée ? demanda Seth.

— Un peu. Mais je me sens si bien…

— Veux-tu aller te reposer un peu, ou es-tu prête pour notre déclaration ?

Elle lui fit face et déposa un baiser sur ses lèvres.

— Je suis prête.

— Très bien.

— Veux-tu prendre la parole ?

— C'est ta famille.

Il lui sourit, radieux, et l'embrassa sur le front.

— Entendu, dit-il, puis il se retourna et éleva la voix. Ohé, tout le monde, j'ai une annonce à vous faire !

Il s'écoula bien cinq minutes avant que le silence se fît, essentiellement à cause des enfants surexcités.

— Bien, voilà. La plupart d'entre vous savent déjà par ma mère que je vais être père, commença Seth, Edie se sentant rougir sous les regards amusés des Tate. Et je pense le moment bien choisi pour vous dire combien je suis heureux de me trouver ici, avec vous tous… Et mille fois plus heureux encore, parce que Edie a accepté de m'épouser.

Un tonnerre d'applaudissements s'ensuivit. Marge, d'abord stupéfaite, se mit à rire puis, aussitôt après, à pleurer. Tout le monde se précipita vers eux pour les féliciter. Mais Seth les arrêta dans leur élan en levant la main.

— Jamais je ne remercierai assez la vie de m'avoir fait ce cadeau…

Il se tut et se tourna vers Edie.

— Car Edie est ce qui pouvait m'arriver de mieux… et cet enfant, un miracle.

Il approcha son visage du sien et l'embrassa sous les cris et les rires. Puis, une petite voix timide s'éleva :

— Dis, oncle Seth, tu es un papa de Noël, alors ?

Seth écarta sa bouche de la sienne et répondit :

— Exactement, Billy. Exactement.

BRENDA JACKSON

La leçon d'amour
d'un Westmoreland

éditions ❤ HARLEQUIN

Titre original : STERN

Traduction française de ROSA BACHIR

1

— Stern, comment une femme peut-elle faire pour provoquer le désir chez un homme ?

Le regard rivé à la lunette de son fusil de chasse, Stern Westmoreland tourna si vivement la tête qu'il faillit faire valser sa casquette.

Il fixa d'un regard noir sa camarade de chasse, qui avait toujours l'œil dans le viseur de son propre fusil. Quand un tir retentit, il déversa une flopée de jurons.

— Bon sang, Jo, tu l'as fait exprès ! Tu m'as posé cette question juste pour me déconcentrer.

Elle baissa son fusil et lui lança un regard contrarié.

— Pas du tout. Je te l'ai posée parce que je veux vraiment savoir. Et si ça peut te consoler, je viens de rater ma cible.

La belle affaire ! Elle venait peut-être de rater sa cible, mais rien ne l'avait empêchée d'abattre cet énorme élan hier, alors que lui n'avait encore rien touché, pas même un coyote. Un jour comme aujourd'hui, il se demandait pourquoi il invitait sa meilleure amie lors de ses parties de chasse. Elle le ridiculisait chaque fois.

Replaçant l'œil derrière son viseur, il prit une grande inspiration. En fait, il savait très bien pourquoi il invitait toujours Jo. Parce qu'il aimait l'avoir près de lui. Quand il était avec elle, il pouvait être lui-même, au lieu d'essayer d'impressionner son monde. Voilà pourquoi elle était sa meilleure amie depuis tant d'années.

— Eh bien ? insista-t-elle.

Il baissa son fusil.

— Je te demande pardon ?

— Tu ne m'as pas répondu. Que peut faire une femme pour plaire à un homme ? En dehors de coucher avec lui, s'entend. Je ne suis pas portée sur les aventures sans lendemain.

Il ne put s'empêcher de glousser.

— Je suis heureux de l'entendre.

— Qu'y a-t-il de si drôle, Stern ? Toi, tu as le droit d'être porté sur les aventures d'un soir, mais pas moi ?

Il la dévisagea, dérouté.

— Mais enfin, qu'est-ce qui ne va pas chez toi aujourd'hui ? Tu n'as jamais été soupe au lait.

La colère et la frustration se lurent sur son visage.

— Tu ne comprends pas ! Pourtant, tu me comprenais quand personne d'autre n'y arrivait, avant.

Sans un mot de plus, elle tourna les talons et s'en alla.

Il la regarda partir. *Que se passait-il ?* Il la connaissait depuis longtemps, et Jo ne s'était *jamais* montrée irascible. Quelle mouche l'avait piquée ?

Décidant qu'il n'était plus d'humeur à chasser aujourd'hui, il suivit Jo sur le chemin qui menait à son chalet.

Après une douche rapide, Jovonnie Jones sortit une bière du réfrigérateur et avala une gorgée rafraîchissante. Elle en avait besoin, se dit-elle en allant s'installer sur la terrasse de bois pour admirer la vue sur les Rocheuses.

Quelques années plus tôt, Stern était tombé sur cette bâtisse ancienne et délabrée, entourée d'une quarantaine d'hectares de terres de chasse exceptionnelles. En seulement deux ans, avec l'aide de ses frères et de ses cousins, il l'avait transformée en un magnifique chalet. C'était l'endroit parfait pour se ressourcer. Les terres abritaient des ours noirs, des cerfs, des renards et autres bêtes sauvages, mais surtout des élans.

Le chalet était aussi un bon investissement pour Stern. Quand il ne s'en servait pas, il le louait. C'était une construction à un étage dotée de huit chambres, quatre salles de bains, et de galeries de bois qui l'encerclaient sur les deux niveaux. L'espace de vie comprenait une immense cuisine, une salle à manger, et un salon dans lequel trônait une vaste cheminée de briques. Dans chaque pièce, de grandes baies vitrées offraient une vue splendide sur les montagnes.

Elle s'assit sur l'un des rocking-chairs en cèdre. Malgré sa douche et sa bière fraîche, elle se sentait encore frustrée, et furieuse. Pourquoi Stern avait-il refusé de répondre à sa question ? Elle aurait cru qu'être la meilleure amie d'un homme que beaucoup de femmes considéraient comme l'être le plus sexy de la Terre l'aurait aidée. Stern pouvait avoir toutes les femmes qu'il voulait, et si quelqu'un pouvait lui expliquer comment être attirante, c'était bien lui.

Au lycée, se souvint-elle avec amusement, il n'était pas rare que les filles fassent semblant de vouloir se lier d'amitié avec elle, dans le seul but d'approcher Stern. Cela n'avait jamais fonctionné longtemps, car dès que Stern apprenait la vérité, il les laissait tomber comme de vieilles chaussettes. Il avait toujours refusé de laisser quiconque se servir d'elle.

En vérité, la plupart des filles qu'elle avait connues au lycée, et même certaines des femmes qu'elle connaissait aujourd'hui, préféraient ne pas traîner avec une personne si peu féminine. Jo préférait les jeans aux robes. Elle aimait chasser, pratiquait le karaté, le tir à l'arc, et en savait plus sur la mécanique automobile que bien des hommes. Cette dernière compétence, elle la devait à son père, mécanicien hors pair.

L'émotion lui noua la gorge. Il lui était encore difficile de croire que son père avait quitté ce monde deux ans plus tôt. Il avait eu une crise cardiaque en faisant ce qu'il aimait : réparer des voitures. Sa mère étant morte quand elle avait onze ans, elle était désormais orpheline. Elle avait hérité du garage, ce qui lui avait donné l'occasion de quitter l'université et de faire de la mécanique à son tour.

Après avoir décroché un diplôme d'enseignante pour faire plaisir à son père, elle avait obtenu un diplôme d'ingénieur en mécanique. Elle avait aimé enseigner, mais diriger le Golden Wrench était sa véritable passion.

— Alors, tu me parles toujours ?

Stern posa un plateau de chips mexicaines et de sauce salsa sur la table à côté d'elle, puis s'installa dans l'autre rocking-chair.

— Je ne suis pas sûre, dit-elle, attrapant une chips pour la plonger dans la sauce avant de la glisser dans sa bouche. Je t'ai posé une question, et tu ne m'as pas répondu. Parce que tu pensais que je n'étais pas sérieuse.

Il prit une gorgée de bière et la regarda par-dessus le bord de sa canette.

— Tu étais sérieuse ?

— Oui.

— Dans ce cas, je te présente mes excuses. Je pensais honnêtement que tu essayais de me déconcentrer.

Elle esquissa un sourire.

— Tu crois que je pourrais faire une chose pareille ?

— Bien sûr.

— Eh bien, c'est vrai, admit-elle, tentant de cacher

son amusement. Mais je ne l'ai pas fait aujourd'hui. J'ai besoin d'informations.

— Tu veux savoir comment plaire à un homme ?

— Oui.

Il se pencha et posa un regard sombre et pénétrant sur elle.

— Pourquoi ?

Elle haussa un sourcil.

— Pourquoi ?

— Oui, pourquoi veux-tu savoir cela ?

Elle ne répondit pas tout de suite. Au lieu de cela, elle prit une gorgée de bière et admira les montagnes. C'était une magnifique journée de septembre. Un renard rouge traversa une futaie de pins avant de disparaître dans un bois.

Enfin, elle se tourna vers Stern.

— Il y a un type qui amène sa voiture au garage. Il est sexy… oh… tellement sexy.

Stern roula des yeux.

— Je te crois sur parole. Continue.

Elle haussa les épaules.

— C'est tout.

Il fronça les sourcils.

— C'est tout ?

— Oui. J'ai décidé qu'il me plaisait. La question est : comment faire pour lui plaire ?

Pour Stern, la vraie question était : Jo avait-elle perdu la tête ? Mais il se garda de la formuler à voix haute.

Il connaissait Jo mieux que personne, il savait donc que quand elle était décidée à faire quelque chose, rien ne l'arrêtait. S'il refusait de la conseiller, elle irait trouver de l'aide ailleurs.

— Comment s'appelle-t-il ?

Elle glissa une autre chips dans sa bouche.

— Tu n'as pas besoin de le savoir. Tu me dis le nom de chaque femme que tu convoites ?

— C'est différent.

— Vraiment ? En quoi ?

Il n'aurait pas su l'expliquer. C'était comme ça, voilà tout. Du plat du pouce, il frotta sa tempe qui commençait à pulser.

— D'abord, tu es une novice en ce qui concerne la gent masculine. Et ensuite, si tu me poses cette question, ça signifie que tu n'es pas prête pour le genre de relations que tu recherches.

Elle rit et rejeta la tête en arrière.

— Oh ! je t'en prie, Stern. J'aurai trente ans l'année prochaine. La plupart des femmes de mon âge sont mariées, certaines ont des enfants. Moi, je n'ai même pas de petit ami !

Il ne trouvait pas cet argument recevable.

— J'aurai trente et un ans l'année prochaine, et je n'ai pas de petite amie, fit-il valoir.

Elle lui lança un regard sceptique, aussi précisa-t-il :

— Pas de petite amie régulière. J'aime être célibataire.

— Mais tu as des aventures. Nombreuses. Je commence à penser que la plupart des hommes en ville se demandent si je suis vraiment une fille.

Il l'étudia. Il n'y avait jamais eu de doute dans son esprit qu'elle était une fille. Elle avait de longs cils, et des yeux noirs comme la nuit. A cet instant, elle regardait droit devant elle, au-dessus des épais sous-bois. Elle avait replié ses jambes sur son rocking-chair, et les entourait de ses bras. Sa pose faisait ressortir ses muscles. Non seulement elle exerçait un métier physique, mais elle s'entraînait fréquemment dans une salle de sport avec lui.

Elle avait troqué sa tenue de chasse contre un short en jean et un haut court. Elle avait de longues et magnifiques jambes. Mais il était l'un des rares hommes à les avoir vues. Jo ouvrait son garage à 8 heures, et fermait bien après 17 heures. Il n'était pas rare qu'elle travaille tard, si elle avait une voiture dont le propriétaire avait besoin en urgence. Et toute la journée, elle portait un uniforme plein de cambouis. Beaucoup d'hommes seraient surpris de voir à quoi elle ressemblait sans sa tenue de travail.

— Tu caches la marchandise, dit-il enfin.

Elle le regarda, l'air décontenancé.

— Je cache quoi ?

— Ton joli corps. La plupart du temps, les hommes te voient en uniforme.

Elle sembla encore plus perplexe.

— Eh bien, pardonne-moi de ne pas porter des talons aiguilles et une robe de soirée pour changer un carburateur.

Une vision d'elle dans cette tenue jaillit dans son esprit, et il sourit.

— Des talons aiguilles et une robe de soirée ? Tu n'as pas besoin d'aller jusque-là, mais...

Elle faisait la moue. Il aimait quand elle boudait. Cela lui donnait un air adorable.

— Mais quoi ?

— Tu éveillerais sans doute davantage l'intérêt des hommes si tu te montrais en ville après le travail, habillée autrement qu'en jean et sweat-shirt. Tu es une femme, Jo. Les hommes aiment les femmes qui paraissent douces et sexy de temps en temps.

Elle fixa sa bière.

— Tu crois que ça pourrait fonctionner ?

— Probablement.

Soudain, il se redressa.

— J'ai une idée. Ce qu'il te faut, c'est un relooking.

— Un relooking ?

— Oui, et ensuite, tu devrais aller dans les endroits que ton type fréquente. Dans une robe qui dévoile tes jambes, avec une nouvelle coiffure…

— Quel est le problème avec mes cheveux ?

Honnêtement, il ne trouvait pas qu'il y ait le moindre problème avec ses cheveux. Ils étaient longs, épais et brillants. Il était bien placé pour le savoir, il l'avait aidée à les laver plusieurs fois, au fil des ans. Il adorait quand elle les portait lâchés, mais ces derniers temps, elle les coiffait rarement ainsi.

— Tu as des cheveux magnifiques. Tu dois juste les montrer un peu plus. Même ici, tu les caches sous une casquette.

Il tendit le bras et lui retira son couvre-chef. Une cascade de cheveux châtains aux reflets dorés tomba sur ses épaules.

— C'est beaucoup mieux, dit-il en souriant.

Et c'était vrai. Il avait très envie de plonger les mains dans ses boucles soyeuses.

D'où sortait cette pensée si tentante ? songea-t-il en s'adossant à son siège. Il s'agissait de Jo, bon sang ! Sa meilleure amie. Il ne devrait pas penser à la douceur de ses cheveux, ou au fait qu'il avait envie de les caresser.

— Alors, tu penses qu'un relooking pourrait m'aider ?

— Oui, mais je le répète, après le relooking, tu dois te rendre dans les mêmes endroits que ce type — mais avec quelqu'un. Quand tu seras prête, je t'accompagnerai.

— Je doute que ça fonctionne. Si je suis avec quelqu'un, il ne me remarquera peut-être pas.

— La plupart des gens savent que nous sommes juste amis.

— Il vient d'arriver en ville, alors il ne le sait sans doute pas.

Il réfléchit un instant.

— Tu as raison. Je n'irais pas aborder une femme si je la voyais avec un autre homme. Mais tu veux qu'il t'accepte telle que tu es. Une femme qui travaille comme mécano le jour, et qui peut se mettre sur son trente et un le soir, n'est-ce pas ?

— Oui.

Il sourit.

— Alors, je te suggère de te montrer avec un autre homme. Cela prouvera que tu peux être sexy quand tu veux, et que d'autres hommes t'apprécient. Je parie qu'une fois qu'il te verra, même si c'est avec moi, il t'appellera pour te proposer de sortir. Et ensuite, quand il te verra au garage, il ne s'arrêtera pas à ton uniforme et imaginera ce qu'il y a dessous.

Le sourire de Stern s'affadit. Pour une raison qu'il ignorait, l'idée que des hommes regardent Jo comme une femme et l'invitent à sortir le dérangeait. Ce relooking n'était peut-être pas une si bonne idée, après tout.

— C'est une merveilleuse idée, Stern ! Dès notre retour à Denver, je vais préparer ma transformation. D'abord, je dois découvrir où cet homme passe ses soirées. Ensuite, je trouverai le nom de quelqu'un qui peut me rendre jolie.

— Tu es déjà jolie, Jo.

Elle lui tapota la main.

— C'est adorable, mais tu es mon meilleur ami, alors tu n'es pas objectif. Je vais appeler ta cousine Megan pour lui demander le nom de son coiffeur, et je ne devrais avoir guère de mal à trouver une maquilleuse. Ensuite, j'irai faire les boutiques. Je demanderai à quelques-unes de tes cousines et de tes belles-sœurs de m'accompagner, je sais qu'elles adorent les virées shopping. Je suis tout excitée !

— Je vois ça.

Pourquoi son intérêt pour cet homme le perturbait-il ? La seule raison qu'il puisse trouver, c'était qu'elle était sa meilleure amie, et qu'il ne voulait pas perdre leur lien privilégié. Il ne voulait pas *la* perdre. Et si jamais ce type trouvait étrange qu'un homme et une femme soient si proches ? S'il la poussait à mettre un terme à l'amitié qu'ils partageaient depuis des années ?

Son ventre se noua à cette idée. Ses frères et ses cousins avaient toujours répété qu'ils ne voudraient pas qu'une de leurs petites amies ait le genre de relation avec un homme que Jo et lui partageaient. Il se pouvait très bien que l'homme que Jo convoitait pense de la même façon.

Stern n'aimait pas les problèmes, et il préférait toujours les affronter bille en tête.

— Comment s'appelle-t-il, Jo ?

Elle rit.

— Tu n'as pas besoin de savoir son nom, Stern. D'ailleurs, tu le découvriras bientôt, quand j'aurai mis mon plan à exécution.

Il prit une gorgée de bière. Il lui faudrait prendre son mal en patience.

Plus tard ce soir-là, Jo était allongée dans son lit, les yeux rivés au plafond. Les choses se déroulaient mieux qu'elle ne l'avait escompté. Quand elle avait pris conscience, au printemps, qu'elle développait des sentiments pour Stern, elle avait été horrifiée. Comment une femme pouvait-elle tomber amoureuse de son meilleur ami ?

Et plutôt soudainement, d'ailleurs. Lors de leur précédent séjour au chalet, en avril, elle était descendue un matin, prête pour une belle journée de chasse, et avait trouvé Stern encore en pyjama. Enfin, il portait le bas, mais pas le haut. Et à cet instant, elle l'avait vu non pas comme son meilleur ami mais comme un homme sexy et attirant. Elle n'avait pu détacher ses yeux de ses épaules massives, de son torse puissant et impressionnant, de ses abdominaux parfaits. Depuis, elle n'arrivait plus à le voir comme un simple ami.

Mais il n'y avait pas que cette attirance qui l'avait perturbée. A la fin de leur séjour, elle avait pris conscience qu'elle était tombée amoureuse de lui. Peut-être l'avait-elle toujours aimé, mais auparavant, elle avait toujours vu leur relation comme une amitié très solide, et rien de plus. A présent, son cœur exigeait qu'elle admette ce qu'elle avait nié des années durant.

Elle avait donc décidé de trouver un plan, pour ne pas perdre son ami. Elle était peut-être tombée amoureuse de Stern, mais elle savait que lui ne l'aimait pas. Il était un des plus beaux partis de Denver, et collectionnait les aventures.

Lorsque, deux mois plus tôt, elle avait lu un roman d'amour oublié par une cliente, une idée avait germé dans son esprit. Elle allait trouver un autre homme à aimer, quelqu'un qui pourrait prendre la place de Stern dans son cœur.

Elle avait été inspirée par l'héroïne du livre, elle aussi amoureuse d'un homme inaccessible. Pour se détourner de cet homme interdit, l'héroïne avait commencé à sortir avec son voisin de palier. Au bout du compte, elle était tombée amoureuse dudit voisin. Et, à la fin du livre, le couple se mariait et vivait heureux.

Certes, c'était de la pure fiction, mais l'idée méritait tout de même réflexion. Ce jour-là, Jo avait décidé de devenir la maîtresse de sa destinée, et l'artisan de son propre bonheur.

Pour ce faire, elle avait simplement attendu de tomber sur quelqu'un d'intéressant. Pendant deux mois, elle avait patienté. Et juste au moment où elle commençait à se décourager… Walter Carmichael était arrivé au garage, pour faire installer un nouveau jeu de bougies sur sa Porsche.

Quelque chose en lui avait attiré son attention, et elle avait remarqué qu'il ne portait pas d'alliance. Elle avait rapidement écarté l'idée que sa beauté, son style élégant et ses airs charmeurs lui rappelaient Stern.

Quand elle lui avait téléphoné, dans le cadre du suivi habituel des clients, elle avait trouvé que Walter avait aussi une belle voix au téléphone. Il était le candidat idéal. A présent, elle devait s'assurer qu'elle aussi avait tout pour lui plaire. Et la personne la plus indiquée pour l'aider était son meilleur ami.

L'homme qu'elle s'efforçait de ne pas aimer.

2

Stern leva les yeux quand il entendit frapper à la porte de son bureau.

— Entrez.

C'était Dillon, son frère aîné et P.-D.G. de Blue Ridge Land Management, une société familiale de gestion des terres de près de quarante ans d'existence. Dillon en était le directeur, leur frère Riley le directeur adjoint, tandis que Stern et son frère aîné Canyon étaient avocats d'affaires. Son cousin Adrian allait les rejoindre dans quelques mois, en tant qu'ingénieur.

Dillon entra dans le bureau puis ferma la porte et s'y adossa. Stern avait déjà vu cet air chez son frère. En général, cela n'augurait rien de bon.

— Y a-t-il une raison à ta mauvaise humeur aujourd'hui ? demanda Dillon. C'est ton premier jour depuis ton retour de vacances. J'aurais cru que tu serais de bonne humeur, or c'est tout le contraire. J'ai entendu dire que la chasse a été meilleure pour Jo que pour toi mais, s'il te plaît, dis-moi que ce n'est pas ça qui te met dans cet état. Tu n'es pas un mauvais perdant. Et puis, grâce à son père, non seulement Jo sait tout ce qu'il y a à savoir sur les voitures, mais elle est aussi une championne de tir et de karaté, et une archère talentueuse. Elle te bat depuis des années.

Stern jeta un trombone sur son bureau et le fixa un long moment, avant de lever enfin les yeux vers son frère.

— Je suis au courant de toutes les compétences de Jo, et ce n'est pas ça qui me dérange. Elle m'a informé pendant notre séjour qu'elle a des vues sur une autre cible — et ce n'est pas un élan. C'est un homme.

Dillon haussa un sourcil.

— Je te demande pardon ?

Il vint s'asseoir sur la chaise face au bureau de Stern.

— Tu as bien entendu. Alors, peut-être suis-je un mauvais perdant, Dillon. Jo est ma meilleure amie depuis toujours, et je ne veux pas la perdre.

Dillon étendit ses longues jambes devant lui.

— Si tu commençais par le commencement ?

Stern s'exécuta, et lui raconta toute l'histoire. Dillon l'écouta avec attention sans l'interrompre. Quand Stern eut fini, il prit la parole.

— Je crois que tu t'emballes trop vite, et que tu ne fais pas assez confiance à Jo. C'est une vraie amie, Stern. Je ne pense pas qu'il y ait un seul homme sur terre qui puisse se mettre entre vous ou briser votre amitié. Parmi tous les gens à qui elle aurait pu demander conseil, c'est toi qu'elle a choisi. A mon avis, cela en dit long. Elle a confiance en ton jugement.

Il se leva.

— Si j'étais toi, je ne la laisserais pas tomber. Et pour ta mauvaise humeur, tu connais les règles, Stern. Personne ne peut apporter ses valises personnelles au bureau. Canyon vient de rentrer de lune de miel, et il est d'excellente humeur, ce qui est bien compréhensible. Pourtant, tu as attaqué chaque idée qu'il lançait sans aucune raison. Tu dois à tous ceux qui étaient à la réunion, et à Canyon en particulier, des excuses, et j'attends de toi que tu les présentes.

Il alla vers la porte et l'ouvrit.

— Dil ?

— Oui ?

— Merci de m'avoir rappelé à l'ordre. Je suis navré de m'être mal comporté.

Dillon acquiesça d'un signe de tête.

— J'accepte tes excuses, Stern. Mais fais en sorte que ça ne se reproduise plus.

Lorsque Dillon eut refermé la porte derrière lui, Stern passa la main sur son visage. Il pouvait supporter la déception de tout le monde, sauf celle de Dillon. Quand leurs parents, leur oncle et leur tante étaient décédés dans un accident d'avion, près de vingt ans plus tôt, c'étaient Dillon et son cousin Ramsey qui étaient devenus chefs de famille. Cela n'avait pas été facile, d'autant que plusieurs Westmoreland avaient à l'époque moins de seize ans. Ensemble, Dillon et Ramsey avaient travaillé dur et fait des sacrifices pour que les fratries ne soient pas séparées. Dillon s'était même battu contre l'état du Colorado quand les autorités avaient voulu le forcer à placer les quatre benjamins en familles d'accueil. Ce n'étaient que quelques-unes des raisons pour lesquelles Dillon méritait sa plus grande admiration et son plus grand respect. Encore aujourd'hui, Dillon veillait à ce que la famille reste unie.

Il y avait en tout quinze Westmoreland à Denver. Les parents de Stern avaient eu sept fils : Dillon, Micah, Jason, Riley, Canyon, lui-même et Brisbane. De leur côté, oncle Adam et tante Clarisse avaient eu huit enfants. Cinq garçons : Ramsey, Zane, Derringer, et les jumeaux Aiden et Adrian, et trois filles : Megan, Gemma et Bailey.

Ces dernières années, tous s'étaient mariés, hormis les jumeaux, Bailey, Bane et lui-même. En juin, Megan avait épousé Rico, un détective privé ; Canyon avait épousé Keisha Ashford, la mère de leur fils de deux ans, le mois dernier ; et Riley et sa fiancée, Alpha, convoleraient à la fin du mois. Tout le monde était encore surpris que son cousin Zane, qui avait juré de rester célibataire toute sa vie, ait décidé d'épouser sa fiancée, Channing, pendant les vacances de Noël.

Stern lança un autre trombone sur le bureau, puis saisit son téléphone et appela la ligne de Canyon.

— Canyon à l'appareil.

— Canyon, je te demande de m'excuser d'avoir agi comme un idiot à la réunion aujourd'hui.

Il y eut une petite pause.

— Ça ne te ressemble pas, Stern. Nous ne nous sommes pas disputés depuis des années. Qu'est-ce qui t'arrive ? Je pars en lune de miel, et à mon retour, tu n'es plus toi-même. Qu'est-ce qui s'est passé pendant ta partie de chasse avec Jo ?

Au lieu de répondre à la question de Canyon, Stern lança :

— Retrouvons-nous pour déjeuner, et je demanderai à Riley de se joindre à nous. C'est moi qui invite.

— Et Dillon ?

Stern eut un sourire ironique.

— Inutile. Il vient de sortir de mon bureau, après m'avoir passé un savon, alors c'est réglé.

Canyon émit un petit sifflement.

— Content que ce soit tombé sur toi et pas sur moi.

— Jo, il nous faut un nouveau jeu de pneus pour une BMW de 75, et je ne crois pas qu'on ait ce modèle en stock.

Jo leva les yeux de son écran d'ordinateur et sourit

au vieux monsieur qui avait passé la tête par la porte. Willie Beeker travaillait pour le Golden Wrench depuis plus de quarante ans. Il avait débuté avec son père, et travaillait maintenant avec elle. Il aurait dû prendre sa retraite un an après le décès du père de Jo, et elle savait qu'il n'était resté que pour lui apporter l'aide et le soutien dont elle avait besoin. Même s'il avait formé plusieurs hommes compétents capables de faire son travail, personne ne pouvait réellement le remplacer.

Elle connaissait Beeker depuis sa plus tendre enfance. Son père et lui étaient devenus amis lorsqu'ils travaillaient comme mécaniciens à l'armée. Son père avait mis fin à sa carrière militaire pour rentrer à Denver et se marier. Des années plus tard, les deux amis avaient repris contact lorsque Beeker avait divorcé et était venu vivre à Denver. Beeker était non seulement un employé modèle, mais elle l'avait toujours considéré comme un membre de la famille.

— Pas de problème, Beeker. Je vais vérifier tout de suite.

Beeker s'avança dans le bureau.

— J'ai eu une tonne de travail dès mon arrivée, et je n'ai pas eu l'occasion de te demander comment s'est passée ta semaine.

Jo s'adossa à sa chaise et sourit.

— J'ai abattu un élan le troisième jour.

— Bravo, ma petite. Stern n'était pas trop vexé ?

Elle sourit de plus belle.

— Euh, peut-être un peu. Mais il s'en remettra.

Elle ne put s'empêcher de se remémorer leurs derniers jours au chalet. Ils avaient rangé leurs fusils de chasse et sorti les cartes et les damiers. Il l'avait battue à plates coutures à tous les jeux hormis un, et elle avait l'impression qu'il l'avait laissée gagner.

Jo avait toujours apprécié ses séjours au chalet, et ce dernier voyage n'avait pas fait exception. Après leur première conversation sur son relooking, il n'avait plus voulu discuter de sa requête, ce qui l'amenait à penser qu'il n'était guère emballé par cette idée. Mais puisqu'il avait promis de l'aider, que demander de plus ?

— La Porsche de 2010 est-elle arrivée pendant mon absence ?

Beeker haussa un sourcil.

— Non, pourquoi ?

— Je suis juste curieuse. C'est une belle voiture.

— Tu es sûre qu'il n'y a que la voiture que tu trouves belle ?

Elle soutint le regard interrogateur de Beeker.

— Oui.

Depuis la mort de son père, il était devenu un père de substitution pour elle, mais elle ne voulait pas l'inquiéter inutilement.

Beeker opina.

— Alors, tu crois qu'il se posera un jour et se mariera ?

A présent, c'était au tour de Jo de l'interroger du regard.

— Qui ça ?

— Stern ?

Jo se renfrogna.

Comment étaient-ils passés du conducteur de la Porsche à Stern ?

— Je ne sais pas. Pourquoi cette question ?

Beeker haussa les épaules.

— Il y a eu beaucoup de mariages dans sa famille dernièrement. Sa cousine Megan en juin, Canyon le mois dernier, Riley prochainement et Zane avant la fin de l'année. Les Westmoreland célibataires semblent tomber comme des mouches.

— Stern sort beaucoup, mais il n'a pas de petite amie exclusive.

Beeker rit.

— Si quelqu'un est au courant, c'est bien toi.

Il consulta sa montre.

— Fais-moi savoir quand tu trouveras ces pneus, pour que je puisse envoyer Maceo les chercher.

Maceo Armstrong était son employé le plus jeune, et venait à peine de finir ses études.

— Promis.

Il fallut à Jo moins de trente minutes pour passer quelques coups de fil, trouver les pneus et envoyer Maceo les chercher à l'autre bout de la ville. Ce ne fut qu'à cet instant qu'elle s'accorda le temps de réfléchir à la question de Beeker, à propos de Stern. Comme elle l'avait dit à Beeker, Stern n'avait pas de petite amie sérieuse en ce moment. Mais il finirait par rencontrer quelqu'un, elle en était consciente. Après tout, comme Beeker l'avait souligné, il y avait eu beaucoup de mariages et de fiançailles chez les Westmoreland ces derniers temps.

Etant amie de longue date de Stern, elle avait appris à connaître tous les membres de sa famille. Elle savait que Canyon était fou de Keisha Ashford, ce n'était donc pas étonnant qu'il ait décidé de l'épouser. Elle avait été surprise en revanche par la rapidité du mariage de Megan et Rico. Mais c'étaient Riley et Zane, célibataires endurcis, qui l'avaient vraiment prise au dépourvu en décidant de se ranger. Une telle chose pouvait-elle arriver à Stern ? Que se passerait-il s'il commençait à fréquenter une femme de manière sérieuse, et que cette femme le persuadait de mettre fin à son amitié avec Jo par jalousie ? Jusqu'ici, cela n'était jamais arrivé, sans doute parce qu'aucune des femmes qu'il fréquentait ne la voyait comme une menace.

Stern était un beau parti, indéniablement. D'ailleurs, en plus d'être séduisant et fortuné, c'était un homme de valeur, intelligent, gentil et attentionné. Et elle ne pensait pas cela uniquement parce qu'il était son meilleur ami. Il sortait beaucoup, mais il ne menait jamais ses conquêtes en bateau. Il leur faisait savoir dès le départ quelle était sa position, et il avait affirmé maintes fois qu'il n'avait aucune intention de se poser ou de penser au mariage avant son trente-cinquième anniversaire. Donc, il n'avait plus que cinq ans devant lui. Et il n'aurait autant de temps que si aucune femme ne surgissait dans sa vie pour faire chavirer son cœur. Jo n'avait jamais été inquiète à ce sujet auparavant, mais ces derniers temps, les hommes Westmoreland semblaient vulnérables dès qu'il s'agissait d'amour.

Jo secoua la tête. Vulnérables ? Ce mot s'appliquait mal à Riley ou à Zane. Elle les connaissait bien, et savait que s'ils s'engageaient pour la vie, c'était parce qu'ils aimaient profondément leurs fiancées respectives.

Et parce que Stern ne faisait jamais rien à moitié, elle était sûre qu'un jour, il rencontrerait une femme et tomberait amoureux tout aussi profondément. Et quand cela arriverait, qu'adviendrait-il d'elle ? Inutile de réfléchir longtemps pour trouver la réponse.

Elle se retrouverait seule.

Cela voulait dire qu'elle devait avancer dans son projet. Il était impératif qu'elle ait quelqu'un dans sa vie avant que Stern rencontre une femme et se marie. Sa décision était donc prise. Elle soupira puis saisit un porte-bloc sur le mur et sortit de son bureau. Séduire Walter Carmichael était plus important que jamais. Dans quelques jours, elle saurait où il aimait passer du temps, et pourrait mettre son plan en action. Wanda, sa secrétaire, menait l'enquête, et si quelqu'un pouvait dénicher des informations, c'était bien elle.

Comme Beeker, Wanda était une employée de confiance, qui travaillait pour le Golden Wrench depuis des années — depuis que Jo était au lycée. C'était Wanda qui avait expliqué à Jo pourquoi son père tenait tant à ce qu'elle prenne ces cours de savoir-vivre et de danse qu'elle détestait. A l'époque, elle préférait de loin être sous le capot d'une voiture plutôt que minauder bêtement comme la plupart des adolescentes. Son père et elle avaient fait un compromis : il avait accepté qu'elle les accompagne Beeker et lui à la chasse, et de l'emmener aux cours de karaté et de tir à l'arc qu'elle adorait, si en échange, elle suivait quelques cours qu'il jugeait utiles.

Contrairement aux autres filles de son âge, elle ne s'était jamais intéressée aux garçons, surtout parce que c'étaient les garçons qui lui couraient après — non pas pour sa beauté, mais pour sa voiture. Grâce à son père, elle avait toujours conduit de belles voitures racées, qui faisaient fantasmer tous les garçons. Et tout comme Stern avait su pourquoi certaines filles faisaient semblant d'être amies avec elle, elle avait été très consciente des motivations de ces garçons. Et cela avait donné encore plus de valeur à son amitié avec Stern.

Que cela arrive dans quelques mois ou plus tard, un jour, Stern serait bien obligé de mettre un terme à leur amitié. Et la dernière chose qu'elle voulait, c'était qu'il se sente coupable de devoir s'éloigner d'elle.

Et puis, il y avait l'autre problème avec lequel elle avait dû composer durant leur séjour au chalet : son attirance nouvelle pour lui. Plus d'une fois, pendant qu'ils jouaient aux cartes, elle s'était surprise à l'observer avec attention. Depuis quand ce petit grain de beauté sur sa lèvre supérieure était-il si sexy ? Et depuis quand de longs cils pouvaient-ils être un atout de séduction chez un homme ?

Comme si ces pensées ne suffisaient pas, quand il l'avait déposée chez elle et lui avait donné un baiser habituel sur la joue, elle avait senti son cœur s'affoler. Oui, elle était vraiment mordue de Stern, et sa seule porte de sortie était de reporter son attention sur un autre homme.

Cependant, le souvenir de Stern chantant sous la douche, sifflant dans le chalet tout en préparant le petit déjeuner ou fredonnant tard le soir, quand ils jouaient aux échecs sur la terrasse, était gravé dans son esprit.

Elle était si plongée dans ses pensées qu'elle avançait machinalement, jusqu'à ce qu'elle se heurte à un torse masculin.

— Eh bien ! Il y a le feu quelque part, Jo ? demanda Stern, tendant le bras pour la maintenir en équilibre.

Elle sembla rougir, et il ne put s'empêcher de se demander à quoi elle avait pensé. Il avait le sentiment que cela ne concernait pas le travail.

— Stern, qu'est-ce que tu fais là ? demanda-t-elle d'une voix quelque peu essoufflée.

— Pourquoi, je ne devrais pas ? dit-il, dérouté.

Il la relâcha et lui emboîta le pas quand elle se remit à marcher.

— Non, mais nous sommes lundi, et nous sommes rentrés hier à peine.

— Je sais, mais j'ai retrouvé Riley et Canyon pour déjeuner chez McKays, alors, je me suis dit que j'allais passer voir comment tu allais tant que j'étais dans le quartier.

— Oh.

Etait-ce de la déception qu'il avait entendue dans sa voix ? Aurait-elle voulu que ce soit l'autre homme — celui dont elle refusait de lui donner le nom — qui se montre à l'improviste, et non lui ? Cette idée ne lui plaisait guère.

— Tu n'as pas l'air très contente de me voir.

Elle lui lança un regard par-dessus son épaule.

— Ne sois pas stupide. Je suis toujours contente de te voir.

Se montrait-il stupide ? Tout ce problème était-il stupide ? Ce même problème qui l'avait rongé et gardé éveillé une bonne partie de la nuit, au point qu'il avait aboyé sur ses frères ce matin ? Son frère aîné lui avait-il fait la morale pour rien ?

Reléguant ces pensées dans un coin de son esprit, il demanda :

— Tu as prévu quelque chose pour ce soir ?

— Euh, non, rien. Je n'ai pas encore défait mes bagages, et je dois faire une lessive. Pourquoi ?

— Pour rien.

Ils entrèrent dans un des ateliers où Beeker et un autre employé changeaient les essieux d'un véhicule. Stern salua les deux hommes au passage.

— Sur combien de voitures dois-tu travailler aujourd'hui ? demanda-t-il, en continuant de la suivre vers l'atelier où elle travaillait le plus souvent.

Elle consulta la feuille sur son porte-bloc.

— Pour l'instant, il n'y en a que cinq au programme. Mais tu sais comment ça peut être un lundi.

Oui, il savait. Au lycée, quand le père de Jo était encore en vie, Jo et lui avaient été engagés pour donner un coup de main. Il avait adoré apprendre avec le père de Jo, Beeker et les autres. Et Wanda était un vrai boute-en-train. La mort du père de Jo l'avait frappé presque autant qu'elle avait frappé Jo. Joseph Jones était un homme que Stern admirait, et respectait.

Il avait pratiquement passé autant de jours et de soirées avec Jo et son père que chez lui. Il était souvent allé chasser avec eux. M. Jones lui avait appris à tenir une arme, et Beeker leur avait appris, à Jo et à lui, comment tirer.

— Ça te dirait d'aller au cinéma demain soir ?

Elle leva les yeux vers lui. Pourquoi ne se rendait-il compte que maintenant à quel point ses yeux étaient fascinants ?

— Au cinéma ?

— Oui.

Ils y étaient allés ensemble un nombre incalculable de fois, et jamais il n'avait considéré cela comme un rendez-vous galant ou quoi que ce soit de plus que deux amis passant du temps ensemble. Pourquoi avait-il soudain le sentiment que cette invitation était différente ?

— Qu'y a-t-il au programme ? demanda-t-elle, l'air soupçonneux. Les dernières fois que nous sommes allés au cinéma, nous avons vu des films qu'aucune de tes petites amies ne voulait voir. C'est pour ça que tu m'y as emmenée. Ce doit être un de ces films sanguinolents que tu aimes tant.

Il ne put s'empêcher de rire. Elle le connaissait si bien.

— Il y a un nouveau film d'action qui vient de sortir. Riley m'en a dit du bien.

— Et pourquoi ne peux-tu pas trouver de petite amie pour demain ?

— Je n'essaie pas d'en trouver une. Nous devons toujours discuter.

— De quoi ? demanda-t-elle, regardant sa montre.

— De la requête que tu m'as soumise au chalet.

Elle cessa de marcher.

— Si je me souviens bien, tu ne voulais pas en parler.

Elle avait raison. Plus il pensait à ce relooking, plus il se disait que c'était une mauvaise idée. Si un homme se souciait uniquement des apparences, alors, il pourrait ne pas apprendre à connaître la Jo que Stern connaissait par cœur. Elle avait un cœur en or. Et elle se fourvoyait, si elle poursuivait un homme uniquement intéressé par son apparence extérieure.

Mais il connaissait Jo, et savait qu'elle avait pris sa décision. L'idée de cet homme mystère le rendait plus furieux chaque fois qu'il y pensait. La meilleure chose à faire était de garder un œil sur elle et de s'assurer qu'elle ne s'attire pas d'ennuis.

— Eh bien, je n'ai pas envie d'en parler pour l'instant, et je pense qu'un relooking pourrait ne pas marcher, finalement.

Elle fronça les sourcils.

— Pourquoi ?

Il mit les mains dans ses poches.

— Ton homme mystère n'apprendra pas à connaître la vraie Jo.

Elle roula des yeux.

— Il peut apprendre à connaître la vraie moi plus tard. D'abord, j'ai besoin qu'il me remarque. Alors je pense que le relooking fonctionnera, et tu as dit que tu m'aiderais. N'essaie pas de te défiler maintenant.

— Je ne me défile pas.

Il marqua un temps.

— Simplement, je ne veux pas que tu souffres.

— Que je souffre ?

Elle regarda autour d'elle, comme pour s'assurer qu'aucun de ses employés n'était à portée de voix.

— Es-tu en train de dire que tu ne penses pas qu'un relooking m'aidera ? Que je suis tellement irrécupérable que même un relooking ne pourrait rien changer ? demanda-t-elle vivement.

— Non, ce n'est pas...

— Eh bien, sache une chose, Stern. J'ai vu des femmes et des hommes très laids devenir beaux et séduisants. Alors, il n'y a pas de raison de croire qu'un relooking ne pourra pas faire de merveilles pour moi aussi, déclara-t-elle, irritée.

— Ce n'est pas ce que je voulais dire, Jo.

— Peu importe. Je vais te montrer que je peux le faire, assena-t-elle, puis elle se dirigea vers la première voiture sur sa liste.

Que se passait-il, bon sang ? songea-t-il en passant la main sur son visage. Jo et lui ne s'étaient jamais disputés, et voilà qu'ils se chamaillaient pour la moindre broutille.

Il avait seulement dit qu'il ne voulait pas la voir souffrir. Pourquoi en avait-elle conclu qu'il pensait qu'un relooking ne l'aiderait pas ? A dire vrai, il était sûr que cela l'aiderait, et c'était justement cela qui l'inquiétait. Les hommes iraient vers elle pour des tas de mauvaises raisons.

Lorsqu'elle se pencha pour regarder sous le capot du véhicule, il ne put s'empêcher de remarquer la façon dont son pantalon de travail moulait son postérieur. Son postérieur aux formes parfaites. Bon sang, pourquoi était-il en train d'admirer les courbes de Jo ?

Frustré, il prit une grande inspiration.

— Je t'appelle plus tard.

— C'est ça, marmonna-t-elle sans prendre la peine de lever les yeux.

Stern s'en alla, avec l'impression qu'il avait fait empirer la situation au lieu de l'améliorer.

3

— Voici les informations que tu voulais sur Walter Carmichael.

Jo leva les yeux vers la femme blonde et mince qui ne faisait pas son âge. Si Jo en croyait la copie du certificat de naissance dans son dossier, Wanda approchait de la soixantaine, mais lorsque l'on posait la question à l'intéressée, elle jurait n'avoir pas encore cinquante ans. Et puisqu'elle avait le visage et la silhouette pour confirmer son propos, personne n'osait la contredire.

Jo saisit la fiche de renseignements que Wanda avait jetée sur son bureau.

— Il vit à Cherry Hills Village ?

C'était l'un des quartiers les plus huppés de Denver.

— Tu es surprise ? Regarde ses vêtements. Sa voiture. Sans parler de son métier.

Jo hocha la tête.

— Il a trente et un ans, comme Stern, dit-elle. Et d'après ce que tu as découvert, il n'a pas de petite amie attitrée.

— Comme Stern.

Jo reporta son regard sur Wanda, qui faisait mine d'étudier le tableau d'affichage. Elle connaissait Wanda depuis assez longtemps pour remarquer le sourire qu'elle essayait de cacher.

— C'est vrai, admit Jo. Comme Stern.

Wanda pencha la tête.

— Maintenant que j'y pense, il y a beaucoup de choses chez ce Carmichael qui me rappellent Stern. Y a-t-il une raison à cela ?

Jo ne voulait pas soutenir le regard de Wanda plus longtemps. Cette femme était trop perspicace.

— Qu'est-ce que tu en penses ? demanda-t-elle pour gagner du temps.

Elle ne put s'empêcher d'observer Wanda du coin de l'œil. Sa secrétaire semblait songeuse.

— Tu veux vraiment que je te dise ce que je pense, Jovonnie ?

Jo tenta d'ignorer la tension qui montait derrière ses tempes. Chaque fois que Wanda l'appelait par son prénom et non par son diminutif, cela signifiait qu'elle allait lui faire la leçon.

— Tu n'as pas un standard à tenir ? Je te paie pour ça, lui rappela-t-elle.

— N'essaie pas de jouer du galon, jeune fille. C'est ma pause déjeuner, et dois-je te rappeler que j'ai droit à une pause ?

— Non, tu n'as pas besoin de me le rappeler, mais je travaille pendant la mienne, alors, si ça ne t'ennuie pas, je…

— Si, ça m'ennuie, coupa Wanda, appuyant la hanche contre le bureau. Et si ça m'ennuie, c'est parce que je crois que tu commets une énorme erreur.

Voyant qu'elle n'avancerait pas tant que Wanda n'aurait pas vidé son sac, Jo jeta son stylo sur le bureau et s'adossa contre sa chaise.

— A l'évidence, quelque chose te tracasse.

— En effet.

— Très bien, je t'écoute, dit-elle en reposant la fiche de renseignements collectés par sa secrétaire sur le bureau.

Wanda se leva et se mit à faire les cent pas. C'était une femme splendide, qui avait connu deux mariages. Elle était tombée amoureuse d'un policier à l'âge de vingt et un ans, et s'était retrouvée veuve avec un bébé à vingt-huit. Elle s'était remariée à trente-quatre ans, et avait divorcé trois ans plus tard. Son ex-mari et elle étaient toujours célibataires, et ils étaient restés bons amis. Il n'était pas rare qu'ils déjeunent ou dînent ensemble.

Wanda répétait à qui voulait l'entendre que son second mariage avait été une erreur, car elle avait essayé de remplacer un homme irremplaçable.

A présent, les tempes de Jo pulsaient de tension. Elle avait une tonne de documents administratifs à remplir, et comme elle l'avait dit à Stern, elle devait rentrer pour défaire ses bagages et lancer une lessive. Elle commençait à trouver les allées et venues de Wanda agaçantes, mais celle-ci s'arrêta enfin, et la regarda droit dans les yeux.

— Tu es tombée amoureuse de Stern.

Jo était contente d'être fermement assise sur sa chaise, sinon elle serait tombée. Elle était tout à fait certaine de ne pas avoir montré ses sentiments, alors comment Wanda avait-elle deviné ? Le père de Jo avait toujours dit, sur le ton de la plaisanterie, que Wanda avait un sixième sens pour les choses qui ne la regardaient pas. Jusqu'à aujourd'hui, Jo avait toujours refusé de le croire.

Comme elle ne répondait rien, et qu'elle se contentait de rester assise, à la dévisager, Wanda insista :

— Avoue-le.

Jo se reprit rapidement, et sortit de son silence médusé. Elle saisit son stylo et fit mine de noter quelques mots sur un document.

— Je n'avouerai rien du tout. Tu te fais des idées.

— Je suis juste observatrice. Et depuis le temps que

tu me connais, tu devrais savoir que rien ne m'échappe, rétorqua Wanda.

Jo reposa son stylo et pencha la tête.

— Et qu'est-ce qui ne t'a pas échappé, selon toi ?

Wanda sourit.

— La façon dont tu t'es mise à regarder Stern quand tu penses qu'il ne te voit pas. La façon dont tu souris chaque fois qu'il apparaît. Tu étais tout particulièrement ravie d'aller chasser avec lui. Tu as réagi comme si c'était ta première fois, alors que vous partez ensemble deux ou trois fois par an.

Jo balaya ses paroles du revers de la main.

— Ça ne prouve rien du tout.

— D'accord, mais ensuite, tu décides de charmer un type qui pourrait être le clone de Stern. Pour moi, c'est un signe évident.

Jo se mordilla la lèvre.

— A t'entendre, j'ai l'air pathétique.

Wanda secoua la tête.

— Pas pathétique. Juste perdue.

A présent, c'était Jo qui avait besoin de bouger. Au lieu de faire les cent pas, elle alla à la fenêtre. C'était une magnifique journée de septembre, mais en observant les hautes montagnes, on pouvait en conclure que l'hiver serait précoce à Denver. Et froid aussi.

Elle se retourna vers Wanda.

— Disons que ta théorie est vraie. Je ne dis pas qu'elle l'est, mais supposons qu'elle le soit. Quel mal y aurait-il à ce que je m'attelle à un projet sûr, au lieu de m'accrocher à une cause perdue ?

— Qu'est-ce qui te fait penser que Stern est une cause perdue ?

Jo réfléchit un moment avant de répondre.

— Il n'est une cause perdue que pour moi. C'est mon

meilleur ami, et il sait qu'il ne sera jamais plus que cela. Inutile de perdre mon temps à attendre davantage. Alors, j'ai décidé de concocter un plan qui pourrait fonctionner.

— Walter Carmichael.

— Oui. Il est exactement ce dont j'ai besoin pour avancer dans une autre direction.

Loin de Stern.

— Et si ça ne marche pas ?

Jo sourit.

— Ça marchera. Je compte apprendre auprès des meilleurs.

Wanda la dévisagea.

— S'il te plaît, dis-moi que tu ne t'apprêtes pas à faire ce que je crois.

Jo haussa les épaules et retourna s'asseoir à son bureau.

— D'accord, je ne te le dirai pas.

Wanda secoua la tête.

— Ça ne va pas marcher, Jo. Quand un homme possède ton cœur, tu ne peux pas le remplacer par un autre homme. Je l'ai appris à mes dépens.

Jo regarda Wanda redresser les épaules et sortir de la pièce. Un jour, elle aurait une longue discussion avec elle à propos de son second mariage. Pourquoi avait-il été si difficile pour Wanda de tourner la page et de tomber amoureuse de nouveau ?

Elle en revanche n'aurait aucun mal à transférer ses sentiments de Stern à Walter, elle en était certaine. Après tout, elle n'avait jamais été mariée à Stern. Tomber amoureuse d'un autre homme ne devrait pas être si compliqué.

D'une certaine manière, elle était impatiente d'aller au Punch Bowl samedi soir. D'après les informations que Wanda venait de lui fournir, c'était là-bas que Walter passait ses soirées durant le week-end. Elle avait entendu dire qu'il y avait un orchestre, une piste de danse, et que l'endroit était propice aux rencontres entre hommes et femmes.

Elle prit une grande inspiration, songeant que ce week-end, elle ferait partie de ces femmes.

— Ce doit être sérieux, dit Zane quand il eut ouvert la porte à son cousin.

Stern entra et alla directement dans le salon.

— Qu'est-ce qui te fait dire ça ?

Zane haussa les épaules.

— Ta présence. Je ne me souviens même pas à quand remonte ta dernière visite.

— Tu avais une invitée, et je ne voulais pas vous déranger. J'ai entendu dire que Channing était partie.

Stern parlait de la femme que Zane allait épouser à Noël. Si on lui avait dit un jour que Zane, qui non seulement connaissait les femmes comme sa poche mais qui appréciait grandement leur compagnie finirait par se marier, Stern ne l'aurait pas cru.

— Channing a dû retourner à Atlanta pour son travail. Elle emménage ici de façon permanente le mois prochain.

— Tu crois pouvoir tenir jusque-là ?

Zane sourit.

— Je n'en suis pas sûr. Elle revient dans quelques semaines, pour le mariage de Riley. Nous passerons Thanksgiving avec sa famille, et nous nous marierons le jour de Noël.

— On dirait que tu as tout planifié, dit Stern, s'asseyant sur le canapé et étendant ses longues jambes devant lui.

— En effet.

Zane marqua une pause puis demanda :

— Alors, qu'est-ce qui t'amène ici un lundi soir, Stern ?

Stern pensait pourtant que la raison était évidente. Zane, de six ans son aîné, avait la réputation de très bien connaître les femmes. Avant de se fiancer à Channing, il était devenu l'expert familial sur le sujet, et Stern espérait que ses connaissances n'avaient pas disparu depuis ses fiançailles.

— C'est Jo.

Zane haussa un sourcil.

— Jo ?

Stern poussa un soupir. Jo était sa meilleure amie depuis des années, et toute la famille la connaissait.

— Elle m'a demandé un service.

— Quel genre de service ?

— Elle voulait que je lui dise comment faire pour plaire à un homme. Elle a des vues sur quelqu'un. Le seul problème, c'est qu'il ne semble pas lui porter le même intérêt, alors, elle veut que je lui explique ce qu'elle doit faire pour attirer son attention.

— Oh ! Je vois.

— Eh bien, pas moi.

— Ça ne m'étonne pas.

Stern se renfrogna.

— Qu'est-ce que je suis censé comprendre ?

Zane esquissa un sourire.

— Eh bien, Jo est ta meilleure amie et tu n'as pas de recul sur la situation. Si tu étais une amie féminine, ça ne te poserait pas de problème, mais parce que tu es un homme, cela te perturbe.

— Bien sûr que ça me perturbe. Pourquoi veut-elle se rendre désirable pour un homme ? Si ce type n'a pas assez de jugeote pour la désirer de lui-même, pourquoi devrait-elle s'en soucier ?

— Parce qu'à l'évidence, il lui plaît, et qu'elle veut lui plaire. Il n'y a rien de mal à ça.

Stern n'était pas du tout de cet avis.

— Alors, qu'cst-ce que tu lui as dit ? demanda Zane.

Stern s'appuya contre les coussins du canapé.

— Comme je ne l'ai pas prise au sérieux au début, elle s'est vexée. C'est la dernière chose que je voulais, alors je lui ai donné quelques conseils. Je lui ai dit qu'elle devrait sans doute porter plus de robes. Jo a des jambes magnifiques, et elle devrait les mettre davantage en valeur. Je lui ai aussi suggéré de ne pas cacher ses cheveux sous une casquette. Sa chevelure est un de ses principaux atouts. J'aime particulièrement quand elle les porte lâchés.

Zane hocha la tête.

— Rien d'autre ?

— J'ai ajouté qu'après son relooking, elle devrait découvrir où ce type passe du temps, et s'y rendre sous sa nouvelle apparence. Et que si elle décidait de le faire, je devrais l'accompagner.

— Pourquoi ?

Stern était dérouté par cette question.

— Pourquoi ?

— Oui, pourquoi ? Pourquoi ressens-tu le besoin de l'accompagner ?

— Parce que je ne connais pas ce type, dit-il sur un ton défensif. Elle refuse de me dire son nom et de me donner la moindre information, en dehors du fait qu'il amène sa voiture au garage de temps en temps pour la faire entretenir.

— C'est tout ce que tu as besoin de savoir. Si tu veux mon avis, c'est même plus que tu ne devrais en savoir. Jo est une grande fille, elle se débrouille très bien toute seule.

— Ça, tu n'en sais rien.

Zane gloussa.

— Il s'agit de Jo, Stern ! Elle peut atteindre une cible avec une arme à feu ou une flèche les yeux fermés. Elle est ceinture noire de karaté. Toi et moi savons qu'elle est capable de se débrouiller seule, donc ça veut dire que quelque chose d'autre te dérange. Qu'est-ce que c'est ?

Stern fixa le sol.

— Rien, marmonna-t-il.

Zane resta silencieux quelques instants.

— Il y a quelque chose, Stern, finit-il par dire. Tu n'es pas venu ici juste pour le plaisir de voir ma bobine. Quelque chose te tracasse, alors crache le morceau. Je ne pourrai pas t'aider sinon.

Stern marqua un temps, puis se lança.

— J'ai peur, Stern.

— Peur ? s'étonna Zane. Mais de quoi ?

— De perdre ma meilleure amie. Si ça devenait sérieux avec ce type, et qu'il avait un problème avec notre relation ? Tu m'as souvent répété que tu ne voudrais pas qu'une de tes petites amies ait le genre d'amitié avec un homme que Jo partage avec moi.

— Tu ne la perdras pas, assura Zane.

— Tu ne peux pas le garantir, et je ne peux pas prendre ce risque.

Zane secoua la tête.

— Tu vas devoir lui faire confiance.

— Mais je lui fais confiance. C'est à ce type que je ne fais pas confiance.

— Tu ne le connais même pas ! objecta Zane.

— Exactement, dit Stern en se levant. C'est pourquoi je dois découvrir qui il est et enquêter sur lui.

— A mon avis, tu prends le problème complètement à l'envers.

— Pas du tout, assena-t-il, se dirigeant vers la porte. Au revoir, Zane. Tu m'as donné matière à réflexion.

— Je ne pense pas. Je te suggère d'examiner tes propres sentiments pour Jo, rétorqua Zane.

Mais Stern était déjà sorti, et n'entendit pas la dernière phrase de son cousin.

Le soir suivant, Jo sortit sur son perron et inspira une grande bouffée d'air frais. Elle avait attaché ses cheveux en queue-de-cheval et enfilé sa casquette préférée des Denver Broncos, mais au lieu de ses habituels jeans et T-shirt, elle portait une chemise bleu pastel et un pantalon de velours noir, ainsi qu'une veste, car la soirée était fraîche.

Lorsqu'elle entendit un bruit, elle se retourna et sourit. A la vue de Stern qui montait les marches, son cœur battit la chamade. Son corps ferme et musclé était moulé dans un jean et une chemise assortie. Il arborait un Stetson. Ce qu'il pouvait être beau ! Elle eut bien du mal à réprimer son trouble.

Elle consulta sa montre.

— Tu es à l'heure.

— Ne le suis-je pas toujours ? dit Stern, regardant autour de lui. J'espère que tu ne restes pas là sur ton perron à attendre tous tes rendez-vous galants.

Jo ajusta sa casquette.

— Tu n'es pas un rendez-vous galant. Allons-y, déclara-t-elle, le prenant par le bras et l'entraînant sur les marches. J'ai déjà fermé à clé et mis l'alarme. Le film commence dans vingt minutes.

— Pourquoi es-tu si pressée ? Il n'y a pas beaucoup de circulation, nous avons largement le temps.

Il avait raison, mais elle était impatiente de vivre cette soirée. Chaque fois qu'elle passait du temps avec Stern, elle était aussi fébrile qu'une adolescente. Elle était certaine que ces sentiments lui passeraient une fois qu'elle connaîtrait mieux Walter. D'ailleurs, à propos de Walter…

— Je vais faire mon relooking ce week-end, annonça-t-elle tandis qu'elle grimpait dans la voiture et bouclait sa ceinture.

Stern attacha la sienne puis demanda :

— Pourquoi ?

Elle afficha un large sourire.

— J'ai découvert où mon client passe ses week-ends, et je compte m'y montrer.

Stern soutint son regard.

— Où est-ce ?

— Je te le dirai seulement si tu promets de ne pas venir.

— Je ne peux pas te promettre une telle chose, Jo.

Elle roula des yeux.

— Dans ce cas, je ne te dirai rien. Pourquoi insistes-tu autant, Stern ? Est-ce que je me montre dans les endroits où tu emmènes tes petites amies ?

— Non. Mais ce n'est pas moi qui demande des conseils pour attirer l'attention de quelqu'un. Et puis, je veux m'assurer qu'il te traitera avec respect, argumenta Stern en faisant marche arrière dans l'allée.

— Enfin, Stern, je peux me débrouiller seule ! Si j'arrive à attirer son attention, nous discuterons, nous écouterons de la musique et nous danserons. Ce ne devrait pas être difficile de savoir s'il est intéressé ou pas.

Il profita d'un feu rouge pour se tourner vers elle.

— Mais il sera intéressé pour de mauvaises raisons.

— Je peux gérer cela.

— Alors, tu vas vraiment aller jusqu'au bout ? grommela-t-il.

— Evidemment ! Je croyais que tu avais compris à quel point j'étais sérieuse la semaine dernière.

Il se comportait en grand frère protecteur, mais un peu trop à son goût.

Quelques heures plus tard, Stern n'était pas de meilleure humeur. Le film était agréable, et elle l'avait apprécié, mais chaque fois qu'elle avait risqué un regard vers Stern, il arborait une mine sombre.

— Arrête de faire cette tête, on dirait un chien battu, le taquina-t-elle tandis qu'ils sortaient du cinéma.

— Très drôle, rétorqua-t-il.

— Je ne plaisante pas. Le film, c'était ton idée, mais je ne crois pas que tu aies apprécié cette soirée, dit-elle, grimpant dans la voiture quand il lui ouvrit sa portière.

— J'ai aimé le film, et j'ai apprécié ta compagnie.

Jo n'était pas convaincue. Elle consulta sa montre.

— Il est encore tôt. Tu veux passer chez McKays pour prendre un café ?

— Oui, pourquoi pas ?

Au moins, il n'était pas pressé de la ramener chez elle, songea-t-elle.

— Megan m'a conseillé de voir avec Pam pour le coiffeur, alors, j'ai rendez-vous avec elle demain. J'espère qu'elle pourra me recommander quelqu'un. Elle est toujours superbe. En fait, toutes les femmes que tes cousins et tes frères ont épousées sont splendides.

Pam était l'épouse de Dillon, le frère aîné de Stern. Ancienne actrice, elle avait joué autrefois dans l'un des feuilletons préférés de Jo. Pam avait tout abandonné pour retourner chez elle dans le Wyoming et élever ses trois sœurs cadettes après la mort de leur père. C'était à cette époque qu'elle avait rencontré Dillon.

— Et si je te disais que j'aime ton apparence telle qu'elle est ? lança Stern, s'immisçant dans ses pensées.

Elle roula des yeux.

— Evidemment, tu es mon meilleur ami. D'ailleurs, je n'essaie pas de t'impressionner, tu te souviens ? Ceci dit, j'apprécie le fait que tu m'aies donné des conseils au chalet. Et je compte bien les suivre, puisque tu sais parfaitement ce que les hommes aiment. Vendredi, je vais faire les boutiques et avec l'aide de Pam, je vais trouver un coiffeur qui pourra faire des miracles avec ma coiffure et mon maquillage.

Stern ne dit rien, et se concentra sur la route. Mais elle aurait pu jurer l'entendre grincer des dents. Pourquoi cela le perturbait-il tant qu'elle ait des vues sur quelqu'un ? Quand plusieurs minutes s'écoulèrent, et qu'elle sentit la tension monter entre eux, elle n'y tint plus. Dès qu'ils s'arrêtèrent sur le parking de chez McKays, elle demanda de but en blanc :

— Quel est ton problème, Stern ? Je croyais que tu comprenais. Pourquoi cela t'ennuie-t-il que je veuille conquérir un homme, alors que tu fais la même chose avec toutes les femmes que tu désires ?

Il garda le silence.

— Est-ce mal de ma part de vouloir te protéger, Jo ? dit-il enfin.

Elle prit une grande inspiration. Il était loin de se douter qu'elle aussi essayait de le protéger... surtout d'elle-même. Si Stern savait qu'elle était tombée amoureuse de lui, il prendrait sans doute ses jambes à son cou.

— C'est mal si je ne veux pas être protégée. Tu es encore pire que papa. Même lui a eu le bon sens de lâcher du lest quand j'ai grandi. En fait, il me répétait sans arrêt que je devais sortir plus souvent, fréquenter des garçons et me mettre davantage en valeur. Il ne s'inquiétait pas pour moi, parce qu'il savait que je pouvais me défendre. Alors, pourquoi t'inquiètes-tu ?

— Il ne s'agit pas de ça.

— Alors, qu'est-ce que c'est ?

Stern se renfrogna. Pouvait-il expliquer ce qu'il ressentait sans passer pour un égoïste ? Etait-il prêt à lui refuser une chance d'être heureuse juste parce qu'il ne voulait pas la perdre ?

— Rien. Je suis juste de mauvaise humeur. Désolé.

Il ouvrit sa portière et s'apprêta à sortir, mais elle l'arrêta en posant la main sur son bras.

— Pourquoi es-tu de mauvaise humeur ?

Il haussa les épaules.

— C'est la folie au bureau. Hier, ma première journée ne s'est pas bien passée.

Inutile de lui avouer qu'il s'était comporté comme un imbécile devant ses frères, et que Dillon lui avait passé un savon.

— Le travail s'est accumulé. J'ai des tas de dossiers à préparer cette semaine. Une tonne de choses à faire, et peu de temps.

Il vit son air compatissant, et se sentit honteux d'avoir déformé la vérité. Le nombre de dossiers sur son bureau était raisonnable, et n'influait en rien sur son humeur.

Elle lui tapota la main.

— Ne t'inquiète pas, Stern. Tu vas y arriver. Tu y arrives toujours. Tu es brillant, intelligent, et tu travailles dur. Tu as tout pour réussir.

Il était trop touché pour répondre quoi que ce soit. Jo avait toujours su lui donner confiance, même quand tout jouait contre lui. Comme quand il avait voulu entrer dans l'équipe de basket-ball du lycée, mais que ses performances n'avaient pas été suffisantes. Elle l'avait entraîné sans relâche, et quand il avait voulu baisser les bras, elle ne l'avait pas laissé faire. Elle l'avait encouragé comme elle venait de le faire. Et elle avait toujours réussi à le convaincre.

— Merci, Jo.

Qu'avait-il fait pour mériter une meilleure amie comme elle ? Beaucoup de gens trouvaient étrange leur amitié unique. Et certains, comme son cousin Bailey et les jumeaux Aiden et Adrian, pensaient qu'ils finiraient par devenir plus que des amis. Il leur avait toujours répondu qu'il ne voyait pas Jo ainsi. Elle était sa meilleure amie, et rien de plus. Il refusait de penser que quelque chose avait changé.

— Si nous allions prendre ce café ? suggéra-t-il.

— Ça me fera le plus grand bien. Je dois finir d'éplucher les rapports d'inventaire. Nous serons bientôt à cours de fournitures, pourtant nous avons passé des commandes récemment. Il y a quelque chose qui cloche.

— Je suis sûr que tu vas découvrir ce que c'est, dit-il en sortant de la voiture. Tu es la meilleure.

Il vint lui ouvrir sa portière.

— Merci pour cette marque de confiance, dit-elle.

— Pas de quoi.

Refermant la portière derrière elle, il la prit par la main et, ensemble, ils se dirigèrent vers l'entrée de chez McKays, un restaurant réputé du centre-ville. Ce ne fut que lorsqu'ils furent accueillis par l'hôtesse qu'il la relâcha.

Et ce ne fut qu'à cet instant qu'il songea à quel point il avait aimé avoir sa main dans la sienne.

— Merci pour le cinéma et le café, Stern.

— Tout le plaisir était pour moi, dit-il en la suivant dans le salon.

Chaque fois qu'il l'emmenait quelque part, il rentrait avec elle pour vérifier que tout était en ordre.

Après leur petite discussion dans la voiture, Jo avait été ravie de constater que son attitude s'était grandement améliorée. En prenant le café, il lui avait parlé des projets professionnels d'Aiden et d'Adrian. Aiden, qui avait choisi le domaine médical, effectuait son internat dans un hôpital du Maine. Quant à Adrian, il avait décroché un diplôme d'ingénieur et commencerait à travailler chez Blue Ridge dans quelques mois. Pour l'heure, il avait décidé de prendre du temps pour voyager.

Ils avaient aussi discuté de toute l'excitation qui régnait chez les Westmoreland, avec tous les mariages et les fiançailles qui s'enchaînaient ces derniers temps. Stern trouvait très drôle que certains de ses frères et de ses cousins pensent qu'il serait le prochain, alors qu'il n'avait même pas de petite amie régulière.

— Tout a l'air normal, dit-il en sortant de la cuisine.

— Seulement parce que tu as fait peur au croque-mitaine, plaisanta-t-elle.

Elle retira sa casquette, puis défit sa queue-de-cheval pour laisser ses boucles tomber autour de ses épaules. Le coiffeur qui s'occuperait de ses cheveux suggérerait-il de les raccourcir ? Elle les avait toujours eus longs, mais si cela pouvait pousser Walter à la remarquer, elle était prête à les faire couper, sans hésitation.

Elle sursauta presque lorsqu'elle sentit la main de Stern dans ses cheveux. Elle ne l'avait pas entendu traverser la pièce.

— J'adore tes cheveux, dit-il, passant doucement les doigts dans ses mèches.

C'était une sensation si agréable.

— Je sais, dit-elle.

Il l'avait toujours complimentée sur ses cheveux.

— Dis-moi que tu ne les couperas pas. Jamais.

— Je ne peux pas te le promettre. Le coiffeur voudra peut-être les couper pour mon relooking.

Quand elle l'entendit grincer des dents, elle leva les yeux vers lui. Ils se tenaient plus près l'un de l'autre qu'elle ne l'avait remarqué.

— Tu me soutiens dans ma démarche, non ? demanda-t-elle, tentant de garder le contrôle d'elle-même et de ses émotions.

Pourquoi fallait-il que Stern sente si bon ?

Il avait toujours la main dans ses cheveux et elle sentit une onde de chaleur se répandre en elle. Pourtant, ce n'était pas comme s'il n'avait jamais joué avec ses cheveux. Quand ils étaient enfants, il tirait sans arrêt sur ses nattes, et plus tard, sur ses queues-de-cheval. Plus d'une fois, il l'avait aidée à les laver, lorsqu'ils séjournaient au chalet. Mais c'était avant qu'elle ait découvert ses sentiments pour lui, avant qu'elle ait commencé à le désirer. Avant qu'elle nourrisse des fantasmes tout à fait indécents à son égard.

Elle s'éclaircit la gorge.

— Eh bien, si tu dois aller au bureau plus tôt, tu ferais mieux de rentrer te coucher. Et moi, j'ai encore ces rapports d'inventaire à passer en revue.

— Tu as raison, dit-il, retirant la main de ses cheveux et consultant sa montre. Il se fait tard.

— Oui, en effet.

Etait-ce son imagination, ou la voix de Stern était-elle un peu plus rauque que d'habitude ? Il était toujours devant elle, et plongeait de nouveau les doigts dans ses cheveux. Soudain, elle fut submergée par des sentiments qu'elle n'avait jamais ressentis auparavant.

Et puis, les doigts de Stern se refermèrent sur ses mèches, et il approcha les lèvres des siennes.

Elle se pencha pour aller à la rencontre de sa bouche, et chancela quand leurs lèvres se touchèrent. Sentant qu'elle allait perdre l'équilibre, Stern enroula les bras autour d'elle sans interrompre son baiser. Elle eut la présence d'esprit d'agripper ses épaules. Des voix résonnèrent à travers son esprit : *C'est mal. Il s'agit de Stern. C'est mon meilleur ami, et nous ne devrions pas faire cela.* Mais de délicieuses sensations la submergeaient, prenant le dessus sur sa raison.

Puis, à sa grande surprise, Stern approfondit davantage son baiser et leurs langues se rencontrèrent. Jamais elle n'avait été embrassée de cette façon. Pour être honnête, jamais elle n'avait été véritablement embrassée. Le baiser mouillé et bâclé que Mitch Smith avait planté sur ses lèvres juste avant que Stern ne l'attrape par le col, en seconde, n'était rien comparé à cela. En fait, il était totalement catastrophique, comparé à celui-ci.

Ce baiser-ci était digne d'un roman d'amour — c'était le genre de baisers qui vous faisait perdre la tête et vous laissait pantoise. Elle ne put s'empêcher de se demander si c'était un test. Stern connaissait son inexpérience avec la gent masculine, pourtant elle avait audacieusement jeté son dévolu sur un homme. L'embrassait-il simplement pour lui montrer à quoi s'attendre ? Pour voir à quel point elle était douée — ou mauvaise ?

C'était une bonne idée, songea-t-elle. Ainsi, il pourrait lui donner des conseils, pour qu'elle ne gâche pas tout avec Walter. Oui, c'était sûrement la raison pour laquelle il l'embrassait de cette façon. Il l'embrassait pour pouvoir lui donner ses suggestions ensuite. Dans ce cas…

Elle serra ses épaules un peu plus fort, et s'appuya contre lui tandis qu'il jouait avec sa langue. Elle n'aurait jamais cru qu'un baiser pouvait être si intense. Si délicieux. Son pouls s'accélérait, et une onde de chaleur se répandait dans son ventre.

Dire qu'elle avait vécu une vie sage était un euphémisme, mais elle l'avait fait par choix. Au lieu d'aller étudier dans une autre ville, elle était restée à Denver, chez elle, plutôt que d'aller vivre sur le campus. Son père avait tenté de la persuader de partir, lui expliquant qu'elle avait besoin de voir le monde. Mais elle l'avait convaincu qu'elle était parfaitement heureuse de vivre avec lui.

Elle n'avait jamais eu de véritables expériences avec les hommes. Et la pensée qu'elle vivait son premier vrai baiser avec Stern fit naître d'autres ondes de chaleur en elle, tandis qu'il mêlait sa langue à la sienne.

Pourquoi ses hanches ondulaient-elles instinctivement contre lui ? Et quels étaient ces frissons qui la submergeaient ?

Pour reprendre son souffle, elle recula.

— Eh bien, dit-il d'une voix rauque.

Elle prit une grande inspiration, et soutint son regard.

— Alors, comment j'étais ?

— Je te demande pardon ? dit-il, l'air dérouté.

— Comment j'étais ? Tu me testais, non ?

Il secoua la tête.

— Te tester ?

— Oui. Tu es bien placé pour savoir à quel point je suis inexpérimentée en matière de baisers. J'ai compris que tu ne voulais pas que je me ridiculise avec Walter. Alors, comment j'étais ?

— Walter ?

Mince, elle avait dit son prénom. Mais Stern ne connaissait pas son nom, et il y avait des tas de Walter dans cette ville.

— Dis-moi simplement comment j'étais.

Il la regarda un instant, puis conclut :

— Un peu plus de pratique, ça ne te ferait pas de mal.

— Oh ! fit-elle, déçue.

— Mais tu m'as surpris. Tu es plus douée que je ne le pensais.

Elle afficha un large sourire.

— C'est vrai ?

— Oui.

Elle hocha la tête, passant de la déception à l'euphorie.

— Merci. J'étais vraiment inquiète.

— Ne le sois pas. Avec un peu plus de pratique, tu seras exceptionnelle. Mais revenons-en à ce Walter…

S'il croyait pouvoir lui soutirer d'autres informations, il allait être déçu.

— Ne me demande rien sur lui, Stern. Parlons plutôt du baiser.

Il croisa les bras.

— Qu'ajouter de plus ? Je t'ai dit que tu étais douée.

— Tu as dit qu'avec de la pratique, je serais meilleure. Et je veux être meilleure. Ça veut dire que tu dois m'apprendre comment mieux embrasser.

— Pour ce Walter ?

Inutile de mentir là-dessus.

— Oui, pour Walter.

— En d'autres termes, tu veux apprendre à embrasser pour embrasser ce type.

N'était-ce pas ce qu'elle venait de dire ?

— C'est ça.

Il resta là, à la regarder, si longtemps qu'elle s'efforça de ne pas trembler sous son regard perçant et qu'elle se mordilla la lèvre.

— Alors ? demanda-t-elle quand elle n'y tint plus. Tu vas m'aider ?

— Je vais y penser. Maintenant, raccompagne-moi.

Elle le suivit vers l'entrée.

— Quand me donneras-tu ta réponse, Stern ? Je n'ai pas beaucoup de temps.

Une fois devant la porte, il se retourna vers elle.

— Bientôt.

Comme à son habitude, il déposa un baiser sur sa joue.

— Ne veille pas trop tard.

Puis il sortit, et elle le regarda partir.

4

— Il y a une raison pour que tu tambourines à ma porte à cette heure indue ? Il est plus de minuit, Stern ! bougonna Zane, s'effaçant pour laisser son cousin entrer.

Stern alla droit dans le salon, et se mit à faire les cent pas. Zane l'observa un instant, puis alla s'asseoir sur le canapé. Il passa la main sur son visage.

— Tu veux une tasse de café ?

Stern s'arrêta.

— Non, ce que je veux, ce sont des conseils. J'avais un rendez-vous avec Jo ce soir.

Zane se cala sur le canapé.

— Tu as des rendez-vous avec Jo tout le temps. Qu'est-ce qui était différent ce soir ?

— Je l'ai embrassée.

Zane le dévisagea un instant, puis secoua la tête.

— Finalement, je crois qu'on devrait quand même prendre un café, décréta-t-il. Si tu n'as pas besoin d'une tasse, moi si.

Il se rendit dans la cuisine, avec Stern sur ses talons. Une fois qu'il eut mis en marche la cafetière, il s'appuya contre le comptoir.

— Alors, tu veux me dire pourquoi tu as embrassé Jo ?

Stern glissa les mains dans sa poche.

— Je ne sais pas pourquoi je l'ai embrassée. J'étais en train de jouer avec ses cheveux, et avant même que je m'en rende compte, j'avais pratiquement la langue dans sa gorge.

— Pas de détails, s'il te plaît, protesta Zane, se versant une tasse de café puis allant s'asseoir à table.

— Désolé, mais c'est ce qui s'est passé.

— Je suis surpris que Jo ne t'ait pas fait une prise de karaté.

Stern décida qu'il avait lui aussi besoin d'un café, finalement, et alla se servir.

— C'est parce qu'elle croyait que je la testais.

— Que tu la testais ?

— Oui. Elle va se faire relooker pour ce type dont je t'ai parlé. Il s'appelle Walter, au fait ; elle a laissé échapper cette information. Mais je ne connais pas son nom.

— Tu t'éloignes du sujet. Revenons-en à Jo. Pourquoi pensait-elle que tu la testais ?

— Comme je sais qu'elle n'a jamais vraiment été embrassée, elle a cru que je l'évaluais pour m'assurer qu'elle saurait quoi faire quand Walter l'embrassera. Ensuite, j'ai fait l'erreur de lui dire qu'elle devait améliorer sa technique.

— C'est le cas ?

— Fichtre, non ! J'ai menti. Elle était douée. Bien trop douée. Pour être honnête avec toi, ce baiser était stupéfiant. Et maintenant, je suis empêtré dans mon mensonge, parce qu'elle veut que je lui apprenne à mieux embrasser.

Zane le dévisagea un long moment.

— Si j'ai bien compris, Jo et toi avez une relation si platonique qu'elle pense que vous pouvez vous entraîner à vous embrasser sans que rien ne se passe ?

— Rien ne se passera, affirma Stern.

Zane ricana.

— Si tu le pensais, tu ne serais pas ici, en train de boire un café dans ma cuisine à minuit passé, un soir de semaine, en quête de conseils.

Zane avait raison, Stern en était conscient.

— Pour répondre à ta question, oui, elle pense que notre relation est platonique à ce point, tout simplement parce qu'elle me voit comme un ami. Son meilleur ami.

— Eh bien, peux-tu gérer le fait d'embrasser ta meilleure amie pour qu'elle se perfectionne ?

Stern fixa sa tasse de café.

— C'est ça qui est étrange, Zane. Ce soir, pendant que j'embrassais Jo, une part de mon esprit ne cessait de me répéter… *ce sont les lèvres de Jo que tu embrasses.* Mais une autre part savourait ce baiser avec une femme très sensuelle. Une femme qui a des vues sur un autre homme. Pendant que je l'embrassais, j'ai oublié qu'elle était ma meilleure amie.

— Apparemment, tu as aussi oublié que tu te mettais dans le pétrin.

— Tu crois que je ne le sais pas ? Si je refuse de le faire, elle va penser que je suis égoïste, ou trop protecteur. Mais si je fais ce qu'elle me demande, je pourrais perdre le contrôle et aller plus loin. Plus loin que ce qui est permis entre deux meilleurs amis. Alors, que suggères-tu ?

Zane se frotta le menton, en pleine réflexion.

— Fais ce qu'elle veut, dit-il enfin.

— Tu veux que je lui apprenne comment embrasser pour un autre ? Pour ce Walter ?

Zane prit une gorgée de café.

— Non. Si tu étais intelligent, tu lui enseignerais comment embrasser pour toi.

— Ce n'est pas drôle, Zane.

— Mais je ne plaisante pas.

Stern lui décocha un regard noir.

— Es-tu cn train de suggérer qu'après toutes ces années, j'envisage de passer de devenir l'amant de Jo ?

Zane sourit.

— Oui, j'imagine.

Stern sentit une vague de colère le submerger.

— Tu as perdu la tête pour suggérer une chose pareille ! s'exclama-t-il. C'est impossible. C'est de la pure folie.

Zane rit.

— Tu l'as embrassée ce soir, et j'ai cru comprendre que tu as plutôt apprécié. Je suis sûr qu'hier à la même heure, l'idée de lui donner un baiser aurait été de la pure folie.

— Je crois que je n'aurais pas dû venir, bougonna Stern. Je suis ici pour avoir des conseils, pas pour que tu te moques de moi.

— Tu crois que je suis en train de me moquer de toi ?

— Oui. Depuis combien de temps Jo et moi sommes amis, Zane ?

— Très longtemps. Depuis l'école primaire, si mes souvenirs son bons.

— C'est ça. Et toutes ces années, as-tu soupçonné à un moment qu'il y ait quelque chose de plus entre nous ?

— Bien sûr. Comme nous tous.

Eh bien ! Ce n'était du tout la réponse à laquelle il s'attendait.

— Et qu'entends-tu au juste par *nous tous* ?

Zane haussa les épaules.

— Presque tout le monde.

Stern dévisagea son cousin, tandis que celui-ci sirotait son café comme si cela ne le dérangeait pas d'être observé.

— Eh bien, j'espère que *presque tout le monde* sait que c'est faux. Jo et moi n'avons jamais été davantage que des amis. Je la protégerai au prix de ma vie, et vice versa. Je ne l'ai jamais, au grand jamais, vue autrement que comme ma meilleure amie.

— Alors, pourquoi ce baiser ce soir ? Tu as dit qu'elle pensait être testée, mais je suis curieux de savoir ce que tu croyais faire. Poser les lèvres sur celles d'une femme qui n'est rien de plus que ta meilleure amie ? Glisser ta langue dans sa gorge… et c'est toi qui l'as dit, pas moi.

Stern était de plus en plus tendu. Il repoussa sa tasse de café, et se leva.

— Je m'en vais.

— Tu n'as pas répondu à ma question, souligna Zane. Qu'est-ce que c'était, ce baiser ? Et d'abord, pourquoi l'as-tu embrassée ?

— Je te l'ai dit. Je jouais avec ses cheveux, et l'instant d'après, j'étais en train de l'embrasser.

— Tu jouais avec ses cheveux ? Intéressant. Tu fais ça souvent ?

— Oui. Enfin, non. Arrête, Zane ! Tu m'embrouilles l'esprit.

— Toi aussi, tu m'embrouilles l'esprit. Il est plus de minuit, et je suis trop fatigué pour débattre avec toi, mais je ne suis pas trop fatigué pour te dire ce qui est logique et ce qui ne l'est pas. Je suggère que tu rentres chez toi pour réfléchir à ce qui s'est passé ce soir, et qu'ensuite tu prennes une décision.

— Une décision ? s'étonna Stern.

— Tu dois décider si tu veux ou non que cela se reproduise. Et décider si tu veux apprendre à Jo comment devenir une experte en baisers, ou laisser ce soin à quelqu'un d'autre.

Stern sentit sa gorge se serrer.

— Quelqu'un d'autre ?

— Oui. Tu sais comment sont les femmes. Elles ne

te demandent de faire quelque chose qu'une fois, et si tu es lent à la détente, elles vont voir ailleurs. Ça fait un moment que je ne suis pas allé au Golden Wrench, mais je parie que Jo a un tas d'employés qui adoreraient lui apprendre comment embrasser. Et ça pourrait bien ne pas s'arrêter là.

L'hypothèse de Zane lui était insupportable.

— Je m'en vais.

Zane resta assis.

— Bonne nuit.

— Et je ne te demanderai plus jamais conseil.

Zane rit quand il entendit sa porte claquer.

— Bien sûr que si, Stern. Bien sûr que si.

— Pourquoi es-tu tout sourire aujourd'hui, Jo ?

Le sourire de Jo s'affadit quand Wanda approcha.

— Tu te fais des idées. Je n'étais pas en train de sourire.

Elle tourna sa clé à mollette pour retirer la batterie de la voiture sur laquelle elle travaillait.

— Si, et j'ai remarqué que tu as souri toute la matinée. Il s'est passé quelque chose hier, pendant ton rendez-vous galant avec Stern ?

Jo haussa un sourcil.

— Ce n'était pas un rendez-vous galant. Nous sommes juste allés voir un film. Et qui t'en a parlé, d'ailleurs ?

— Toi. Tu ne te souviens pas ?

En toute honnêteté, non. Mais il était possible qu'elle l'ait mentionné distraitement, car il n'était pas rare que Stern et elle sortent ensemble.

— Non, je ne m'en souviens pas, mais peu importe. Nous sommes mercredi, notre jour le plus chargé de la semaine, et j'espère que ce sera une bonne journée.

— Alors, si ce n'est pas Stern qui te fait sourire, ce doit être le fait que Walter Carmichael soit ici.

— Il est là ?

Pas d'accélération de son pouls. Pas de battements de cœur désordonnés. Pas de respiration irrégulière. Pourquoi son corps ne réagissait-il pas ?

— Oui, il est dans l'atelier de Beeker. Aussi séduisant que d'habitude.

— Pourquoi est-il ici ? Il n'a pas de visite de contrôle avant trois mille kilomètres.

— Une déchirure dans le siège en cuir côté passager. Je l'ai entendu dire à Beeker qu'elle a été causée par la boucle de botte d'une femme. Il n'avait pas l'air content. Je crois que tu devrais aller dire bonjour à ton futur petit ami.

Jo essuya la graisse sur ses mains puis saisit le bloc-notes sur son bureau.

— Je crois que je vais le faire, dit-elle en souriant.

Quelques instants plus tard, elle entra dans l'atelier de Beeker, qui parlait avec Walter Carmichael. Il était de profil, et elle en profita pour l'observer sans se faire remarquer. Comme Wanda l'avait souligné, il y avait effectivement des ressemblances entre Stern et lui. Tous deux étaient grands, élégants et séduisants. Mais les similitudes s'arrêtaient là. Même si Stern avait l'air sérieux la plupart du temps, il avait un sourire désarmant, qui vous coupait pratiquement le souffle. Elle avait vu Walter Carmichael sourire une seule fois, lorsqu'elle l'avait complimenté sur le grand soin qu'il prenait de sa voiture.

Les deux hommes levèrent les yeux quand elle s'avança vers eux.

— Bonjour, monsieur Carmichael. Contente de vous revoir.

— Je ne serais pas là sans cette déchirure dans mon siège, répondit-il, l'air contrarié. Heureusement que vous avez une bonne équipe pour ce genre de problèmes. Beeker assure que le siège sera comme neuf.

— Alors, je suis certaine que ce sera le cas.

Jo savait qu'elle n'était pas à son avantage. Elle portait son uniforme de travail, des chaussures de sécurité, une casquette, mais tout de même… C'était à peine si Walter l'avait regardée. Elle décida de ne pas se laisser perturber. Samedi soir, il verrait qu'elle pouvait être très jolie.

— Eh bien, si vous avez besoin de quoi que ce soit, faites-le-moi savoir. Nous tenons à la satisfaction de nos clients.

Elle n'avait pas vraiment attendu de réponse, mais cela aurait été agréable d'entendre un petit mot comme… merci. Au lieu de cela, Walter se tourna vers Beeker et commença à discuter d'un autre problème de voiture, l'oubliant complètement.

— Eh bien, j'ai du travail, dit-elle. Bonne journée, monsieur Carmichael.

Au lieu de répondre, il lui adressa un bref hochement de tête, puis l'ignora de nouveau pour continuer sa conversation avec Beeker. Puisqu'il ne lui témoignait pas le moindre intérêt, elle quitta l'atelier de Beeker pour retourner dans le sien. La journée serait longue et chargée, elle n'avait donc pas le temps de se laisser perturber par un homme qui n'était pas intéressé. Mais elle espérait bien éveiller son intérêt samedi soir.

Huit heures plus tard, totalement épuisée, elle rentra chez elle et alla directement prendre une douche. Ensuite, elle comptait se reposer un peu puis enfiler une tenue décontractée pour son rendez-vous avec Pam.

Plutôt que de la retrouver sur les terres des Westmoreland,

aux abords de la ville, elle avait donné rendez-vous à Pam au centre de Denver. Pam était venue visiter un entrepôt désaffecté, qu'elle songeait à acquérir pour y accueillir son école de théâtre. Elle avait déjà ouvert une école dans le Wyoming, son Etat d'origine, et souhaitait en fonder une autre dans le Colorado. Pam et elle avaient rendez-vous chez Larry's, un restaurant situé près de l'entrepôt, et qui n'était qu'à une courte distance en voiture de chez Jo.

Elle avait travaillé sur onze véhicules en tout aujourd'hui. Elle avait notamment effectué des vidanges, et installé deux alternateurs. Elle était si épuisée que ses yeux se fermaient presque quand elle entra dans la douche. Mais le jet d'eau sur son visage lui redonna un peu d'énergie. Toute la journée, elle avait été trop occupée pour penser au baiser qu'elle avait partagé avec Stern hier soir, mais à présent, elle avait tout le loisir d'y songer, et elle ne pouvait le chasser de son esprit. Des sensations brûlantes la parcouraient rien que d'y penser.

Bien sûr, elle manquait de connaissances dans certains domaines intimes comme les baisers, mais elle doutait que l'on puisse faire mieux que Stern. Ce baiser l'avait ébranlée jusqu'au tréfonds de son être. Stern était un maître en la matière, sans nul doute. Elle préférait ne pas songer au nombre de femmes qu'il avait embrassées pour atteindre cette maîtrise.

L'idée qu'il ait eu de nombreuses conquêtes ne l'avait jamais dérangée auparavant, s'avisa-t-elle. Alors, pourquoi cela la dérangeait-elle maintenant ?

Elle connaissait la réponse, et c'était pourquoi elle avait mis son plan au point. Elle avait besoin d'une diversion, même si cela signifiait séduire quelqu'un comme Walter. Elle espérait qu'il avait juste eu une mauvaise journée, et que son attitude d'aujourd'hui n'était pas habituelle chez lui.

Une fois douchée et séchée, elle inspecta son placard pour choisir une tenue. Et elle remarqua pour la première fois que sa garde-robe contenait essentiellement des chemises, des T-shirts et des jeans. Elle possédait quelques pantalons de ville et des tailleurs-pantalons — noirs, marron et bleu marine. Mais aucune robe. Chaque fois qu'elle devait assister à un événement formel, comme un mariage ou un enterrement, elle portait un de ses tailleurs.

Au chalet, Stern avait suggéré qu'elle montre davantage ses jambes. Cela signifiait qu'elle avait besoin de faire les boutiques. Elle allait en parler avec Pam tout à l'heure.

Une part d'elle était tout excitée par ses projets et par le week-end à venir. Elle espérait de tout cœur que tous ses efforts porteraient leurs fruits.

Dillon passa la tête par la porte.

— Tu es encore là ?

— Entre, dit Stern, s'adossant à sa chaise. Je rattrape mon retard sur quelques dossiers. Nous allons peut-être clore le contrat Harvey la semaine prochaine.

— Pourvu que cela marche enfin cette fois. Karl Harvey a annulé la signature trop souvent à mon goût. Ce serait fantastique si nous obtenions enfin ces terres au Minnesota. Selon Riley, nous avons déjà un investisseur potentiel qui veut y bâtir un complexe médical.

Stern hocha la tête.

— Je sais pourquoi je suis encore là, mais quelle est ton excuse ? Il est presque 18 heures.

Dillon sourit.

— Je dois retrouver Pam dans la soirée. Elle est venue en ville pour rencontrer les propriétaires de l'entrepôt.

— Celui qu'elle veut transformer en école de théâtre ?

— Oui. Ensuite, elle doit retrouver Jo chez Larry's.

Stern haussa un sourcil.

— Jo ?

— Oui, dit-il, refermant la porte derrière lui avant de s'asseoir face au bureau de Stern. Pour des astuces beauté, ou un relooking, si j'ai bien compris.

Stern se raidit à l'idée que Jo avance dans son projet.

— Dil, je peux te demander quelque chose ?

— Bien sûr.

— Si ton meilleur ami te demandait un service, tu le lui rendrais ?

Dil marqua un temps avant de répondre.

— Ça dépend du service. Je n'enfreindrais la loi pour personne.

— Ça n'implique pas d'enfreindre la loi.

— Alors, je m'assurerais que ce ne soit pas immoral, malhonnête ou nuisible à quelqu'un. Si toutes ces conditions sont remplies, alors oui, je lui rendrais ce service.

Stern réfléchit un instant.

— Mais si ce service pouvait changer la dynamique de ta relation avec ton meilleur ami ?

Dillon resta muet un long moment.

— Dans ce cas, je réfléchirais bien, pour savoir si c'est vraiment ce que nous voulons, et si nous pouvons le gérer.

En entrant chez Larry's, Jo sourit à Pam, qui était déjà installée. Comme toujours, la belle-sœur de Stern était radieuse. Jo comprenait pourquoi Dillon était tombé amoureux si vite.

— J'espère ne pas t'avoir fait trop attendre, dit Jo en donnant une accolade à Pam avant de s'asseoir face à elle.

— Pas du tout. J'ai pris la liberté de m'accorder un verre de vin. J'ai eu une dure journée.

— Moi aussi, dit Jo en souriant. J'ai mis la tête sous le capot de onze voitures aujourd'hui.

— Mais tu aimes ton travail.

— Enormément.

Pam sourit.

— Et d'après ton coup de fil, je crois comprendre qu'il y a un homme à qui tu veux plaire ?

— Oui.

Jo se tut quand le serveur vint prendre sa commande. Une fois qu'il fut parti, elle expliqua :

— Je pense savoir dans quel endroit il sera ce samedi soir. Je veux m'y rendre sous une apparence totalement différente de celle qu'il voit au garage. En d'autres mots, je veux faire une grande entrée qui le laissera sans voix. Ton coiffeur peut-il faire ça ?

Quand Jo avait discuté avec Pam hier, celle-ci lui avait assuré que son coiffeur était aussi un maquilleur hors pair. Il n'avait pas la main lourde, et appliquait juste assez de maquillage pour révéler la beauté intérieure de chaque femme.

— Absolument. Ritz est fabuleux, et j'aimerais beaucoup que tu le rencontres.

Jo sentit frissonna d'excitation.

— J'adorerais.

— Alors, veux-tu que je te prenne rendez-vous ?

— Oui. S'il te plaît.

Pam rayonna.

— C'est comme si c'était fait. Et tu auras sans doute besoin d'une manucure, d'une pédicure et d'une épilation.

Jo tenta de ne pas laisser ses doutes transparaître.

Walter Carmichael valait-il tous les changements qu'elle s'apprêtait à opérer ?

— Et que dirais-tu d'une nouvelle tenue ? demanda Pam, interrompant ses pensées.

Le serveur apporta son verre de vin à Jo. Elle prit le temps d'en boire une gorgée avant de répondre.

— Stern pense que je devrais porter une robe.

— Ah oui ?

— Oui. Il dit que j'ai de jolies jambes et que je ne les montre pas assez.

— Intéressant, commenta Pam en l'observant par-dessus son verre de vin.

— En fait, toute cette histoire de relooking était son idée.

— Vraiment ?

— Oui.

Pam resta silencieuse plusieurs secondes, l'air songeur.

— Eh bien, je suis libre vendredi, dit-elle enfin, et j'adorerais faire les magasins avec toi. Je connais une boutique parfaite pour toi. Et, si ça ne t'ennuie pas, j'aimerais demander à Chloe de se joindre à nous. La mode n'a pas de secrets pour elle.

Jo le savait déjà. Chloe était mariée à Ramsey Westmoreland, le plus âgé des cousins de Stern. Elle était rédactrice en chef d'un magazine féminin à succès.

— Ce serait fantastique ! s'exclama-t-elle.

— Alors, je vais voir si elle est disponible. A quelle heure peut-on se retrouver, vendredi matin ?

Jo haussa un sourcil.

— Vendredi matin ? Je croyais que nous nous retrouverions après ma journée de travail.

Pam secoua la tête.

— Je te conseille de prévoir plus de temps. Lorsque

l'on cherche la tenue idéale, ça peut prendre la journée entière.

La journée entière ? Jo ne pouvait imaginer une chose pareille.

— Eh bien, d'accord. Je partagerai mes commandes entre mes mécaniciens, et je serai libre toute la journée.

— Génial.

Jo avala une autre gorgée de vin. Elle commençait à se demander si cette idée de relooking était si géniale que cela.

5

Il était 21 heures quand Stern quitta le parking de Blue Ridge Land Management, satisfait du travail qu'il avait accompli. Il avait bouclé plusieurs dossiers, et ceux qui n'étaient pas finis le seraient avant la fin de la semaine.

Tandis qu'il se dirigeait vers l'autoroute menant aux terres Westmoreland, son esprit dériva vers Jo. Même s'ils ne s'accordaient pas de longues conversations téléphoniques chaque jour, il avait pour habitude de l'appeler au moins une fois, pour prendre de ses nouvelles. Aujourd'hui, il avait fait exprès de ne pas lui téléphoner, car la dernière chose qu'il voulait, c'était qu'elle aborde leur baiser d'hier soir — ou le fait qu'il ait proposé de lui donner des cours.

Il connaissait Jo mieux que personne, et lui, plus que tout autre, mesurait la profondeur de son innocence en ce qui concernait la gent masculine. Depuis toutes ces années, elle n'avait eu de béguin que pour un seul garçon — Frazier Lewis, en première. Frazier était une vedette du lycée, un athlète populaire et un séducteur. Et, pour Stern, un vrai crétin.

Frazier avait fait semblant d'être amoureux de Jo assez longtemps pour qu'elle installe des marchepieds et des haut-parleurs dernier cri dans son pick-up. Une fois qu'il avait obtenu satisfaction, il ne l'avait pas trouvée assez bien pour l'inviter au bal de fin d'année, et avait invité Mallory Shivers à la place. Pour couronner le tout, Frazier s'était vanté de s'être servi de Jo. Si ce n'était pour son pick-up, il ne lui aurait jamais accordé la moindre attention parce qu'elle n'était pas assez jolie et qu'elle avait l'allure d'un mécanicien, avait-il péroré.

Frazier avait fini par regretter ses paroles, lorsque Stern lui avait donné une bonne correction après les cours. A ce jour, Jo ignorait sans doute ce que Stern avait fait. Pourvu que l'histoire ne soit pas sur le point de se répéter.

Jo refusait toujours de lui donner la moindre information sur ce mystérieux Walter, et cela le dérangeait. La dernière chose qu'il voulait, c'était consoler une Jo en pleurs comme après l'épisode Frazier.

Personne ne pouvait maltraiter Jo impunément. Voilà pourquoi il était décidé à découvrir le nom de famille de Walter, et où Jo comptait le retrouver ce week-end.

Tandis qu'il s'engageait sur l'autoroute, il secoua la tête. Il n'y avait que Jo pour supposer que lui enseigner les bases du baiser était comme lui apprendre à jouer aux échecs. Elle lui faisait confiance, et savait qu'il ne profiterait pas d'elle. Mais elle ignorait certaines choses sur la physiologie masculine. Même avec les meilleures intentions, un homme ne pouvait pas simplement *cesser* de désirer une femme… même si cette femme était sa meilleure amie.

Hier soir, il était sorti de chez Zane furieux, parce que son cousin avait essayé de lui suggérer des pensées inacceptables. Ce n'était qu'une fois rentré, douché et allongé dans son lit que Stern avait compris la véritable raison de sa colère. Son cousin n'avait pas essayé de lui mettre quoi que ce soit en tête, il avait juste tenté de l'amener à admettre les pensées qui s'y trouvaient déjà. Des pensées présentes depuis longtemps, mais qui n'avaient pas été entretenues et n'avaient pas grandi. Sans qu'il s'explique pourquoi, elles commençaient maintenant à croître.

Voilà pourquoi il ne pouvait pas donner de cours de baisers à Jo. Il avait *ressenti* des choses et, pendant un instant, il s'était laissé emporter au point d'oublier que c'était Jo qu'il embrassait. Elle lui avait fait perdre la tête, et cela n'augurait rien de bon.

Toutefois, une autre part de lui ne pouvait oublier l'avertissement de Zane : si Stern ne lui donnait pas ces cours, alors quelqu'un d'autre s'en chargerait. L'idée que Jo pose ses lèvres sur celles d'un autre lui était insupportable.

Il était convaincu que c'était cette soudaine montée d'émotions qui le poussait à décrocher le téléphone de sa voiture pour joindre sa secrétaire.

— Oui, monsieur Westmoreland ?

— Passez-moi Jovonnie Jones.

— Sa ligne personnelle ou professionnelle ?

— Personnelle.

— Un instant, s'il vous plaît.

— Merci.

Moins d'une minute plus tard, la voix de Jo résonna à l'autre bout de la ligne. Aussitôt, un frisson de désir inopiné le parcourut. Mais que diable lui arrivait-il ?

— Bonjour, Stern.

— Bonjour. Ça va ?

— Oui. J'ai travaillé sur onze voitures aujourd'hui. Ensuite j'ai retrouvé Pam chez Larry's. Nous avons discuté de mon relooking.

Il le savait déjà par Dillon.

— Comment ça s'est passé ?

— Bien. J'ai un rendez-vous avec Ritz, son coiffeur et maquilleur, samedi matin. Vendredi, Pam, Chloe et moi allons faire les boutiques pour trouver la tenue parfaite, alors je prendrai un jour de congé. Pam dit que ça pourrait prendre toute la journée pour dénicher une seule tenue. Tu peux croire ça ?

Oui, il le croyait aisément. Il avait suffisamment côtoyé les femmes de sa famille pour savoir qu'elles étaient des mordues de shopping.

— Alors, qu'est-ce que tu es en train de faire ?

— Je lis un chapitre du livre que tu m'as donné avant de m'endormir. Pourquoi ?

Il déglutit.

— J'ai travaillé tard, je viens à peine de sortir, dit-il. Je me suis dit que ce soir, ce serait un bon moment pour commencer les cours de baiser. Tu es partante ?

Il l'entendit hésiter, puis elle répondit :

— Oui, je suis partante.

Moins de vingt minutes plus tard, lorsqu'elle entendit la voiture de Stern dans l'allée, Jo retint son souffle. Un petit frisson lui noua le ventre. Stern lui faisait cette visite impromptue juste pour lui apprendre l'art du baiser.

Depuis qu'elle avait raccroché le téléphone, elle avait tenté de se convaincre que cette visite n'était pas si importante. Elle devait améliorer sa façon d'embrasser, et Stern était d'accord pour lui montrer comment s'y prendre, voilà tout. Ce ne serait pas la première fois qu'il l'aiderait à aiguiser un talent. Quand elle avait voulu s'améliorer en ski nautique, il l'avait emmenée au lac appartenant à sa cousine Gemma. Et lorsqu'elle avait voulu se perfectionner au violon, il l'avait aidée à s'entraîner.

La portière de Stern claqua, et elle alla lui ouvrir juste

au moment où il montait les marches du perron. Il lui sourit et releva le bord de son Stetson.

— Tu es en beauté ce soir, Jovonnie.

Jovonnie ? En beauté ? Elle portait encore le pantalon marron et le chemisier beige qu'elle avait enfilés pour son rendez-vous avec Pam. Stern jouait sans doute la comédie pour la mettre dans l'ambiance. Sans dire un mot, elle s'effaça pour le laisser entrer. Mais quelque chose dans le regard de Stern la troubla.

— Merci, dit-elle, tentant de réprimer le désir qui la consumait. Tu es beau, toi aussi.

Elle ferma la porte derrière lui et lui emboîta le pas dans le salon. Sa démarche était si virile qu'elle se sentit chanceler. Et quand il s'arrêta tout près d'elle, elle se rendit compte qu'elle était plus attirée par lui que jamais. Il était grand, séduisant, et doté d'un corps magnifiquement proportionné qui ferait rêver n'importe quelle femme.

Ses muscles se devinaient sous l'étoffe de sa veste anthracite, qui soulignait la puissance de ses épaules. Son jean moulait ses longues jambes musclées, et son postérieur si sexy.

Il prit son visage entre ses mains, et murmura d'une voix grave et rauque :

— Je t'ai dit récemment à quel point tu étais belle ?

A quel point elle était belle ? Elle ne s'attarda pas sur le compliment, tentant de se souvenir que ce n'était qu'un jeu. Malgré tout, tandis qu'elle sondait le noir de ses yeux, elle s'entendit répondre :

— Non, pas récemment.

Il sourit, et la façon dont ses lèvres se soulevèrent fit naître un profond désir au creux de son ventre.

— C'est vraiment une erreur de ma part, murmura-t-il.

Puis, il approcha les lèvres des siennes.

Contrairement à la dernière fois, il ne l'embrassa pas tout de suite. Au lieu de cela, il resta tout près de ses lèvres, comme pour la laisser absorber son souffle chaud et le mêler au sien. Enfin, il approcha, et glissa lentement la langue entre ses lèvres entrouvertes.

D'instinct, elle mêla sa langue à la sienne, entamant une danse érotique qui fit naître un feu en elle. Elle ferma les yeux, tant les sensations qui l'envahissaient étaient puissantes, presque insupportables.

Le baiser se fit plus intense. Stern avait pris possession de sa bouche, faisant d'elle une captive consentante. Il la goûtait avec avidité, lui arrachant des gémissements de plaisir. Elle n'aurait pas cru cela possible, mais ce baiser était plus profond et plus excitant que le premier. Comment un baiser censé être éducatif pouvait-il être aussi torride et convaincant ?

Bien trop tôt, il la relâcha, et laissa retomber ses mains. Elle ouvrit lentement les yeux, et plongea son regard dans le sien. Tandis qu'il reprenait son souffle avec difficulté, elle tenta de faire de même. Il la regardait avec un air séducteur. Comment faisait-il pour jouer aussi bien la comédie ?

— Alors, dit-elle quand elle eut enfin recouvré la voix. Comment tu m'as trouvée ?

L'approbation manifeste qu'elle lut dans ses yeux la combla de plaisir.

— Très bien, murmura-t-il tout en la parcourant audacieusement du regard.

Mais cela faisait partie du jeu, s'avisa-t-elle une fois de plus. La personne qui venait de l'embrasser était son meilleur ami, Stern, et le baiser n'avait pas été un vrai baiser. Ce n'était qu'une leçon. Mais quelle leçon !

Il prit sa main dans la sienne.

— Viens, allons sur le canapé pour en discuter.

Elle haussa un sourcil.

— En discuter ?

— Oui. Nous devons passer en revue chaque aspect de ce baiser.

Oh ! Seigneur, songea-t-elle.

Stern s'installa sur le canapé et fit asseoir Jo à côté de lui. Il n'était pas encore prêt à ce qu'elle s'éloigne. Le baiser censé n'être qu'un entraînement l'avait submergé. Il était à présent tout à fait conscient du pouvoir de séduction de Jo. Mais aussi de la facilité avec laquelle un homme pourrait profiter de sa vulnérabilité.

Il avait eu une réaction instantanée, et magnétique. Or, cela n'aurait pas dû se produire. Vraiment pas. Il était censé rester distant, détaché, et indifférent. Tout à fait neutre.

Au contraire, il s'était retrouvé impliqué, engagé, dépassé par ses émotions.

— Alors ?

Jo attendait toujours sa réponse. Il se tourna vers elle, gardant sa main dans la sienne. Si elle trouvait son geste étrange, elle ne fit aucune remarque. Elle semblait se concentrer pour écouter ce qu'il avait à dire.

— Tout d'abord, commença-t-il, mon approche ce soir était destinée à te mettre dans l'ambiance. Tu aurais dû deviner mes intentions dès mon arrivée.

— C'est le cas. J'ai remarqué ton regard et ton langage corporel. Je savais que tu jouais un rôle.

Que penserait-elle, si elle savait qu'il n'avait rien simulé ? Quand elle avait ouvert la porte, il avait eu une réaction purement sensuelle, et absolument réelle.

— Pour commencer, reprit-il, je t'ai complimentée sur ton allure. C'était destiné à t'amadouer, à te détendre.

C'était un autre indice sur mes intentions. Et quand j'ai pris ton visage entre mes mains, tu ne devais avoir aucun doute sur ce que je m'apprêtais à faire.

— Je n'en avais pas.

— Bien. Ce baiser est un baiser que je qualifierais de baiser « tu me plais ». Un french kiss entre deux personnes qui veulent mieux se connaître. Ni trop tendre, ni trop passionné.

— Tu crois que c'est ce genre que Walter va utiliser ?

Stern tressaillit à l'idée qu'un homme l'embrasse, quelle que soit la méthode.

— C'est plus que probable, si c'est un charmeur, se força-t-il à répondre. S'il essaie de précipiter les choses, alors il utilisera un baiser « j'ai envie de toi ». Ceux-là peuvent être dangereux.

— Comment ça ?

— Ils sont destinés à faire perdre la tête à une femme, parce que l'homme n'a qu'une idée en tête — t'attirer dans le lit le plus proche.

— Oh ! fit-elle.

Il la regarda se mordiller la lèvre.

— Alors, comment devrais-je réagir s'il me donne ce genre de baisers, et que je ne suis pas prête pour ça ?

— Mets-y un terme immédiatement, répondit-il avec plus de force que nécessaire. Une femme peut interrompre un baiser à n'importe quel moment, surtout si elle pense qu'il est agressif ou plus poussé que ce à quoi elle est prête.

— D'accord, dit-elle en hochant la tête. Essayons.

Il haussa un sourcil.

— Je te demande pardon ?

— J'ai dit, essayons. Je dois m'assurer que je peux faire la différence entre un baiser « tu me plais » et un baiser « j'ai envie de toi ».

Il sourit.

— Crois-moi, tu seras capable de faire la différence, Jo.

— Mais je veux en être sûre.

Il la dévisagea, certain qu'elle n'avait aucune idée de ce qu'elle lui demandait.

— Je ne crois pas que ce soit une bonne idée.

— Pourquoi ? C'est moi, Stern. Jo. Je suis la dernière personne que tu voudrais attirer dans ton lit, mais pour ce baiser, j'ai besoin que tu fasses semblant, afin que je puisse connaître la différence. Je veux que Walter m'apprécie, mais je ne suis pas prête à coucher avec lui.

Il était heureux de l'entendre, songea-t-il en poussant un soupir de soulagement.

— Mais je ne veux pas qu'il me prenne par surprise alors que j'ai baissé ma garde, continua-t-elle. Tu imagines, si je lui rendais son baiser sans savoir de quel genre il s'agit ? Ce ne serait pas juste pour lui, et il pourrait penser que je ne suis qu'une allumeuse.

Stern se fichait royalement de ce que ce Walter penserait. Et il eut bien du mal à ne pas le dire à Jo. Elle voulait plaire à un homme qui ne méritait peut-être pas tout le mal qu'elle se donnait.

— Stern ?

Il vit la supplique dans ses yeux. Elle ne connaissait pas la puissance d'un tel baiser, et savait encore moins où cela pouvait mener. Peut-être devrait-il faire en sorte qu'elle soit préparée.

— D'accord, Jo, mais c'est seulement parce que tu me l'as demandé.

Il se leva, retira sa veste, et la posa sur le dossier du canapé avant de se rasseoir.

— Souviens-toi, pour *n'importe quel* baiser, tu peux arrêter à tout moment.

— Et si j'arrête et que le type continue de m'embrasser quand même ?

— Alors, tu lui mets une gifle.

Elle sourit.

— Entendu.

Il lui rendit son sourire, sachant qu'elle n'hésiterait pas à le faire.

— Bien, allons-y. Prépare-toi, parce que c'est un baiser très profond.

— D'accord.

Il se pencha vers elle. Son parfum fleuri était délicieux, et qu'elle en soit consciente ou non, elle dégageait énormément de féminité, en étant simplement naturelle. Elle avait attaché ses cheveux en queue-de-cheval, n'était pas maquillée, et portait un pantalon et une chemise. Même si c'était lui qui avait suggéré un relooking, il n'était pas sûr que cela soit nécessaire. Pour lui, Jo avait une beauté innée qui transparaissait quoi qu'elle porte.

— Stern ?

Il prit soudain conscience qu'il était resté assis là, à la dévisager.

— Oui ?

— Quelque chose ne va pas ?

Il pouvait tout lui avouer maintenant et dire qu'en effet, quelque chose n'allait pas. Mais il ignorait ce que c'était. Il pourrait aussi lui dire qu'il ne voulait pas que ce Walter l'approche à moins d'un mètre, mais si elle lui demandait pourquoi, il ne pourrait rien lui répondre hormis : *parce que*.

— Non, tout va bien. J'essaie juste de comprendre pourquoi une femme aussi belle que toi n'a pas une foule d'hommes à ses pieds.

Il retira l'élastique de ses cheveux puis plongea les mains dans ses boucles brunes.

Elle semblait sceptique.

— Tu rejoues la comédie ?

— Oui...

Si c'est ce qu'elle veut croire...

— Alors, j'imagine que je dois rentrer dans le jeu, moi aussi, dit-elle, posant le doigt sur la fossette de son menton.

Ce n'était pas la première fois qu'elle le faisait, pourtant son geste provoqua un frisson électrique en lui.

— J'ai un faible pour ta fossette, juste là, avoua-t-elle en souriant.

— On dirait, oui, dit-il, tentant de contrôler les émotions que ce contact faisait naître. Tout comme j'ai un faible pour ta chevelure.

— Ah oui ?

— Tu sais bien que oui. Je ne suis pas très fan de ta casquette.

Elle gloussa.

— Mais tu sais pourquoi je la porte. Je ne peux pas avoir des cheveux qui me barrent le visage pendant je change une batterie.

Elle marqua un temps.

— Je crois que mon métier fait peur à la plupart des hommes, dit-elle.

— Mais je peux comprendre que cela puisse en exciter certains.

— Vraiment ? Comment ça ?

— Une femme capable de changer des bougies et un pneu en un temps record, et qui n'a pas besoin d'un homme pour installer des plaquettes de freins doit être fantastique dans tous les autres domaines.

— Ta théorie me plaît.

— C'est toi qui me plais.

Il sentit le désir monter entre eux. Ce n'était pas de

la comédie. C'était bien réel. Soudain, il l'attira sur ses genoux, et vit qu'elle était surprise. De crainte qu'elle ne s'échappe, il l'enlaça.

— Pour l'instant, dit-il d'une voix rauque, je te veux dans mes bras. Tu as un problème avec ça ?

Elle le regarda un long moment, puis répondit :

— Non, je n'ai pas de problème avec ça.

Ce scénario lui posait-il vraiment un problème ? C'était même plutôt le contraire ! Mais Stern n'avait aucune idée des sentiments qu'elle lui portait, et du fait qu'elle les combattait en permanence. Il ne se doutait pas un instant que c'était son visage qui envahissait ses rêves ce soir, que c'étaient ses lèvres qu'elle mourait d'envie d'embrasser. Il n'imaginait pas à quel point elle *désirait* ses baisers. Cette comédie était plutôt plaisante. Elle pouvait se laisser aller, s'autoriser à savourer l'attirance qu'elle éprouvait pour lui, sans qu'il apprenne la vérité.

— Jo ?

Ses yeux s'étaient-ils assombris ? Elle devait sûrement se tromper.

— Oui, Stern ?

— Nous pouvons décider d'en rester là et nous dire bonne nuit.

Etait-ce de la réticence qu'elle avait perçu dans sa voix ?

— Non, ça va. Je veux le faire, Stern. J'ai besoin de le faire.

Bien plus que tu ne l'imagines.

Il l'étudia un instant.

— Ce Walter signifie donc tant pour toi ?

Elle était à deux doigts de lui dire que, non, Walter ne comptait pas tant que ça, et que c'était lui, Stern, qui comptait, qu'elle ne faisait que se servir de Walter, pour l'oublier lui. Mais elle ne pouvait pas lui faire un tel aveu.

— Je ne connais pas la réponse à cette question. Tout ce que je sais, c'est que je veux qu'il me remarque. Qu'il me prenne au sérieux. Je veux qu'il me voie autrement que comme la mécanicienne qui entretient sa voiture.

— Eh bien, je serai très en colère si j'apprends qu'il ne t'apprécie pas, et qu'il n'apprécie pas la merveilleuse personne que tu es. Et je ne dis pas ça en tant que meilleur ami — je dis ça en tant qu'homme qui a connu nombre de femmes et qui sait reconnaître un joyau quand il en voit un.

Ses mots la touchèrent au plus haut point, la laissant sans voix, et au bord des larmes. Pourquoi fallait-il qu'il lui dise des choses aussi gentilles ? Des mots qui charmeraient le cœur de n'importe quelle femme ?

— Merci, dit-elle quand elle fut capable de parler.

— Ne me remercie jamais pour les compliments que je peux te faire, parce que je les pense.

Elle se mordilla la lèvre inférieure pour l'empêcher de trembler, tandis que son cœur battait de plus en plus fort dans sa poitrine. Elle aurait préféré que Stern ne joue pas son rôle aussi bien. Maintenant elle avait plus que jamais envie d'être autre chose qu'une amie pour lui. Malheureusement, cela ne se produirait jamais. Ils étaient les meilleurs amis du monde, et c'était tout ce qu'ils pourraient jamais être l'un pour l'autre.

Toutefois, pendant qu'il lui enseignerait l'art du baiser, elle pourrait faire semblant, l'espace de quelques instants. Et elle ne s'en priverait pas.

— Embrasse-moi, Stern.

Elle sentit son souffle chaud caresser son visage quand il approcha ses lèvres pour s'emparer des siennes.

— Demander à un homme de t'embrasser avec cette

voix peut être dangereux. Il pensera qu'il a déjà gagné à moitié.

Pour l'heure, elle s'en moquait, et pour le prouver, elle noua les bras autour de son cou. Elle leva doucement le menton et approcha la bouche de la sienne, l'invitant de manière claire à faire exactement ce qu'elle avait demandé.

Il prit ses lèvres, lentement, nonchalamment, comme s'il avait tout le temps du monde, et qu'il voulait s'assurer qu'elle ressente tout ce qu'il exprimait dans son baiser. Il resserra son étreinte, et prit sa bouche avec une avidité qui lui fit tourner sa tête.

Ce baiser était vraiment différent des deux autres. Si intense qu'elle gémit contre ses lèvres. Tandis qu'il continuait de l'explorer, elle s'appuya contre son torse, s'abandonnant entre ses bras puissants et chauds.

Si le but de ce genre de baiser était de rendre une femme consentante et prête à être séduite, elle pouvait aisément s'imaginer se laisser séduire… mais pas par Walter. Elle doutait de pouvoir échanger un tel baiser avec lui. En fait, un baiser comme celui-ci, venant de Walter, pourrait bien avoir l'effet inverse, car elle ferait comme s'il était quelqu'un d'autre. Elle imaginerait que c'était Stern qui la tenait dans ses bras. Stern qui la faisait frissonner de plaisir. Comme il le faisait à cet instant.

Soudain, sans qu'elle sache comment, elle se retrouva allongée sur le canapé, avec Stern au-dessus d'elle.

Il avait toujours les lèvres sur les siennes. L'avidité avec laquelle il l'embrassait faisait monter une passion en elle qu'elle n'avait jamais connue auparavant. Le baiser avait d'abord été nonchalant et sensuel. A présent, il était sauvage et torride. Un plaisir intense s'empara d'elle, annihilant presque toute pensée consciente.

Néanmoins, elle sut à quel moment exact il commença

à déboutonner sa chemise, et gémit quand l'air effleura sa poitrine. Puis les mains de Stern suivirent, frottant l'étoffe de son soutien-gorge et…

Son téléphone portable sonna, et Stern recula en sursaut, comme s'il s'était brûlé. Il faillit trébucher dans sa hâte pour se relever. Elle s'assit, et après avoir reboutonné sa chemise, prit le téléphone sur la table basse. C'était une cousine qui appelait de Detroit, et elle laissa sonner.

— Pourquoi ne m'as-tu pas arrêté ? s'exclama-t-il, semblant à peine capable d'articuler les mots.

Il semblait furieux.

Elle haussa les épaules.

— Parce que ça m'a plu, dit-elle avec honnêteté.

Il la regarda une seconde, puis empoigna sa veste.

— Je ne suis pas sûr que ces cours étaient une bonne idée, finalement, assena-t-il. Je t'appelle demain.

A peine eut-elle le temps de se lever qu'il était déjà sorti, après avoir claqué la porte derrière lui.

6

Le lendemain, Stern faisait les cent pas dans son bureau. Il était content de n'avoir aucune réunion aujourd'hui, et d'avoir les bureaux presque pour lui seul. Riley était absent pour le reste de la semaine, car il allait rendre visite à ses beaux-parents à Daytona. Canyon avait profité de l'heure du déjeuner pour aller retrouver Keisha. Ils devaient acheter une balançoire pour leur fils, Beau.

Stern s'arrêta au milieu de la pièce, et passa la main sur son visage. Il n'avait pas téléphoné à Jo comme il l'avait promis, et ne comptait pas le faire tant qu'il n'aurait pas repris ses esprits. Leur baiser d'hier soir l'avait bien trop ébranlé.

Il laissa échapper un profond soupir. Ce n'était pas comme s'ils étaient amants. Tant s'en fallait ! Ils étaient deux amis, qui s'étaient mis d'accord pour étudier les bases du baiser. Leurs étreintes précédentes l'avaient poussé à croire qu'il avait sans doute imaginé leur effet. Mais après ce dernier baiser, il savait que son imagination n'était pas responsable. Ce baiser, celui qui était censé dire : « j'ai envie de toi », avait eu exactement l'effet escompté sur lui : il s'était mis à la désirer avec une ardeur inouïe. Voilà pourquoi il était si furieux contre lui-même. Jo lui faisait entièrement confiance, or hier soir, il avait trahi cette confiance. Il avait été à deux doigts de la déshabiller.

Lorsque son téléphone portable sonna et qu'il reconnut la sonnerie de Jo, il retint son souffle. Il n'était pas prêt à lui parler pour l'instant. Pour elle, cela n'avait sans doute été qu'une simple leçon, mais pour lui, ce baiser signifiait bien plus !

Alors, qu'allait-il faire ?

Vendredi matin, Jo était convaincue que Stern l'évitait. Elle l'avait appelé la veille pour s'assurer que tout allait bien, après son départ précipité mercredi. Mais il n'avait pas retourné l'appel. D'habitude, même quand il était en réunion, il la rappelait dès qu'il le pouvait. Mais pas cette fois.

Se glissant hors du lit, elle se dirigea vers la salle de bains pour prendre une douche et s'habiller. Elle devait retrouver Pam et Chloe au centre commercial de Cherry Creek, qui ouvrait ses portes à 10 heures. Cela lui laisserait le temps de s'arrêter au coffee-shop pour prendre un café et un bagel. Avec un peu de chance, une fois devant Pam et Chloe, elle aurait repris ses esprits. Mais pour l'instant, elle nageait encore en pleine confusion.

Chassant l'idée sombre qu'elle était en train de perdre son meilleur ami, elle se déshabilla, et entra dans la douche. Ces dernières trente-six heures, elle n'avait cessé de rejouer les derniers événements dans sa tête. Stern l'avait préparée à ce dernier baiser, en la prévenant de sa teneur. Elle avait donc été avertie. Du moins, en quelque sorte. Elle doutait qu'une femme puisse être totalement préparée à un baiser de Stern Westmoreland. Certes, l'effet du baiser l'avait ébranlée, mais ce n'était pas cela qui l'avait le plus surprise.

Ce qu'elle n'arrivait pas à comprendre, c'était la réaction de Stern. S'était-elle investie dans le baiser plus qu'il ne l'aurait voulu ? L'avait-elle trop apprécié ? Aurait-elle dû suivre un scénario tacite ? Peut-être Stern pensait-il qu'elle aurait dû interrompre leur baiser plus tôt. Et peut-être avait-elle eu tort de lui demander son aide.

Il y avait beaucoup de choses sur les hommes qu'elle ignorait, mais elle s'en était parfaitement accommodée, jusqu'à ce qu'elle développe ces sentiments insensés pour Stern et tombe véritablement amoureuse de lui. A présent, elle essayait de toutes ses forces de rectifier le problème, en trouvant quelqu'un d'autre à aimer. En aucune circonstance, Stern ne devait apprendre ce qu'elle éprouvait pour lui. Et si pour cela elle devait mettre un terme à leurs leçons, eh bien… elle prendrait cette décision le moment venu.

Quelques heures plus tard, elle s'efforça d'arborer un sourire avant de rejoindre Pam et Chloe, qui l'attendaient devant l'entrée du centre commercial. Bien qu'il ne soit que 10 heures du matin, toutes deux étaient radieuses, belles et élégantes. Jo adorerait leur ressembler, quelle que soit l'heure de la journée. Mais elle devait être réaliste : son emploi requérait qu'elle ne ressemble *pas* à cela. Néanmoins, elle souhaitait apprendre à se présenter sous un meilleur jour quand elle sortait. Elle allait sur ses trente ans, il était donc temps de procéder à quelques changements.

Saluant les deux jeunes femmes par une accolade, Jo leur dit à quel point elle était contente de les voir, et les remercia chaleureusement pour leur soutien. Pam et Chloe répondirent qu'elles étaient ravies de pouvoir l'aider et, sans plus attendre, l'entraînèrent vers une première boutique.

***

Stern leva les yeux lorsqu'on frappa à la porte de son bureau.

— Entrez.

Quand Zane apparut, Stern fut surpris. Il posa son stylo et recula sur son fauteuil.

— Qu'est-ce qui t'amène hors des terres Westmoreland en pleine journée ?

Zane, un cousin Derringer et le frère de Stern, Jason, étaient associés dans une affaire d'élevage et d'entraînement de chevaux, avec d'autres parents du Montana et du Texas.

— Je suis venu rencontrer un client potentiel en ville. Je crois que nous avons conclu une nouvelle vente, expliqua Zane, tout en installant son corps musclé sur une chaise. Puisque j'étais dans le coin, je me suis dit que j'allais te faire une petite visite.

— Pourquoi ? demanda Stern, avant de saisir quelques trombones et de les lancer sur le bureau.

— Parce que la dernière fois que nous avons discuté, tu semblais plutôt frustré.

Pour être franc, il était toujours aussi frustré, voire davantage. Les événements de ces derniers jours le dépassaient, il fallait l'admettre. Jo se demandait sûrement pourquoi il ne lui avait pas téléphoné. Jamais il n'avait agi ainsi.

— La situation avec Jo a empiré, avoua-t-il d'un ton dépité.

Zane se redressa sur sa chaise.

— Comment ça ?

— J'ai décidé de lui donner un cours de baisers, comme tu l'as suggéré. Mais j'ai failli perdre le contrôle, Zane. Tu avais raison. Quand je l'embrassais, je ne la voyais pas comme ma meilleure amie, mais comme une amante potentielle.

— Et cela te pose toujours problème ? Que des meilleurs amis deviennent amants, cela n'a rien d'exceptionnel, Stern. Les gens changent. Comme les sentiments et les relations. Tes sentiments pour elle ont sans doute évolué depuis un moment, sans même que tu t'en rendes compte.

Stern était sceptique.

— Mais tu sais comment je suis avec les femmes, Zane. Je sors avec elles, et ensuite, je les oublie. J'en revois certaines une fois ou deux, mais c'est rare. Et l'idée d'une relation durable ne me traverse jamais l'esprit. Je ne pourrais pas traiter Jo ainsi.

— Non, tu ne pourrais pas, et tu ne le feras pas. Elle compte bien trop pour toi, ce qui m'amène à un autre problème.

— Lequel ?

— Quand vas-tu admettre que tu es en train de tomber amoureux d'elle ?

Stern était sonné.

— De quoi parles-tu ? Je ne suis pas en train de tomber amoureux d'elle ! s'indigna-t-il.

— En es-tu bien sûr ? J'ai failli perdre Channing parce que je refusais de reconnaître mes sentiments pour elle. A mon avis, s'il y a la moindre possibilité que tu puisses tomber amoureux de Jo, tu ne lui rends pas service en gardant cela sous silence. Tu dois lui parler avant qu'il soit trop tard.

Stern se leva, et alla à la fenêtre. Il pensa à tout ce qui s'était produit depuis la semaine que Jo et lui avaient passée au chalet. Depuis cet instant où elle avait dit être intéressée par un homme. Il n'avait aucun mal à se rappeler les émotions et les peurs qu'il avait éprouvées depuis. Etaient-elles dues au fait qu'il avait des sentiments cachés pour elle ? Des sentiments qu'il avait enfouis profondément depuis des mois, voire des années ?

Il se retourna vers Zane.

— Il est déjà trop tard. Elle a des vues sur quelqu'un d'autre, tu te souviens ? Ce Walter.

— Et alors ? Ça ne veut rien dire.

Stern soupira. Zane était censé être le plus sage des hommes de la famille, mais parfois, Stern avait de sérieux doutes.

— Ça voudrait dire quelque chose pour la plupart des gens, rétorqua-t-il.

Zane haussa ses épaules massives.

— Pas pour un Westmoreland. Pas quand il veut vraiment quelque chose. C'est à toi de déterminer si tu es amoureux de Jo. Et si oui, de décider de ce que tu vas faire. Si tu veux la perdre au profit d'un autre homme, libre à toi. Mais si j'étais toi, je n'abandonnerais pas la femme de ma vie sans me battre.

Stern roula des yeux.

— Tout d'abord, ce n'est pas la femme de ma vie. Tout ce que Jo ressent pour moi, c'est de l'amitié, indépendamment du fait que je sois amoureux d'elle ou pas.

Zane se leva.

— Alors, à ta place, je donnerais à ce Walter du fil à retordre. Et je commencerais par dire à Jo ce que je ressens ; tu pourrais être surpris. Tu pourrais apprendre qu'elle ressent la même chose. Ça fait des années que je dis que vous avez une relation particulière, tous les deux. Meilleurs amis ou pas, vous vous adorez.

Stern laissa échapper un profond soupir. En ce qui le concernait, personne n'avait été plus proche que son cousin Bane et son amie de longue date Crystal, et quand on regardait ce qui leur était arrivé... mais cela remontait à des années, et c'était une autre histoire.

— Je vais réfléchir à ton conseil, dit-il.

Zane eut un petit rire et se dirigea vers la porte.

— Oui, bonne idée. Il est temps pour toi de penser comme un Westmoreland.

Jo avait du mal à choisir entre toutes les robes que Pam et Chloe brandissaient. Elle était convaincue d'en avoir vu plus d'une centaine déjà, et il n'était pas encore 14 heures.

— Alors, lesquelles préfères-tu ?

Megan, médecin anesthésiste et cousine de Stern, les avaient rejointes pendant sa pause déjeuner. Jo n'avait pas tardé à découvrir que Megan adorait le shopping tout autant que Pam et Chloe.

Lesquelles, avait dit Megan. Pas *laquelle* ? Bon sang, elle avait déjà acheté six robes ! En plus de celle qu'elle comptait porter demain soir, ces dames avaient décrété qu'elle aurait besoin d'autres tenues pour tous ses autres rendez-vous avec Walter. Elles croyaient en son pouvoir de séduction bien plus qu'elle-même.

— J'aime bien la robe jaune paille, et la multicolore, dit-elle.

Megan rayonna.

— Excellents choix. C'étaient mes préférées aussi.

Pam et Chloe approuvèrent d'un signe de tête. Pour être honnête, Jo aimait toutes les tenues qu'elle avait achetées aujourd'hui, et s'était sentie très bien dedans.

— Après être passées à la caisse, nous devrions aller faire un tour à la boutique de lingerie Sandra's. Maintenant que nous avons trouvé les tenues, il faut s'occuper de tes sous-vêtements, décréta Pam en souriant.

Jo songea qu'elle avait de nombreux sous-vêtements dans sa commode, mais les trois jeunes femmes lui avaient affirmé qu'elle avait besoin d'un ensemble sexy. Honnêtement, elle ne voyait pas pourquoi. Même si

Walter et elle nouaient un contact, il était hors de question qu'elle couche avec lui le premier soir. Ni le second. Ni le troisième. Elle portait peut-être de l'intérêt à Walter, mais cet intérêt avait des limites.

— C'était Lucia, dit Chloe, glissant son téléphone dans son sac à main. Elle s'est dit que ce serait amusant de laisser nos hommes s'occuper des enfants ce soir, pendant que nous dînons en ville entre filles avec Jo. Lucia, Bella, Keisha et Kalina nous rejoindront pour dîner chez McKays.

Jo trouvait que c'était une idée splendide. Elle connaissait Megan, Gemma et Bailey depuis toujours, et parce qu'elle était la meilleure amie de Stern, elle avait aussi rencontré les femmes de ses cousins et de ses frères.

Une demi-heure plus tard, elle admirait les sous-vêtements de la boutique de lingerie. Jamais elle n'avait vu autant de tailles, de formes et de couleurs. Elle devait l'admettre, les ensembles lui plaisaient. Il y avait quelque chose de très féminin dans le fait de porter un ensemble assorti.

— Alors, tu es plutôt du genre string, boxer, slip ou shorty ? demanda Pam tandis qu'elles cherchaient sa taille.

— Je te demande pardon ?

Pam sourit.

— Attends, je vais te montrer.

Elle brandit un exemplaire de chaque type.

— Je suis du genre boxer, conclut Jo maintenant qu'elle avait une idée plus claire sur la question.

— Euh, pas demain soir, objecta Chloe, brandissant un string. C'est ce qu'il te faut avec la robe que tu as choisie.

Jo fixa la bande presque inexistante de tissu et songea : *C'est une plaisanterie ?*

— Il ne faut pas que l'on voie la marque du slip, expliqua Megan.

— Oh.

Elle n'avait pas ce genre de préoccupations quand elle portait un jean.

— Et nous comptons être là demain quand tu t'habilleras, annonça Chloe.

— Vraiment ? s'exclama Jo.

— Bien sûr. Il faut que tu sois renversante.

Après avoir passé toute la journée à écumer les boutiques, et à essayer robe sur robe, elle espérait bien couper le souffle à Walter. Distraitement, elle sortit son téléphone de son sac, pour vérifier ses appels en absence… précisément, des appels de Stern. Elle réprima une pointe de déception quand elle constata qu'il n'avait pas téléphoné.

— Tu as des idées pour ta coiffure, Jo ? demanda Chloe, interrompant le fil de ses pensées. J'ai cru comprendre que c'est Ritz qui va te coiffer et te maquiller. Il est très doué.

— C'est ce qu'on m'a dit, répondit Jo en regardant les soutiens-gorge.

— Tu vas les faire couper ? interrogea Pam.

— Non, Stern les préfère longs.

— Stern ? s'étonna Megan. Pourquoi te soucier de ce que Stern préfère ? Ce n'est pas lui que tu cherches à impressionner.

Tandis que Jo continuait de sélectionner des coordonnées, elle se dit que Megan avait raison. Pourtant…

Pense comme un Westmoreland.

Les paroles de Zane résonnaient dans l'esprit de Stern, tandis qu'il fermait son bureau à clé à cette heure tardive. Comment un homme habitué à être courtisé pouvait-il devenir celui qui courtisait ? Cela changeait tout, pour sûr.

Il se leva juste au moment où son téléphone portable sonnait. Il consulta l'écran et vit que c'était Dillon.

— Oui, Dillon ?

— J'appelle pour prévenir tout le monde. Changement de programme pour ce soir.

Les Westmoreland avaient pour habitude de se réunir le vendredi soir pour dîner.

— C'est-à-dire ?

— Ce sont les hommes qui cuisinent, car nos épouses ont décidé d'emmener Jo dîner en ville après sa longue journée de shopping.

— Oh.

— Pour faire simple, je demande à chaque homme d'apporter sa spécialité. Puisque tu n'en as pas, tu peux passer à la boulangerie et prendre un dessert.

— Entendu.

Alors qu'il allait raccrocher, Dillon ajouta :

— Et, Stern ?

— Oui ?

— Ceux qui ont des enfants s'en occupent ce soir, ce qui signifie que les enfants mangent comme nous. Alors, évite le cake au rhum.

Stern rit. Tout le monde savait que le cake au rhum était son gâteau préféré.

— Compris.

Après avoir raccroché, il se cala dans son fauteuil. *Pense comme un Westmoreland.* Quelques minutes plus tard, il consulta sa montre. En souriant, il sortit son téléphone de sa veste et tapa quelques numéros.

— Garage Golden Wrench. Wanda à l'appareil, en quoi puis-je vous aider ?

— Bonjour, beauté, c'est Stern. Et vous pouvez m'aider en me donnant des informations que vous détenez sûrement.

7

Jo sortit de la chambre et entra dans le salon, sous un concert d'acclamations et de halètements de surprise.

— Jo, tu es époustouflante !

— Sensationnelle.

— Sexy.

— On ne dirait pas la même personne !

Jo sourit à son public.

— Merci. J'ai l'impression d'être tout cela à la fois, dit-elle en contemplant son reflet.

Elle se tourna vers ses camarades, qui emplissaient son salon.

— Je tiens vraiment à vous remercier toutes pour votre aide. Non seulement pour m'avoir accompagnée dans les boutiques hier, mais aussi pour avoir été présentes pendant ma coiffure et mon relooking, et pour me donner foi en ma capacité à réussir ce soir.

Inutile de leur dire que la seule autre personne qu'elle voulait avoir auprès d'elle, la seule personne dont elle avait besoin, et qu'elle aurait aimé voir l'encourager, était son meilleur ami. Mais Stern n'était pas là, et elle n'avait eu aucune nouvelle depuis mercredi. Indéniablement, les choses n'étaient plus les mêmes entre eux. La réaction de Stern la mettait en colère chaque fois qu'elle y pensait. Ce relooking, c'était une idée de lui. Et c'était lui qui l'avait embrassée le premier ! Avait-elle eu tort de vouloir améliorer ses compétences en la matière ?

— J'ai fait des recherches sur ton Walter, sur internet, dit Bailey Westmoreland. Il est charmant, mais sur la photo de son profil, son costume lui donne l'air un peu prétentieux. Tu es sûre qu'il fréquente un endroit comme le Punch Bowl ? C'était le repaire de Derringer et de Riley autrefois. Nous avions même cru qu'ils avaient des actions là-bas.

— Ce serait bien ma chance si ce soir il changeait d'avis et restait chez lui, ou bien décidait d'aller ailleurs, soupira Jo, priant que ce ne soit pas le cas.

— S'il n'est pas là, ce sera tant pis pour lui, répondit Pam avec un sourire. Mais j'ai le sentiment que tu auras de la chance, ce soir.

Espérons ! songea Jo en prenant une profonde inspiration. Regardant ses mains, elle se souvint que Ritz s'était lamenté sur leur état catastrophique, et qu'il avait dû faire des miracles pour les rendre présentables. Ses ongles étaient peints dans une jolie nuance de rose, qui se mariait harmonieusement avec les couleurs de sa robe.

— Et je suis contente que tu n'aies pas coupé tes cheveux finalement, dit Chloe. La façon dont Ritz les a coiffés leur donne plus de volume. Tu es absolument magnifique.

Et même si cette soirée restait une occasion unique, au moins, ce soir, elle se sentait belle et féminine.

— Eh bien, dit-elle en consultant sa montre, il est temps pour moi de partir. Je vous remercie toutes encore une fois pour tout ce que vous avez fait pour moi. Grâce à vous, j'ai le sentiment d'être exceptionnelle.

— Mais tu es exceptionnelle, confirma Megan en souriant. Et avant que tu partes, je veux prendre tout un tas de photos. Je suis impatiente de montrer à Rico à quel point tu es belle.

— Merci de me laisser jouer ici ce soir, Sampson, dit Stern en désignant la salle du Punch Bowl.

Sampson avait fait répéter la mère de Stern pour son premier récital de piano lorsqu'elle avait huit ans. Le vieux monsieur leva les yeux de son piano et sourit.

— Tout le plaisir est pour moi, Stern. A quelques reprises, j'ai réussi à convaincre Riley de s'asseoir sur ce banc et chaque fois, le public était enthousiaste. Ta maman a fait en sorte que tous ses garçons aient l'oreille musicale.

Stern approuva d'un signe de tête. Sa mère avait réussi à communiquer à ses sept fils son amour pour la musique. Dillon et Micah jouaient de la guitare ; Riley et Bane, du piano ; Canyon avait choisi le cor d'harmonie, et Stern, le violon. Après la mort de leurs parents, Dillon s'était assuré qu'ils continuent à développer leurs compétences musicales en demandant à Sampson de leur donner des cours.

— Riley préférait de loin être dans le public, entouré de toutes ces jolies femmes qui se disputaient son attention, plaisanta Stern.

Sampson secoua la tête.

— J'ai du mal à croire que ce bourreau des cœurs se marie à la fin du mois.

— Vous n'êtes pas le seul, répondit Stern avec un sourire complice. Mais quand vous verrez Alpha, vous comprendrez.

Sampson regarda sa montre.

— Le concert commence à 20 heures, mais, en attendant, si tu veux, tu peux aller dans la salle et t'amuser un peu. Dis à Sweety de mettre tes boissons sur ma note.

— Merci, mais je préfère rester ici jusqu'à ce que le spectacle commence.

Il ne mentionna pas qu'être assis en coulisses, devant la vitre sans tain, lui permettait d'observer les clients sans se faire remarquer. Son cousin Ian avait fait installer un miroir similaire dans son casino, au bord du lac Tahoe.

— J'aimerais savoir une chose, dit-il.

Sampson leva les yeux vers lui.

— Oui, quoi ?

— C'est à propos de Walter Carmichael. Je crois qu'il vient souvent ici. Est-il présent ce soir ?

Sampson tendit le cou pour regarder par la vitre.

— Oui, il est là. Tu le connais ?

Stern décela une note de désapprobation dans la voix de Sampson.

— Non, je ne le connais pas, mais on m'a dit qu'il venait souvent ici les week-ends.

— C'est vrai, malheureusement. Il a beaucoup d'argent, et aime le jeter par les fenêtres pour impressionner les femmes. Avec certaines, ça fonctionne, avec d'autres non. Il se met rapidement en colère avec celles qui ne se laissent pas impressionner. Il croit pouvoir avoir toutes les femmes qu'il veut. Et j'ai entendu dire qu'il était du genre rancunier. Il y a quelques mois, il a essayé de brutaliser une femme qui avait refusé ses avances. Ce n'est pas arrivé au club, sinon Sweety ne l'aurait pas laissé remettre les pieds ici. Selon la rumeur, le père de Carmichael a payé cette femme une grosse somme d'argent pour qu'elle abandonne les poursuites.

— Son père ?

— Oui. Carmichael vient du Midwest, et sa famille est assez fortunée, ce qui explique la voiture clinquante et les vêtements onéreux. Je crois qu'il ne travaille que parce que son père a diminué sa rente il y a quelques années, même s'il raconte partout que sa mère lui envoie de l'argent en douce. J'ai aussi appris qu'il est à Denver parce qu'il a dû fuir l'Indiana, à cause d'un scandale impliquant une femme mariée dont le mari a menacé de le tuer.

Sampson haussa un sourcil.

— Y a-t-il autre chose que tu veux savoir ?

Stern en avait assez entendu. D'après le résumé que Sampson venait de lui faire, il était hors de question qu'il laisse quelqu'un comme Carmichael sortir avec Jo.

— Oui, il y a autre chose. J'ai besoin que vous me montriez qui c'est.

Si sa requête lui semblait étrange, Sampson n'en laissa rien paraître. Il regarda par la vitre sans tain, et Stern suivit son regard.

— C'est cet homme, en pantalon bleu marine et veste beige. Une vraie gravure de mode.

Stern l'étudia attentivement. Carmichael discutait et riait avec un groupe d'hommes au bar. Il décida sur-le-champ qu'il n'aimait pas ce type. Sampson avait raison : il avait tout l'air d'un fils de riche trop gâté.

Stern allait faire part de ses impressions à Sampson quand il remarqua que Carmichael, ses acolytes et d'autres clients avaient les yeux rivés vers l'entrée du club. Stern suivit leur regard, curieux de savoir ce qui attirait leur attention.

Bonté divine…

Il écarquilla les yeux, et eut le souffle coupé.

C'était Jo. Elle était absolument splendide, et sexy en diable. Bon sang, qu'avait-elle fait ? Ses cheveux tombaient en cascade sur ses épaules et soulignaient sa beauté. Son visage était mis en valeur par un maquillage savamment dosé. Ses cils semblaient plus longs, ses joues étaient légèrement rosées, et ses lèvres étaient peintes dans un rouge rubis incendiaire.

Et elle portait la robe la plus sensuelle qu'il ait jamais vue. Légèrement plus courte sur le devant, couvrant à peine ses cuisses, elle était un peu plus longue sur l'arrière, mais dévoilait tout de même ses splendides jambes perchées sur des escarpins vertigineux bleu indigo. Et son décolleté plongeant dévoilait ses seins ronds et fermes. Il n'était même pas sûr qu'elle portait un soutien-gorge.

— Jolie jeune femme, entendit-il Sampson déclarer. J'espère qu'elle sait ce qu'elle fait, en venant ici dans une tenue aussi sexy, et sans cavalier. Les loups affamés sont de sortie ce soir. Regarde.

Stern détacha son regard de Jo pour observer les clients. Tous les hommes avaient les yeux braqués sur elle. Certains se léchaient même les lèvres. Stern sentit son pouls s'accélérer.

Jo remarqua Carmichael et lui sourit. Mais Stern la connaissait mieux que personne, et il devinait, au léger tremblement de sa lèvre inférieure, qu'elle n'était pas aussi sûre d'elle qu'elle en avait l'air.

— Cette pièce est isolée phoniquement, si tu as besoin de t'exercer encore, offrit Sampson.

— Non, c'est inutile, dit-il sans quitter Jo des yeux. Je serai prêt à faire ce que je dois faire le moment venu.

Sampson l'ignorait, mais la réponse de Stern avait un double sens. En ce qui le concernait, ce soir, il allait gâcher tous les plans que Jo avait concernant Carmichael.

Jo poussa un lent soupir pour se détendre quand l'hôtesse la guida vers une table libre. Quand elle était entrée, le premier regard qu'elle avait croisé était celui de Walter, mais il n'avait pas semblé la reconnaître. A sa décharge, elle était très différente sans son uniforme, ses chaussures de sécurité et sa casquette. Toutefois, il devait bien y avoir quelque chose de familier chez elle.

— Le spectacle commence dans une demi-heure, annonça la jeune femme, dont le badge indiquait qu'elle s'appelait Melissa. Voulez-vous un verre de vin ?

— Oui, un verre de moscato.

— Excellent choix. Je vous l'apporte tout de suite.

Pendant qu'elle attendait sa commande, Jo se força à ne pas regarder les hommes au bar ; elle avait croisé le regard de la plupart d'entre eux à son arrivée, et ne tenait pas à leur donner l'impression qu'elle recherchait de la compagnie. Hormis celle de Walter, bien sûr. Que ferait-elle si un homme l'approchait avant lui ? Elle devrait l'éconduire poliment, et lui faire savoir qu'elle n'était pas intéressée. Mais si cela arrivait et que Walter approchait, aurait-il l'impression d'avoir décroché le pompon ? Penserait-il que cela lui donnerait le droit d'avoir tout ce qu'il voulait ?

— Excusez-moi. Cela pourrait passer pour une phrase bateau, mais j'ai le sentiment que nous nous sommes déjà rencontrés.

C'était Walter ! Il lui souriait, et une lueur d'intérêt intense brillait dans ses yeux. Elle était soulagée qu'il soit le premier à l'approcher. Il était très beau ce soir, pourtant elle se demanda pourquoi Wanda et elle avaient pu penser un seul instant qu'il pouvait rivaliser avec Stern. Question beauté physique, Stern le battait à plates coutures.

Elle lui rendit son sourire, songeant que la soirée prenait exactement la tournure qu'elle avait espérée.

— Nous nous sommes déjà rencontrés, Walter, dit-elle, décidant de ne pas jouer la carte de la fausse timidité.

Elle devinait qu'il était surpris et heureux qu'elle connaisse son prénom.

— Vraiment ? Alors, cela a dû être bref. Il est impossible que j'aie pu tenir une conversation avec vous sans m'en souvenir.

C'était un charmeur, mais il devrait fournir bien plus d'efforts pour l'impressionner. Elle était la meilleure amie d'un maître en séduction, et elle avait entendu Stern utiliser ce genre de phrases très souvent.

Ce qui lui rappela qu'elle n'avait toujours pas eu de nouvelles de Stern. Il ne l'avait pas rappelée. Elle savait qu'il n'était pas malade, sinon elle l'aurait appris par un de ses frères ou de ses cousins. Cela ne pouvait signifier qu'une chose : il était encore contrarié, et se comportait comme un enfant de quatre ans en refusant de lui parler. La seule autre fois où ils avaient cessé de se parler, c'était au lycée, lorsqu'il avait juré qu'elle lui avait donné la rougeole exprès… Comme si elle avait pu faire une telle chose ! Elle avait attrapé la maladie en premier, et quelques jours après, il avait suivi, ce qui l'avait empêché de participer à un concours musical.

Pour éviter que ses frères et ses cousins ne soient contaminés, ce qui aurait été difficile à gérer pour Dillon et Ramsey, le père de Jo avait invité Stern à séjourner chez eux pendant sa maladie. S'il pouvait s'occuper d'un enfant malade, il pouvait aussi bien s'occuper d'un deuxième, avait-il décrété. A la fin de la deuxième semaine, Stern avait admis qu'elle était innocente, et qu'être malade n'avait pas été si mal, surtout parce que le père de Jo lui avait donné des tas de magazines automobiles. En fait, si ses souvenirs étaient bons, Stern n'avait pas voulu quitter la maison une fois rétabli. Il avait déclaré qu'il s'était plus amusé en étant malade chez elle que bien portant chez lui.

Prenant une grande inspiration, elle s'efforça de chasser Stern de son esprit. Toute cette soirée avait pour but de lui faire oublier ses sentiments pour lui. Ce n'était pas juste de comparer sans cesse Walter à son meilleur ami.

— Alors, où nous sommes-nous rencontrés ? demanda Walter.

Elle soutint son regard, guettant son expression quand elle lui dirait qui elle était.

— Dans mon établissement.

— Votre établissement ? Et quel genre d'établissement possédez-vous ?

Il glissa les mains dans ses poches, et prit une pose que certaines femmes trouveraient certainement sexy.

Elle afficha un sourire.

— Je vous ai vu cette semaine. Je suis surprise que vous ne m'ayez pas reconnue tout de suite. Je m'appelle Jovonnie Jones, du Golden Wrench. Jo.

Elle vit le choc passer dans son regard, et sa réaction fut bien trop longue à son goût. Ce qu'il fit ensuite l'agaça encore plus. Il prit sa main et observa ses ongles. Que s'attendait-il donc à trouver ? De la graisse de moteur sur ses doigts ? Elle retira sa main.

— Il y a un problème ? demanda-t-elle.

Il secoua la tête, comme s'il essayait de composer avec ce qu'il venait de découvrir.

— Non, c'est juste que je n'arrive pas à croire que vous êtes la femme qui… qui…

Il semblait avoir du mal à trouver ses mots.

— La femme qui répare des voitures ? suggéra-t-elle. Qui porte toujours un uniforme ? Qui cache ses cheveux sous une casquette ?

— Oui, dit-il avec un petit sourire. C'est ça. Vous

êtes méconnaissable, dit-il d'une voix grave, tout en la toisant de pied en cap. Je ne l'aurais jamais cru.

Méconnaissable… ? Croyait-il lui faire un compliment ? Cette pensée la contraria encore plus, mais elle tenta d'oublier son exaspération. Walter servait un but. Il était loin de se douter qu'en agissant ainsi, il était de moins en moins susceptible de lui faire oublier ses sentiments pour Stern.

— Voilà votre vin, annonça la serveuse, posant le verre devant elle.

— Merci.

— Attendez-vous quelqu'un ? demanda Walter.

Elle lui lança un regard, tentée de mentir et de répondre par l'affirmative. Mais il était la raison de sa présence ce soir. C'était pour lui qu'elle avait passé toute une journée à faire les boutiques, jusqu'à l'épuisement. Pour lui encore qu'elle s'était apprêtée jusqu'au bout des ongles.

— Non, je n'attends personne. Je suis seule.

— Moi aussi, je suis seul, dit-il d'une voix profonde et rauque. Ça vous ennuie si je me joins à vous ?

Elle afficha un sourire forcé.

— Non, ça ne m'ennuie pas.

— Ça va, fiston ?

— Oui, ça va.

Stern était si concentré sur Jo et Carmichael qu'il avait oublié la présence de Sampson. Carmichael s'était maintenant assis à la table de Jo, et la faisait sourire. Stern étant un chasseur, il reconnaissait aisément l'instinct de prédateur chez un autre homme, et il ne faisait pas de doute dans son esprit que Carmichael avait un instinct très développé. Voilà qu'il servait un autre verre de vin à Jo. Comptait-il la rendre ivre ? Stern gloussa. Si c'était le plan de Carmichael, il ferait mieux d'en trouver un autre, car Jo tenait très bien l'alcool. A en croire que cela n'avait aucun effet sur elle.

— Le spectacle va commencer, je dois y aller.

Stern regarda par-dessus son épaule.

— D'accord. Et encore une fois, merci d'avoir ajouté mon numéro au programme de ce soir.

— Pas de problème. J'imagine qu'il y a une raison pour que tu aies appelé à la dernière minute pour me demander de jouer.

Sampson regarda par la vitre la table de Jo.

— A présent, je sais pourquoi, dit-il.

Stern déglutit.

— Vous savez ?

— Oui. Quand un homme aime une femme, il lui est difficile de cacher ses sentiments.

Stern fronça les sourcils.

— Il ne s'agit pas de ça. Elle et moi sommes amis. Les meilleurs amis.

— Je vois.

Sampson voyait-il les choses de la même manière que Zane ? Cette idée ne lui plaisait guère, car il ne comprenait pas ce qui les poussait à penser ainsi. Il fut heureux quand son mentor sortit de la pièce. Cela lui épargnait d'avoir à se justifier encore.

Assis sur le tabouret, le dos appuyé contre le mur, il se remémora la journée d'hier. Les choses étaient allées si vite ! Il n'avait pas eu à insister auprès de Wanda pour obtenir des informations ; elle les lui avait données bien volontiers. Ensuite, il n'avait eu aucun mal à concocter un plan d'attaque.

Le Punch Bowl était autrefois le repaire préféré de Riley et Derringer. Les femmes venaient ici seules pour rencontrer des hommes. Il était donc logique que

Carmichael fréquente cet endroit chaque week-end. Et la musique était sans doute la meilleure de Denver, avec Sampson au piano et Mavis à la basse.

Lorsque Stern avait eu l'idée de jouer un morceau de violon, un seul coup de fil à Sampson avait suffi, sans qu'on lui demande aucune explication. Même ce soir, quand Sampson avait observé Stern en train d'épier Jo, le vieil homme n'avait posé aucune question. Il lui avait simplement fait part de ses remarques — avec une perspicacité étonnante. En dehors de la partie où il avait insinué que Stern était un homme amoureux.

En montant sur scène, Stern ferait à Jo la surprise de sa vie. Il était la dernière personne qu'elle s'attendait à voir ce soir. Et elle ne s'attendait certainement pas à ce qu'il gâche sa soirée avec Carmichael.

Lorsque les lumières furent baissées pour annoncer le début du spectacle, Stern vit Carmichael changer de place pour se retrouver face à la scène. C'était compréhensible, mais à présent, il était bien trop près de Jo au goût de Stern.

Il empoigna son violon. Il était prêt à jouer, et à chasser de son esprit toutes ses pensées négatives. Et elles étaient nombreuses.

— Vous savez que vous avez envie de partir avec moi, alors qu'attendons-nous ?

Jo but une autre gorgée de vin, et se demanda ce que l'imbécile assis à côté d'elle buvait. Ce devait être un alcool fort, s'il croyait vraiment qu'elle voulait partir avec lui ! Ces vingt dernières minutes, elle avait mesuré quelle erreur elle avait commise, en le choisissant comme candidat digne de son affection. Cet homme ne méritait le cœur d'aucune femme. La seule chose à laquelle il pensait était le sexe, le sexe, et encore le sexe.

Elle avait cessé de compter les fois où il avait dit vouloir partir avec elle. Et l'attirer dans un lit. Le sien, son lit à elle, même celui de l'hôtel le plus proche lui conviendrait. Certes, elle était différente de la dernière fois où il l'avait vue, mais à présent, elle se demandait si elle avait une pancarte sur le front qui indiquait : prête à s'envoyer en l'air.

Décidant d'ignorer sa dernière suggestion, elle répondit :

— Génial, le spectacle va commencer.

— Venez avec moi, et nous pourrons faire notre propre spectacle chez vous. Ou chez moi.

Jo prit une profonde inspiration. Elle avait rencontré peu d'hommes insistants dans sa vie, mais des hommes détestables, assez souvent. Comme ceux qui venaient dans son garage et demandaient expressément à ce que ce soit Beeker qui prenne en charge leur voiture, car elle était une femme et ne pouvait donc pas être compétente. Leur façon de penser la désolait, mais elle avait décidé depuis longtemps que cela ne l'empêcherait pas de dormir. Les hommes pensaient ce qu'ils voulaient, et on ne pouvait pas les changer. C'était le cas pour Walter. Il la prenait pour une fille facile, mais il avait tort. Il croyait sans doute être, pour sa part, un don de Dieu pour les femmes, mais il se trompait, là aussi. Il avait passé l'essentiel de leur conversation à se vanter. Jamais elle n'avait rencontré un homme aussi si imbu de lui-même.

Quelle déception ! Après tout le mal qu'elle s'était donné pour ne plus être une femme sur laquelle personne ne se retourne et devenir une femme que l'on remarque. Certes, les hommes l'avaient remarquée, mais pour de mauvaises raisons… Comme Stern l'avait prédit.

Le plus triste, c'était que l'homme qu'elle avait espéré remplacer par Walter dans son cœur n'était plus son meilleur ami. Apparemment, son obsession pour Walter avait éloigné Stern.

Elle fut heureuse quand le groupe commença à jouer. Avec un peu de chance, Walter se tairait pendant quelques instants. Elle resterait assez longtemps pour apprécier la musique, puis elle partirait, et essaierait de trouver une solution pour réparer les dégâts qu'elle avait causés à son amitié avec Stern.

Quand le groupe eut joué quelques morceaux de jazz, un musicien d'âge vénérable, Sampson Kilburn, s'avança sur la scène, sous l'ovation du public. C'était le meneur du groupe, et Jo avait entendu dire que c'était un bon pianiste. Quelques instants plus tard, il prouva qu'il était à la hauteur de sa réputation. Cet homme était vraiment talentueux.

— Il est doué, n'est-ce pas ? murmura Walter à son oreille. Aussi doué que nous le serons tous les deux dans un lit, j'en suis sûr.

Jo se mordilla la lèvre. Elle était à deux doigts de lui dire d'aller au diable. Mais elle ne prit pas cette peine. Car au premier entracte, elle s'en irait.

Debout devant la vitre sans tain, Stern fixait Jo. Malgré la lumière tamisée, il distinguait son expression. Il ignorait ce que Carmichael avait fait, mais apparemment, il l'avait contrariée. C'était peut-être une bonne nouvelle pour lui, car il n'aurait pas à interrompre leur tête-à-tête, mais ce n'était pas une bonne chose pour Jo.

Il savait à quel point elle avait voulu impressionner ce type, et tout le mal qu'elle s'était donné pour y parvenir. Il espérait qu'elle ne se sentait pas responsable de la tournure que prenait la soirée. Elle n'y était pour rien, tout était la faute de Carmichael.

La musique qu'il comptait jouer pour elle était plus appropriée que jamais.

Sweety passa la tête par la porte et sourit.

— Vous êtes le prochain, Stern. Sampson est tout excité qu'un de ses protégés joue avec lui.

Stern rit.

— Tout le plaisir est pour moi, vraiment.

Quelques instants plus tard, il était prêt à entrer en scène.

8

— Après ce morceau, je m'en vais, chuchota Jo à l'oreille de Walter.

— Bien. Je vous suivrai.

Elle fronça les sourcils. A l'évidence, il avait tiré ses propres conclusions sur la façon dont cette soirée se terminerait. Il était temps de lui faire savoir, en termes très clairs, que lorsqu'elle s'en irait, ce serait seule. Cependant, au moment où elle voulut se lever, Sampson Kilburn prit la parole.

— C'est un grand plaisir pour moi d'accueillir sur scène un de mes anciens élèves, qui je pense vous plaira. Je vous demande de réserver un accueil chaleureux à Stern Westmoreland, qui va nous jouer un morceau au violon.

Jo scruta la scène, le souffle coupé. Stern ? Ici ? Elle le regarda avancer avec son violon, un grand sourire aux lèvres. Elle n'en croyait pas ses yeux. Que faisait-il au Punch Bowl ? Avait-il appris qu'elle serait présente ? Non, comment l'aurait-il pu ? Ils ne s'étaient pas parlé depuis des jours.

Elle le regarda faire une révérence sous les acclamations et les applaudissements.

— J'espère que vous apprécierez mon interprétation de cette chanson qui parle de la beauté vraie. Je dédie ce morceau à une femme exceptionnelle qui est ici ce soir, Jovonnie Jones.

Pour la deuxième fois en moins de dix minutes, Jo eut le souffle coupé. Sans la moindre hésitation, Stern posa le regard sur elle et sourit. Il *avait su* qu'elle était là. Mais comment ?

— Hé, ce type parle de vous. Vous le connaissez ? demanda Walter, l'air contrarié.

— Oui, je le connais, dit-elle, bien décidée à ne pas trahir son émotion. C'est mon meilleur ami.

— Meilleur ami, railla-t-il. Mais oui, bien sûr. Pour moi, l'amitié entre hommes et femmes n'existe pas.

Quoi que Walter ait dit ensuite, elle ne l'entendit pas. Elle était trop fascinée par Stern. Accompagné par le groupe et par Sampson au piano, il se mit à jouer, agitant son archet sur les cordes pour produire des notes parfaites. Jo avait entendu cette chanson plusieurs fois, mais jamais la mélodie ne l'avait autant touchée. Stern mettait tout son cœur et toute son âme dans sa musique. Elle se souvint qu'il lui avait appris à jouer du violon quand ils étaient au lycée.

Elle sentit Walter tirer sur sa main.

— Venez, nous allions partir. Si ce type est votre meilleur ami comme vous le prétendez, vous pourrez l'écouter jouer une autre fois.

Ignorant l'impolitesse de Walter, Jo resta assise, totalement hypnotisée par l'image de Stern en train de jouer. Elle était charmée par son talent, comme tout le monde dans la salle.

Certes, elle l'avait déjà entendu jouer mais, ce soir, c'était différent. Il jouait pour elle. Savoir qu'il avait sélectionné ce morceau à son attention la touchait et la réconfortait. Elle ignorait comment, mais Stern avait appris qu'elle serait là. Et il avait senti que cette soirée ne se déroulait pas comme elle l'avait espéré. Son meilleur ami savait. Et il était là, lui donnant le sentiment d'être belle, en dépit de tout le reste.

Il jouait toujours, sans la quitter des yeux. C'était comme s'il affirmait que quoi qu'il advienne, leur amitié pouvait survivre à tout. Même aux Walter Carmichael de ce monde.

A la fin du morceau, Stern eut droit à une ovation. Les jambes chancelantes, Jo se leva, et frappa des mains jusqu'à en avoir mal. Il lui fit un clin d'œil, et elle ne put s'empêcher de rire et de lui rendre son clin d'œil. Plus tard, il leur faudrait avoir une conversation sérieuse, mais pour l'heure, elle était heureuse d'avoir retrouvé son meilleur ami, tout simplement.

— Bon, je suis prêt à partir, répéta Walter une nouvelle fois.

Il s'était levé, et tirait sur son bras avec un peu plus de force.

Elle dégagea son bras.

— Alors, je vous en prie, faites, mais je ne vais nulle part avec vous.

Le regard sombre de Walter se fit glacial.

— Quelques instants avant que *votre meilleur ami* monte sur la scène, vous avez suggéré que nous partions.

Jo recula sur sa chaise.

— Je n'ai rien suggéré de tel. Je vous ai dit que je partais, mais à aucun moment, je ne vous ai invité à partir avec moi.

Il se pencha vers elle.

— Ne vous avisez pas de jouer les allumeuses avec moi. Je n'aime pas que l'on me mène en bateau. Vous ne savez pas à qui vous avez à faire.

— C'est vous qui ne savez pas à qui vous avez affaire.

A sa grande surprise, Walter eut un sourire.

— D'accord, je comprends. Vous aimez jouer les dominatrices. Cette fois, je vous laisserai faire, mais quand nous serons chez vous, nous inverserons les rôles.

Jo le dévisagea. Avait-il perdu la tête ? Elle se leva, s'apprêtant à lui envoyer une réplique cinglante quand Stern approcha.

— Tout va bien ? demanda-t-il.

Elle remarqua la lueur d'inquiétude dans son regard.

— Oui, tout va bien. Rassure-toi.

— D'accord.

Si Stern acceptait de rester en retrait, c'était uniquement parce qu'il voyait qu'elle maîtrisait la situation. Elle se tourna vers Walter.

— Lisez sur mes lèvres, Walter. Je ne vais nulle part avec vous, et vous n'allez nulle part avec moi. Je me suis trompée sur vous, et à l'évidence, vous vous êtes trompé sur moi. A présent, fichez le camp.

Walter se crispa.

— Je n'aime pas qu'on se moque de moi. Je ne me suis pas trompé sur vous. Vous êtes arrivée dans ce club habillée comme une fille facile.

Stern avança d'un pas vers Walter mais Jo l'arrêta d'une main.

— Non, Stern, dit-elle fermement.

Elle se tourna vers Walter et le fusilla du regard. Elle était consciente que les gens autour d'eux commençaient à les observer et s'en moquait bien.

— Je n'aime pas qu'on suppose des choses sur moi et qu'on me manque de respect.

— De respect ? Je peux vous traiter comme j'en ai envie, dit-il d'un ton méprisant. Vous savez qui je suis ?

Jo plissa les yeux.

— Oui, vous êtes un petit garçon dans un costume d'homme qui a besoin de grandir.

Quelques rires éclatèrent derrière eux, au bar, là où se tenaient les amis de Carmichael. Celui-ci eut le bon sens de ne rien répliquer. Après lui avoir décoché un dernier regard glacial, il quitta le club.

— Ça va, Jo?

Elle se retourna vers Stern.

— Oui, pourquoi ça n'irait pas?

Il caressa une boucle de ses cheveux puis passa lentement la main sur son visage et sur le col de sa robe.

— Parce que tu as fait tout ça pour lui, murmura-t-il. Je suis désolé.

Elle ne l'avait fait que parce que c'était un moyen d'oublier Stern. Mais cela, elle ne pouvait l'avouer. Elle ne voulait pas que Stern ait de la peine pour elle. Surtout quand elle essayait avec tant de force de ne pas s'apitoyer sur elle-même.

— Je vais bien. Merci pour le morceau que tu as joué. C'était magnifique et, grâce à toi, je me suis sentie spéciale. Comment as-tu su que j'étais là?

Il regarda autour de lui, et remarqua que les gens les observaient toujours.

— Je n'ai pas d'autre morceau à jouer ce soir, dit-il. Viens, je te reconduis chez toi, et nous pourrons discuter.

Elle approuva d'un signe de tête, et ils sortirent du club.

— Je fais du café. Tu en veux une tasse?

Retirant ses chaussures, Jo alla dans son salon et regarda Stern se diriger vers la cuisine.

— Oui, dit-elle. Tu sais comment je l'aime.

Elle posa son sac sur la table basse et s'assit sur le canapé, en songeant au fiasco qu'avait été cette soirée. Peut-être aurait-elle dû agir différemment. Elle n'avait pas allumé Walter comme il le prétendait. Ils étaient en train de parler d'un film récent quand soudain, sans crier gare, il avait dévié la conversation sur le sexe. En termes plutôt explicites. Il lui avait dit de but en blanc quelles pratiques il préférait, et que coucher ensemble était une très bonne manière d'apprendre à se connaître. Puis, il avait essayé de la convaincre de partir avec lui.

— Ne fais pas ça, dit Stern en s'installant dans un fauteuil face à elle.

— Faire quoi ?

— Te mordiller la lèvre. Il n'en vaut pas la peine.

— Je sais, mais…

— Mais quoi ?

— Mais je ne peux m'empêcher de m'interroger. Qu'est-ce qui pousse certains hommes à se transformer en crétins finis ?

Stern se pencha vers elle, et l'observa un instant.

— Et qu'a-t-il fait au juste pour que tu sois si remontée contre lui ?

— Il a insisté pour que je couche avec lui. Ce soir. Bon sang, Stern, nous ne nous étions même pas embrassés ! Contrairement à moi, tout ce qu'il recherchait, c'était une aventure sans lendemain. Et moi qui espérais entamer une vraie relation avec lui ! Je croyais vraiment que j'aurais envie d'apprendre à le connaître.

— Il ne te méritait pas, Jo.

— Je sais.

Elle appuya la tête contre le dossier et fixa le plafond.

— Alors, si tu me racontais comment tu as fait pour être là ce soir ?

— Je vais aller chercher le café, et ensuite, je te dirai tout.

Elle pencha la tête et le regarda quitter la pièce. C'était si injuste que l'homme dont elle était tombée amoureuse soit justement le seul qu'elle ne pouvait avoir. Elle l'entendit ouvrir le placard. Stern connaissait sa maison autant qu'elle connaissait la sienne, et il n'hésitait pas à faire comme chez lui à chacune de ses visites. Elle faisait de même lorsqu'elle se rendait chez lui. Pas de limites, pas de restrictions. Autant qu'elle sache, elle était le seul membre extérieur à sa famille qui possédait une clé de sa maison.

Il revint avec un plateau, et remplit leurs deux tasses.

— Boire ça va sans doute t'empêcher de dormir.

De toute manière, elle ne trouverait sans doute pas le sommeil, avec tout ce qui s'était passé ce soir.

— Merci, dit-elle en acceptant la tasse.

Elle savait qu'elle allait l'apprécier. Stern faisait un excellent café.

Elle le regarda d'asseoir. Pourquoi fallait-il qu'ils soient meilleurs amis ? S'ils ne l'étaient pas, alors…

Elle prit une grande inspiration et fixa sa tasse.

S'il n'était pas ton meilleur ami, il n'aurait aucune raison d'être assis dans ton salon, ce soir ou n'importe quel autre soir. Il ne saurait sans doute même pas que tu existes. Les hommes aussi beaux que Stern ne sortent pas avec des filles qui font le métier que tu fais. Et si c'est le cas, ils ne cherchent qu'une chose.

Non, rectifia-t-elle, elle ne pouvait pas classer Stern dans la même catégorie que Walter.

— Tu fronces les sourcils, Jo. Le café est si mauvais ?

Elle secoua la tête.

— Non, je réfléchissais.

— A propos de Walter ?

Non, à propos de toi.

— Oui, de Walter.

C'était en partie vrai.

Il but une gorgée de café.

— Je peux te poser une question ?

— Oui ?

— Qu'est-ce que tu as bien pu lui trouver ?

Elle ne put s'empêcher de glousser. Seul un homme pouvait poser une question pareille. Même si Walter s'était comporté en vrai mufle ce soir, cela ne changeait rien au fait qu'il était séduisant.

— Eh bien, des possibilités.

Elle se dit qu'ils devraient en rester là pour l'instant, d'autant qu'elle aussi avait des questions à poser.

— Tu savais que je serais au Punch Bowl. Comment l'as-tu appris ?

Il étendit ses longues jambes et s'enfonça dans son fauteuil.

— J'ai mes sources. Comme tu refusais de me dire où tu allais et le nom de l'homme qui t'intéressait, j'ai décidé de mener ma petite enquête.

Elle hocha la tête. Ce ne serait pas difficile de trouver sa source, car elle savait exactement qui détenait cette information.

— Tu ne m'as pas rappelée, dit-elle pour changer de sujet.

Elle le regarda poser sa tasse. Il semblait songeur.

— Non, en effet, répondit-il enfin. J'avais besoin de temps pour réfléchir.

— A propos du baiser que nous avons partagé ?

Pourquoi ne pas parler franchement de ce qui le perturbait ?

— Oui, le baiser que nous avons partagé.

— Mais pourquoi ? Nous savions que ce baiser ne voulait rien dire, Stern. Nous en avons même parlé avant de commencer. Je ne comprends pas pourquoi tu en fais tout un plat, alors que tu m'aidais seulement à m'améliorer.

*
* *

Les yeux rivés à son café, Stern réfléchit. Comment expliquer à Jo que ce baiser signifiait quelque chose ? Même s'il avait voulu croire que cette étreinte n'était destinée qu'à améliorer ses compétences, c'était loin d'être aussi simple. Voilà pourquoi il avait ressenti le besoin de reculer. A présent, il se demandait si Zane et Sampson avaient raison. Stern commençait-il à ressentir quelque chose pour Jo qui n'avait rien à voir avec l'amitié, et tout à voir avec le désir qu'un homme éprouvait pour une femme ?

A cet instant, il la trouvait plus sexy que jamais. Il comprenait pourquoi tous les hommes au bar avaient été si fascinés par elle. Le coiffeur qui s'était occupé d'elle avait un talent exceptionnel, il avait su souligner sa beauté à la perfection.

Mais ce relooking ne rendait pas compte des autres qualités de Jo. Ces autres hommes au bar, Carmichael en tête, s'étaient contentés de la juger sur son apparence et n'avaient rien vu de sa beauté intérieure. Or, selon lui, Jo n'avait pas besoin d'un relooking pour mettre en valeur cette beauté-là.

— Stern ?

Il prit une grande inspiration et décida de répondre à sa question avec franchise… du moins, autant qu'il le pouvait.

— Oui, nous avons parlé du baiser, et c'était censé n'être rien de plus qu'une séance de travaux pratiques. Mais j'ai perdu le contrôle, Jo, et je n'aurais pas dû. Si ton téléphone ne nous avait pas interrompus, j'aurais essayé de te déshabiller.

Elle soutint son regard un instant, puis balaya ses paroles du revers de la main.

— Tu te serais arrêté.

— Non. Bon sang, Jo, j'avais déboutonné ta chemise !

Et elle l'avait laissé faire, ce qui prouvait à quel point elle lui avait fait confiance. Elle avait cru qu'il agirait au mieux. Mais, à ce moment-là, agir au mieux s'était avéré être le cadet de ses soucis.

— D'accord, tu as déboutonné ma chemise. Il n'y a rien de grave.

Pourquoi minimisait-elle son comportement inapproprié ? Il n'avait guère dormi cette nuit-là, mais ce n'était pas le remords qui l'avait gardé éveillé. C'était le souvenir de l'excitation qu'il avait ressentie en touchant sa peau nue, en embrassant sa bouche. Pourquoi, après toutes ces années, était-il attiré par elle de cette façon ? Pourquoi, tout d'un coup, éprouvait-il un vrai désir contre lequel il ne pouvait lutter ?

— Même si Walter s'est avéré une grande déception, dit Jo, je ne pense pas que ce week-end ait été un fiasco complet. J'ai pu passer du temps avec tes cousines et tes belles-sœurs. Ritz et son assistant sont très drôles, et j'ai adoré ma coiffure et mon maquillage. Ils m'ont même expliqué comment me maquiller moi-même, s'il m'en prenait l'envie un jour. Alors, je devrais te remercier pour m'avoir suggéré ce relooking.

Il n'était pas sûr qu'elle doive le remercier, puisqu'il avait projeté de saboter sa soirée avec Carmichael. Autant être honnête sur ce point.

— J'ai un aveu à te faire.

Elle le regarda droit dans les yeux.

— Lequel ?

— Je ne voulais pas que ça marche entre Carmichael et toi. En fait, j'espérais que ça ne fonctionne pas. J'ai même projeté de faire quelque chose pour vous interrompre si vous partiez ensemble.

Elle fut surprise.

— Comme quoi ?

— J'aurais joué les trouble-fêtes. Et quand Sampson m'a dit quel mufle Carmichael pouvait être avec la gent féminine — il paraît qu'il a brutalisé certaines femmes qui avaient rejeté ses avances —, je savais que je ne voulais pas qu'il t'approche.

Elle se leva pour se resservir une tasse de café. Il suivit les mouvements de son corps, dans cette robe trop sensuelle. Elle avait enlevé ses talons aiguilles et était pieds nus, ce qui lui permettait d'apprécier ses magnifiques jambes.

— Tu en veux encore ? dit-elle en se tournant vers lui.

Il rencontra son regard.

— Je te demande pardon ?

— Du café. Tu en veux encore ?

— Non, ça va.

Il avala une gorgée, regrettant que le breuvage ne soit pas un alcool fort.

Son attirance pour elle ce soir était plus puissante que jamais. Mais il ne pouvait se permettre d'y succomber. Ce dont Jo avait besoin, c'était d'une épaule pour pleurer, pas d'un ami brûlant de désir. Et il se sentit se raidir encore quand il la regarda s'asseoir sur le canapé et ramener ses jambes sous elle, ce qui releva le bord de sa robe et lui donna un aperçu de ses cuisses tentantes. Il savait qu'il était temps pour lui de partir, mais dans son état, il lui était impossible de se lever tout de suite.

Elle prit une longue gorgée de café avant de reporter son regard sur lui.

— Explique-moi quelque chose, Stern.

— Si je peux.

— Tu ne connaissais pas Walter. Pourquoi ne voulais-tu pas que ça marche entre nous ?

— A cause de ce que Sampson m'avait raconté.

Elle hocha la tête.

— Alors, tu ne comptais nous gâcher la soirée qu'après avoir appris ces choses sur Walter ?

— Non.

Elle semblait déconcertée. Mais il voulait être totalement franc. Il y avait toujours eu une totale honnêteté entre Jo et lui, c'était d'ailleurs la raison de la longévité et de la force de leur amitié.

— Laisse-moi t'expliquer quelque chose sur les hommes en général, Jo. Nous sommes faits pour désirer les femmes, et pour vouloir faire l'amour aux femmes.

— S'il te plaît, dis-moi que tu n'essaies pas de justifier le comportement de Walter !

Stern secoua la tête.

— Non, absolument pas. Un homme véritable sait comment respecter une femme. Il ne lui parle pas de cette façon. Tu avais raison quand tu as dit qu'il était un petit garçon en costume, même si je doute qu'il ait apprécié de l'entendre.

— Je me montrais juste honnête.

— Eh bien, certains n'apprécient pas l'honnêteté.

Elle haussa les épaules.

— Alors, c'est leur problème, pas le mien.

Elle but une autre gorgée de café.

Stern l'observa. Pourquoi se sentait-il bizarre d'être seul avec elle, ce soir ? Il l'avait fait de nombreuses fois sans ressentir rien d'autre que de l'amitié. C'était peut-être dû à cette tenue si sensuelle, qui dévoilait tous ces atouts qu'elle cachait d'habitude si bien.

Elle était si jolie dans sa robe, avec son rouge à lèvres sur sa bouche pulpeuse, et ses boucles d'oreilles si sexy. Et quel était ce parfum qu'elle portait ? C'était une fragrance si enivrante. Ses cheveux, coiffés en dégradé autour de son visage, faisaient ressortir le noir de ses yeux, ses pommettes saillantes et sa bouche généreuse. Il avait très envie d'approcher et de passer les doigts dans ses mèches soyeuses, de prendre possession de ses lèvres sensuelles. Les affirmations de Zane étaient-elles justes ? Les sentiments de Stern pour Jo avaient-ils changé sans qu'il s'en rende compte ?

— Eh bien, pourquoi voulais-tu jouer les trouble-fêtes, Stern ? Alors que tu savais tout le mal que je m'étais donné pour plaire à Walter ?

Quelque chose en lui faillit céder. Bon sang, pourquoi était-elle si obsédée par Walter Carmichael ? Dans sa tête, il rejoua tout ce qui s'était passé entre eux depuis ce jour au chalet, quand elle lui avait demandé comment faire naître le désir chez un homme. Sa jalousie envers cet inconnu était née, et s'était accrue chaque fois qu'elle avait parlé de lui.

— Stern ?

Il lui lança un regard aiguisé.

— Tu veux vraiment le savoir ?

— Evidemment, dit-elle d'un ton exaspéré.

Il avait essayé de l'expliquer plusieurs fois, mais Jo ne semblait pas comprendre.

— Et si je te disais que je n'aimais pas l'idée que tu coures après un homme ?

Elle haussa le menton.

— Je ne lui courais pas après, pas exactement. Quand je l'ai vu, je me suis dit qu'il avait du potentiel. Qu'il ferait l'affaire.

— L'affaire pour quoi ? demanda-t-il, intrigué.

— Peu importe.

Il n'était pas de cet avis. Autant qu'il sache, Jo n'avait jamais eu de relation avec un homme. Avait-elle vu en Carmichael l'homme avec lequel elle voulait vivre sa première expérience sexuelle ? Jo ne coucherait pas avec quelqu'un à qui elle ne tenait pas. Carmichael avait donc gâché sa chance quand il avait essayé de faire d'elle une aventure d'un soir.

Il se leva et posa sa tasse sur le plateau.

— Quelle que soit la raison, elle compte, dit-il. Raccompagne-moi. Il se fait tard.

Il lui prit la main pour l'aider à se lever. Il ne put résister à l'envie de contempler sa silhouette.

— Tu es très belle ce soir, Jo.

— Je me suis vraiment sentie belle, dit-elle en souriant. Et je le referai. Les cheveux, le maquillage, la robe. J'ai apprécié ce changement.

— Oui, dit-il une fois qu'ils furent devant la porte. Cela te va à ravir.

Cédant à la tentation, il enroula une mèche de ses cheveux autour de son doigt.

— Tu as gardé ta longueur.

— Oui. Ritz a juste coupé les pointes.

— Quoi qu'il ait fait, ça me plaît.

— Merci.

— Ne mets pas de casquette pendant quelque temps.

Elle rit.

— Je ne peux pas te le promettre. Tu me vois changer des bougies avec des boucles qui couvrent mon visage ?

— Non, dit-il, un peu déçu, j'imagine que non.

— Mais Ritz m'a montré comment les recoiffer comme ça toute seule.

Stern ignorait pourquoi, mais chaque fois qu'il plongeait les mains dans sa crinière, cela lui donnait envie de prendre ses lèvres. Il se sentit la regarder intensément. Puis, comme malgré lui, il approcha lentement sa bouche de la sienne. Pourquoi brûlait-il tant de la prendre dans ses bras ?

Au moment où leurs lèvres se touchèrent, et se mêlèrent avidement, elle laissa échapper un petit gémissement. De surprise ou de plaisir, il n'aurait su le dire. Tout ce qu'il savait, c'était que Jo avait le goût du café et qu'il voulait savourer chaque once de sa bouche.

Quand elle s'appuya contre lui, il mit machinalement les mains autour de sa taille, tandis que leurs langues entamaient une danse enfiévrée. Il n'avait pas de raison de l'embrasser ce soir. Ou plutôt si, rectifia-t-il rapidement. Ce soir, elle était une femme qui méritait l'attention d'un homme, et il n'avait aucun problème à la lui donner.

Enfin, il libéra sa bouche, puis embrassa le contour de ses lèvres, plusieurs fois, respirant son parfum et la sentant trembler dans ses bras. Comme lors des autres baisers, elle avait été très réactive. Elle venait de lui rendre son baiser d'une façon qui lui donnait envie de l'embrasser encore.

— Stern ?

— Mm ? fit-il tout en continuant de déposer de doux baisers sur sa bouche.

— Pourquoi m'embrasses-tu ?

— Parce que j'en ai envie.

Il n'avait pas dit cela pour être drôle. C'était l'entière vérité. Et il décida de pousser un peu plus loin sa franchise. Il lui releva le menton du bout du doigt, pour lui donner un autre baiser sur les lèvres.

— Au cas où tu n'aurais pas encore compris, Jo, il se passe quelque chose entre nous, et je pense qu'aucun de nous ne s'y attendait.

— Comment ?

Il sourit et fit un pas en arrière. Au lieu de répondre à sa question, il annonça :

— Je pars lundi en Floride pour un voyage d'affaires,

et je ne reviendrai pas avant jeudi. Nous devrions faire quelque chose à mon retour.

— D'accord. Si nous allions au bowling vendredi soir ?

— Que dirais-tu du chalet ?

— Le chalet ? s'étonna-t-elle.

— Oui. Nous devrions passer le week-end au chalet.

— Mais nous en revenons à peine.

— Et je veux que nous y retournions. Entre nous, quelque chose est en train de changer. J'ignore ce que c'est, Jo, mais je crois qu'il est temps que nous le découvrions.

Il se pencha et embrassa ses lèvres de nouveau, puis s'en alla.

9

— Hé, Jo, vous devriez vous habiller en fille plus souvent, commenta Sony Wyatt en souriant.

Entouré de ses collègues, Sony observait des photos d'elle prises samedi soir. Elle les avait apportées pour Beeker et Wanda, mais apparemment, elles étaient en train de faire le tour du garage.

— Très drôle, Sony, dit-elle en empoignant un tuyau pour nettoyer le carburateur de la voiture sur laquelle elle travaillait. Elle s'obligea à ignorer les sifflements admiratifs de ses employés.

— On ne dirait pas la même personne, commenta Leon Shaw.

Elle roula des yeux.

— Eh bien, je suis la même personne, et dois-je vous rappeler à vous quatre que je suis aussi votre patronne ? Alors, restez polis.

— Stern les a vues ? demanda Charlie Dixon.

Elle releva la tête. Tous ses employés savaient que Stern et elle étaient amis.

— Pourquoi ?

— Je me posais juste la question.

Elle haussa les épaules et remit la tête sous le capot de la Corvette. Charlie serait surpris d'apprendre que Stern n'avait pas besoin de voir les photos, puisqu'il l'avait vue en vrai. En fait, elle essayait encore de composer avec ce qui s'était passé hier soir, depuis le moment où elle avait croisé le regard de Walter au Punch Bowl jusqu'au baiser de Stern dans son salon. Elle avait envie de toucher ses lèvres pour mieux se souvenir de ce qu'elle avait ressenti lorsqu'il l'avait embrassée.

Et il s'agissait d'un vrai baiser. Rien à voir avec une leçon. Elle l'avait apprécié, et elle avait le sentiment que Stern aussi. L'espace d'un instant, ils avaient oublié qu'ils n'étaient que des amis et s'étaient embrassés comme… comme deux personnes attirées l'une par l'autre. Elle n'arrivait toujours pas à comprendre ce qui s'était passé. Oh ! elle comprenait parfaitement sa propre réaction, puisqu'elle était amoureuse de lui. Mais qu'est-ce qui avait conduit Stern à l'embrasser ainsi ? C'était ce qui la déconcertait plus que tout, et elle ne serait pas satisfaite tant qu'elle n'aurait pas la réponse.

Au moins, Stern était conscient qu'il se passait quelque chose. Avant de partir, il avait dit ces mots exacts : « Entre nous, quelque chose est en train de changer. J'ignore ce que c'est, Jo, mais je crois qu'il est temps que nous le découvrions.

Elle prit une grande inspiration, pourrait-il partager ce sentiment si fort qu'elle éprouvait pour lui ?

Quelques heures plus tard, alors que Jo s'occupait de la paperasse en s'efforçant de digérer tout ce qui s'était passé samedi soir, on frappa à la porte. Jo reconnut Wanda à sa façon de frapper.

— Entrez.

— Apparemment, tu ne m'as pas tout dit à propos de ta soirée de samedi, déclara Wanda, mécontente.

Elle s'installa sur la chaise face au bureau de Jo.

Consciente qu'elle n'avancerait pas tant que Wanda serait là, Jo referma le dossier sur lequel elle travaillait.

— Et selon toi, qu'est-ce que je ne t'ai pas raconté ?

— Comment tu as contrarié Walter Carmichael.

Jo se mordilla la lèvre. Elle avait dit à Wanda la même chose qu'à tous ceux qui l'avaient interrogée sur sa soirée : cela n'avait pas fonctionné entre Walter et elle, et ils étaient partis chacun de leur côté. Ce n'était pas un mensonge... simplement, elle avait volontairement laissé de côté tout ce qui impliquait Stern.

— Qu'est-ce qui te fait penser que je l'ai contrarié ? demanda-t-elle.

— Il a téléphoné à Beeker, il veut que son dossier soit transféré au garage Carl's Automotive, de l'autre côté de la ville. Il a dit à Beeker qu'il ne comptait pas remettre les pieds ici.

Jo se leva et alla ouvrir un tiroir dans le classeur métallique.

— Parfait ! Je n'ai aucune envie de le revoir, de toute façon.

Elle sortit le dossier de Walter et referma le tiroir. Puis elle retourna s'asseoir et tendit les documents à Wanda.

Wanda se cala sur sa chaise.

— Alors dis-moi, Jo. Comment peut-il y avoir de l'eau dans le gaz, alors qu'il n'y a encore rien entre vous ?

— Tu veux vraiment le savoir ?

Elle ne laissa pas à Wanda le temps de répondre.

— Bien, je vais te le dire.

Elle se permit un soupir d'irritation puis se lança.

— Walter Carmichael est un crétin qui a supposé que je m'étais pomponnée samedi soir juste pour qu'il puisse me mettre dans son lit. Toute la soirée, il n'a fait qu'essayer de me convaincre de quitter le club avec lui pour que nous puissions nous rendre dans la chambre la plus proche. Depuis quand les gens ne cherchent-ils plus à se connaître d'abord ?

Wanda sourit.

— Je crois que ça remonte à la période où les femmes sont devenues aussi portées sur les aventures sans lendemain que les hommes. Les couples ne veulent plus apprendre à se connaître de nos jours. Tout ce qu'ils veulent, c'est coucher ensemble.

— Eh bien, ce n'est pas ce que je veux.

Wanda acquiesça.

— Et je suppose que tu le lui as fait savoir, et qu'il ne l'a pas bien pris.

Jo roula des yeux.

— Ce type est un mufle. Comment ai-je pu penser une seconde qu'il pourrait y avoir une relation entre nous ?

— Donc, ton plan pour remplacer Stern dans ton cœur n'a pas fonctionné. Qu'est-ce que tu comptes faire maintenant ?

Jo soupira profondément et s'appuya contre le dossier de sa chaise.

— Rien. Je vais vieillir et mourir vierge.

— Il n'y a pas de fatalité, tu sais.

— Eh bien si, rétorqua-t-elle, la mine abattue. Du moins pour moi. Je ne veux pas d'aventures d'un soir ou de liaisons sans attaches, et aucun autre homme ne m'attire.

— Alors, ne cherche pas d'autres hommes. Concentre-toi sur l'homme que tu veux vraiment.

— Comme j'aimerais que ce soit aussi simple. Mais, tu le sais, Stern est inaccessible.

— Pourquoi ? Parce que c'est ton meilleur ami ?

— Oui.

Wanda resta silencieuse un instant.

— Tu n'as jamais entendu parler des amis amants ?

— Si, bien sûr.

— Alors, tu devrais étudier la question.

Jo secoua la tête. Wanda était assez âgée pour être

sa mère, et elle était en train de lui faire la promotion du sexe ?

— Ce genre de relations ne fonctionnerait pas pour Stern et moi. Nous ne sommes pas juste amis — nous sommes les *meilleurs* amis. D'ailleurs, il est encore dans tous ses états à cause de ces baisers.

Elle se rendit compte de ce qu'elle venait d'avouer mais trop tard. Gênée, elle rouvrit rapidement le dossier qu'elle avait laissé sur son bureau, feignant de vouloir s'y absorber. Mais Wanda se redressait déjà sur sa chaise et la dévisageait.

— Quels baisers ? Stern et toi vous vous êtes *embrassés* ? s'exclama-t-elle. Et ne t'avise pas d'esquiver la question, Jo. Autant tout me dire. Sinon, je demanderai à Stern de…

— Tu n'oserais pas, rétorqua Jo en se penchant vers elle.

Nullement impressionnée, Wanda se pencha à son tour, une lueur farouche dans le regard.

— Tu veux parier ?

Non, Jo ne voulait pas parier. La semaine dernière encore, elle avait avoué à Wanda qu'elle était tombée amoureuse de Stern. Elle ne serait pas étonnée si Wanda jouait les marieuses.

— D'accord, nous nous sommes embrassés. Plus d'une fois.

— Et ?

Wanda voulait-elle donc tous les détails ?

— J'ai apprécié, et je crois que lui aussi. Ça a commencé comme une leçon, pour m'apprendre à améliorer ma technique pour Walter et…

— Tu plaisantes, coupa Wanda d'un ton incrédule.

— Non, pas du tout.

— Et Stern a accepté ça ? Te donner des cours de baisers pour Walter ?

— Oui, mais ensuite, il a culpabilisé parce qu'il a perdu le contrôle.

Jo fut surprise de voir Wanda sourire.

— Continue, Jo. Je t'écoute toujours.

— Quoi qu'il en soit, nous nous sommes de nouveau embrassés samedi soir, quand il m'a raccompagnée chez moi.

— Samedi soir ? répéta Wanda, l'air intrigué. Après t'avoir raccompagnée chez toi ?

— Oui.

Voyant qu'elle n'y couperait pas, Jo se cala dans son siège et décida de tout raconter à Wanda.

— Eh bien, fit Wanda quand Jo eut terminé son récit. Donc, Stern et toi, vous allez au chalet ce week-end pour tenter de clarifier la situation.

Jo haussa les épaules.

— C'est à lui de comprendre. Moi, je sais déjà pourquoi je réagis ainsi à nos baisers. Mais je suis sûre que ce doit être troublant pour lui, puisqu'il n'éprouve pas les mêmes sentiments que moi.

— En es-tu bien sûre ?

— Evidemment. Pourquoi en serait-il autrement ?

— Eh bien, je ne sais pas. Peut-être parce que tu es une fille bien, que vous avez une relation unique, et qu'il te connaît mieux que personne. Et peut-être parce qu'il voit ce que d'autres ne voient pas.

— C'est-à-dire ?

— Le fait que tu as une beauté intérieure *et* une beauté extérieure.

Jo secoua la tête.

— Merci, mais je ne crois pas. Pour Stern, c'est une réaction physiologique. Il me l'a expliqué samedi soir. C'est pour ça qu'il a perdu le contrôle.

— Mais il sait que quelque chose est en train de se passer entre vous, et il veut savoir ce que c'est, non ?

— Oui.

Un grand sourire illumina le visage de Wanda.

— Dans ce cas, utilise ce week-end à ton avantage. Tu l'aimes déjà, alors, fais tout ce qu'il faut pour le faire tomber amoureux de toi.

Jo était sceptique.

— Je n'en connais peut-être pas beaucoup sur les hommes, mais je sais qu'une femme ne peut pas rendre un homme amoureux d'elle.

— Il y a une possibilité pour qu'elle y arrive. Surtout s'il est déjà à mi-chemin. Alors, tente ta chance, et essaie de le séduire ce week-end. Suggère-lui de devenir des amis amants, et tu verras bien ce qui se passe.

— Alors, comment était le voyage ? demanda Riley quand il entra dans le bureau de son frère.

— Génial, dit Stern en souriant.

Il leva les yeux de la pile de documents sur son bureau.

— Le contrat immobilier en Floride est en bonne voie.

— C'est une bonne nouvelle. Et j'ai aussi entendu dire que tu retournes au chalet ce week-end.

— Oui, Jo et moi avons besoin d'une pause.

— Mais vous y êtes allés il y a moins de deux semaines, fit valoir Riley en s'installant face au bureau de Stern.

— Et nous allons y retourner. Nous aimons cet endroit.

— Apparemment. Et j'ai vu les photos que Megan a prises du relooking de Jo. Elle était splendide. J'avais oublié qu'elle cachait une vraie crinière sous ces casquettes qu'elle affectionne. Et ces jambes. De toute beauté !

Stern fronça les sourcils.

— Tu ne te maries pas à la fin du mois ?

Riley rit de bon cœur.

— Si, mais ça ne m'empêche pas d'apprécier une belle femme quand j'en vois une. Rassure-toi, Alpha possède mon cœur, de manière totale et absolue. Et qui possède le tien ? ajouta-t-il d'une voix espiègle.

Stern haussa un sourcil.

— Mon quoi ?

— Ton cœur.

Stern afficha un sourire rusé.

— D'accord, je l'avoue. C'est Alpha qui possède mon cœur de manière totale et absolue.

— Très drôle, dit Riley. Tu sais ce que je veux dire.

— Non, dit Stern en secouant la tête. Honnêtement, je ne sais pas.

— Dans ce cas, j'ai comme l'impression que tu vas le savoir bientôt, répliqua Riley en lui adressant un clin d'œil.

Il se leva et se dirigea vers la porte.

— Qu'est-ce que tu veux dire ? demanda Stern.

Riley se retourna vers lui.

— Bon sang, Stern, tu es amoureux, et tu ne le sais même pas.

Peu après, Stern était devant sa fenêtre. Avec Riley, cela faisait trois personnes qui supposaient qu'entre Jo et lui, il y avait plus qu'une simple amitié. Ceci dit, il ne devrait pas être surpris. Zane avait affirmé que presque toute la famille était de cet avis.

Mais Riley avait tort. Stern savait *déjà* ce qu'il éprouvait pour Jo. Il avait combattu la vérité aussi longtemps qu'il avait pu, mais maintenant, il était prêt à admettre qu'il était tombé amoureux d'elle. Peut-être l'aimait-il depuis le début, comme le soupçonnaient Zane et les autres, et peut-être avait-il pris conscience de ses véritables sentiments tout récemment. Peu importait à présent. Le plus important, c'était qu'il aimait Jo.

Mais cela ne faisait qu'aggraver ses problèmes.

Il n'était pas du genre sentimental, pourtant il n'avait pas cessé de penser à Jo cette semaine. Il lui avait parlé tous les soirs au téléphone pendant son séjour en Floride, mais c'était comme si elle avait délibérément écourté leurs conversations. Se faisait-il des idées ? A la décharge de Jo, elle avait eu des journées chargées, et elle avait dû se coucher tôt. Elle n'y pouvait rien si elle lui manquait, s'il la désirait, s'il se languissait d'elle.

Il s'était surpris à regarder l'heure et à compter les jours. Jeudi était arrivé bien trop lentement à son goût. Il avait prévu de s'arrêter au garage après son arrivée à l'aéroport, mais lorsqu'il avait téléphoné, Wanda l'avait informé que Jo était partie plus tôt. Alors, au lieu de rentrer directement, il était venu au bureau.

A présent, il était impatient d'être à demain. A ce week-end.

Parce qu'il avait compris que Zane avait raison, et qu'il voulait davantage qu'une simple amitié avec Jo. Il voulait un avenir avec elle. Mais comment changer la nature de leur relation sans l'effrayer ?

Zane avait fait une autre prédiction, que Stern n'avait pas crue. Pour une raison ou une autre, Zane soupçonnait Jo d'avoir des sentiments pour Stern. Stern devait l'admettre, il avait fouillé dans son esprit, en quête d'un signe, d'une preuve pour confirmer cette théorie, en vain. Ces dernières semaines, Jo s'était concentrée sur Walter Carmichael, en essayant de devenir l'objet de son attention. Eh bien, Carmichael avait tout gâché. A présent, c'était à son tour de réussir là où Carmichael avait échoué en conquérant le cœur de Jo.

Il glissa les mains dans ses poches. Demain soir, Jo et

lui quitteraient la ville et effectueraient un trajet de six heurcs pour rejoindre son chalet de chasse. Il en profiterait pour faire son approche. Puisqu'ils reviendraient dimanche, il n'aurait que samedi soir pour réussir.

Un soir. Un seul soir pour lui prouver qu'ils pouvaient faire évoluer leur relation vers un tout autre niveau, et devenir bien plus que des amis.

10

Lorsque Jo ouvrit la porte, Stern releva son Stetson et resta ébahi.

— Tes cheveux !

— Eh bien ? demanda-t-elle en lui tendant son sac de voyage.

— Ils sont coiffés comme samedi dernier.

Jo rit tandis qu'elle fermait la porte à clé.

— Est-ce un crime ?

— Non, mais je ne m'y attendais pas.

Il va se passer beaucoup de choses ce week-end auxquelles tu ne t'attends pas, songea-t-elle tandis qu'ils marchaient vers le 4x4 de Stern.

— Je t'avais dit que Ritz m'avait expliqué comment refaire cette coiffure moi-même. Bien sûr, ce n'est pas aussi bien, mais ça fait l'affaire.

— Je trouve que c'est très réussi.

— Merci. Comment était ton voyage ?

— Correct. Mais tu m'as manqué, avoua-t-il en posant son sac à côté du sien sur la plage arrière.

Jo ne put ignorer les papillons dans son ventre quand il lui ouvrit sa portière. Ce n'était pas la première fois que Stern partait en voyage et revenait en disant qu'elle lui avait manqué. Mais cette fois, c'était différent. Bien sûr, elle prenait ses désirs pour des réalités, mais tout de même.

— Toi aussi, tu m'as manqué, dit-elle, et elle le pensait.

Même s'ils avaient discuté chaque soir au téléphone, elle avait délibérément écourté les appels, craignant de laisser échapper une parole malheureuse — comme avouer qu'elle l'aimait par exemple !

— Rien d'intéressant au travail cette semaine ? demanda-t-il une fois qu'il fut derrière le volant et qu'il eut bouclé sa ceinture.

Ce fut alors qu'il posa ses yeux sombres et brûlants sur elle.

Elle retint son souffle alors qu'un délicieux frisson parcourait tout son corps. L'air était soudain chargé de tension. Elle pouvait mettre cela sur le compte de tous ces fantasmes qui l'avaient tenue éveillée chaque nuit cette semaine. Ou sur ce roman sentimental que Wanda lui avait conseillé. Les scènes d'amour avaient presque brûlé ses doigts tant elles étaient torrides.

— Il ne s'est rien passé. A part que Walter a téléphoné à Beeker lundi pour faire transférer son dossier. J'imagine que j'ai perdu un client.

— Ça n'a pas l'air de t'attrister.

— Pas le moins du monde, dit-elle en souriant. Alors, comment ça s'est passé pour toi en Floride ? Tu as conclu le contrat ?

— Oui.

Elle sourit de plus belle.

— Je suis contente pour toi.

— Merci.

Elle inclina son siège. Stern préférait conduire sur tout le trajet. Tout ce qu'elle avait à faire, c'était se détendre ou faire une sieste.

— Fatiguée ? demanda-t-il quand il s'arrêta à un feu.

— Oui, la semaine a été chargée. Tous les week-ends

pendant lesquels je peux m'échapper sont une bouffée d'air frais. Merci de m'avoir invitée.

— Tu es toujours la bienvenue.

Elle se demanda si elle serait bienvenue, quand elle aborderait le prochain sujet de discussion. Même si c'était Wanda qui avait fait cette suggestion, plus elle y songeait, plus elle aimait l'idée qu'ils deviennent amis amants. Simplement, elle se demandait à quel point Stern serait réceptif à cette idée.

Elle lui lança un regard.

— Stern ?

— Oui ?

— J'ai réfléchi.

— A quoi ?

— A toi. A moi. A notre relation.

Il lui lança un bref regard avant de reporter son attention sur la route.

— Notre relation ?

— Nous sommes meilleurs amis depuis toujours.

— C'est vrai.

— Et il n'y aucun homme en qui j'ai plus confiance que toi.

— Merci.

— Je prends de l'âge.

— Moi aussi, rétorqua-t-il.

Elle hocha la tête et sourit.

— D'accord, nous prenons tous les deux de l'âge, mais il y a beaucoup de choses que tu as faites que je n'ai pas encore essayées.

— Comme ?

— Le sexe.

Stern freina brusquement pour éviter de rentrer dans la voiture devant lui. Puis il vérifia son rétroviseur avant de se ranger sur le bas-côté de la route. Coupant le moteur, il se tourna vers Jo.

— Qu'est-ce que tu as dit ?

Ce ne fut que lorsqu'elle expira que Jo se rendit compte qu'elle avait retenu sa respiration. Elle se mit à se mordiller la lèvre.

— Eh bien, tu as eu des expériences sexuelles et moi non.

— Pourquoi, nous étions en compétition ? demanda-t-il, l'air sombre.

Elle sentit ses joues s'empourprer. De tous les sujets dont ils avaient discuté au cours des années, le sexe n'en avait jamais fait partie. Elle avait appris qu'il était devenu sexuellement actif par hasard, quand elle avait trouvé des préservatifs dans ses affaires. Un jour, au lycée, un paquet était tombé de son sac, et elle les avait rapidement ramassés pour les lui donner. Toute la journée, elle s'était demandé si ce qu'elle avait entendu dire sur Mélanie Hargrove et lui était vrai.

— Non, nous n'étions pas en compétition, Stern. Je faisais juste une observation.

— Pourquoi ?

— Je te demande pardon ?

— Pourquoi cette observation ?

De nouveau, elle se mordilla la lèvre.

— Je suis face à un dilemme.

Il eut l'air intrigué.

— Quel genre de dilemme ?

— J'aurai trente ans dans quelques mois.

— Et ?

— Et je suis toujours vierge.

Elle vit sa pomme d'Adam bouger dans sa gorge.

— Et ? insista-t-il.

Elle haussa les épaules.

— Et c'est mon problème, mais j'espérais que tu pourrais m'aider.

— Comment ?

Ses questions abruptes commençaient à l'agacer.

— Comment ? répéta-t-elle.

— Oui, comment ? Comment puis-je t'aider ?

— En acceptant de faire quelque chose pour moi.

Il haussa un sourcil.

— Quoi ?

Elle prit une grande inspiration.

— En acceptant que nous devenions des amis amants.

Stern ne put que la dévisager. Il avait envisagé mille choses, mais certainement pas *celle-là*. Jamais, au grand jamais, il n'aurait cru qu'une telle requête passerait un jour ses lèvres. Mais elle l'avait formulée, et qu'elle le sache ou non — et il était certain qu'elle ne le savait pas —, elle venait de lui faciliter la tâche. Depuis hier soir, il n'avait pas cessé de se creuser la tête pour trouver un moyen de la séduire sans passer pour un mufle du genre de Carmichael.

Au bout du compte, il s'était dit qu'être franc et avouer qu'il l'aimait serait la meilleure option. Mais il doutait qu'elle soit vraiment prête à le croire. Alors, il avait décidé de suivre son plan initial : mettre à profit leur unique soirée pour lui prouver qu'ils pouvaient devenir plus que des meilleurs amis.

Et voilà qu'elle venait de régler le problème. Tout ce qu'il avait à faire, c'était suivre l'idée de Jo, et il aurait sa chance de lui prouver que des amis amants pouvaient aisément voir leur relation évoluer vers quelque chose de plus sérieux et de plus durable. Il était certain de vouloir ce genre relation avec Jo.

— D'accord, dit-il.

— D'accord ? demanda-t-elle, l'air surpris.

— Oui, d'accord. Amis amants, ça me va.

Elle haussa un sourcil.

— Tu acceptes ? Comme ça, sans même discuter ?

— Oui. Tu croyais que j'allais refuser ?

Elle haussa les épaules.

— J'imagine que non. Mais je m'étais attendue à ce que tu réfléchisses.

— Pourquoi réfléchir ? Je te désire.

Elle sembla surprise.

— Vraiment ?

— Oui. Pendant mon séjour en Floride, j'ai eu du temps pour réfléchir à nous, et je crois qu'une des raisons pour lesquelles j'ai tendance à perdre le contrôle quand nous nous embrassons, c'est parce qu'au fond de moi, je te désire. Ça explique beaucoup de choses.

— Ah oui ? fit-elle, hésitante.

— Oui. J'imagine que le désir était là depuis un moment, et que le fait de t'embrasser l'a fait remonter à la surface.

— Oh ! s'exclama-t-elle, sentant ses joues s'empourprer.

— Mais je veux être sûr que c'est moi que tu désires, et que je ne suis pas un substitut de Walter Carmichael.

— Non, rassure-toi.

Elle semblait catégorique.

— Tu en es certaine ? demanda-t-il en la scrutant du regard.

— Absolument. Je ne connaissais pas Walter, mais je croyais vouloir le connaître. Finalement, j'ai découvert que ce n'était vraiment pas quelqu'un d'intéressant.

— Alors, tu n'es pas tombée amoureuse de lui ?

— Bien sûr que non ! Je n'arrive pas à croire que c'est lui que j'ai choisi pour remplacer…

Elle s'interrompit brusquement.

— C'est lui que tu as choisi pour remplacer quoi ? s'enquit-il.

— Rien. Rien d'important.

Il se souvenait avoir eu des bribes de cette conversation auparavant. Il était sûr qu'elle lui cachait quelque chose.

— D'accord. Alors, nous sommes d'accord, notre relation va changer. C'est ça ?

— C'est ça.

Il sourit et remit le contact.

— Tu as l'air fatigué, Jo. Si tu te détendais et que tu faisais une sieste ? Je te réveillerai quand nous serons au chalet.

— D'accord.

Stern la regarda tandis qu'elle fermait les yeux. Elle était très belle quand elle dormait. Quand il était passé la prendre, il avait été surpris par sa coiffure. Et par sa tenue. Au lieu d'un pantalon, elle portait une jupe en jean et des bottes. Cela la changeait, et lui allait à ravir. Elle était fichtrement belle. Mais elle ressemblait encore à Jo. *Sa* Jo.

Tandis qu'il s'engageait sur l'autoroute, l'idée qu'elle ne s'adonnait pas au sexe sans attaches chemina dans son esprit. Si elle était prête à l'expérimenter avec lui, cela signifiait quelque chose. En tout cas, il l'espérait.

Se pouvait-il que Zane ait eu raison sur tous les plans ? Jo pouvait-elle ressentir plus que de l'amitié pour lui, elle aussi ? Mais si tel était le cas, pourquoi avait-elle voulu plaire à Walter Carmichael ? Stern l'ignorait, mais il était bien décidé à obtenir des réponses.

— Ça ne prendra qu'une minute pour allumer la cheminée, Jo.

— D'accord.

Jo regarda autour d'elle. Elle adorait cet endroit, et avait toujours aimé séjourner au chalet avec Stern. Cela semblait logique qu'un changement dans leur relation prenne place ici, à l'endroit même où elle avait pris conscience pour la première fois de ses sentiments pour Stern. Des frissons la parcoururent à l'idée qu'ils partagent le même lit ce soir. Elle avait fantasmé sur Stern pendant des mois et des mois. Et ses rêves étaient sur le point de se réaliser.

Elle sursauta quand il vint derrière elle et posa sa veste sur ses épaules. Elle leva les yeux vers lui.

— En quel honneur ?

— Tu frissonnais. Chez toi, c'est signe que tu as froid ou que tu es nerveuse. Si c'est la deuxième solution, tu n'as aucune raison d'être nerveuse avec moi, Jo. Peu importe ce qui pourrait changer, moi je ne changerai pas. Je serai toujours ton Stern.

Son Stern... Comme elle aimerait que ce soit le cas. Elle savait que de nombreuses femmes en rêvaient aussi. Il avait toujours eu beaucoup de succès, et elle avait trouvé amusant que tant de ses conquêtes envient leur complicité. Elle était sûre que certaines femmes les enviaient encore. Quelques-unes s'interrogeaient sur la nature de leur relation. Mais Stern n'avait jamais laissé aucune d'elles dénigrer leur amitié.

Elle le regarda s'affairer devant la cheminée. D'habitude, il téléphonait à M. Richardson, le vieux monsieur qu'il avait engagé pour surveiller le chalet, et lui demandait d'allumer un feu avant leur arrivée.

— Tu as oublié d'appeler M. Richardson ? demanda-t-elle.

Il était agenouillé, et elle ne put s'empêcher d'apprécier la façon dont son jean s'étirait sur ses cuisses musclées. Il portait ce pull bleu qui lui allait si bien. Elle avait su qu'il lui irait lorsqu'elle le lui avait offert à Noël. Il mettait en valeur son torse puissant et ferme.

Alors qu'elle pensait à toutes les fois qu'elle avait vu et caressé ce torse dans ses fantasmes, il la regarda par-dessus son épaule.

— Non, je n'ai pas oublié. Mme Richardson et lui sont partis en croisière à Hawaii pour deux semaines. C'est leur cinquantième anniversaire de mariage.

— C'est merveilleux, dit-elle en souriant. Il faudra que nous leur envoyions un cadeau à notre retour.

Il lui rendit son sourire.

— Oui, tu as raison, répondit-il avant de reporter son attention sur le feu.

Elle aurait pu rester assise à l'admirer toute la soirée, mais elle décida qu'elle devait l'aider et s'occuper un peu. Il était bien plus de minuit, mais comme elle avait dormi sur le long trajet, elle était tout à fait en forme.

— Je vais monter vérifier les chambres... je veux dire *la chambre*... pour m'assurer qu'il ne manque rien.

Elle avait déjà oublié qu'ils n'auraient besoin que d'une chambre, puisqu'ils allaient passer la nuit ensemble.

Il se releva.

— Viens près de moi une minute, Jo.

Le cœur battant, elle traversa la pièce pour le rejoindre.

— Oui ?

Elle ne put s'empêcher de remarquer qu'il fixait sa bouche. Au lieu de lui répondre, il se pencha, et captura ses lèvres. Elle s'entendit pousser un gémissement haletant, et Stern en profita aussitôt pour glisser la langue entre ses lèvres et commencer une danse sensuelle avec la sienne. Elle enroula ses bras autour de son cou.

La langue de Stern laissait sa marque brûlante dans son sillage. D'instinct, elle se blottit contre lui, et gémit quand elle sentit son érection appuyer contre son ventre.

Une vague de désir l'envahit. Elle tenta de refréner ses ardeurs, en vain. C'était comme si elle obtenait enfin ce qu'elle avait toujours désiré. Elle se consumait d'amour pour Stern, et il était doué pour attiser sa passion. Cela ne l'aurait pas dérangée le moins du monde s'il l'avait déshabillée et qu'il lui avait fait l'amour ici, devant la cheminée.

Bien trop vite à son goût, il mit fin à leur baiser. Reculant d'un pas, il prit sa main dans la sienne.

— Il faut qu'on parle, Jo. Pendant que tu dormais dans la voiture, j'ai eu six heures pour réfléchir.

Elle sentit son cœur faire un bond.

— Et tu as changé d'avis, conclut-elle.

Il lui enlaça la taille.

— Non, je n'ai pas changé d'avis. Mais je veux que tu songes sérieusement à ce que tu veux.

— Je sais ce que je veux.

— Vraiment ?

— Oui.

— Tu en es bien sûre ?

— Tout à fait.

Il l'étudia un instant, puis la fit asseoir avec lui sur l'immense tapis, face à la cheminée.

— Cette histoire d'amis amants… Quelle est exactement ta définition ?

Elle se mordilla la lèvre avant de répondre.

— Eh bien, les termes me paraissent clairs. Nous sommes amis, et nous récoltons les avantages de cette amitié… ce que nous avons toujours fait, j'imagine.

Elle marqua un temps.

— Seulement…

— Oui ?

— Nous devons aussi explorer un niveau d'intimité que nous n'avons pas encore exploré.

— Tu n'as jamais couché avec un homme, Jo.

— Oui, et c'est un des avantages d'êtres des amis amants. Le sexe.

— Et tu veux expérimenter le sexe à cause de cette histoire d'âge ?

— Non, je veux l'expérimenter parce que je veux découvrir le plaisir que je pourrais ressentir. Mais je ne veux pas vivre cette expérience avec n'importe qui, Stern. Ça rendrait cela trop anodin. Insignifiant. Le vivre avec toi, cela rendra ce moment personnel. Spécial. Je te fais confiance. Et si tu t'inquiètes parce que tu penses que j'attends un engagement de ta part, il ne faut pas. Je sais que ce ne sera pas le cas. Et cela m'ira très bien.

Il ne dit rien pendant un instant, mais la regarda d'une telle façon qu'elle sentit son cœur tressauter. Il fit un pas vers elle.

— C'est là que tu te trompes, Jo. Si nous commençons à coucher ensemble, ce ne sera pas seulement épisodique. Je ne pourrais pas avoir une telle relation avec toi. En quelque sorte, ça déprécierait ce que nous partageons.

— Oh.

— Je ne pourrais pas dormir avec toi ce soir et coucher avec une autre femme la semaine suivante. Sinon, je ne vaudrais pas mieux qu'un Walter Carmichael. Si nous devenons des amis amants, nous deviendrons aussi un couple.

— Ah oui ?

— Oui.

— Et tu serais d'accord ?

— Pourquoi ne le serais-je pas ?

— Eh bien, à cause de ton style de vie. Tu es célibataire, et tu l'es resté pour une bonne raison.

— Toi aussi, non ?

— C'est différent pour moi. Je n'ai pas des tas

d'hommes à mes pieds alors que de nombreuses femmes sont prêtes à tout pour attirer ton attention et obtenir tes faveurs. Tu as l'air d'apprécier les jeux de séduction, et je te vois mal y renoncer.

— J'y renoncerai. Je serai avec toi. Et uniquement avec toi.

Elle plissa le front.

— Mais est-ce que je te suffirai ?

Il sourit.

— Oh oui, tu me suffiras.

Elle était sceptique.

— Ça va être plus difficile que je ne l'imaginais.

— Pourquoi ?

— Parce que honnêtement, je n'ai jamais pensé que nous nous fréquenterions de manière exclusive.

— Mais tu nous as imaginés coucher ensemble ?

Elle pouvait bien être honnête avec lui sur ce point. Elle ne tenait pas à ce qu'il pense que son désir était juste une question d'hormones.

— Oui.

Il eut l'air surpris.

— Depuis quand ?

— Depuis récemment.

Un lent sourire se peignit sur ses lèvres.

— Tu m'en diras tant.

Elle regrettait d'en avoir trop dit, justement. Elle n'était pas sûre que ce soit une bonne chose de faire savoir à un homme qu'on le désirait.

— Et comment Carmichael s'intégrait-il dans tout ça ? La dernière fois que nous sommes venus ici, tu as insisté pour que je te donne des idées afin qu'il te trouve désirable.

Jo s'appuya sur un coussin, et fixa les flammes qui

lui réchauffaient le corps. Puis, elle leva les yeux vers Stern, sachant qu'il attendait sa réponse.

— C'est compliqué, Stern, et je préférerais ne pas entrer dans les détails. Tout ce que tu as besoin de savoir, c'est que je pensais qu'il était quelqu'un que j'avais envie de connaître, et que j'avais tort.

Il la regarda un long moment, et elle pouvait imaginer ce qu'il pensait. Il supposait sans doute qu'elle était inconstante, et qu'elle déplaçait son intérêt d'un homme à un autre pour un oui ou pour un non. Mais si elle lui disait la vérité, si elle lui avouait son amour alors qu'il ne l'aimait pas en retour, elle se sentirait pathétique. Qu'il s'engage à devenir son amant était une chose, mais qu'il découvre qu'elle l'aimait pourrait lui donner envie de prendre la poudre d'escampette.

— Comme je te l'ai dit, j'ai récemment découvert que la raison pour laquelle j'appréciais nos baisers à ce point, c'est parce que j'étais de plus en plus attiré.

— Eh bien, dit Jo en souriant. Je suis flattée. Moi aussi, j'étais de plus en plus attirée, alors, cette histoire d'amis amants serait arrivée de toute façon.

Stern n'en était pas sûr. Il voulait croire qu'en fin de compte, leur attirance les aurait poussés à remarquer l'évolution de leurs sentiments et à s'engager dans une relation sérieuse. Une relation qui aboutirait peut-être à un mariage.

— Alors, est-ce que nous allons coucher ensemble ce soir ?

Il perçut l'anxiété et la nervosité dans sa voix.

— Non. Ce soir, je veux que tu réfléchisses à tous les aspects de ton choix, et que tu me donnes ta réponse demain. Comme je l'ai dit, je veux une relation exclusive. Ça signifie que nous deviendrons un couple aux yeux de tous. De ma famille, et de la tienne. De nos amis respectifs. De tout le monde. Tu peux composer avec ça ?

— Oui. Ils trouveront ça étrange au début, mais je crois que tout le monde l'acceptera au final.

— Et si ce n'est pas le cas ?

Elle leva le menton.

— Ce que nous faisons ne regarde que nous, non ?

— Tu as raison.

Il se leva et l'entraîna avec lui.

— Allons prendre un bon chocolat chaud avant d'aller au lit. Demain, tu pourras me donner ta réponse. Je ne veux pas que tu aies l'impression que je t'ai forcé la main.

— C'était mon idée, Stern.

— Peu importe. Je veux quand même que tu sois sûre de ton choix.

Tandis qu'il la guidait vers la cuisine, il comprit qu'il était important pour lui que Jo réfléchisse vraiment, car pour lui, leur futur était déjà tout tracé dans son esprit. Ils se fréquenteraient de manière exclusive pendant quelque temps puis, le moment venu, il lui ferait sa demande.

Il voulait qu'elle soit son épouse. Il la connaissait depuis toujours, elle faisait partie intégrante de sa vie, et il ne pouvait imaginer son avenir sans elle.

11

Le lendemain matin, Stern préparait le petit déjeuner. Si M. Richardson n'avait pas pu être présent pour allumer le feu hier, il avait apporté assez de provisions pour leur week-end.

Dans le chalet, l'une des pièces favorites de Stern était la cuisine. Elle était spacieuse, et digne d'un chef. Lorsqu'il avait acheté cet endroit, il avait fait remplacer les anciens équipements par de nouveaux en inox et des plans de travail en granite, ne conservant que les placards en chêne d'origine. Il avait aussi fait installer un îlot sur lequel on pouvait prendre ses repas et s'en servait également comme plan de travail additionnel.

Par ailleurs, en matière de décoration, il avait laissé Jo s'occuper de tout, depuis le carrelage au sol jusqu'aux crédences murales. Il avait ainsi voulu lui donner le sentiment que le chalet était autant à elle qu'à lui. A l'époque, il n'avait guère analysé cette décision, mais à présent, il ne pouvait s'empêcher de se poser des questions, comme pour d'autres décisions concernant Jo. Pas étonnant que sa famille ait soupçonné ses vrais sentiments bien avant lui.

Jo devait être réveillée et il attendait avec impatience qu'elle le rejoigne pour le petit déjeuner. Avait-elle réfléchi à sa demande, et fini par se raviser ? Il savait bien qu'en l'encourageant à réfléchir davantage, il prenait le risque qu'elle change d'avis. Mais il tenait à ce qu'elle soit sûre d'être prête à franchir une telle étape.

Hier soir, pendant qu'ils prenaient un chocolat chaud et des roulés à la cannelle, il lui avait relaté les derniers développements de l'enquête sur son arrière-grand-père, Raphel Westmoreland.

Quelques années plus tôt, la famille avait découvert que Raphel, qu'ils avaient toujours cru être fils unique, avait eu un frère jumeau, Reginald Scott Westmoreland, qui avait des racines à Atlanta. Raphel avait semblait-il quitté le nid familial à vingt-deux ans, devenant le mouton noir de la famille en s'enfuyant avec l'épouse du pasteur. Ses proches n'avaient plus jamais entendu parler de lui, et l'avaient supposé mort. Raphel avait traversé plusieurs Etats avant de finalement s'installer dans le Colorado.

Le passé de son arrière-grand-père était pour le moins haut en couleur ! Il avait connu plusieurs femmes au cours de ses pérégrinations. Tout le monde dans la famille était curieux d'en apprendre davantage à ce sujet, car la rumeur courait qu'il les avait épousées toutes les quatre.

Récemment, les Westmoreland avaient rencontré les descendants de Reginald, et avaient tissé des liens avec leurs cousins d'Atlanta. A présent, tout le monde était impatient de savoir s'il y avait d'autres cousins Westmoreland quelque part, fruits d'une union avec l'une des femmes que Raphel avait supposément épousées.

Rico, l'époux de Megan, la cousine de Stern, était le détective privé en charge de l'enquête. Quelques mois plus tôt, il avait découvert que Raphel avait eu un enfant dont il avait ignoré l'existence. Cet enfant avait été adopté par une femme dont le nom de famille était Outlaw. Rico enquêtait en ce moment sur la femme qui était peut-être la quatrième épouse de Raphel, Isabelle. Hier matin, la famille s'était réunie chez Dillon pour le petit déjeuner, afin que Rico leur fasse part de ses dernières avancées. Il leur avait annoncé qu'il essayait encore de rassembler des données sur la famille d'Isabelle, et qu'il comptait obtenir bientôt des informations sur les Outlaw. Jusqu'ici, il avait retracé leur parcours jusqu'à Little Rock, dans l'Arkansas, et la piste s'arrêtait là.

— Bonjour.

Stern leva les yeux de sa planche à découper, et regarda Jo. Elle avait de nouveau lâché ses cheveux, et portait une jolie robe pull qui flattait sa silhouette élancée. La nuance vert menthe lui donnait un air à la fois doux, féminin et sexy en diable. L'étoffe épousait ses hanches, moulait ses seins et soulignait sa taille, et le col bénitier dévoilait sa gorge. Au lieu de ses habituelles bottes, elle portait des ballerines de cuir. Elle était époustouflante. Magnifique. Sensuelle. La robe semblait être très facile à enfiler et à ôter. Et il ne verrait aucun inconvénient à ce qu'elle l'ôte tout de suite.

— Bonjour, Jo. Tu as bien dormi ? demanda-t-il, tentant de contrôler la bouffée de désir qui l'avait envahi.

— Oui. Comme j'ai fait une sieste pendant le trajet, j'ai cru que j'aurais du mal à trouver le sommeil, mais non. Je crois que je me suis endormie dès que j'ai posé la tête sur l'oreiller.

Cela voulait-il dire qu'elle n'avait pas réfléchi à sa requête ?

— Content de l'entendre. Je prépare une omelette aux légumes. Installe-toi au bar, c'est bientôt prêt.

— D'accord.

Il la regarda marcher, et nota comment l'étoffe de laine flattait son postérieur rebondi. Et quand elle s'installa sur le tabouret de bar, sa robe remonta et dévoila ses jambes fuselées. Il allait devoir s'habituer à la voir porter autre chose qu'un T-shirt et un jean.

— A propos de notre discussion d'hier soir, Stern...

Son ventre se noua.

— Oui ?

— J'ai bien réfléchi, et je n'ai pas changé d'avis.

Il poussa un lent soupir de soulagement.

— D'accord.

La cuisine fut plongée dans le silence pendant un instant.

— Tu as besoin d'aide ? demanda-t-elle enfin.

— Non.

Il se remit à émincer les poivrons.

C'était en général ainsi que cela se passait entre eux. Il se mettait aux fourneaux, parce qu'il aimait davantage cuisiner qu'elle. Elle lui demandait s'il avait besoin d'aide, et il déclinait. Rien n'avait changé. Mais en réalité, les choses *avaient* changé. A présent, l'air entre eux était chargé, explosif. Son désir se renforçait chaque fois qu'il posait les yeux sur elle. Il lui suffirait de traverser la pièce et de...

— Alors, qu'y a-t-il au petit déjeuner, en plus de l'omelette ?

— Comme d'habitude : pain perdu, fruits, jus d'orange et café.

— Tu peux ajouter quelque chose au menu ?

— Bien sûr. Quoi ?

— Toi.

Stern soutint son regard un long moment. Chaque cellule de son corps s'emplit d'un désir puissant qu'il n'avait jamais ressenti. Un feu ardent brûlait en lui, se répandant dans ses veines. C'était la première fois qu'une femme avait un tel effet sur lui. Il rassembla tous les légumes coupés dans un bol, qu'il rangea dans le réfrigérateur. Après s'être essuyé les mains, il traversa lentement la pièce pour la rejoindre.

— J'avais prévu un pique-nique pour plus tard aujourd'hui, et une soirée cinéma. J'avais même sélectionné quelques DVD.

S'arrêtant devant elle, il l'aida à descendre du tabouret.

— Je ne voulais pas te presser. Je voulais d'abord te courtiser.

— Ce n'est pas nécessaire, dit-elle, appuyant son corps contre le sien. Je sais ce que je veux. Jusqu'à hier, je me disais que tu étais inaccessible. Mais je me suis réveillée ce matin en sachant que je pouvais enfin avoir ce que je désire.

Même ses paroles l'excitaient. Sans plus attendre, il se pencha et déposa des baisers légers comme une plume autour de ses lèvres, avant de mordiller son oreille.

— Je crois qu'il est temps que nous allions dans la chambre, dit-il d'une voix rauque.

Et il la porta dans ses bras.

Jo se demandait comment Stern pouvait la porter avec autant de facilité. Blottie dans ses bras, l'oreille collée contre son torse, elle entendait les battements désordonnés de son cœur. Elle percevait son excitation, ce qui avait pour effet d'attiser la sienne.

Elle s'était levée ce matin plus heureuse que jamais depuis longtemps. Certes, Stern n'avait pas dit qu'il l'aimait, mais il avait affirmé qu'il la désirait, elle, sa meilleure amie, de la même façon qu'elle le désirait. C'était déjà un bon début.

Quand il la posa sur le lit, elle soutint sans ciller le regard du seul homme qui la connaissait mieux qu'elle-même. Le seul homme qui avait partagé ses joies et ses peines. Il avait été son protecteur, son confident, et, quand elle en avait eu besoin, son garde-fou. Il l'avait encouragée à suivre ses rêves et lui avait parfois épargné de courir à la catastrophe. Elle l'avait aimé en tant que meilleur ami — et c'était toujours le cas, en fait. Mais désormais, elle l'aimait aussi comme le seul homme qui pouvait lui donner le sentiment d'être complète.

Il avança vers le lit, posa un genou sur le matelas, et caressa tendrement sa joue.

— Dernière chance de changer d'avis, souffla-t-il à son oreille.

— Merci, mais je ne la saisirai pas, répondit-elle dans un murmure, sans le quitter des yeux.

— Tu as bien réfléchi, alors ?

— Beaucoup. J'ai envie de toi, murmura-t-elle.

— Moi aussi, j'ai envie de toi.

Il l'attira dans ses bras, et prit sa bouche avec une passion qui exacerba tous ses sens. La façon dont sa langue prenait d'assaut la sienne affola ses sens et lui arracha un profond gémissement.

Il recula, et elle sentit l'air frais sur sa peau quand il lui retira sa robe, et qu'elle se retrouva en simple string.

— Oh ! bon sang.

Stern sentit son ventre se nouer quand son regard parcourut le corps de Jo. *Dieu me vienne en aide.* Elle était parfaite. Un long cou gracile, des seins fermes, une peau magnifique, et un adorable ventre plat.

Puisque ce serait la première fois pour elle, il voulait être délicat. Il voulait prendre son temps, faire durer cet instant, l'emplir de douceur et de sérénité. Mais la voir presque nue, avec une minuscule bande de tissu pour seul vêtement, mettait à mal sa retenue. Il n'avait qu'une envie, la prendre vite et fort, mais il savait que c'était impossible. Il ne voulait surtout pas risquer de la brusquer ou de lui faire mal.

— Allonge-toi sur le dos et relève tes hanches, dit-il, s'efforçant de garder le contrôle de lui-même. Je veux t'enlever ton dernier vêtement.

Elle suivit ses instructions, et il fit glisser le string le long de ses hanches et de ses jambes. Ses doigts tremblèrent lorsqu'ils entrèrent en contact avec sa peau soyeuse. Une nouvelle décharge de désir le parcourut. Son sexe en érection appuyait contre la fermeture de son jean.

Elle était totalement nue, allongée devant lui. Jamais il n'avait vu de femme plus belle. Incapable de résister à la tentation plus longtemps, il se pencha et prit un téton dans sa bouche avide.

Il aspira, mordilla et lécha son mamelon jusqu'à ce qu'il soit rassasié, galvanisé par les gémissements de Jo. Ses mains dérivèrent lentement sur son corps, explorant sa taille, traçant des cercles autour de son nombril, et encore plus bas, vers l'essence de son désir.

Quand il atteignit le cœur de sa féminité, surprise, elle tenta de refermer les jambes sur lui.

— Laisse-moi faire, chérie, dit-il doucement, levant son visage de ses seins pour la regarder.

De ses deux mains, il lui écarta doucement les cuisses.

Elle gémit de plus belle quand il glissa deux doigts en elle. Il soutint son regard tout en la caressant, pour voir lire ses émotions sur son visage. Donner du plaisir à une femme n'avait jamais signifié autant pour lui, et il adorait la façon dont ses yeux se dilataient, la façon dont ses lèvres s'entrouvraient et laissaient échapper des gémissements essoufflés, la façon dont les flammes de la passion s'étendaient sur ses joues.

Ses doigts se mouvaient en elle, agiles et rapides. Quand

il la sentit se contracter autour de lui, il approfondit ses caresses, jusqu'à ce qu'il soit au bord de l'explosion. Son parfum féminin l'excitait. Il devait goûter sa saveur. Il ne serait pas satisfait tant que sa langue ne se glisserait pas entre ses replis brûlants.

— Abandonne-toi au plaisir, murmura-t-il.

Puis, il baissa la tête et se glissa entre ses jambes. Elle se tendit, mais il agrippa ses hanches pour la maintenir en place, et posa les lèvres contre son sexe. Il fit tourner sa langue à l'intérieur d'elle, enivré par sa saveur et par le son haletant de sa voix.

— Stern !

Elle trembla sous sa bouche, mais il refusa de la lâcher. Il comptait faire de ce moment une suite de plaisirs sans fin. Une expérience qu'elle n'oublierait jamais.

Jo était convaincue qu'elle était en train de mourir, et que la bouche de Stern en était responsable. Toutes sortes de sensations la traversaient, mais elle les ressentait surtout à l'endroit où il avait posé sa bouche. Il continuait ses assauts, se servant de sa langue pour lui faire toutes sortes de choses indécentes.

Et elle adorait ça.

Elle ferma les yeux et leva les hanches, surprise par sa propre audace. Jamais elle n'aurait imaginé se comporter ainsi. C'était comme si Stern avait fait apparaître un côté sauvage et indompté en elle, comme si elle ne pouvait que… *s'abandonner au plaisir…* exactement comme il le lui avait suggéré.

Bientôt, elle ressentit une pression croissante au creux de son ventre, et des sensations encore plus érotiques là où il l'embrassait. Puis il fit quelque chose avec sa langue. Elle ignorait quoi au juste, mais elle en ressentit l'effet partout, jusqu'au cœur de son intimité. Elle se cambra, et sentit la pression exploser. Elle cria son nom, et tenta de s'accrocher à lui. C'était comme si cette sensation extrême s'était brisée en mille fragments, qui s'étaient éparpillés dans tout son corps.

— Stern…, murmura-t-elle, convaincue qu'elle était morte, mais d'une mort diablement agréable.

Si elle devait quitter ce monde, c'était ainsi qu'elle voulait le faire.

Même s'il avait retiré sa bouche, elle resta immobile. Elle était trop faible pour ouvrir les yeux. Elle dut même se forcer à respirer.

— Jo.

Dans les recoins les plus lointains de son esprit, elle entendit la voix de Stern. Avec toute la force qu'elle put rassembler, elle ouvrit les yeux, un par un. Puis, elle les écarquilla de surprise quand elle le vit retirer sa chemise.

Il ne pensait tout de même pas qu'elle était prête à quoi que ce soit après cette expérience ahurissante ? Elle aurait besoin de toute une journée pour s'en remettre. Peut-être deux. Voire trois. Elle était novice dans le domaine, mais Stern devait savoir qu'il était impossible qu'elle reprenne des forces aussi vite.

— Stern ? dit-elle quand elle l'entendit baisser la fermeture de son pantalon.

— Oui, trésor ?

— Je ne peux pas bouger.

Elle espérait qu'il comprendrait. Mais non, il continuait de se déshabiller, faisant maintenant glisser son jean sur ses jambes puis son caleçon. Et puis, soudain, il fut entièrement nu. Oh ! bon sang. Elle ouvrit de grands yeux pour s'assurer que ce qu'elle voyait devant elle était la réalité, et non une illusion.

Ce fut alors que quelque chose d'inattendu se produisit.

Une sensation vibrante se répandit en elle. Ses tétons se durcirent, son ventre trembla, et son sexe commença à pulser. Une énergie nouvelle se répandit en elle, dont elle ignorait la source. Tout ce qu'elle savait, c'était que soudain, elle avait la force de bouger son corps. Elle se redressa sur ses genoux.

— Je croyais que tu ne pouvais pas bouger, dit-il, un doux sourire aux lèvres.

Il avait su que son corps reviendrait à la vie. Evidemment. Après tout, Stern était un expert en la matière. Il avait su qu'elle brûlerait de nouveau de désir, en un simple regard.

— Je voulais être sûre que mon imagination ne me jouait pas des tours, dit-elle.

Elle essayait désespérément de comprendre comment Stern allait pouvoir entrer en elle.

— Tout ira bien, fais-moi confiance, la rassura-t-il, comme s'il avait lu dans ses pensées.

Elle espérait qu'il disait vrai. Déjà, une onde de chaleur parcourait son corps alangui.

— Tu prends toujours la pilule ?

Elle soutint son regard.

— Oui.

Inutile de lui demander comment il était au courant. Il était allé chercher ses plaquettes à la pharmacie une fois ou deux, quand elle avait été trop mal en point pour le faire elle-même. Il savait aussi pourquoi le médecin la lui avait prescrite. Plus d'une fois, Stern lui avait tenu la main quand des crampes douloureuses l'avaient forcée à rester alitée.

— Je peux quand même utiliser un préservatif, offrit-il.

— Ce n'est pas nécessaire.

— Tu en es sûre ?

Elle était sûre de vouloir aller au bout, mais elle n'était toujours pas convaincue de pouvoir y arriver.

— Oui, j'en suis sûre.

Lorsqu'il avança lentement vers le lit, elle l'observa, à la fois fascinée et nerveuse. Il avait une démarche puissante, un corps majestueux. C'était sans conteste un vrai mâle dominant. Il avait un corps parfait — des abdominaux fermes, un torse large et puissant — mais ce qui retenait son attention, c'était son sexe en érection, niché dans une toison de boucles.

Qui aurait cru que Stern aurait ce genre d'effet sur elle un jour ? Elle s'était souvent demandé comment serait sa première fois, et avec qui. Jamais elle n'aurait pensé qu'il serait l'élu. C'était bien lui pourtant, et elle en était très heureuse, songea-t-elle en souriant.

Quand il atteignit le lit, elle s'agenouilla et lui tendit les bras. Et quand il l'attira contre son torse ferme, elle leva les yeux vers lui et fut rassurée.

Capturant sa bouche, il s'étendit sur le lit avec elle. Elle aurait dû être habituée à ses baisers maintenant, mais ce n'était pas le cas. Il l'embrassa profondément, totalement, comme s'il voulait prendre possession d'elle et marquer son territoire.

Il enfonça les doigts dans ses épaules. La sensation de ses seins pressés contre son torse était électrique. Chaque baiser de Stern était meilleur que le précédent. C'était comme si sa bouche avait été faite pour lui.

Il libéra ses lèvres pour embrasser sa joue et son cou. Bien vite, elle sentit ses mains dériver sur elle. Ses caresses sur sa cuisse étaient d'une pure sensualité. Elle ferma les yeux tandis qu'un plaisir intense montait en elle. Et quand sa bouche passa de son cou à ses seins, léchant, aspirant et mordillant ses tétons, un feu ardent s'embrasa au creux de son ventre.

Il glissa les mains entre ses jambes, lui arrachant un gémissement.

— J'ai envie de toi, Jo. J'ai envie de toi et tu es prête, murmura-t-il.

Il se plaça au-dessus d'elle sans la quitter des yeux. Ses mains enlacèrent les siennes de chaque côté de son visage. Et puis, enfin, elle sentit son sexe engorgé appuyer contre ses replis secrets. Le regard toujours rivé au sien, il se glissa lentement en elle, centimètre par centimètre, et, étonnamment, elle sentit ses muscles s'étirer pour s'ajuster à lui.

— J'y suis presque, murmura-t-il.

Les sensations se concentrèrent à l'endroit où leurs deux corps étaient unis. Elle se contracta autour de lui.

— Ah, bon sang, fit-il, se glissant puissamment en elle.

Elle retint son souffle, surprise.

— Ça va ? s'enquit-il.

Il était en elle. Jusqu'à la garde. Comment était-ce possible ?

— Oui, ça va, dit-elle, ravie.

Puis, il se mit à onduler, avec des mouvements lents et puissants qui l'excitèrent comme jamais auparavant. Ses va-et-vient attisaient son désir, créaient des besoins qu'elle n'avait jamais éprouvés, l'encourageaient à prendre tout ce qu'il lui offrait.

Ses coups de reins se firent plus longs, plus profonds, et elle serra ses muscles intimes encore plus fort. Il lâcha ses mains pour enserrer ses hanches, et accéléra la cadence, établissant un rythme qui faillit la faire exploser.

Elle agrippa le couvre-lit tandis qu'il ondulait toujours plus fort, toujours plus loin. Elle gémit tandis qu'un flot de sensations déferlait sur elle.

— Stern ! cria-t-elle en agrippant ses épaules et en

levant ses hanches pour rencontrer les siennes. Encore et encore… puis il se cambra, rejeta la tête en arrière, et prononça son nom d'une voix rauque.

— Jo !

Elle sentit son corps s'atomiser en même temps que lui. Elle le saisit par les hanches pour le garder au creux de ses reins, et sentit sa semence se déverser en elle.

— Stern !

Tandis que leurs corps se figeaient, il lui donna un baiser, passionné et intime à la fois.

Jamais elle ne l'avait aimé autant qu'à cet instant.

12

Selon Stern, rien n'était plus parfait qu'un bon repas, un bon vin, et la compagnie d'une belle femme. Et ce soir, les trois conditions étaient réunies pour que sa soirée soit idéale. Le soleil se couchait sur les montagnes et les arbres, habillant les feuilles d'automne de touches d'or, de vermillon et d'orangé. Depuis la terrasse, la vue était splendide. Pittoresque. Fascinante.

Il contempla Jo. Comment pourrait-il la décrire ? Elle était belle. Renversante. Sexy. Oui, tout à fait sexy. Elle était assise sur une chaise, et admirait la vue tout en buvant son verre de vin. Elle portait une robe à l'imprimé cachemire. Il aimait particulièrement le décolleté cache-cœur qui flattait ses seins. Elle était aussi séduisante que ce matin dans la cuisine.

La partie inférieure de son corps réagit aussitôt au souvenir de cette matinée. Après avoir fait l'amour, ils s'étaient endormis, se réveillant juste avant midi pour avaler le petit déjeuner qu'ils n'avaient pas eu le temps de manger. Affamés, ils avaient dévoré les omelettes et le pain perdu, puis, ayant de nouveau très faim l'un de l'autre, ils étaient retournés au lit, et y étaient restés jusqu'à ce que leur estomac gronde de nouveau.

Ensuite, ils s'étaient levés, et avaient pris une douche ensemble. Stern avait fait griller quelques steaks pendant que Jo avait préparé la salade, choisi le vin, et préparé la table sur la terrasse. Comme le temps était légèrement frais, il avait allumé un feu dans le foyer qu'il avait construit dans la terrasse, pour les journées comme celle-ci. La chaleur des flammes leur permettait d'apprécier la vue sans avoir froid.

— Difficile de croire que ça fait déjà une semaine.

Il prit une gorgée de vin avant de demander :

— Une semaine ?

— Oui, depuis mon relooking.

En effet, cela faisait une semaine, et il n'oublierait sans doute jamais son entrée au Punch Bowl.

— En dehors du fait que Carmichael a téléphoné pour exiger le transfert de son dossier, tu n'as plus entendu parler de lui ?

— Non, et je n'attends pas de nouvelles. Il a découvert à ses dépens qu'il ne m'impressionnait pas. J'ai encore du mal à croire qu'il ait agi de cette façon.

Lui, au contraire, ne trouvait pas cela difficile à croire, surtout après ce que Sampson lui avait révélé à son sujet.

— Et moi ? Je t'impressionne ?

Elle lui sourit.

— Oui, tu m'impressionnes.

Il posa la main sur son bras, et savoura la sensation de sa peau douce.

— Tu m'impressionnes aussi.

L'espace d'un instant, il songea à lui dire qu'il l'aimait, mais il savait que c'était trop tôt. Il devait lui laisser du temps. Leur laisser du temps pour devenir un couple. Ils avaient souvent partagé des après-midi comme celui-ci. Mais ce soir, la situation était différente. Ils étaient officiellement amants. Et, un jour, ils deviendraient mari et femme.

— Merci d'avoir été patient avec moi aujourd'hui.

— Tu as dû me confondre avec quelqu'un d'autre,

objecta-t-il avec un petit rire. Je ne me souviens pas avoir été patient. En fait, je t'ai pratiquement arraché ta robe.

Elle rit.

— C'est vrai. Tu me l'as ôtée avant même que je comprenne ce qui m'arrivait. Tu as des mains si agiles.

Stern songea à toutes les femmes qu'il avait connues au fil des ans. Son palmarès n'était pas aussi remarquable que ceux de Riley, Zane ou Derringer, aussi ne s'était-il jamais vraiment considéré comme un tombeur. Il avait surtout cherché à s'amuser. Il avait fréquenté des femmes, n'avait jamais menti sur ses intentions, et n'avait jamais éprouvé l'envie de se fixer.

Il avait apprécié son célibat, et le fait de n'avoir à rendre de comptes à personne. A dire vrai, il ne s'était guère réjoui quand les célibataires les plus endurcis de sa famille s'étaient tour à tour rangés.

Derringer avait été le premier, quelques années plus tôt. Il avait épousé Lucia, et s'épanouissait désormais dans les rôles de mari et de père. Riley allait convoler à la fin du mois, et Zane durant les vacances de Noël. Stern avait compris que Canyon se marie rapidement, puisqu'il était déjà père, mais pour les autres, il n'avait tout simplement pas saisi pourquoi ils avaient abandonné de leur plein gré leur statut de célibataire.

A présent, il comprenait.

Lorsque l'on était amoureux, tout le reste devenait secondaire, à côté de la femme que l'on désirait par-dessus tout. Grâce à son père, Jo était indépendante, et Stern avait toujours admiré ce trait de caractère chez elle. Mais il se demandait comment elle allait s'adapter, à présent qu'il était davantage que son meilleur ami. A présent qu'il voulait être plus que son amant. Comment verrait-elle le fait qu'il soit un mari potentiel ?

— Alors, quel film as-tu choisi ? demanda-t-elle, interrompant ses pensées.

Il leva les yeux. Elle s'était levée, et débarrassait la table. Il sentit son corps se tendre de désir. Pourquoi réagissait-il à chacun de ses mouvements ?

— Qu'est-ce que tu suggères ? Tu sais quel genre je préfère.

— Et tu sais quel genre je préfère, rétorqua-t-elle.

Oui, il savait. Une fois de temps en temps, il acceptait de regarder une comédie sentimentale pour lui faire plaisir, et s'endormait en général avant la fin.

— On pourrait jouer aux cartes, suggéra-t-il. Ou aux échecs.

— Nous y avons déjà joué la dernière fois. Pourquoi pas une partie de scrabble ? Ça fait longtemps que nous ne l'avons pas sorti.

— Je n'ai pas envie de faire travailler mon cerveau.

Une idée lui vint.

— Je connais un jeu, dont je suis certain que nous n'y avons pas joué depuis des années. D'habitude, il se joue en groupe, mais à deux, ça pourrait être intéressant aussi.

— Quel est ce jeu ?

— Jacques a dit.

Elle lui lança un regard incrédule.

— Jacques a dit ?

— Oui.

Elle sembla réfléchir à sa suggestion.

— Comment choisit-on celui qui sera Jacques ?

— A pile ou face, par exemple. Je te rappelle les règles : si tu es Jacques, et que tu arrives à me faire suivre un ordre qui n'est pas de Jacques, alors, je t'obéirai au doigt et à l'œil pour toute la soirée. Si tu échoues, c'est toi qui m'obéiras au doigt et à l'œil.

— Au doigt et à l'œil ? répéta-t-elle, dubitative.

La leçon d'amour d'un Westmoreland   391

— C'est ça.

Elle afficha un sourire nonchalant, comme si l'idée lui plaisait. A l'évidence, elle imaginait de multiples possibilités.

— Et de combien d'ordres au juste parlons-nous ?

— Pas plus de vingt.

Elle hocha lentement la tête.

— D'accord, je suis partante. Laisse-moi rapporter les assiettes dans la cuisine et je te retrouve dans le salon. Sois prêt.

Stern sourit. Il serait prêt, pour sûr.

Stern avait gagné à pile ou face, et Jo aurait cru que la pièce était pipée si elle ne l'avait pas lancée elle-même. En plus, Stern avait eu la courtoisie de la laisser choisir entre pile et face. Elle pouvait donc difficilement prétendre qu'il y avait eu tricherie.

Debout au centre du salon, elle attendait que Stern donne son premier ordre. Cela faisait des années qu'elle n'avait pas joué à ce jeu, et elle se demandait pourquoi Stern l'avait suggéré, même si elle-même avait une petite idée derrière la tête. En fait, avec Stern à quelques centimètres d'elle, un sourire satisfait aux lèvres, elle avait plus d'une idée.

— Bien, dit-il, souriant de plus belle. Tu n'as pas le droit de parler. Contente-toi de suivre les ordres, mais seulement s'ils viennent de Jacques.

— Je sais, oui.

— Bon, commençons. Jacques a dit : lève ta main droite.

Elle obéit.

— Baisse-la.

Elle resta immobile. S'il pensait la surprendre aussi facilement, il allait être déçu.

— Jacques a dit : baisse la main.

Elle baissa la main.

— Relève-la.

Certainement pas.

Il sourit, et elle lui rendit son sourire.

— Jacques a dit : tiens-toi sur une jambe.

Elle suivit son ordre.

— Jacques a dit tourne en rond.

Elle lui fit la grimace, car il n'était pas facile de réaliser cette consigne, et elle avait comme l'impression que Stern le savait. Néanmoins, elle s'exécuta.

— Jacques a dit : repose la jambe.

Volontiers.

— Remonte-la.

Elle ne bougea pas. Elle n'était pas sûre que Stern comptait les ordres, mais elle si. Jusqu'ici, il avait donné huit directives. Encore douze, et elle serait libre. Déjà, son esprit bourdonnait de toutes les choses qu'elle pourrait lui faire faire. Vernir ses ongles de pieds, par exemple.

— Jacques a dit : enlève tes vêtements.

Elle tourna vivement la tête vers lui, et se renfrogna. Elle s'était doutée qu'il mijotait quelque chose. Juste au moment où elle s'apprêtait à répondre, il prit la parole.

— Souviens-toi, si tu parles, je gagne.

Jo serra les lèvres, et se renfrogna de plus belle, songeant qu'il allait le payer cher. Quand elle serait déclarée gagnante et qu'il serait à sa merci, non seulement elle lui ferait vernir ses ongles, mais elle l'enverrait aussi chercher du bois de chauffage torse nu dans le froid.

— Jacques a dit qu'il n'a pas toute la journée, dit-il en souriant. Alors, je répète, Jacques a dit : enlève tes vêtements.

Le regard noir, elle descendit lentement la fermeture latérale de sa robe, puis la retira. Elle ne portait plus que ses sous-vêtements de dentelle couleur mandarine. Si l'intention de Stern était de la déshabiller, pourquoi n'avait-il pas suggéré un strip-poker ?

— Joli, commenta-t-il en détaillant sa silhouette.

Son regard incandescent fit naître une onde de chaleur en elle. A présent, elle était contente que les cousines et les belles-sœurs de Stern l'aient convaincue de se débarrasser de ses sous-vêtements de coton blanc et d'acheter des pièces plus féminines et colorées.

— Jacques a dit : enlève ton soutien-gorge et ton slip.

Après avoir retiré son soutien-gorge, elle fit glisser sa culotte de dentelle le long de ses jambes.

— Lèche-toi lentement la lèvre inférieure.

Elle faillit obéir, mais se ravisa juste à temps. C'était un jeu d'esprit, et elle devait rester concentrée sur ce que Stern disait, et non sur la façon dont il la regardait, alors qu'elle était devant lui, en tenue d'Eve. Elle ne s'était jamais sentie si exposée, si vulnérable. Même lorsqu'ils avaient fait l'amour tout à l'heure, elle était restée sous les draps, alors que lui avait déambulé nu dans la chambre sans la moindre gêne. Avait-il senti qu'elle était mal à l'aise à l'idée de montrer son corps ?

Stern prit une grande inspiration tandis le désir prenait sa poitrine en étau et faisait grandir son érection. Il n'avait jamais vu de femme plus belle. Pourtant, lorsqu'ils avaient fait l'amour, il avait senti qu'elle avait un problème avec le fait de montrer son corps.

Certes, il y avait cette minuscule cicatrice sur le côté de sa hanche, qu'elle s'était faite lors d'une chute en skate-board, à quatorze ans. Et puis, il y avait la cicatrice jumelle, causée par le même accident, près de sa taille. Elles se remarquaient à peine, à moins que l'on y fasse bien attention. Jo était loin de se douter qu'il la trouvait exquise. Parfaite en tout point. Il voulait lui montrer qu'il pourrait passer la journée à la contempler... même quand son corps était au comble de l'excitation.

— Viens près de moi.

Comme elle ne bougeait pas, il afficha un lent sourire.

— Jacques a dit : viens près de moi.

Lentement, elle avança vers lui. Quand elle s'arrêta à quelques centimètres, il ordonna :

— Jacques a dit : déshabille-moi.

Elle le regarda un long moment puis, enfin, lui ôta son pull. Elle détacha sa ceinture, et la jeta à terre. Ensuite, elle s'attaqua à son jean. Elle descendit lentement la fermeture Eclair, avant de s'agenouiller pour faire descendre le pantalon sur ses chevilles, en même temps que son caleçon.

Son visage était juste en face de son sexe dressé. Il n'avait pas prévu de lui donner l'ordre suivant, mais lorsqu'elle leva la tête vers lui, une lueur de désir et de curiosité mêlées dans le regard, il dit d'une voix rauque :

— Jacques a dit : goûte-le.

Elle lui adressa un sourire aguicheur. Puis, elle écarta les lèvres et le prit dans sa bouche. Il crut tomber à genoux de plaisir. Mais il tint bon, rejeta la tête en arrière et poussa un grondement guttural. Il agrippa ses cheveux tandis qu'elle le goûtait comme aucune femme ne l'avait fait avant elle. Sa curiosité la rendait hardie, audacieuse, et confiante, et la poussait à explorer chaque centimètre de son sexe avec sa langue.

Il était près, tout près de perdre le contrôle, et si elle continuait, leur jeu serait fini avant qu'il ait l'occasion d'émettre tous ses ordres. Il serra ses cheveux.

— Jo, arrête, supplia-t-il d'une voix rauque.

Quand elle continua son supplice, il se rappela ce qu'il devait dire.

— Jacques a dit : arrête.

Cette fois, elle retira sa bouche, et se releva avec un sourire satisfait. En son for intérieur, il rit. Elle savait exactement ce qu'elle faisait, la petite diablesse. Mais loin de lui l'idée de s'en plaindre.

Il l'étudia tandis qu'elle restait devant lui, attendant l'ordre suivant. Elle n'imaginait pas à quel point il l'aimait, à quel point il l'adorait. Il ferait tout ce qui était en son pouvoir pour qu'elle fasse partie de sa vie, pour toujours.

Il saisit une chaise près de la table et s'assit.

— Jacques a dit : assieds-toi sur moi.

Elle s'assit lentement, à califourchon sur ses cuisses. La chaleur de sa peau le brûlait, son parfum taquinait ses sens.

Il plongea son regard dans le sien.

— Jacques a dit : prends-moi en toi.

Aussitôt, elle leva les hanches et se décala légèrement. Il gémit quand il sentit son sexe engorgé entrer douce-ment en elle. Il lui restait un dernier ordre à donner, et il comptait le choisir avec soin. Peu lui importait qu'elle gagne la partie. Tout ce qui comptait, c'était qu'ils soient tous deux satisfaits.

Il lécha lentement le lobe de son oreille, et murmura :

— Jacques a dit : chevauche-moi fort.

Aussitôt, elle se mit à onduler des hanches. Il retint son souffle quand elle agrippa ses épaules et lui montra ce qu'elle était capable de faire avec son corps voluptueux.

Il enfouit son visage entre ses seins, puis saisit un téton entre ses lèvres. Il agrippa ses cuisses tandis qu'elle dansait sur lui, ses muscles internes le prenant en étau. Quand il sentit son corps exploser et qu'elle cria son nom, il resserra son étreinte, et laissa sa semence jaillir en elle.

— Jo !

Il lui donna un dernier coup de reins puissant tandis que les sensations le balayaient. Elle trembla dans ses bras, et il sut qu'il tremblait aussi. Tandis qu'ils reprenaient lentement leur respiration, il l'étreignit. Il avait besoin de la sentir tout contre lui, cœur contre cœur.

— Nous devrions continuer dans la chambre, tu ne crois pas ? susurra-t-il.

Elle rit, le visage blotti contre le sien.

— Tant que tu te souviens que pour le reste de la soirée, tu es à ma disposition.

Il prit une grande inspiration.

— Je n'ai aucun problème avec ça, trésor. Absolument aucun.

13

Si on lui avait posé la question, Jo aurait admis que sa vie ces dernières semaines avait été parfaite. Au chalet, Stern et elle avaient décidé de prendre une journée de plus et n'étaient rentrés que lundi soir. Ils étaient arrivés chez elle peu avant minuit.

Stern avait passé la nuit chez elle, et elle avait passé la nuit suivante chez lui. Ils s'étaient retrouvés presque chaque soir, sauf lorsque Stern était en voyage.

Elle aurait aussi admis que passer du statut de meilleurs amis à celui d'amis amants avait ses avantages. Avec Stern, elle pouvait être la Jo qu'elle avait toujours été. Et elle pouvait aussi explorer d'autres facettes de sa personnalité. Elle avait découvert qu'elle pouvait se montrer entreprenante et audacieuse. Parfois, Stern l'y encourageait de façon manifeste. Ce qu'elle appréciait beaucoup.

Difficile de croire que deux semaines s'étaient écoulées depuis leur décision de devenir amis amants. Ce soir, il l'emmenait à un gala de charité au profit de la recherche en cardiologie, et elle était heureuse d'être sa cavalière. Ils étaient allés dîner dehors quelques fois, avaient vu quelques films et quelques matchs de football américain, mais ce serait la première fois qu'ils apparaîtraient dans un événement public en tant que couple. Une idée qui la rendait un peu nerveuse.

Voilà pourquoi elle s'était regardée dans le miroir une douzaine de fois depuis tout à l'heure. Elle adorait sa robe, et trouvait qu'elle lui allait à ravir. Stern l'avait choisie et achetée tout spécialement pour elle. Elle avait été surprise et ravie lorsque l'immense boîte lui avait été livrée.

En découvrant son contenu, elle avait été ébahie. C'était une vraie robe de déesse. Le bas était bordé de perles d'argent, et la douce crêpe de soie blanche était d'une douceur exquise sur sa peau. Dire que Stern connaissait ses mensurations à la perfection !

Elle ne devrait pas être étonnée. Il aimait la toucher, et passait des heures à couvrir son corps de caresses. Et elle n'allait pas s'en plaindre. Son côté indépendant l'avait poussée à offrir de le rembourser pour la robe, mais Stern n'avait rien voulu entendre, et lui avait dit de la considérer comme un cadeau d'anniversaire en avance. Comme son anniversaire tombait le mois prochain, elle avait cédé.

Son cœur tressauta quand elle entendit sonner à la porte, et elle ne put s'empêcher de sourire. Après avoir regardé son reflet une dernière fois, elle saisit son sac sur la table et se dirigea vers la porte.

L'homme qu'elle aimait venait d'arriver.

— Jo est tout simplement époustouflante, Stern, commenta Aiden Westmoreland.

Stern approuva d'un signe de tête, sans quitter des yeux Jo, qui dansait sur la piste avec Derringer.

— Merci. Je suis bien de ton avis.

Lors d'un voyage d'affaires à Los Angeles, il avait remarqué la robe dans la vitrine d'une boutique de

Beverly Hills. Il avait tout de suite pensé qu'elle était faite pour Jo.

— Alors, comment vas-tu, Aiden ?

Son cousin était devenu le plus jeune médecin de la famille, et avait décidé d'effectuer son internat dans un hôpital du Maine.

— Bien. Je suis juste débordé. J'avais bien besoin de revenir au bercail pour faire une pause.

— Ah oui ?

Stern but une gorgée de vin en observant son cousin. Il se souvenait de l'époque où Aiden, son jumeau Adrian, leur sœur Bailey et le frère de Stern, Bane, étaient la terreur de Denver.

— Donc, ton retour n'a rien à voir avec le fait que Jillian ait décidé de rentrer ce week-end elle aussi ?

Stern rit en son fort intérieur quand Aiden faillit s'étouffer avec son vin. Il lui donna quelques tapes dans le dos.

— Tu as avalé de travers, Aiden ?

Aiden le fusilla du regard.

— Tu avais besoin de me frapper si fort ?

— Oui, je me suis dit que ça allait te remettre les idées en place. J'espère que tu sais ce que tu fais avec Jill. Si tu la mènes en bateau, alors…

— Qu'est-ce que tu sais sur Jill et moi ?

— Juste ce que j'ai vu la dernière fois que tu étais en visite ici. Je montais Legend Boy ce matin-là, et tu devais emmener Jill à l'aéroport. Alors, imagine ma surprise quand je t'ai vu porter Jill hors de ta voiture pour l'emmener chez Gemma.

La maison de Gemma était vide, car celle-ci vivait désormais en Australie avec son mari.

— Ce n'est pas ce que tu crois, se défendit Aiden.

— Ce n'est pas à moi qu'il faut dire ça. Mais si je

peux te donner un conseil, il vaut mieux pour toi que Pam et Dil ne découvrent pas ce que tu mijotes.

— Je l'aime.

— Alors, pourquoi te cacher ?

Aiden marqua un temps avant de répondre.

— Tu connais les projets de Pam pour sa petite sœur. Quand Jill aura fini sa médecine au printemps, Pam espère qu'elle…

— Que veut Jill ? coupa Stern.

Aiden réfléchit.

— Elle veut que nous soyons ensemble, mais elle ne veut pas décevoir Pam.

Stern haussa les épaules.

— D'une manière ou d'une autre, vous devriez vous expliquer et dire à tout le monde ce que vous ressentez.

— Comme tu as dit à tout le monde ce que tu ressens pour Jo, peut-être ? Il me semble que je ne t'ai pas vu crier quoi que ce soit sur les toits.

Les paroles d'Aiden lui firent l'effet d'une gifle, car son cousin disait vrai. Il n'avait dit à personne ce qu'il éprouvait vraiment pour Jo, pas même à la principale intéressée. Toutefois, la plupart de ses proches savaient sans doute qu'il était très amoureux. Malgré tout…

— Désolé, je n'aurais pas dû dire ça, s'excusa Aiden. Tout le monde dans la famille sait que tu es fou de Jo. Je suis de mauvaise humeur parce que je me suis disputé avec Jill tout à l'heure. Je veux aller trouver Pam et Dil et leur avouer la vérité, mais Jill est contre. Et ça me perturbe plus que tout. Je n'aime pas leur mentir, pourtant je le fais.

— On dirait que Jill et toi avez des décisions à prendre.

Et Stern aussi, apparemment.

*
* *

Jo sortit des toilettes et heurta quelqu'un qui lui bloquait le passage.

— Mais qui voilà ? Ne serait-ce pas miss cambouis ? Sous votre robe de soirée, je suis sûr qu'il y a encore un peu de cette substance visqueuse quelque part sur votre corps.

Jo sentit la colère l'envahir. Ses mots insultants méritaient une bonne gifle, mais elle refusait de faire une scène ce soir comme elle l'avait fait au Punch Bowl. D'ailleurs, Walter Carmichael n'en valait pas la peine. Décidant de l'ignorer, elle tenta de passer son chemin. Mais il lui empoigna le bras avec force, et la tira brusquement vers lui.

— Vous m'avez humilié l'autre soir au Punch Bowl, et vous avez aussi menti sur votre relation avec Westmoreland. Meilleurs amis, mon œil. Il y a plus que ça entre vous, tout le monde peut le voir. Et je compte bien vous faire payer votre petit numéro d'allumeuse.

— Lâchez-moi tout de suite ou je vous arrache les yeux.

Il la lâcha aussitôt, et elle s'éloigna rapidement sans se retourner. Elle tenta de ne pas laisser sa fureur la dominer, mais Walter l'avait perturbée. Quand elle revint dans la salle de bal, Stern se dirigea vers elle.

— Ça va ? demanda-t-il d'une voix pleine de colère.

Elle étudia son expression.

— Oui, pourquoi ça n'irait pas ?

— Lucia a dit qu'un homme t'avait bousculée. J'ai pensé que c'était Carmichael, puisque je l'ai aperçu tout à l'heure. Qu'est-ce qu'il a dit ? Qu'est-ce qu'il te voulait ?

Elle songea à lui répéter la menace que Walter avait proférée, mais se ravisa. Cet homme n'était qu'un fanfaron, et elle ne voulait pas gâcher la soirée de Stern comme Walter avait tenté de gâcher la sienne. Et puis d'ailleurs, elle avait réglé le problème.

— Rien, je t'assure. En tout cas, rien qui vaille la peine d'être mentionné. Je l'ai fait taire. Tout va bien.

— Non, ça ne va pas. S'il t'a maltraitée, alors...

— J'ai réglé le problème, insista-t-elle. Je n'ai pas besoin que tu t'occupes de mes affaires.

Il l'observa longuement.

— Il ne t'est jamais venu à l'esprit que tes affaires sont aussi les miennes ? demanda-t-il doucement.

— Non, je ne pense pas que ça entre dans le cadre d'une relation amis amants, répondit Jo en fronçant les sourcils.

— Alors, nous devons peut-être discuter de ce que notre relation implique exactement.

Jo décela de la colère dans sa voix, et ne put s'expliquer pourquoi. Stern regrettait-il sa vie de séducteur ? Il n'en avait pas l'air, mais elle ne pouvait s'empêcher de s'interroger, surtout quand elle voyait les femmes se disputer son attention. Il n'avait jamais caché qu'il aimait séduire.

Elle devait l'admettre, elle était quelque peu contrariée de voir toutes ces inconnues tenter de lui faire des avances ce soir. Certaines étaient si effrontées que c'en était ridicule, allant jusqu'à l'approcher comme si Jo n'était pas là. Elles supposaient peut-être que Stern et elle étaient encore de simples amis mais, même lorsqu'il avait enlacé sa taille et qu'il l'avait présentée comme sa cavalière, la plupart lui avaient lancé un regard hautain comme pour lui dire : « Si tu crois pouvoir le garder dans tes filets, tu te fais des illusions. »

— Jo, as-tu écouté un mot de ce que j'ai dit ?

Honnêtement, non. Elle se souvenait juste qu'il avait parlé de ce que leur relation impliquait.

— Si tu penses que nous devons discuter, très bien. Mais concernant Walter Carmichael, je me peux me débrouiller seule. Je n'ai pas besoin que tu me défendes.

Et elle tourna les talons.

Stern parvint à contrôler sa colère le reste de la soirée, mais il ne put s'empêcher de remarquer que l'atmosphère entre Jo et lui était désormais tendue. Elle avait à peine dit quelques mots sur le trajet de retour.

Dès que la porte se fut refermée derrière eux, il se lança.

— Qu'est-ce qui te tracasse, Jo ?

Elle se tourna vers lui. Ses yeux lançaient des éclairs.

— Rien, à part le fait que tu as des ex malpolies. Je n'ai jamais rencontré de femmes aussi peu respectueuses.

Il était très conscient que la jalousie avait guidé quelques-unes de ces jeunes femmes ce soir. Elles avaient cherché à la provoquer.

— J'espère que tu n'as pas laissé leur comportement t'atteindre. Quand j'ai vu comment elles agissaient, j'ai mis les choses au clair, non ?

— Oui, mais…

— Mais quoi ?

— Rien.

Il croisa les bras.

— Tu as beaucoup employé ce mot ce soir, tu ne crois pas ? Et je te connais. Quand tu dis : « rien », la plupart du temps, ça veut dire qu'il y a quelque chose. Alors, parle-moi.

Il l'attira contre lui.

— Dis-moi, insista-t-il.

Elle garda le silence un long moment.

— Avant, tu étais un bourreau des cœurs, dit-elle

enfin. Tu collectionnais les aventures, et tu aimais séduire. A présent, tu es coincé avec moi. Ton ancien mode de vie doit te manquer.

Stern la dévisagea, conscient qu'elle n'avait aucune idée de ce qu'il avait dans la tête. Ce qu'elle venait de dire était loin d'être vrai. Alors, il était peut-être temps de lui avouer la vérité.

— Je t'aime, Jo.

Elle chassa ses paroles d'un geste de la main.

— Bien sûr que tu m'aimes, et que je t'aime, c'est pour ça que nous nous supportons depuis des années et que…

Il posa son index contre ses lèvres.

— Ecoute-moi une seconde. Je t'aime. Je t'aime comme un homme et une femme s'aiment.

Stern était certain que Jo serait tombée s'il ne l'avait pas tenue si fermement. Elle ouvrit de grands yeux et le dévisagea, bouche bée. Puis, elle secoua la tête.

— Non, tu ne peux pas m'aimer de cette façon.

— Pourquoi pas ?

— Parce que c'est moi qui t'aime de cette façon.

A présent, c'était au tour de Stern d'être sans voix. Il se décala de façon à ce qu'ils soient face à face et plongea son regard intense dans le sien.

— Es-tu en train de dire que tu es amoureuse de moi, de la même façon que je suis amoureux de toi ? demanda-t-il.

Elle haussa les épaules.

— Je ne sais pas. De quelle façon es-tu amoureux de moi ?

Il savait qu'elle n'avait pas posé cette question pour être drôle, mais parce qu'elle voulait vraiment connaître la réponse.

— Je suis amoureux de toi au point que je pense à toi

tout le temps, même quand je suis au travail. Au point
que je crois sentir ton odeur même quand tu n'es pas là.
Je suis amoureux de toi au point qu'avant de m'endormir
et dès que je me réveille, toutes mes pensées vont vers
toi. Au point que coucher ensemble est devenu faire
l'amour. Et au point que chaque fois que je suis en toi, je
voudrais que nos deux corps ne fassent plus qu'un. Quoi
qu'il advienne, je serai toujours là pour toi, même si je
sais que tu peux te débrouiller seule. T'aimer me donne
envie de prendre soin de toi, en toutes circonstances.

Jo était émue aux larmes.

— Je n'ai jamais entendu une déclaration d'amour
aussi belle.

Elle déglutit.

— Quand l'as-tu su ?

— Pour être honnête avec toi, je l'ignore. Peut-être
que je t'aime depuis toujours. Ma famille le pense, mais
je n'ai appris leur opinion que récemment. Ton obsession
pour Carmichael m'a fait prendre conscience de ce que
tu représentais pour moi.

Elle se mordilla la lèvre.

— Je n'étais obsédée par Walter qu'à cause de toi.
Je croyais avoir besoin de lui.

Il haussa un sourcil.

— Je ne comprends pas. Pourquoi avais-tu besoin
de lui ?

Il se tendit, et elle enroula les bras autour de son cou.

— J'ai remarqué mon attirance pour toi au printemps,
quand nous étions au chalet. C'était plus que de l'attirance, en fait. Je savais que j'étais tombée amoureuse
de toi, et ça me faisait peur, parce que je n'avais jamais
été attirée par un homme auparavant… et encore moins
par toi. Tu étais mon meilleur ami, or je ne pouvais pas

tomber amoureuse de mon meilleur ami. Alors, j'ai imaginé ce que je croyais être le plan parfait.

— Et quel était ce plan ?

— Tomber amoureuse de quelqu'un d'autre.

Il ne put réprimer un sourire.

— Je ne crois pas que cela fonctionne ainsi, Jo.

— C'est ce que j'ai découvert.

Il ne dit rien pendant un instant.

— Alors, es-tu en train de me dire que toute cette histoire avec Carmichael était un plan que tu as mis au point parce que tu étais amoureuse de moi, et que tu cherchais à lutter contre tes sentiments en essayant de tomber amoureuse d'un autre homme ?

— Oui. Ça semble fou, hein ?

Il eut un petit rire.

— Pas plus fou que le fait que j'ai nié être amoureux de toi, même quand Zane m'a affirmé que je l'étais.

— Il a fait ça ?

— Oui, plus d'une fois. Riley m'a dit la même chose. Toi et moi avons admis au chalet que nous étions attirés l'un par l'autre, mais ce que nous aurions dû faire, c'était nous avouer nos véritables sentiments.

— Oui, nous aurions dû. Alors, faisons-le maintenant. Stern, je t'aime. Tu es mon meilleur ami, mon amant, et mon âme sœur.

Il sourit.

— Et Jovonnie « Jo » Jones, je t'aime. Tu es ma meilleure amie, ma maîtresse, et mon âme sœur.

— Oh ! Stern, j'avais peur de te perdre à jamais si tu découvrais ce que j'éprouvais. Et avec tous tes frères et tes cousins qui se marient ces derniers temps, je craignais que tu tombes amoureux d'une femme qui te forcerait à prendre tes distances avec moi.

Il hocha la tête.

— Ça m'a traversé l'esprit, à moi aussi, quand tu semblais si obsédée par Carmichael. J'avais peur qu'il s'oppose à notre amitié, et je ne pouvais pas laisser cela se produire.

Tous deux gardèrent le silence pendant quelques instants, puis Stern reprit la parole.

— J'aurais aimé t'avouer mes sentiments plus tôt, mais peut-être que les choses sont arrivées comme elles le devaient pour nous.

Elle l'interrogea du regard.

— Tu veux dire, en passant par la phase amis amants ?

— Oui. Mais maintenant, nous savons la vérité. Ce qu'il faut que tu comprennes, c'est qu'aimer quelqu'un signifie tenir à cette personne, la réconforter, la protéger chaque fois qu'elle en a besoin. Je sais que tu es une championne de tir, de karaté et de tir à l'arc, mais ça ne m'empêche pas de vouloir veiller sur toi. De vouloir te protéger. Et lorsque j'ai envie de te protéger, fais-moi plaisir et laisse-moi faire, s'il te plaît.

Elle sourit.

— Entendu.

Il se pencha et l'embrassa avec une avidité et un désir impérieux qu'il ressentit dans tout son corps. Leur relation était différente, car désormais, ils connaissaient leurs sentiments l'un pour l'autre. Quand elle trembla entre ses bras, il resserra son étreinte autour de sa taille.

Quelques instants plus tard, il reprit son souffle avant de reprendre sa bouche pour un baiser plus fougueux encore. Puis, soudain, le besoin de lui faire l'amour fut farouche. Intense. Extrême. Puissant.

Il se leva du canapé, en la portant dans ses bras. Il comptait gagner la chambre à l'étage, mais il n'arriva pas plus loin que le mur près de l'escalier.

— Je ne peux pas aller plus loin, gémit-il en la plaquant contre le mur.

Il prit de nouveau ses lèvres, et posa ses mains partout sur son corps, avant de les glisser sous sa robe. Quand il l'avait vue dans la vitrine, il l'avait trouvée sexy, parfaite pour Joe, mais à présent, il avait hâte de l'ôter pour sentir le corps de Jo contre le sien. Il trouva enfin la fermeture au dos, et l'ouvrit d'une main experte. Puis, il fit rapidement tomber la robe à terre.

Il entendit Jo prendre une grande inspiration.

— Stern, tu peux ralentir ? Tu vas déchirer ma robe.

— Non, je ne peux pas ralentir, et ne t'inquiète pas, je t'en achèterai une autre.

Il se figea quand il vit ce qu'elle portait dessous. Un porte-jarretelles de dentelle sexy, avec un string assorti et des bas couture. Il était convaincu qu'il n'avait rien vu de plus sensuel de toute sa vie.

— Joli, dit-il dans un gémissement torturé.

— Je ne manquerai pas de dire à tes cousines et à tes belles-sœurs à quel point tu apprécies. Encore une chose qu'elles m'ont persuadée d'acheter quand nous avons fait les boutiques ensemble.

— Et je ne manquerai pas de leur demander de t'emmener faire les boutiques plus souvent. A présent, je vais me faire un plaisir de te retirer ces jolis sous-vêtements.

— Je crois que c'était l'idée.

En un rien de temps, Stern lui avait ôté jusqu'à son dernier vêtement. Pour ne pas être en reste, Jo le déshabilla aussi. Elle commença par sa veste de smoking, qu'elle fit glisser sur ses épaules, puis, étape par étape, lui retira chacun de ses vêtements.

— A présent, nous sommes à égalité.

— Si ça te rend heureuse, dit-il, la soulevant pour la plaquer de nouveau contre le mur.

Il sourit.

— J'adore entrer en toi.

Elle lui rendit son sourire.

— Et j'adore quand tu entres en moi.

Sur ce, il écarta ses jambes du genou avant de glisser son sexe engorgé entre ses replis moites, en ne s'arrêtant que lorsqu'il fut totalement en elle. Elle était étroite, juste ce qu'il fallait.

Quand il se mit à onduler en elle, elle enroula les jambes autour de lui. Son parfum le submergeait, le stimulait, et la sensation de sa peau douce contre la sienne exacerbait ses sens. Le bruit de ses gémissements attisait le feu de son désir.

Il tenta de ralentir le rythme, afin de faire durer le plaisir, mais elle contracta son sexe autour du sien, provoquant une déferlante de sensations. Il était tout près d'exploser, mais il refusait d'atteindre l'orgasme sans elle.

Il saisit un téton entre ses lèvres. Elle se cambra dans un arc parfait tout en criant de plaisir. Ses talons s'enfonçaient dans son dos, ses ongles labouraient son épaule, mais tout ce qu'il ressentait, c'était le plaisir exquis d'être en elle.

Et puis, elle cria son nom. Il lâcha alors son sein, et prit possession de ses lèvres, continuant de l'embrasser alors même qu'un orgasme le secouait.

Il ressentait plus que de l'amour pour elle. Il l'adorait, la chérissait de tout son cœur.

Quand il détacha lentement son corps du sien, ce fut pour la porter de nouveau dans ses bras.

— Il me semble que nous allions dans cette direction avant d'être distraits, dit-il en montant les marches.

— Se laisser distraire peut être une bonne chose, murmura-t-elle, déposant des baisers sur son torse.

Quand ils atteignirent la chambre, ils tombèrent sur le lit ensemble, avec la ferme intention de vivre une nuit inoubliable.

- 14 -

Jo regarda l'horloge et alla se servir une autre tasse de café. Il était près de 22 heures. Cela faisait bien longtemps qu'elle n'était pas restée aussi tard au bureau. Mais c'était la fin du mois, aussi avait-elle de nombreux documents à compléter. En regard des normes fédérales concernant le gaspillage inutile, les émissions de CO_2 et la surconsommation d'eau, les rapports à rédiger s'accumulaient. Elle avait l'impression d'en avoir davantage que le mois dernier. Wanda était restée jusqu'à 19 heures, mais elle avait dû partir pour aller dîner avec son ex-mari.

Jo s'étira puis avala une gorgée de café. Le breuvage n'était pas aussi bon que celui de Stern, mais il ferait l'affaire. Elle ne put s'empêcher de sourire à la pensée que son meilleur ami était devenu son amant. Depuis qu'ils s'étaient déclaré leur amour la semaine dernière, tout se mettait en place.

D'un commun accord, ils avaient décidé de ne faire aucun projet défini jusqu'au mariage de Riley et d'Alpha. Toute la famille Westmoreland était enthousiasmée par les futures noces, et de nombreux cousins étaient attendus pour l'occasion. Elle avait rencontré la plupart d'entre eux, lors de différentes réunions familiales, et se réjouissait de les revoir.

Dès qu'elle se rassit à son bureau, son téléphone sonna. Un sentiment d'excitation l'envahit lorsqu'elle vit que c'était Stern qui l'appelait. Canyon et lui étaient partis deux jours à Miami pour signer un contrat, et ne devaient revenir que demain dans la matinée.

— Bonsoir, dit-elle.

— Bonsoir, beauté.

— Tu ne dirais pas cela si tu me voyais, rétorqua-t-elle en souriant. Je suis encore au garage.

— Au garage ? Si tard ?

— J'ai des rapports à rendre, on ne plaisante pas avec les normes gouvernementales. Tu me manques, ajouta-t-elle.

— Tu me manques aussi. Mais devine quoi.

— Quoi ?

— Canyon et moi avons terminé notre mission, et nous rentrons plus tôt.

Elle se redressa.

— Plus tôt, c'est-à-dire ?

Elle l'entendit rire.

— Ce soir. Notre avion vient d'atterrir.

— Tu es de retour à Denver ? s'exclama-t-elle, ne pouvant contenir son excitation.

— Oui. Canyon est allé chercher la voiture. J'allais lui demander de me déposer chez toi, mais tu n'y seras pas.

Déjà, elle rangeait les documents en pile sur son bureau.

— Tu veux parier ? Je pars maintenant, alors je serai arrivée avant toi.

— Je ne veux pas m'interposer entre l'oncle Sam et toi.

— Ne t'inquiète pas, je finirai ces rapports demain.

Juste à cet instant, elle entendit un bruit sourd.

— Ne quitte pas, Stern. Je crois avoir entendu quelque chose.

— Attends ! Tu es toute seule ?

— Oui.

— Alors, ne bouge pas et appelle la police.

— Stern, je peux me débrouiller…

— Je sais, mais fais-moi plaisir. Canyon vient de se garer, nous arrivons. Nous sommes à moins de dix minutes.

Seulement à vol d'oiseau, songea-t-elle en poussant un soupir.

— L'alarme est branchée, fit-elle valoir. Ce n'est sans doute qu'un chat de gouttière qui s'est laissé enfermer. Ce ne serait pas la première fois.

— Je sais, mais je préfère vérifier par moi-même. La porte de ton bureau est-elle fermée à clé ?

— Non.

— Alors, enferme-toi à double tour et ne bouge pas.

Roulant des yeux, elle se leva juste au moment où la porte s'ouvrit à la volée.

— Walter ! s'exclama-t-elle.

Walter ?

Stern se figea. Il avait clairement entendu le nom qu'elle avait crié, mais il ne distinguait plus maintenant que des voix étouffées.

Puis, plus rien.

— Jo ? Que se passe-t-il ? Tu es encore là ?

Comme il n'eut pas de réponse, il raccrocha et appela aussitôt la police. Un agent décrocha immédiatement.

— Je voudrais signaler une entrée par effraction au garage Golden Wrench. Je parlais à la propriétaire quand un homme du nom de Walter Carmichael s'est introduit dans son bureau. Il a déjà agressé plusieurs femmes.

Un frisson glacé monta le long de sa colonne vertébrale quand il se rappela le bruit de la porte qui s'ouvrait avec fracas.

— Stern Westmoreland, dit-il quand l'agent lui demanda de s'identifier.

Après avoir raccroché, il lança un regard à Canyon. Dès que son frère vit son expression, il appuya sur l'accélérateur et fila sur l'autoroute.

— J'ai entendu. Nous y serons bientôt, dit Canyon. J'espère juste que nous arriverons au garage avant que Jo ne s'en prenne à lui. A l'évidence, il ne sait pas à qui il a affaire.

Stern sentit la colère le consumer.

— Oui, à l'évidence.

— Retirez vos sales pattes, Walter.

— Seulement quand je le voudrai. Et cela vous va bien d'employer le mot « sale », miss cambouis.

Jo prit une grande inspiration, et tenta de contrôler la rage qui menaçait de s'emparer d'elle. Sinon, elle craignait de lui briser tous les os. Elle en était tout à fait capable. Elle avait été si choquée de le voir qu'elle n'avait pas eu le réflexe de se défendre. Il avait fondu sur elle et l'avait violemment plaquée contre le bureau, envoyant son téléphone valser dans les airs. Stern était-il encore en ligne ? Avait-il entendu quelque chose ? Avait-il appelé la police ?

— Qu'est-ce que vous faites là, Walter ? Que voulez-vous ?

— Je vous avais prévenue que je vous ferais payer votre numéro d'allumeuse. Vous me devez une nuit, et je compte bien l'avoir. Et tant pis si je dois utiliser la force pour avoir mon dû !

Eh bien, elle était curieuse de voir ça. Pensait-il vraiment qu'il pouvait la violenter et s'en tirer impunément ?

— Vous êtes prêt à risquer votre réputation, votre travail, votre...

— Mon père s'occupera de vous, comme il l'a fait avec toutes les autres.

Jo déglutit.

— Quelles autres ?

— Toutes ces femmes qui ont essayé de porter plainte contre moi, comme si elles n'avaient pas aimé ce que je leur ai fait. Mais mon père a prouvé qu'elles avaient toutes un prix, comme vous, j'en suis sûr. Mon père allongera les billets. Comme toujours, pour calmer les choses.

Walter fit ensuite l'erreur de la lâcher puis hurla :

— Maintenant, retire tes vêtements !

Son contrôle d'elle-même ne tenait plus qu'à un fil. En songeant à ces autres femmes qui avaient été à sa merci, et au père de Walter qui avait acheté leur silence, elle fut réellement hors d'elle.

— Retirer mes vêtements ? Pour vous ? Jamais de la vie ! fulmina-t-elle.

Elle vit la rage briller dans ses yeux. Il semblait furieux qu'elle ait le toupet de se refuser à lui. Il avança vers elle en grimaçant.

— Pas de problème, je vais les enlever moi-même.

Elle remarqua qu'il n'avait aucune arme. Il croyait donc pouvoir la maîtriser à mains nues ?

— Arrêtez, Walter ! l'avertit-elle. Je ne veux pas vous faire de mal.

Il eut un rire dur.

— Tu ne peux pas me faire de mal, mais je compte bien t'en faire, moi.

Et il se jeta sur elle.

*
* *

Canyon, Stern et une patrouille de police arrivèrent devant le Golden Wrench en même temps, et tous sortirent de leur véhicule en un éclair. Stern découvrir qu'un des policiers était l'adjoint Pete Higgins, le meilleur ami de Derringer.

Ils approchaient de l'entrée du bâtiment quand ils entendirent un cri glaçant... et masculin.

Canyon regarda Stern et eut un sourire ironique.

— On dirait que nous sommes arrivés trop tard.

— Ce salaud a eu ce qu'il méritait, marmonna Stern.

La serrure de la porte d'entrée avait été forcée au pied-de-biche. L'arme au poing, les deux policiers se glissèrent avec précaution à l'intérieur. Ignorant la consigne de rester à distance, Canyon et Stern les suivirent de près.

La porte du bureau de Jo était grande ouverte, et tenait à peine sur ses gonds. Quand ils entrèrent dans la pièce, ils découvrirent Walter Carmichael allongé par terre, tenant son aine et sanglotant comme un bébé. Jo, calme et posée, était assise à son bureau, en train de travailler sur ses rapports.

Elle leva les yeux et afficha un sourire aimable.

— Je n'ai pas bougé, comme Stern me l'a dit.

D'autres policiers arrivèrent, les dépositions furent prises et une ambulance vint chercher Walter. Alors qu'il était allongé sur la civière, toujours en train de pleurer, Stern alla vers lui.

— Vous ne saviez pas qu'en plus d'être ceinture noire de karaté, Jo est aussi championne de tir ? Vous avez de la chance qu'elle ne vous ait pas tiré dessus. C'est aussi une archère hors pair. Vous imaginez si elle s'était servie d'un arc et d'une flèche ?

Stern marqua une pause pour laisser à ses paroles le temps de faire leur effet, puis ajouta :

— Vous irez en prison pour ce que vous avez essayé de faire. Juste au cas où l'argent de votre paternel vous permettrait de sortir, je vous suggère de ne jamais revenir dans le coin. Jo est du genre rancunière.

Quand Stern vit de la peur dans le regard de Walter Carmichael, il ne put réprimer un petit rire. Puis il alla rejoindre Jo, qui terminait de raconter ce qui s'était passé à Pete.

— Je peux la ramener maintenant ? demanda Stern.

— Encore une minute, dit Pete, l'air préoccupé. J'essaie de comprendre comment Carmichael a franchi votre système d'alarme.

— Avec l'aide de mon nouvel employé, expliqua Jo. Walter s'est vanté d'avoir payé Maceo Armstrong pour qu'il l'informe chaque fois que je restais travailler tard. Et il a ajouté un billet pour qu'il coupe un fil dans le système d'alarme.

Pete hocha la tête.

— Vous avez l'adresse d'Armstrong ?

— Oui, dans mon bureau.

— Bien. Allons la chercher.

Une heure plus tard, Stern et Jo étaient rentrés chez elle. Elle était sous la douche, et Stern dans la cuisine, en train de servir deux verres de vin. Il entra dans la chambre juste au moment où elle sortait de la salle de bains, vêtue d'un peignoir de velours.

— Tiens, tu as bien besoin de ça, dit-il en lui tendant un verre.

Elle prit une gorgée et sourit.

— Mmm, délicieux.

Elle s'assit sur le bord du lit.

— Walter n'a eu que ce qu'il méritait, tu sais.

Stern rit.

— Tu ne pourras jamais l'en convaincre. C'était pathétique de le voir pleurer.

Elle haussa les épaules.

— Je le répète, il l'a mérité. Quel culot de croire qu'il pouvait me violer sans que je fasse quoi que ce soit !

— Il ne pourra peut-être plus marcher, dit Stern, réjoui par cette idée. Ni avoir de rapports sexuels, ajouta-t-il, appréciant cette idée encore plus.

Il marqua un temps pour boire une gorgée de vin.

— J'espère que je ne te mettrai jamais en colère.

— Tu sais te défendre.

Oui, il savait se défendre, mais après une telle soirée, il était heureux qu'elle aussi sache se défendre.

— Je propose un toast, dit-il, levant son verre de vin.

— A quoi ?

— A qui, plutôt. A ton père, qui a eu la clairvoyance d'élever une fille capable de se débrouiller seule.

Jo sentit ses yeux s'embuer. Elle leva son verre et le fit tinter contre le sien.

— Et à toi, Stern. Merci d'être un homme qui me connaît à la perfection, et qui m'aime comme je suis. Merci d'être un homme qui me fait savoir que je peux être moi-même et exprimer mes désirs. Ça compte beaucoup pour moi.

Après avoir pris une gorgée de vin, elle posa son verre sur le chevet, et fit glisser son peignoir sur ses épaules.

— Je crois que tu sais ce que je veux à cet instant, murmura-t-elle.

Oui, il le savait et il désirait la même chose.

Sans plus attendre, il l'attira dans ses bras, et lui donna un baiser plein de fougue et de passion.

Epilogue

Dans l'église bondée, Jo était assise à côté de Stern, et avait sa main dans la sienne. Tous les invités étaient venus voir Riley et Alpha échanger leurs vœux. C'était une cérémonie magnifique que la mariée, organisatrice de mariages, avait supervisée avec l'aide des femmes de la famille. Un mariage digne d'un conte de fées. Le marié était extrêmement séduisant, et la mariée, d'une beauté prodigieuse.

Quand Jo s'était réveillée ce matin-là, le lit était vide. Elle avait retrouvé Stern dans le patio, en train de regarder le ciel tout en buvant son café. Elle avait noué son peignoir et l'avait rejoint.

Il s'était retourné et lui avait souri.

— Ça va ? avait-elle demandé.

C'était le dernier week-end de septembre, et le vent qui venait des montagnes était frais.

— Oui, je me disais que les Westmoreland étaient bénis, surtout les hommes. Ils ont eu la chance de trouver des femmes dignes d'être aimées d'un amour éternel. Je vois à quel point mes frères sont heureux avec leurs épouses et leurs familles, mais je n'avais jamais caressé l'idée de connaître le même bonheur. Désormais, je sais pourquoi.

Elle l'avait interrogé du regard.

— Pourquoi ?

— Parce que j'avais cette femme à mes côtés depuis le début. Tu étais ma meilleure amie, mon âme sœur, la femme de ma vie… la mère de mes enfants.

Des larmes lui avaient piqué les yeux.

— Qu'es-tu en train de dire, Stern ?

Il s'était tourné vers elle, et avait pris son visage dans ses mains.

— Que je t'aime, et que je veux t'épouser. Je veux que tu portes mon nom, et que tu sois toujours à mes côtés. Veux-tu m'épouser, Jo ?

Elle avait souri à travers ses larmes.

— Oui ! Oui ! Je veux t'épouser.

Des applaudissements sonores interrompirent ses pensées, la ramenant à l'instant présent. Le pasteur venait de déclarer Riley et Alpha mari et femme, et tout le monde était debout pour les applaudir et les acclamer. Riley porta son épouse dans ses bras et sortit de l'église. La cérémonie avait été superbe, et la réception qui suivrait le serait aussi, certainement.

Lui tenant toujours la main, Stern la conduisit à l'extérieur, où ils rejoignirent Canyon, son épouse Keisha et leur fils, Beau, ainsi que Zane et sa fiancée, Channing qui devaient être unis eux aussi dans quelques mois.

Jo et Stern n'avaient pas encore annoncé leurs fiançailles, préférant ne pas faire d'ombre à Riley et Alpha aujourd'hui.

Stern se pencha pour l'embrasser sur la joue.

— Que me vaut ce baiser ? demanda-t-elle.

— Le fait que tu sois toi.

— Oh.

Elle se mit sur la pointe des pieds et lui rendit sa faveur.

— En quel honneur, ce baiser ?

Elle afficha un sourire radieux.

— Parce que tu ne vois pas seulement ce que je suis à l'extérieur, mais que tu apprécies l'intérieur tout autant.

Il se pencha et murmura :

— Oh oui, j'apprécie l'intérieur, dit-il d'une voix sensuelle.

Elle était sûre que ses joues s'étaient empourprées.

— Viens, dit-il, serrant sa main dans la sienne. Allons nous joindre à mes cousins d'Atlanta qui discutent avec Dil et Ramsey. J'ai bien envie de demander à Thorn de nous construire deux motos.

— Excellente idée. Qui est cette jeune femme avec Thorn et sa femme, Tara ?

— C'est la sœur de Tara. Elle songe à quitter la Floride et à s'installer ici. Thorn et Tara veulent profiter de l'occasion pour la présenter à toute la famille.

Jo hocha la tête.

— Elle est très jolie.

— Viens, je vais te présenter.

Tandis qu'ils avançaient vers le groupe, Stern songea subitement à Walter Carmichael. Il était toujours en prison, en attente de procès. Malheureusement pour elle, la famille Carmichael avait subi un gros revers quand le juge avait refusé d'accorder à Walter une libération sous caution. Même l'argent du père de Walter n'avait pas suffi. Jo pensait que Walter avait une pathologie, et espérait qu'il se ferait soigner.

Maceo Armstrong aussi devrait payer le fait d'avoir été son complice. Le jeune homme avait avoué non seulement son implication dans l'agression de Jo mais aussi le fait qu'il volait des pièces détachées pour les revendre. Jo lui avait fait confiance, et avait été très déçue par sa duplicité.

A mi-chemin, Stern s'arrêta brusquement, la porta dans ses bras et la fit tournoyer.

— Tu es magnifique, et je t'aime, dit-il, avant de la reposer à terre.

Elle rit et reprit son souffle.

— Et je t'aime aussi.

Il se pencha vers elle.

— J'ai des projets pour toi plus tard, murmura-t-il.

Jo sourit à l'homme qui détenait son cœur.

— Moi aussi, j'ai des projets pour toi.

Passions

— Le 1ᵉʳ octobre —

Passions n°494

Un délicieux supplice - Janice Maynard

Dans le regard sombre de Gil Addison, Britt a vu défiler bien des émotions depuis leur rencontre. De l'hostilité, d'abord, quand elle lui a annoncé qu'elle enquêtait sur la disparition d'un membre du Texas Cattleman's Club. De l'arrogance, ensuite, lorsqu'elle a exigé de lui qu'il coopère. A présent, les yeux de Gil, chargés de désir, l'envoûtent, la caressent, la déshabillent... Jusqu'à ce que, lui faisant soudain oublier toutes les raisons pour lesquelles elle ne doit pas lui succomber, cet homme trouble et mystérieux pose sa bouche sur la sienne. Et la condamne à un délicieux supplice...

Tentation au Colorado - Barbara Dunlop

Grand, la mâchoire carrée, Seth Jabobs est l'incarnation du cow-boy ombrageux et, pour Darby, la tentation personnifiée. Mais, depuis qu'il a décidé de faire passer un chemin de fer sur ses terres, le maire de Lyndon Valley est surtout son adversaire – son ennemi, même. Un adversaire qu'elle est résolue à combattre de toutes les manières possibles. Même si cela implique pour elle d'utiliser la plus dangereuse des armes – celle de la séduction.

Passions n°495

Soumise à un prince - Olivia Gates

« Tu seras mon épouse. » A ces mots, Glory croit défaillir. Comment Vincenzo D'Agostino, prince de Castaldini, ose-t-il la soumettre à une telle folie, après l'avoir si cruellement rejetée six ans plus tôt ? Certes, elle n'est pas en mesure d'opposer un refus à cette ordonnance royale, mais jamais elle ne pourra supporter de passer ses jours et ses nuits auprès de Vincenzo. D'autant que, même s'il ne peut s'agir entre eux que d'un mariage temporaire, les sentiments qu'elle éprouve pour celui qui lui a brisé le cœur sont, quant à eux, malheureusement éternels...

Une princesse à conquérir - Olivia Gates

Aram Nazaryan n'en revient pas. S'il veut briguer un haut poste au royaume du Zohayd, il va devoir renoncer à sa chère solitude et prendre femme. Comble d'injustice, c'est la princesse Kanza Aal Ajmaan qu'on lui destine. Kanza, qu'il a rencontrée dix ans plus tôt et dont il n'a pas oublié le caractère impossible... D'abord furieux d'être soumis à un tel chantage, Aram voit bientôt sa curiosité piquée au vif, lorsqu'il se retrouve de nouveau en présence de la jeune femme. Car, loin de tenter de le séduire comme tant d'autres avant elle, Kanza le repousse sans ménagement – attisant immédiatement son désir...

Retour à Sunset Ranch - Charlene Sands

De retour à Sunset Ranch, après douze ans d'absence, Sophia est aussi émue qu'inquiète. C'est là qu'elle a vécu une enfance heureuse, au milieu des chevaux. C'est là, surtout, que Logan Slade lui a offert son premier baiser – un instant de rêve qui s'est vite transformé en cauchemar quand il l'a rejetée aussitôt après... Hélas, revoir Logan est un nouveau choc pour Sophia. Non seulement sa beauté rude, et la note de danger qui teinte son regard, la troublent toujours autant, mais cet homme, furieux qu'elle ait hérité des terres de sa famille, semble résolu à lui mener la vie dure...

Troublants lendemains - Lilian Darcy

Ce n'était pas supposé devenir sérieux. Quand Lee a succombé au charme de Mac, un soir de Noël, elle n'imaginait pas que leur nuit passionnée aurait un lendemain. Ni que leur entente physique, parfaite, les conduirait à se revoir, encore et encore. A devenir amants, rien qu'amants. Non, ce n'était pas supposé devenir sérieux, entre eux, mais aujourd'hui que Lee est enceinte tout a changé. Et cela d'autant plus que Mac, s'il ne peut lui promettre l'amour, n'en est pas moins résolu à faire partie de la vie de leur enfant...

La mémoire des sens - Brenda Harlen

Sutter Traub a été son premier amour, le seul à qui Paige s'est donnée corps et âme. Aussi, quand elle le voit réapparaître dans sa vie, a-t-elle soudain envie de lui pardonner de l'avoir quittée aussi brusquement, cinq ans plus tôt. Comme elle aimerait, en effet, se blottir contre lui, lui crier qu'elle l'aime encore ! Mais c'est impossible. Sutter n'est que de passage à Rust Creek Falls ; bientôt, il sera reparti. Et il n'est pas question pour elle de le laisser emporter une nouvelle fois son cœur brisé...

Le secret d'une inconnue - RaeAnne Thayne

Ridge Bowman n'est pas du genre à s'encombrer d'une femme. Sa vie solitaire à River Bow, agrémentée par les rires de sa fille, lui convient parfaitement. Mais, quand une belle inconnue se blesse dans sa propriété, il n'a bientôt d'autre choix que de lui proposer l'hospitalité. Noël approche, après tout, et la tempête menace, dehors... Au contact de la douce Sarah, Ridge se sent peu à peu gagné par des sentiments inédits. Cette femme lui plaît, c'est certain. Pourtant, il serait fou de la laisser prendre possession de son cœur. Car elle lui cache quelque chose, il en est persuadé...

L'enfant dont elle rêvait - Kathie DeNosky

« Je veux que tu sois le père de mon bébé. » La voix tremblante, Summer ose enfin demander à Ryder, son meilleur ami, de l'aider à réaliser son rêve. N'est-il pas l'homme de la situation, lui qui, en plus d'être honnête, intelligent, et beau comme un dieu, s'est toujours montré des plus protecteurs envers elle ? Hélas, Summer comprend vite que Ryder n'a pas l'intention d'accéder aussi facilement à sa demande. Si elle veut devenir mère, elle va devoir accepter ses conditions – et, au creux de ses bras, concevoir cet enfant le plus naturellement du monde...

Un plaisir insensé - Susan Crosby

Tandis que la pluie frappe les vitres du pick-up, Jenny s'abandonne aux caresses de Win. Et goûte, quatre ans après la nuit qui a changé leur vie, au plaisir insensé que cet homme est encore capable de lui procurer. Jamais elle n'aurait imaginé qu'ils feraient l'amour le jour même de leurs retrouvailles. Et pourtant la force de Win, sa douceur, sa tendresse, le goût de sa bouche, celui de sa peau, tout en lui la transporte. Au point de lui faire oublier que leurs familles sont rivales depuis toujours, et qu'hier comme aujourd'hui aimer Win lui est interdit...

Nuit de désir - Samantha Hunter

Entre son travail dans la bijouterie familiale et son désir de faire ses preuves en tant que détective privée, Tiffany n'a vraiment pas de temps à consacrer aux hommes. Non pas que cela soit une grande perte à en juger par ses dernières relations sentimentales... Mais quand sa meilleure amie, pour sa soirée de fiançailles, lui octroie comme cavalier l'homme le plus beau sur lequel elle ait jamais posé les yeux – un homme dans le regard duquel elle lit un désir égal au sien –, Tyffany sent un trouble puissant l'envahir. Puisque Garrett Berringer n'est en ville que pour quelques jours, pourquoi ne pas s'offrir entre ses bras l'aventure torride que son sourire irrésistible semble lui promettre ?

Audacieux rendez-vous - Crystal Green

Au moment de franchir le seuil de la haute bâtisse qui se dresse face à elle, Leigh ne peut réprimer un frisson. Lorsqu'elle a participé à la vente aux enchères organisée pour offrir à sa meilleure amie le mariage de ses rêves, proposer un dîner avec elle lui a semblé follement amusant. Mais aujourd'hui, alors qu'elle s'apprête à rencontrer l'homme qui a payé 5 000 dollars pour passer la soirée en sa compagnie, avec pour seule exigence qu'elle ne cherche pas à connaître son identité, elle se demande si elle ne commet pas une folie. Elle n'a jamais rien fait d'aussi dangereux de sa vie. Mais rien d'aussi excitant non plus...

Best-Sellers n°615 • suspense

Les secrets d'Asher Falls - Amanda Stevens

Depuis son arrivée à Asher Falls, en Caroline du Sud – une petite bourgade ramassée sur les contreforts des Blue Ridge Mountains dont elle doit restaurer le vieux cimetière – Amelia ne peut se départir d'un oppressant sentiment de malaise. Comme si sa venue ici suscitait la défiance des habitants... Pourquoi, en effet, ceux-ci s'enferment-ils dans le mutisme dès qu'elle évoque le cimetière de Bell Lake, englouti cinquante ans plus tôt sous les eaux profondes et insondables d'un lac artificiel ? A qui appartient la tombe qu'elle a découverte cachée au cœur de la forêt et dont personne, apparemment, ne sait rien ? Et, surtout, qui a tenté à plusieurs reprises de la tuer ? Si elle veut trouver la réponse à toutes ces questions, Amelia le sait : elle devra sonder l'âme de cette ville mystérieuse et en exhumer tous les secrets...

Best-Sellers n°616 • suspense

Mortel Eden - Heather Graham

Au milieu des eaux turquoises du sud de la Floride, l'île de Calliope Key est un véritable paradis terrestre à la végétation luxuriante, d'une beauté à couper le souffle. Rares sont ceux qui résistent à son charme – mais plus rares encore sont ceux qui connaissent ses secrets...

Lorsque Beth, venue passer quelques jours de vacances sur l'île, découvre un crâne humain à moitié caché dans le sable, elle comprend immédiatement qu'elle est en danger. Car deux plaisanciers ont déjà disparu, alors qu'ils naviguaient dans les eaux calmes de Calliope Key... comme s'ils menaçaient de troubler un secret bien gardé. Prise de panique, Beth dissimule en toute hâte le crâne. Mais ne peut échapper aux questions de Keith, un inconnu qui semble très intéressé par sa macabre découverte... Très vite, Keith se mêle – mais dans quel but ? – au petit groupe des vacanciers. Beth ne parvient pas à lui faire confiance. Pourtant, lorsqu'elle s'aperçoit que le crâne a disparu, et que de mystérieuses ombres envahissent la plage, la nuit, et rôdent autour de sa tente, elle comprend qu'elle va avoir besoin de son aide – et que, pour tous les vacanciers de l'île, le temps de l'insouciance est désormais révolu...

Best-Sellers n°617 • suspense

L'étau du mal - Virna DePaul

Lorsque le cadavre d'une adolescente est découvert enterré dans les environs de Plainville, l'agent spécial Liam McKenzie comprend tout de suite qu'il va devoir s'attaquer à une affaire beaucoup plus complexe qu'elle n'y paraît au premier abord. Et quand, quelques jours plus tard, une photographe de renom, Natalie Jones, est agressée chez elle, non loin de la scène de crime, il est aussitôt convaincu qu'il existe un lien entre les deux affaires. Qu'a vu la jeune femme, qui a poussé le tueur à sortir de sa cachette et à commettre une imprudence ? La clé de l'enquête se trouve-t-elle sur les photos qu'elle a prises deux mois plus tôt à Plainville ?

Pour élucider ce meurtre, et pour protéger Natalie, Liam McKenzie va non seulement devoir donner le meilleur de lui-même, mais aussi résister au désir fou que cette dernière lui a inspiré au premier regard. Car il ne peut se laisser distraire : chaque jour qui passe, le danger se rapproche d'elle...

Best-Sellers n°618 • roman
Amoureuse et un peu plus - Pamela Morsi

Diriger la bibliothèque de Verdant dans le Kansas ? Dorothy (D.J. pour les intimes) a l'impression de vivre un rêve aussi improbable que merveilleux. Et pas question de se laisser décourager parce que la bibliothèque n'a en réalité rien du pimpant établissement qu'elle avait imaginé, mais tout du tombeau lugubre. Pas question non plus de se laisser abattre parce que les membres de sa nouvelle équipe se montrent pour le moins étranges et peu sociables : elle saura les apprivoiser. Mais son enthousiasme et sa détermination flanchent sérieusement quand on lui présente Scott Sanderson, le pharmacien de la petite ville. Là, D.J. doit définitivement se rendre à l'évidence : elle est vraiment très, très loin du paradis dont elle avait rêvé. Car Scott n'est autre que le séduisant inconnu qu'elle a rencontré six ans plus tôt à South Padre et avec lequel elle a commis l'irréparable avant de fuir, éperdue de honte, au petit matin… Heureusement, elle ne ressemble en rien à la jeune femme libérée et passionnée qu'elle s'était alors amusée à jouer le temps d'une soirée entre copines : avec son chignon, ses lunettes et ses tenues strictes, elle est sûre que Scott n'a aucun moyen de la reconnaître.

Best-Sellers n°619 • historique
Envoûtée par le duc - Kasey Michaels

Paris, Londres, 1814

Lorsqu'il apprend qu'il doit succéder à son oncle, Rafael est sous le choc. Rien ne l'avait préparé à devenir duc un jour. Comment lui, un capitaine qui vient de passer six ans sur les champs de bataille, pourrait-il diriger le domaine familial ? Heureusement, il sait qu'il peut compter sur le soutien de Charlotte, sa chère amie d'enfance, à qui il a pensé avec tendresse toutes ces années. Elle qui chaperonne aujourd'hui ses sœurs à Ashurst Hall pourra le guider dans ses nouveaux devoirs. Mais lorsqu'il revient au domaine, c'est pour découvrir que l'adolescente maladroite qu'il avait laissée a disparu. A sa place, c'est une séduisante jeune femme, fière et sûre d'elle, qui l'accueille. Rafael est sous le charme… Mais autre chose en elle a changé. Si elle lui offre généreusement ses conseils, comme il l'espérait, Charlotte se dérobe avec gêne dès qu'il essaie d'en savoir plus sur elle. Pourquoi a-t-il l'impression qu'un terrible secret l'éloigne irrémédiablement de lui ?

Best-Sellers n°620 • historique
Audacieuse marquise - Nicola Cornick

Angleterre, 1816

Lorsqu'un aristocrate sans vergogne tente de la faire chanter, Tess comprend qu'il est temps d'assurer ses arrières. Elle avait cru pouvoir camoufler ses activités politiques sous une réputation de coquette mondaine et frivole, mais hélas, une femme seule est toujours vulnérable. Si elle veut continuer à œuvrer dans l'ombre contre la pauvreté et l'injustice, il lui faut une couverture honorable. Et qui pourrait mieux l'aider en cela que le vicomte Rothbury, mandaté pour arrêter les opposants au régime ? Elle a souvent croisé chez son beau-frère cet Américain franc et viril, anobli pour services rendus à la Couronne : elle sait qu'il ne sera jamais vraiment accepté dans la haute société tant qu'il n'aura pas épousé une aristocrate. Une riche marquise, par exemple… Tess frissonne en considérant les dangers d'une telle alliance mais, à n'en pas douter, ce mariage la placerait au-dessus de tout soupçon. Seulement, il lui reste encore à convaincre le vicomte, qu'on dit très méfiant à l'égard des femmes du monde…

www.harlequin.fr

OFFRE DE BIENVENUE

2 romans Passions et 2 cadeaux surprise !

Vous êtes fan de la collection Passions ? Pour prolonger le plaisir, recevez gratuitement **2 romans Passions** (réunis en 1 volume) **et 2 cadeaux surprise !**

Une fois votre colis de bienvenue reçu, si vous souhaitez continuer à recevoir nos romans Passions, cela se fera automatiquement. Vous recevrez alors chaque mois 3 volumes doubles inédits de cette collection au prix avantageux de 6,98€ le volume (au lieu de 7,35€) auxquels viendront s'ajouter 2,99€* de participation aux frais d'envoi.

*5,00€ pour la Belgique

▶ **Vous n'avez aucune obligation d'achat et cette offre est sans engagement de durée !**

Les bonnes raisons de s'abonner :

- Aucun engagement de durée ni de minimum d'achat.
- Vos romans en avant-première.
- - 5% de réduction systématique sur vos romans.
- La livraison à domicile.

Et aussi des avantages exclusifs :

- Des cadeaux tout au long de l'année qui récompensent votre fidélité.
- Des réductions sur vos romans par le biais de nombreuses promotions.
- Des romans exclusivement réédités pour nos abonné(e)s notamment des sagas à succès.
- L'abonnement systématique à notre magazine d'actu ROMANCE.
- Des points cadeaux pouvant être échangés contre des livres ou des cadeaux.

Rejoignez-nous vite en complétant et en nous renvoyant le bulletin !

N° d'abonnée (si vous en avez un) ⎵⎵⎵⎵⎵⎵⎵⎵⎵⎵ | RZ4F09 |
|---|
| RZ4FB1 |

Mᵐᵉ ☐ Mˡˡᵉ ☐ Nom : .... Prénom : ....

Adresse : ....

CP : ⎵⎵⎵⎵⎵⎵   Ville : ....

Pays : .... Téléphone : ⎵⎵⎵⎵⎵⎵⎵⎵⎵⎵

E-mail : ....

Date de naissance : ....

☐ Oui, je souhaite être tenue informée par e-mail de l'actualité des éditions Harlequin.

☐ Oui, je souhaite bénéficier par e-mail des offres promotionnelles des partenaires des éditions Harlequin.

Renvoyez cette page à : Service Lectrices Harlequin – BP 20008 – 59718 Lille Cedex 9 - France

OFFRE DÉCOUVERTE !

2 ROMANS GRATUITS et 2 CADEAUX surprise !

Vous souhaitez découvrir nos collections ? Recevez gratuitement **2 romans et 2 cadeaux surprise !**

Une fois votre colis de bienvenue reçu, si vous souhaitez continuer à recevoir nos romans, cela se fera automatiquement. Vous recevrez alors chaque mois vos romans inédits en avant première.

Vous n'avez aucune obligation d'achat et cette offre est sans engagement de durée !

☞ COCHEZ la collection choisie et renvoyez cette page au
Service Lectrices Harlequin – BP 20008 – 59718 Lille Cedex 9 – France

- ❏ **AZUR** .... ZZ4F56/ZZ4FB2 .... 6 romans par mois 23,64€*
- ❏ **HORIZON** .... OZ4F52/OZ4FB2 .... 2 volumes doubles par mois 12,92€*
- ❏ **BLANCHE** .... BZ4F53/BZ4FB2 .... 3 volumes doubles par mois 19,38€*
- ❏ **LES HISTORIQUES** .... HZ4F52/HZ4FB2 .... 2 romans par mois 13,12€*
- ❏ **BEST SELLERS** .... EZ4F54/EZ4FB2 .... 4 romans tous les deux mois 27,36€*
- ❏ **MAXI** .... CZ4F54/CZ4FB2 .... 4 volumes triples tous les deux mois 26,51€*
- ❏ **PRÉLUD'** .... AZ4F53/AZ4FB2 .... 3 romans par mois 17,82€*
- ❏ **PASSIONS** .... RZ4F53/RZ4FB2 .... 3 volumes doubles par mois 20,94€*
- ❏ **PASSIONS EXTRÊMES** ..... GZ4F52/GZ4FB2 .... 2 volumes doubles tous les deux mois 13,96€*
- ❏ **BLACK ROSE** .... IZ4F53/IZ4FB2 .... 3 volumes doubles par mois 20,94€*

*+2,99€ de frais d'envoi pour la France / +5,00€ de frais d'envoi pour la Belgique

N° d'abonnée Harlequin (si vous en avez un) ⎵⎵⎵⎵⎵⎵⎵⎵

Mme ❏ Mlle ❏   Nom : _____

Prénom : _____   Adresse : _____

_____

Code Postal : ⎵⎵⎵⎵⎵   Ville : _____

Pays : _____   Tél. : ⎵⎵⎵⎵⎵⎵⎵⎵⎵⎵

E-mail : _____

Date de naissance : _____

- ❏ Oui, je souhaite recevoir par e-mail les offres promotionnelles des éditions Harlequin.
- ❏ Oui, je souhaite recevoir par e-mail les offres promotionnelles des partenaires des éditions Harlequin.

Date limite : 31 décembre 2014. Vous recevrez votre colis environ 20 jours après réception de ce bon. Offre soumise à acceptation et réservée aux personnes majeures, résidant en France métropolitaine et Belgique, dans la limite des stocks disponibles. Prix susceptibles de modification en cours d'année. Conformément à la loi Informatique et libertés du 6 janvier 1978, vous disposez d'un droit d'accès et de rectification aux données personnelles vous concernant. Par notre intermédiaire, vous pouvez être amenée à recevoir des propositions d'autres entreprises. Si vous ne le souhaitez pas, il vous suffit de nous écrire en nous indiquant vos nom, prénom et adresse à : Service Lectrices Harlequin BP 20008 59718 LILLE Cedex 9.

Harlequin® est une marque déposée du groupe Harlequin. Harlequin SA – 83/85, Bd Vincent Auriol – 75646 Paris cedex 13. SA au capital de 1 120 000€ – R.C. Paris. Siret 318671591000069/APE5311Z

éditions **H HARLEQUIN**
www.harlequin.fr

Recevez
notre
Newsletter

**Nouvelles parutions, offres promotionnelles...
Pour être informée de toute l'actualité
des éditions Harlequin, inscrivez-vous sur**

www.harlequin.fr

Composé et édité par HARLEQUIN

Achevé d'imprimer en Italie (Milan)
par Rotolito Lombarda
en août 2014

Dépôt légal en septembre 2014